АЛЕКСАНДРА МАРИНИНА

ТОТ, КТО ЗНАЕТ

ОПАСНЫЕ ВОПРОСЫ

МОСКВА, «ЭКСМО-ПРЕСС», 2002

УДК 882
ББК 84(2Рос-Рус)6-4
М 26

Серийное оформление художника *С. Курбатова*

Серия основана в 1997 г.

Маринина А. Б.

М 26 Тот, кто знает: Роман-эпопея в 2-х книгах. Опасные
вопросы. — М.: Изд-во ЭКСМО-Пресс, 2002.— 384 с.
(Серия «Детектив глазами женщины»).

ISBN 5-04-009796-4

В причудливый узор сплетаются судьбы кинорежиссера Натальи Вороновой, следователя Игоря Мащенко и сибирского журналиста Руслана
Нильского. Коренная москвичка Наталья живет в коммунальной квартире
и опекает всех, кто нуждается в ее помощи, от пожилой одинокой соседки
до рано осиротевшей девочки. Выросший в благополучной состоятельной
семье Игорь становится следователем и волею случая соприкасается с
загадочным убийством старшего брата Руслана Нильского. Руслан же
посвящает свою жизнь тому, чтобы разобраться в тайне гибели брата и
узнать правду о его смерти. Любовь, ненависть, случайные встречи, взаим-
ные подозрения и искренние симпатии связывают этих людей. И только
открывшаяся в конце концов истина расставляет все на свои места.

УДК 882
ББК 84(2Рос-Рус)6-4

«Господи, за что ты меня наказал? За что, за какие грехи заставил пережить такое? Разве я была плохой? Я всю жизнь трудилась, работала, училась, делала все честно и в полную силу. Я ни минуты не сидела без дела, я заботилась не только о своих родителях, муже и сыновьях, я заботилась и о Бэллочке, и об Иринке, даже не представляю, как у меня хватило сил и времени на всех, но ведь хватило же! Господи, ты дал мне силы на все это, значит, ты тоже считал, что я поступаю правильно. Так в чем же я провинилась? Неужели это расплата за ТО? Но ведь тогда никто не умер, тогда речь не шла о смерти человека. Неужели ты действительно считаешь, что я совершила страшный грех, за который должна расплатиться?»

Часть 1

НАТАЛЬЯ, 1965—1972 гг.

Ворвавшись в квартиру, десятилетняя Наташа моментально сорвала с себя пальтишко, скинула ботинки и пулей пролетела по длинному коридору, минуя дверь в комнату, где жила ее семья, и держа путь прямиком на кухню. Девочка была голодна, и в этот момент ее больше всего на свете интересовала записка с указаниями по части обеда, которую, как водится, должна была оставить мама на кухонном столе. Записка действительно лежала на видном месте, и Наташа впилась в нее глазами: «Суп в синей кастрюльке за дверью, макароны в миске на окне». Дверь, за которой пряталась кастрюля с супом, вела из кухни на черную лестницу. Раньше, до революции еще, по черной лестнице приходила кухарка и готовила еду для всех обитателей этой большой барской квартиры, теперь же черным ходом никто не пользовался, и прохладное даже летом место с успехом заменяло жильцам холодильник. Настоящий холодильник в их квартире был только у Брагиных, и стоял он не в общей кухне, а у них в комнате. Сам Брагин работал кем-то очень важным, получал большую зарплату, и у них всегда появлялись разные полезные и удивительные вещи — проигрыватель, телевизор, магнитофон, вот и холодильник тоже. Правда, они не были жадными и всегда разрешали положить в свою сверкающую белизной сокровищницу что-нибудь особо ценное на хранение, рыбу там или вырезку. А когда по телевизору «Огонек» шел, так даже сами приглашали соседей. Иногда.

С усилием откинув туго входивший в петлю тяжелый крюк, Наташа открыла дверь, достала кастрюлю с супом, поставила на огонь. Отперев дверь комнаты, бросила на стул портфельчик и быстро переоделась в домашнее платьице, аккуратно повесив форму на плечики. «Космонавты Павел Беляев и Алексей Леонов... — торжественно вещал голос диктора из постоянно включенного репродуктора. — Двадцать минут провел советский космонавт в открытом космосе...» Вот это да! Наши опять полетели в космос! Надо всем сказать, пусть тоже порадуются! Хотя кому сказать? В этот час в квартире и нет никого, все на работе. Но радость и гордость переполняли маленькое Наташино сердечко, и ей просто необходимо было поделиться такой ошеломляющей новостью. Прихватив с собой стоявшую на подоконнике алюминиевую миску с отваренными еще утром макаронами и масленку, она направилась к телефону, висящему на стене в коридоре.

— Добавочный пятнадцать тридцать шесть, пожалуйста, — вежливо произнесла она, услышав голос телефонистки на коммутаторе.

Через полминуты в трубке раздался голос матери.

— Мам, ты не представляешь, что случилось! — захлебываясь восторгом, заверещала Наташа. — Наши опять в космос полетели!

— Да, я слышала, — спокойно ответила мама.

— Нет, ты, наверное, не все слышала, — не унималась девочка. — Леонов двадцать минут пробыл в открытом космосе! Ты представляешь? Правда же, здорово? Я как по радио услышала...

— Доченька, у нас тут тоже есть радио, и мы все знаем. — Голос матери звучал устало и немного недовольно. — Ты давно пришла из школы?

— Только что.

— Почему так поздно? У тебя четыре урока сегодня, в котором часу ты должна была вернуться?

— В половине первого, — уныло произнесла Наташа.

— А сейчас сколько? — продолжала строгий допрос мама.

— Не знаю, я не посмотрела.

— Сейчас двадцать минут четвертого. Где ты была? Пришлось признаваться:

— Мы с девочками в кино ходили. На «Ко мне, Мухтар!».

— Но ты уже его смотрела! Вы с папой ходили на этот фильм две недели назад.

— Ну и что! Он мне так нравится...

— А деньги где взяла? Опять в школе не поела? Наташа, я даю тебе каждый день деньги, чтобы ты на большой перемене покушала в буфете, а ты что вытворяешь?

— Ну мам...

— Вечером отец с тобой разберется, — сухо пообещала мама и бросила трубку.

Ну вот, так всегда. Хочешь как лучше, хочешь людям радость доставить, хорошей новостью поделиться, а они ругаются. И почему эти взрослые не понимают, что можно один и тот же фильм бесконечное количество раз смотреть? Девочка медленно побрела на кухню, только что сжигавшая ее радость мгновенно потухла.

Суп уже кипел вовсю и даже норовил выплеснуться на плиту. Скучно выхлебав из глубокой тарелки рассольник (а суп оказался именно рассольником), Наташа машинально сжевала разогретые на сливочном масле и посыпанные сверху сахарным песком макароны, забыв, что еще десять минут назад была зверски голодна, и не получая от еды никакого удовольствия. Впрочем, плохое настроение не задерживалось у нее подолгу, и, уже заканчивая мыть посуду, девочка предвкушала радость от того, как будет сообщать потрясающую новость всем жильцам квартиры по мере их появления. Красавице Ниночке, которая слушает по радио только музыку, а на новости внимания не обращает и узнает обо всем от соседей. Ее матери, Полине Михайловне. Полина Михайловна работает уборщицей, ей не до радио. Дяде Славе Брагину. Он, конечно, ответственный работник, у него в кабинете радио наверняка есть, но у него же такая важная и сложная работа, когда ему новости-то слушать! Бэлле Львовне... Хотя нет, Бэлла Львовна всегда все узнает первая, один бог ведает, как у нее это получается. Зато ее сын Марик — вот уж кто с интересом выслушает удивительную новость. Марик студент, а во время занятий в институте студенты радио не слушают. Может быть, и Наташина старшая сестра Люся порадуется новому успеху советской космонавтики, правда, приходит она поздно, частенько уже тогда, когда Наташа спит. Люсе двадцать семь лет, она на семнадцать лет старше Наташи, и у нее есть жених, с которым она проводит все свободное время, потому и возвращается домой так поздно. Зато Марик приходит рано, сразу же после занятий, нигде не задерживается, разве что в библиотеке, но это бывает редко. И не потому, что он плохой студент и не старается, нет, вовсе не поэтому. Просто его мама Бэлла Львовна сама работает в библиотеке и приносит домой любые книжки, какие только сыну понадобятся. И вообще, Марик — самый лучший!

К этому приятному выводу Наташа приходила регулярно, о чем бы ни размышляла. Ну разве она виновата, что мысли сами текут, выбирая направление, неизбежно приводящее к одному и тому же умозаключению!

Покончив с обедом, она села за уроки, решив победу родной страны в космосе отметить ударным трудом за учебниками. Сегодня уже восемнадцатое марта, через пять дней начнутся весенние каникулы, что само по себе, конечно, просто отлично, но в последний перед каникулами день в дневниках будут выставлять оценки за четверть, и это событие может принести некоторые огорчения. Да что там может, наверняка принесет. По физкультуре, труду и рисованию будут пятерки, в этом можно не сомневаться, руки у Наташи золотые, это все говорят, даже Марик (ох, опять Марик), и бегает она быстрее всех девчонок в классе, и прыгает выше, и по канату взбирается ловко, как обезьянка, зато с французским языком у нее определенно не все благополучно, а уж с русским — вообще беда. И не потому, что она неграмотная, а потому что пишет грязно, с помарками, исправлениями. Она и по арифметике могла бы хорошие отметки получать, если бы не вечная грязь в тетрадках и бесконечные зачеркивания. Но что же она может сделать, если перьевые ручки так плохо ее слушаются и из них все время капают чернила! Вот если бы им разрешили писать такими ручками, какими пишет дядя Слава Брагин, шариковыми, то и грязи бы никакой не было. Правда, исправления все равно были бы, потому что Наташа Казанцева «девочка умная, развитая, но очень рассеянная», так говорит их учительница на родительских собраниях. Рассеянная, пишет упражнения по русскому или решает примеры по арифметике, а сама о чем-то постороннем думает, поэтому делает глупые ошибки, которые сама же замечает и исправляет. А бывает, что и не замечает. Ну и ладно, зато по пению тоже будет пятерка, слух у Наташи отменный и голосок звонкий. Итого выходит, что в четверти набегает четыре пятерки, четверки по французскому и по чтению и тройки по письму и арифметике. Да уж, с таким табелем нечего надеяться на необыкновенные приключения во время каникул. Ни зоопарка, ни театра, ни кино по два раза в день. Но если в оставшиеся пять дней собрать волю в кулак и постараться как следует, то, может быть, еще можно выкарабкаться. Вот отец всегда ругает ее за то, что она уроки делает без черновиков, сразу набело пишет в ту тетрадку, которую потом на проверку учительнице придется сдавать.

— Ты сделай задание на черновике, покажи кому-нибудь из взрослых, они проверят, исправят ошибки, а тебе потом останется только аккуратненько набело переписать, — поучал он.

Но тратить время на черновики ей не хотелось. Скорей бы отделаться от уроков — и бегом на улицу, в кино, с подружками гулять. Вот и тройки в табеле. А что, если все-таки попробовать сделать так, как отец советует? Наташа достала чистую тетрадку в клеточку за 2 копейки и на обложке крупно вывела: «Черновик».

Она решила уже все примеры в новой тетрадке, разведя на чистеньких страницах неимоверную грязь, когда хлопнула входная дверь и послышались шаги Марика — тихие, словно неуверенные, и одновременно почему-то тяжелые. Такая у Марика походка. Наташа вскочила, как пружиной подброшенная, и вылетела ему навстречу.

— Марик, ты слышал? Наши в космос полетели!

— Да что ты говоришь?! Не может быть! Ты сама слышала?

— Сама, по радио передавали, два человека полетели, Беляев и Леонов, Леонов даже в открытый космос вышел и двадцать минут там пробыл! — захлебывалась Наташа.

— Вот это новость так новость! Ну-ка расскажи мне все подробно. Давай зайдем к нам, и ты все мне расскажешь.

«Господи, какой же он красивый», — думала Наташа, сидя за круглым столом напротив Марика и добросовестно пересказывая все, что слышала по радио. Густые черные брови, крупный нос, выпуклые блестящие темные глаза, яркие губы, волнистые волосы — все это вместе составляло для десятилетней девочки эталон мужской красоты, превзойти который не дано было никому. Ну ясно же, Марик — самый лучший. Когда ей было пять лет, она влюбилась в итальянского певца Робертино Лоретти, его фотокарточка в рамочке и под стеклом висела на стене над Наташиной кроваткой, все кругом слушали мелодичные песенки, исполняемые звучным дискантом, и красивый талантливый мальчик из далекой солнечной страны на протяжении трех лет был властелином ее детских грез. А потом она пошла в первый класс, и так получилось, что папа был в командировке, а у мамы с утра поднялась температура, целых тридцать девять и шесть, и отвести ее в школу оказалось некому, кроме Марика. И в первый же день новая подружка — соседка по парте Инка Левина — с интересом спросила:

— Это кто был, твой брат?

— Нет, это Марик, мы в одной квартире живем, — спокойно пояснила Наташа. — А что?

— Ничего. Красивый какой! — мечтательно вздохнула Инка.

Наташа сперва даже удивилась, а потом повнимательнее пригляделась к Марику и поняла, что да, действительно красивый. Портрет Робертино Лоретти был безжалостно изгнан с почетного места на стене, а все мысли Наташи Казанцевой, вокруг какого бы предмета ни вились, в конце концов сводились к одному: Марик — самый лучший. Марик с тех пор дважды проваливался на экзаменах в институт, сама Наташа училась уже в третьем классе, но кумир все еще не померк.

Пересказав во всех деталях, как она пришла из школы, как зашла в комнату и услышала сообщение по радио, Наташа спохватилась, что Марик же, наверное, голодный, с утра ничего не ел, а она его тут баснями кормит.

— Давай я тебя покормлю, — предложила она. — Ты только скажи, что разогреть, и иди мой руки, а я все приготовлю.

Марик и не думал удивляться, он давно привык к тому, что маленькая соседка заботится о нем, как взрослая. Девчушка ловкая и сноровистая, всем помогает, не только своей матери, всем готова услужить и ни разу — ни разу! — ни одной чашки или тарелки не разбила. Не зря же все до единого жильцы четырехкомнатной коммунальной квартиры в большом доме по Рещикову переулку, что рядом со станцией метро «Смоленская», сходились во мнении: у Наташи Казанцевой руки золотые.

За пять дней внести существенные коррективы в оценки за четверть, конечно, не удалось, и дома разгорелся очередной скандал. Сначала попало самой Наташе, потом родители принялись ссориться между собой.

— Я с самого начала была против, чтобы она училась в этой поленовской школе! — кричала мама. — Кому он нужен, этот французский язык? Его на хлеб не намажешь и в карман не положишь, а ребенок только зря силы тратит на него и по основным предметам не успевает. Пусть этот год доучится, и переведем ее в гоголевскую.

— Гоголевская дальше от дома, а поленовская — вот она, за углом. Я не допущу, чтобы ребенок один ходил так далеко, — возражал отец.

— Да твой ребенок и так шляется целый день по Арбату, вместо того чтобы уроки учить!

— Значит, дело не во французском языке, а в том, что она не занимается!

— А ты меня не подавливай!

— А ты...

Такой скандал разгорался на Наташиной памяти уже в третий или в четвертый раз, иными словами — по поводу каждого табеля, в котором мелькали тройки. Школа имени Поленова, в которой она училась, специализировалась на углубленном изучении французского языка, и выпускники даже получали диплом гида-переводчика по музею-усадьбе «Поленово». Находилась школа в Спасопесковском переулке, свернешь с Рещикова переулка направо — и вот оно, школьное здание. Школа же имени Гоголя, в которую мать все мечтала перевести Наташу, была самой обыкновенной, без всяких там углубленных преподаваний, и находилась в глубине Староконюшенного переулка, чтобы до нее дойти, нужно было пять раз переходить дорогу. Учиться в другой школе Наташе не хотелось, ведь это означало бы не только раньше вставать и раньше выходить из дому, но и расстаться с подружками, поэтому каждый раз, когда родители начинали выяснять, кто из них прав и где их дочери лучше учиться, клятвенно давала себе слово не быть такой рассеянной, делать уроки тщательно и с черновиками и больше троек в табеле не допускать. Но проходили каникулы, и благой порыв успевал остыть еще до первого звонка на первый урок.

Наташе стало скучно, она незаметно выскользнула из комнаты и постучалась к соседке Бэлле Львовне.

— Бэлла Львовна, можно к вам на телевизор?

Бэлла Львовна и ее сын Марик были вторыми в их квартире счастливыми обладателями телевизора, правда, в их комнате стоял не роскошный комбайн «Беларусь-5», соединяющий в себе телевизор, проигрыватель и радиоприемник, как у Брагиных, а «КВН» с крохотным экранчиком и огромной линзой, но зато для того, чтобы посмотреть кинофильм или концерт у Брагиных, нужно было дожидаться приглашения хозяев, а к Бэлле Львовне Наташа заходила запросто.

По телевизору показывали концерт, пел Магомаев, который, по мнению Наташи, был, конечно, не такой красивый, как Марик, но тоже очень ничего. Темноволосый, темноглазый. Она милостиво отдавала ему второе место в СССР по красоте. После него выступала Эдита Пьеха, потом Иосиф Кобзон. Наташе казалось, что Бэлла Львовна слышит доносящиеся из-за стены раздраженные голоса родителей, девочка испытывала неловкость и попросила разрешения прибавить звук.

— Можно, я погромче сделаю? — робко попросила она. — Песня очень хорошая.

И опять во дворе
Все пластинка поет
И проститься с тобой
Нам никак не дает.
Ла-ла-ла... —

громыхнуло в комнате. Бэлла Львовна поморщилась, подошла к тумбочке, на которой стоял телевизор, повернула ручку громкости, убавив звук до разумных пределов.

— Тебе что, так нравится эта песня? — скептически осведомилась она. — Или тебе не нравится, что твои родители ссорятся?

— А чего, песня хорошая, — пробормотала Наташа, правда, не очень уверенно. Она почувствовала, что щеки запылали.

— Ну-ну. А что у тебя в табеле за четверть?

Наташу всегда поражала эта способность соседки все помнить и ничего не упускать из виду. Даже мама с папой не всегда помнили, когда у нее начинаются каникулы и когда положено предъявлять табель с оценками, а Бэлла Львовна всегда знала, когда каникулы, когда у кого из соседей день рождения, годовщина свадьбы или какая другая памятная дата и даже кто в данный конкретный день в какую смену работает. Ниночка, например, работала телефонисткой в воинской части, работа трехсменная, и часто бывало, что она договаривалась по телефону куда-то пойти, а потом, не кладя трубку, громко кричала:

— Бэлла Львовна, на следующей неделе в среду я в какую смену работаю?

Собственно, Ниночка и сама могла бы подсчитать, но для этого ей пришлось бы сильно напрягаться, при этом с риском допустить ошибку, или вести специальный календарик, а Бэлла Львовна делала это быстро и в уме и уже через пару секунд отвечала:

— На следующей неделе в среду тебе в ночь выходить.

Вот и сейчас неловкие ухищрения Наташи скрыть ссору, происходящую у нее дома, ни к чему не привели, Бэлла Львовна все равно помнит, что сегодня — конец четверти, и понимает, что крик поднялся именно из-за оценок в Наташином табеле.

— Так что тебе выставили за четверть? — терпеливо повторила соседка.

— Там все хорошо, только две тройки.

— Только две тройки! — Бэлла Львовна трагически всплеснула руками. — Нет, вы послушайте это невинное дитя! Две тройки! Откуда они взялись, золотая моя? У тебя не должно быть троек вообще, ты понимаешь? У тебя даже четверок не должно быть. Ты должна быть круглой отличницей. Как мой Марик. Вот с кого ты должна брать пример. Тебе нужно учиться на одни пятерки.

— Зачем? — недоумевающе спросила Наташа.

Ну ладно, учиться без троек — это еще можно понять. Получать в школе только «хорошо» и «отлично» — это почетно и похвально, за это даже грамоты дают. Но одни пятерки? Нет, это уж слишком. Да и для чего так напрягаться? Вон Марик учился-учился на одни свои хваленые пятерки, а в институт два раза проваливался. Правда, в третий раз все-таки поступил, но уже в другой институт, не в тот, в котором хотел учиться.

— Что — зачем?

— Зачем получать одни пятерки? Вот Марик же не поступил со своими пятерками в институт, даже два раза, — простодушно заявила Наташа.

Бэлла Львовна вдруг сделалась серьезной и зачем-то выключила телевизор.

— Послушай меня, золотая моя, — сказала она негромко, садясь рядом с Наташей на диван, — я скажу тебе одну очень важную вещь, может быть, я скажу ее тебе слишком рано, но лучше раньше, чем опоздать. Ты — девочка, и для тебя существуют другие правила. То общество, в котором мы живем, как нельзя лучше подходит для мальчиков, мальчики могут добиться всего, чего захотят, не прилагая к этому особых усилий. Мальчикам открыта дорога всюду, они могут учиться в школе на одни тройки и потом стать крупными руководителями. А девочки так не могут.

— Почему? — расширив глаза от удивления, спросила Наташа шепотом. Она боялась повысить голос, ей казалось, что соседка раскрывает перед ней страшную тайну.

— Потому что мальчики нужны на любом месте, на любой работе, а девочки нужны только для того, чтобы рожать детей и готовить обеды для мальчиков. И еще девочки нужны на таких работах, которыми не хотят заниматься мальчики, то есть на самых неинтересных, грязных и тяжелых, за которые мало платят. И если девочка не хочет заниматься скучной и грязной работой, если она хочет чего-то добиться в жизни, ей приходится доказывать, что она лучше мальчиков, которые хотят занять это место. А это означает, что она должна очень хорошо учиться, быть дисциплинированной, активной и заниматься общественной работой. Вот ты сейчас октябренок, а тебя хоть раз назначали старшей в твоей октябрятской звездочке?

— Ни разу.

— Вот видишь. Это потому, что ты не активная, ты не пользуешься уважением товарищей. В пятом классе тебя будут принимать в пионеры, и ты должна будешь постараться, чтобы тебя выбрали хотя бы звеньевой, а потом и председателем совета отряда. К восьмому классу ты должна стать председателем совета дружины, тебя примут в комсомол, ты сразу станешь комсоргом класса, тебя заметят в райкоме комсомола, ты проявишь там себя с самой лучшей стороны, и это очень поможет тебе поступить в тот институт, в какой ты сама захочешь, а не в тот, в который сможешь поступить. И только в том случае, если ты получишь образование, о котором мечтаешь, ты сможешь заниматься делом, которое тебе интересно. А занимаясь делом, которое тебе интересно, которое ты будешь любить, ты сможешь достичь настоящих высот в карьере. Только так, и никак иначе. Ни один человек не может сделать блестящую карьеру, если занимается тем, что ему не по душе. Так что все твое будущее закладывается сегодня, и уже сегодня ты обязана начинать трудиться над своей жизнью, не откладывая на потом. Я не очень сложно тебе объясняю? Ты меня поняла?

— Я поняла, Бэлла Львовна. Только я не поняла, а как же Марик? Он же мальчик. И учился на пятерки. Почему же он провалился на экзаменах?

— Золотая моя, кто тебе сказал, что Марик провалился? — грустно усмехнулась соседка.

— Но он же не поступил!

— Это не одно и то же. Он все экзамены сдал на «отлично». Но его не приняли. Без всяких объяснений.

— Но почему?! Так же не бывает!

— Бывает, золотая моя. Марик — еврей. И учиться он хотел в физико-техническом институте. А туда не хотят принимать евреев. Поэтому Марик был вынужден поступать в педагогический институт, куда его с удовольствием приняли. Видишь ли, золотая моя, существуют отдельные правила для мальчиков, для девочек и для евреев. Тебе не обязательно понимать это, ты просто поверь мне, что это так, и запомни как следует. Запомнишь?

— Запомню, — послушно кивнула Наташа.

— И выводы сделаешь?

— Сделаю, — твердо пообещала девочка.

— Ну и славно. Теперь включай телевизор, давай концерт досмотрим.

Конечно, из слов Бэллы Львовны Наташа поняла далеко не все. Например, почему Марика не приняли в физтех, а в педагогический приняли. О том, что существуют евреи, а также люди, которые их не любят, девочка знала очень хорошо, хотя говорить вслух об этом было не принято. Но все равно, почему в одном институте их любят меньше, а в другом — больше, оставалось непонятным. И про то, что мальчикам все дороги открыты, а девочкам — не все, тоже непонятно, хотя если вдуматься, то ведь и в самом деле, все важные начальники — мужчины. Вот дядя Слава Брагин, к примеру, крупный начальник какого-то треста, а его жена тетя Рита — обыкновенный парикмахер. Или даже ее собственный папа, он начальник какого-то отдела, а мама — лаборантка, печатает на машинке и получает самую маленькую зарплату, всего 60 рублей. Выходит, Бэлла Львовна права, для мальчиков и девочек правила разные, но вот почему это так — понять невозможно.

Вообще Бэлла Львовна — удивительный человек. Она единственная разговаривает с Наташей как со взрослой, а не как с ребенком, нимало не заботясь о том, чтобы девочка ее понимала. А переспрашивать Наташа стесняется. Ведь что получится? Бэлла Львовна считает ее умной и взрослой, раз так с ней разговаривает, а если Наташа начнет переспрашивать и признаваться, что не понимает, Бэлла Львовна сразу увидит, что она еще глупый ребенок. Лучше кивать и делать умное лицо, а потом потихоньку переспросить у кого-нибудь, да вот хоть у Марика. Памятью Наташу природа не обидела, все, что ей говорят, запоминает дословно, поэтому переспросить всегда легко.

Концерт закончился, на экране телевизора появились знакомые плюшевые зверьки, рассказывающие детям на ночь сказку. Эту передачу Наташа уже давно не смотрит, это для самых маленьких, а ей десять лет.

— Бэлла Львовна, а Марик скоро придет? — с надеждой спросила она.

— Он придет поздно, он на дне рождения у товарища.

Бэлла Львовна разлила чай в красивые тонкие чашечки, достала из буфета и поставила на стол зеленую стеклянную вазочку с любимым Наташиным печеньем «курабье». Это печенье продавалось неподалеку на Арбате в магазине «Восточные сладости». На неконтролируемые карманные расходы родители денег почти не давали, выдавали в основном на целевые траты — на школьные завтраки, на кино, на мороженое, на тетрадки и карандаши, на проезд в транспорте. Наташа изо всех сил экономила, старалась лишнего не расходовать, где могла — ходила пешком, на большой перемене выпивала только стакан томатного сока за 10 копеек, но зато сколько радости получала она, пробивая в кассе чек и протягивая его продавщице со словами: «Будьте добры, сто граммов «курабье». Сто граммов «курабье»! Да от одних только слов можно было с ума сойти!

— Садись к столу, золотая моя, — ласково пригласила Бэлла Львовна, — давай чай пить. Чем ты собираешься заниматься во время каникул?

— Отдыхать. — Наташа беззаботно пожала плечами.

— От чего отдыхать? — Соседка, казалось, искренне удивилась.

— Ну как от чего? От учебы. Это же каникулы, их специально придумали, чтобы мы отдыхали.

— А ты что, так сильно устала от школы?

Наташа задумалась. Сильно ли она устала? Ну, не так чтобы очень... Просто надоело. Школа — это скучно, это рано вставать, а потом четыре или даже пять уроков сидеть и дрожать от страха, что тебя вызовут. От скуки и страха тоже можно устать, наверное.

— Вот что я тебе скажу, золотая моя, — продолжала Бэлла Львовна. — Ты допускаешь большую ошибку, теряя время на каникулах. Учиться надо всегда, каждый день, постоянно, только тогда от учебы будет толк.

— Так каникулы же! — упрямо возразила девочка. — Вот первого апреля снова пойду в школу и начну учиться. А пока буду целую неделю отдыхать.

— Это неправильно, — голос Бэллы Львовны стал строже, — расслабляться нельзя.

— Но нам же ничего не задали! Как я буду делать уроки, если их не задавали?

— А ты сама себе задай урок.

— Как это?

— Займись чистописанием, решай примеры по арифметике, учись писать без помарок. Да просто читай, наконец! Чтение — это тоже гимнастика для ума и для памяти. Вон посмотри, сколько интересных книжек написано для вас, для детей! Целая «Библиотека приключений», тебе папа специально покупает, а ты к ним даже не притрагиваешься.

Это правда, отец действительно то и дело приносит домой красивые новенькие книжки, синие, зеленые, красные, желтые, но тяги к чтению у Наташи нет, она гораздо больше любит ходить в кино. Была бы ее воля, она бы по пять — нет, по десять раз в день ходила в кино, пусть даже на один и тот же фильм.

В дверь заглянула мама.

— Бэллочка, моя у вас?

— Заходите, — приветливо пригласила Бэлла Львовна, — посидите с нами, мы тут с Наташей чай пьем.

— А ужинать? — Мама сердито посмотрела на Наташу. — Вот ты опять чаю напьешься и ужинать не будешь. Марш домой немедленно.

Наташа быстро сунула в рот еще одно замечательное печеньице, слезла со стула и нехотя пошла к двери. Ей ужасно не хотелось уходить из этой чудесной синей комнаты.

Цвет в ее чувствах и мыслях присутствовал уже тогда, когда маленькая Наташа еще и слова такого не знала. Ей было чуть больше двух лет, когда она, отчаянно рыдая из-за игрушки, которую отобрала мама, потому что пора было укладываться в кроватку и засыпать, вдруг закричала:

— Ты... ты... ты... вот! — и схватилась крохотными пальчиками за темно-коричневую ножку стула.

Злая несправедливость была в ее младенческом сознании окрашена в темно-коричневый цвет, но выразить это она тогда еще, конечно, не могла. Со временем Наташа узнала названия цветов и научилась очень неплохо рисовать акварельными красками, но многие удивились бы, узнав, что для нее не только чувства, но даже обыкновенные цифры имеют свой цвет. Четыре — песочно-желтый, семь — серый, а девять, например, — зеленый. Свои цвета имели и комнаты соседей, причем цвета эти никак не связаны были с настоящими, реальными цветами мебели, обоев или покрывал на кроватях.

Комната Брагиных — светло-серая. На самом деле Брагины были единственными в их квартире обладателями не только холодильника, но и современного румынского мебельного гарнитура «Магнолия». Полированное дерево, сочетание коричневого и светло-желтого в полосочку, тонкие ножки стола, стульев, журнального столика и серванта, ярко-красная обивка низких круглых кресел — все это было модно и шикарно. А если еще прибавить к этому широкую тахту вместо привычных пружинных кроватей, торшер и телевизор с большим экраном, то обстановка получается совсем уж неземная. Космическая... У Марика на полке стоит несколько светло-серых томов «Библиотеки современной фантастики», Наташа как-то попросила почитать и ничего не поняла, все про космос. Одним словом, эта красно-желто-коричневая комната долгие годы оставалась в ее сознании светло-серой.

У Полины Михайловны с Ниночкой комната, наоборот, темно-зеленая с какими-то бурыми разводами, хотя она такая светленькая, в два больших окна, и вся украшена белыми кружевными салфеточками. И буфет у них белый, Полина Михайловна каждые два года его красит, и тумбочки белые, и кровати покрыты кремовыми покрывалами, и на белоснежных подушках — светлые накидки. И ни пылинки, ни соринки. Но Наташу эта показная белизна обмануть не может, девочка все равно знает, что

Полина Михайловна часто напивается, а соседей своих ненавидит не просто часто, а вообще каждый день. Брагиных — за новую мебель и модную одежду, Бэллу Львовну — за то, что у нее сын такой умный, в институте учится, Казанцевых, то есть Наташину семью, за то, что в ней есть муж и отец. Разумеется, сама Наташа ни за что не догадалась бы, в чем причина такой непреходящей неприязни, просто однажды она случайно подслушала разговор мамы и Бэллы Львовны, когда они обсуждали Полину. Но постоянную злобу соседки она чувствовала очень хорошо, оттого и комната ее окрашена в буро-зеленые оттенки.

У самих Казанцевых комната обыкновенная, не очень старомодная, без всяких там салфеточек и фарфоровых слоников, на стене висят эстампы, их Люся повесила. При помощи шкафа-гардероба и буфета комната разделена на две зоны, в одной, большой, стоят квадратный раздвижной стол, книжный шкаф и диван, на котором спят мама с папой, меньшая же часть принадлежит Наташе и ее старшей сестре. Туда втиснуты два узких диванчика и крошечный письменный столик. Таких маленьких столиков в магазинах не бывает, папа специально заказывал у знакомого столяра, по мерке, чтобы вместился. Днем за этим столиком Наташа делает уроки, а по вечерам Люся что-то пишет. Наташа догадывается, что сестра ведет дневник, но точно не знает. Комната ассоциируется отчего-то с красным цветом, хотя ни одного красного предмета в ней нет, если не считать книжных корешков.

А вот у Бэллы Львовны комната синяя. В ней стоит старинная мебель темного дерева, массивная, с завитушками, на окнах висят тяжелые бордовые портьеры с помпончиками (у всех остальных в квартире — тонкие легкие шторы светлых оттенков), на стенах — картины в золотистых рамках, рамки тоже все в завитушках, наверное, старинные. У Марика есть свой уголок, как и у Наташи с Люсей, но от остального пространства он отделен не мебелью, а красивой китайской раздвижной ширмой. Когда к Бэлле Львовне приходят гости, ширму убирают. Наташа всегда прибегает помогать соседке в такие дни, расставляет посуду, раскладывает серебряные приборы, носит из кухни приготовленные блюда, убирает грязные тарелки, поэтому она знает, что на диване Марика любит рассиживаться толстый добродушный дядя Моня, который курит папиросы одну за одной и показывает смешные фокусы с шариками. Дядя Моня — известный адвокат, он такой толстый, что, кроме него, на диване уже никто больше не помещается, поэтому спальное место Марика в шутку называют «адвокатским креслом». А ширму сначала убирают, а потом достают, когда приходит тетя Тамара. Тетя Тамара живет где-то очень далеко, в Подмосковье, чтобы добраться до дома Бэллы Львовны в Рещиковом переулке рядом с Арбатом, ей приходится сначала долго идти пешком по бездорожью до электрички, потом ехать почти полтора часа, потом еще на метро от вокзала до «Смоленской». Она появляется в квартире в стоптанных мужских сапогах и старом пальто, держа в руках огромную сумку. Вот тогда и расставляют снова китайскую ширму, тетя Тамара скрывается за ней на несколько минут, а потом все изумленно ахают, когда она выплывает на свет божий в новом платье и в туфлях на шпильках. Тетя Тамара самая старая из гостей Бэллы Львовны, ей в прошлом году исполнилось шестьдесят, но у нее по-прежнему тонкая талия, которую так красиво подчеркивает изящное платье, и она с легкостью передвигается на высоченных тонких каблуках. Друзья Бэллы Львовны Наташу любят, всегда шутят с ней, приносят маленькие смешные подарочки, гладят по голове и называют ангелом-хранителем. А недавно кто-то сказал: «Смотри, Марик, какая невеста для тебя растет. Не вздумай на стороне искать, лучше не найдешь». — «И со свекровью проблем не будет, она свою невестку уже любит», — добавил кто-то, и все засмеялись. Марик тоже смеялся, и Наташа не поняла, приятно ему было это слышать или нет. Сама она тогда жутко покраснела и скорей побежала на кухню за фаршированной рыбой. Для Наташи комната Бэллы Львовны — это сочетание одновременно праздника и покоя, ожидание чего-то радостного и в то же время чувство безопасности и защищенности. Никто ее здесь не обидит, никто не повысит на нее голос. Оттого и цвет у комнаты глубокий синий, а для праздничности — с серебряными звездочками-блестками.

* * *

Увещевания Бэллы Львовны Наташа запомнила, но близко к сердцу не приняла, во время весенних каникул радостно валяла дурака, проводя время в компании своей подружки Инки Левиной. Обе они обожали бесцельно бродить по Арбату, а порой добирались даже до улицы Горького, разглядывали витрины магазинов, нарядно одетых женщин и красивых взрослых мужчин и мечтали о том, как славно будут жить, когда вырастут и смогут носить все эти замечательные шубки из искусственного меха, которые только-только вошли в моду, и как волшебно будут выглядеть с выкрашенными в желто-белый цвет волосами, подстриженными «под Эдиту Пьеху».

В последнюю четверть учебного года Наташа и вовсе успехов не добилась, потому что все мысли были только о долгожданных летних каникулах. Три месяца свободы, при этом как минимум один — в пионерлагере. В прошлом году ей несказанно повезло, по просьбе родителей дядя Слава Брагин достал для нее путевку в пионерский лагерь Всесоюзного Театрального Общества. Лагерь находился в Крыму, и Наташа провела сорок незабываемых дней на берегу моря. А вдруг и в этом году ей улыбнется счастье? Может быть, она снова встретит своих прошлогодних подружек из пермского хореографического училища, с которыми так славно выступала на концерте художественной самодеятельности. У них был общий номер: Наташа пела романс Алябьева «Соловей», а девчонки — одна в белой пачке, другая в черной — танцевали. Им так хлопали тогда, даже на «бис» вызывали!

Но надеждам не суждено было осуществиться. Наташа так увлеклась мечтами, что рассеянность ее перешла все мыслимые пределы, тетрадные листы больше обычного пестрели кляксами и помарками, на уроках чтения она пропускала не только слоги, но даже целые слова, бесповоротно запуталась в окончаниях французских глаголов, и в результате в табеле за год оказалось уже четыре тройки.

Папа с мамой опять долго ссорились и кричали друг на друга, потом отец позвал Наташу, привычно спрятавшуюся у Бэллы Львовны и Марика, и строго сказал:

— Наталья, ты уже большая девочка, тебе десять лет. Пора принимать ответственные решения. У тебя есть выбор. Ты можешь с нового учебного года перейти в другую школу, где учиться будет легче. Там иностранный язык преподают только с пятого класса, весь четвертый класс у тебя не будет никакого французского, соответственно и уроков будет меньше. Или ты остаешься в своей школе, но все лето занимаешься. Никаких гулянок, никаких подружек, никаких походов в кино. Ты будешь три месяца сидеть вот в этой комнате и целыми днями писать упражнения, решать примеры и зубрить французские слова.

— А пионерский лагерь? — потрясенно спросила девочка, будучи не в силах поверить услышанному.

— Лагерь? Никакого лагеря! — отрезал отец. — Если хочешь в лагерь — пойдешь в гоголевскую школу.

Переходить в школу имени Гоголя Наташа не хотела. А в лагерь ехать хотела. Выбор был для нее мучительным, отец дал на раздумья два дня и ровно через два дня спросил: что же она решила.

— Я не хочу в новую школу, — уставившись глазами в пол, пробормотала Наташа.

— Значит, будешь заниматься все лето?

— Буду.

— Обещаешь?

— Обещаю. Честное октябрятское.

— Ну что ж, это твой выбор. Потом не жалуйся.

В тот момент Наташа не очень хорошо уловила смысл этих слов. Но прошел месяц, и она поняла. Да еще как поняла!

В это время проходил Четвертый Московский международный кинофестиваль, все кругом только и говорили о нем, со всех сторон слышались названия фильмов, имена актеров и режиссеров, восторженные ахи и охи. Достать билет на внеконкурсный показ было огромным счастьем, а уж попасть туда, где шли конкурсные фильмы, — об этом и мечтать было невозможно. Это — немыслимо, это невозможно представить, это только для небожителей, для тех, кто непосредственно причастен к таинственному и прекрасному миру, именуемому «кино». Старшая сестра Люся уже несколько дней ходила сияющая, сменив на улыбку свое обычное угрюмое выражение лица. Ее жених Костик, неведомо какими путями и используя неведомо какие связи, раздобыл два билета на конкурсный просмотр. И уже завтра они вдвоем пойдут туда, куда простым смертным путь заказан, и увидят фильм, который никто, кроме завтрашних зрителей, больше никогда в их стране не увидит. Более того, они наверняка смогут увидеть живых звезд, которые обязательно ходят на фестивальные просмотры.

— Как ты думаешь, а Смоктуновский там будет? — спрашивала мама, которая еще с прошлого года находилась под впечатлением «Гамлета».

— Наверняка! — уверенно отвечала Люся.

— А Быстрицкая? — спросил папа, умевший ценить женскую красоту.

— Обязательно.

— А Герасимов с Макаровой? Вот бы посмотреть на них! — мечтала мама.

— А Вертинская с Кореневым будут? — влезала Наташа. — А Козаков?

Самым ее любимым фильмом на этот день оставался «Человек-амфибия», и ей даже страшно было подумать, что можно вот так запросто оказаться в одном зале и дышать одним воздухом с этими замечательными актерами. Может быть, даже сидеть с ними рядом. И может быть, даже разговаривать... Ах, как повезло сестре Люсе! Как сказочно повезло! Завтра она всех их сможет увидеть.

Но назавтра случилось непредвиденное. В половине восьмого утра, когда семья Казанцевых сидела за завтраком, раздался телефонный звонок. Люсин жених Костик споткнулся на лестнице, упал и сломал ногу. Разумеется, ни на какой просмотр он пойти не сможет, он в больнице.

— Доченька, возьми с собой Наташу, — предложила мама, когда прошел первый шок от неожиданного известия. О том, чтобы из солидарности с пострадавшим молодым человеком отказаться от фестивального фильма, речь, конечно же, не шла.

Сердце у Наташи замерло. Неужели... Неужели судьба ей улыбнется и преподнесет такой подарок? Неужели она сможет своими глазами увидеть настоящих живых артистов, тех самых, от одного взгляда на экранное изображение которых у нее сладко замирало, а потом начинало восторженно колотиться сердце! Они такие чудесные, такие красивые, такие необыкновенные, такие... Даже слов не хватает, чтобы выразить. Они волшебные, как переливающиеся перламутровые краски, меняющие оттенок в зависимости от освещения. Они сверкающие, как серебряный дождь. И ей, Наташе Казанцевой, обыкновенной девчонке с Арбата, дано такое счастье — увидеть их. Как хорошо, что маме пришло в голову отправить ее с Люсей, сама Люся наверняка не догадалась бы взять с собой младшую сестренку. Конечно, жаль Костика, он такой славный, лучше бы он не ломал ногу, но если бы он ее не сломал, то Наташа не попала бы на просмотр. Мысленно девочка уже видела себя в огромном зале, среди кинозвезд и разных прочих знаменитых людей. Вот только в чем пойти? Кажется, у нее нет ничего нарядного, та-

кого, чтобы не стыдно было перед Кореневым или Коза-
ковым... Все это промелькнуло в голове в одно мгновение
и вознесло десятилетнюю Наташу на такие сияющие вер-
шины восторга, что она почти ослепла. И даже не сразу
поняла, что происходит, когда раздался голос отца.

— Наташа наказана, — твердо произнес он. — До
конца лета никакого кино, мы с ней так договорились.

Мама, однако, не была сторонницей столь суровых
мер и попыталась вступиться за младшую дочь:

— Но это же совсем другое дело, Саша. Это не просто
поход в кино, это шанс, который, может быть, больше
никогда ей не выпадет. Ты же видишь, девочка просто
бредит кинематографом. Это окажется для нее событием,
которое она не забудет всю свою жизнь. Ну Саша!

Но отец был непреклонен.

— Она дала слово, что будет все лето заниматься и ни
разу не пойдет в кино.

— Но она и так целыми днями сидит над тетрадками!
Она не гуляет, воздухом не дышит, с подружками не играет, только в магазин бегает. Девочка вообще зачахнет в
четырех стенах, — умоляла мама. — Саша, ты же видишь,
ребенок старается изо всех сил, ну пусть она пойдет с
Люсей, а? В конце концов, ты должен признать, что Наташа не может провести три месяца за учебниками, это
непосильно даже для взрослого человека. У нее каникулы,
и ты мог бы сделать поблажку хотя бы на один вечер.
Ведь вечерами мы все приходим с работы, и она все равно уже не занимается.

— Я сказал — нет. И закончим на этом. Пусть Люся
сходит на просмотр с какой-нибудь подружкой.

Наташа сорвалась с места, умчалась в ванную, накинула изнутри на дверь крючок и дала волю слезам. Улыбка судьбы померкла и мгновенно превратилась в безобразную гримасу.

Из ванной она вышла только после того, как вернув-
шаяся после ночной смены Ниночка принялась исступленно дергать ручку двери:

— Эй! Кто там заперся и сидит? Наташка, ты, что ли?

— Я, — пискнула Наташа, обессилев от слез.

— Давай открывай, у меня там белье замочено, мне
стирать нужно.

Наташа откинула крючок и рванулась в коридор, надеясь проскочить в свою комнату, где уже никого не было, все ушли на работу, и никто не помешает ей всласть

предаваться обрушившемуся на нее горю. Но проскочить мимо Ниночки оказалось не так-то просто. Девушка ловко перехватила ее и повернула лицом к себе.

— Это что за концерт на летней танцплощадке? Почему рожа опухшая? Почему слезы?

Обхватив Ниночку за талию и уткнувшись мокрым лицом в ее пышную юбку-«колокол», Наташа снова разрыдалась. Понемногу соседке удалось-таки добиться от нее более или менее внятных объяснений.

— Да ты что? — расширив глаза, переспрашивала Нина. — Неужели тебя не пустили?

Наташа отрицательно помотала головой, борясь с новым приступом рыданий.

— Из-за каких-то паршивых троек?

— Угу.

— А Люська что? Даже словечка за тебя не замолвила?

— Не-а.

— Так и сидела молча?

— Да она всегда молчит, она у нас такая, — Наташа попыталась заступиться за любимую сестру.

— Знаешь, что я тебе скажу, Натаха? Твои родители — суки бессердечные. А Люська твоя — сволочь, каких еще поискать. Если бы у меня жених в больницу попал, я бы днем и ночью возле него сидела, по фестивалям не шлялась бы. А ей, выходит, на Козакова посмотреть дороже, чем родной жених. И папаша твой хорош, из-за каких-то паршивых троек тебя такой радости лишил. И мамаша твоя тебе тоже, получается, не защитница. Бедная ты, бедная, никто тебя не любит. — Ниночка сочувственно вздохнула. — Да кончай ты плакать, слезами горю не поможешь.

— Я не могу, — выдавила Наташа, — оно само... плачется... я стараюсь, а оно плачется...

Нина решительно развернула ее и потащила к себе в комнату.

— Давай выпьем по пять граммов, сразу полегчает.

Горе Наташино было столь велико, что она даже не сообразила, о чем говорит соседка. Девочка молча сидела на стуле и тупо смотрела, как Ниночка достает из буфета бутылку с некрасивой этикеткой и разливает в две рюмки прозрачную, как вода, жидкость. «Наверное, это водка», — подумала Наташа с полным и даже удивившим ее безразличием. Нина подняла свою рюмку.

— Давай. За любовь проклятую! — провозгласила она.

Наташа залпом выпила содержимое маленькой рюмочки, закашлялась, все так же молча встала и ушла к себе. Выложила на письменный стол тетрадки и учебники, достала ручку и приготовилась заниматься. Очнулась она только часам к пяти, с удивлением обнаружив, что спит, положив голову на руки поверх тетради с упражнениями по русскому языку. Жутко болела голова, отчего-то тошнило, и очень хотелось пить. С трудом поднявшись, Наташа побрела на кухню, чтобы налить себе воды из-под крана.

На кухне Марик жарил яичницу с колбасой. Из стоявшего на столе желтого приемника «Спидола» раздавалась задорная летка-енка, и юноша притопывал ногой в ритме танцевальной мелодии.

— Что с тобой? — испуганно спросил он, взглянув на Наташу.

— Ничего, — вяло ответила девочка.

— Да ты бледная как полотно! Ты заболела?

— Да... кажется.

— Что у тебя болит? Горло? Температура есть?

Марик наклонился, чтобы губами пощупать ее лоб, и внезапно резко отшатнулся.

— Чем от тебя пахнет?

— Не знаю. — Наташа попыталась пожать плечами, но не удержала равновесия и едва не упала. Марик подхватил ее и усадил на табурет.

— Ты что, пила?

Девочка молчала. Марик начал трясти ее за плечи, громко повторяя вопрос:

— Что ты пила? Когда? Сколько ты выпила? Наташа, отвечай немедленно, что ты выпила и сколько.

— Водку... кажется... Не кричи на меня.

— Сколько ты выпила?

— Не знаю... немножко.

— Сколько немножко? Один глоток? Два? Три?

— Не помню. Кажется, два... или три... не помню.

— Где ты взяла водку? У отца?

— Нина дала.

Кухню от входной двери отделял длинный извилистый коридор, но Марик все равно услышал, как чей-то ключ царапается в замке. Он испуганно оглянулся, потом схватил Наташу в охапку и поволок в свою комнату.

— Не хватает еще, чтобы тебя кто-нибудь увидел в таком состоянии, — бормотал он, снимая с ее ног тапочки и укладывая поверх покрывала на свой диван за ширмой. — Лежи тихонько, я на разведку схожу.

— Я пить хочу, — жалобно промычала она ему вслед.

— Я принесу. Не вставай и не выходи в коридор.

Наташа покорно вытянулась на диване. Как только голова коснулась мягкой подушки, ей сразу стало легче, даже тошнота почти прошла. Марик вернулся через пару минут, в руках у него была бутылка из-под молока, наполненная водой.

— Это Рита, — с облегчением сообщил он. — А когда твои родители должны прийти?

— Мама в половине седьмого, папа в семь.

— А Люся?

— Люся придет поздно, она идет сегодня...

Договорить ей не удалось. Обида и отчаяние снова нахлынули на Наташу, сдавили горло, обожгли глаза слезами. Марик был терпелив, он успокаивал девочку, давал попить, принес ей таблетку от головной боли, протирал ее лицо смоченным в воде носовым платком, заставлял сморкаться, гладил по голове и слушал ее горестную историю. С самого начала, с того момента, как Люсин жених достал билеты на фестиваль, а потом сломал ногу. Наташа Казанцева не любила читать, но зато уж что она умела — так это рассказывать: подробно, последовательно, детально, не забегая вперед и ничего не упуская. Марик слушал молча, не перебивал ее, только качал головой, мол, я понял, продолжай. И только в конце переспросил:

— Как, ты говоришь, Ниночка назвала твоих родителей?

— Суки бессердечные, — добросовестно повторила Наташа.

— А ты сама-то понимаешь, что это такое?

— Примерно. — Наташа попыталась улыбнуться. — Марик, ты не думай, я такие слова знаю.

— И что, сама их говоришь? — нахмурился юноша.

— Нет, что ты, я знаю, что это плохие слова. Грязные.

Марик отчего-то усмехнулся, и Наташе почудилось что-то недоброе в его глазах. Он предложил план действий: сейчас Наташа полежит и, может быть, даже поспит, пока не вернется с работы ее мама. К половине седьмого ей придется встать и пересесть за стол, а предварительно принести из своей комнаты учебники и тетрадки. Маме, а потом и отцу Марик скажет, что занимается с Наташей, проверяет, как она сделала упражнения и решила примеры, объясняет ошибки. И еще он скажет, что они могут не беспокоиться, поужинает Наташа сегодня с ним и его мамой. Сейчас он сходит к Рите Брагиной и договорится с ней, чтобы та пригласила Казанцевых-старших к себе «на телевизор», как раз в восемь часов будут передавать хороший спектакль. Пока родители отсутствуют, Наташа проберется к себе и уляжется в постель. Самое главное, чтобы никто с ней не разговаривал и не смог учуять запах спиртного.

— План понятен? — строго спросил Марик.

— Понятен.

— Голова прошла?

— Почти.

— Тогда постарайся поспать, к половине седьмого я тебя разбужу.

Наташа задремала, свернувшись клубочком. Откуда-то издалека ей слышались голоса Бэллы Львовны и Марика, причем голос юноши был грустным, а голос его матери — сердитым. Потом ей показалось, что голоса переместились куда-то в сторону, сначала они звучали совсем близко и приглушенно, как будто люди специально стараются говорить потише, а потом голоса отдалились и зазвучали справа, оттуда, где была комната Полины Михайловны и Ниночки. Сквозь дрему Наташа улавливала несвязные обрывки фраз: «Как ты могла... Ребенок... Водка... Ничего не соображаешь... Так говорить о ее родителях... Никто не должен знать... Дай слово...» Девочка поняла, что соседи ссорятся из-за нее.

Ровно в половине седьмого, когда по коридору тяжело процокали каблуки маминых туфель, Наташа, умытая и причесанная, сидела за большим столом с Бэллой Львовной и Мариком. Раскрытый задачник по арифметике, тетрадка, исписанная ровными столбиками решенных примеров, ручка — ну чем не примерная ученица! Бэлла Львовна выглянула в коридор:

— Галочка, Наташа у нас, она с Мариком занимается арифметикой.

На пороге комнаты появилась мама, усталая, в старом платье в цветочек, с кошелкой, из которой торчал белый батон и бутылка кефира с зеленой крышечкой.

— Ты обедала? — спросила она, глядя издалека на Наташу.

Наташа в первый момент растерялась, но выручил Марик:

— Она со мной обедала, Галина Васильевна. Мы ели яичницу с колбасой и помидорами.

— А для кого я, спрашивается, готовлю каждый день? Там суп стоит за дверью, котлеты нажарены, я специально ни свет ни заря вскакиваю, чтобы тебе обед оставить, а ты соседей объедаешь. Как тебе не стыдно!

— Ну-ну, Галочка, не кипятитесь. — Бэлла Львовна подхватила Наташину маму под руку и увела дальше по коридору, прикрыв за собой дверь в комнату.

Они о чем-то долго разговаривали на кухне, потом Бэлла Львовна вернулась улыбающаяся и довольная.

— Все, золотая моя, я тебя отбила. Мы с мамой нашли компромиссное решение, ты будешь ужинать у нас, но я разогрею для тебя суп и котлеты, которые ты не съела на обед. Ты знаешь, что такое компромиссное решение?

— Знаю, вы мне в прошлом году объясняли.

— Ну вот и славно.

Дальше все пошло так, как и было задумано. Пришел отец, но к Бэлле Львовне не заглянул, вероятно удовлетворившись объяснениями жены. Без пяти восемь в коридоре зазвенел голосок Риты Брагиной:

— Бэллочка, Марик, Галя, Саша, Полина Михайловна, Ниночка, приходите к нам спектакль смотреть! Называется «Карьера Артуро Уи, которой могло и не быть»! Постановка Товстоногова! Все бегите скорей, через пять минут начинается!

Возникло некоторое оживление, в комнату снова заглянула мама:

— Бэллочка, Марик, вы идете?

— Я пойду с удовольствием. — Бэлла Львовна поднялась с дивана и накинула на плечи красивую вязаную шаль. — В театре у Товстоногова такие дивные актеры, а в моем телевизоре все такое крошечное, лиц не разглядеть. Говорят, в этом спектакле Луспекаев просто изумителен.

— А Марик?

— Марик пусть с Наташей позанимается.

К девяти часам Наташа лежала в своей постели в пустой комнате и мысленно перебирала минута за минутой этот день, показавшийся ей таким длинным, хотя половину его она пробыла в забытьи. Наверное, Люся и вправду совсем не любит ее, раз не заступилась и не взяла с собой смотреть фильм. Наверное, папе ее совсем не жалко, он уже старый, ему пятьдесят четыре года, и он не понимает, что десятилетняя девочка хочет во время каникул гулять и играть с подружками, ходить в кино и покупать миндаль в сахаре и «курабье» в магазине «Восточные сладости». Наверное, мама ее все-таки любит, но не хочет сориться с папой, потому что его она тоже любит. В этих рассуждениях все зыбко и пока неточно, над этим она еще подумает, но потом, когда голова станет ясной и тошнота окончательно пройдет. А вот что она теперь знает точно, так это три вещи. Первое: водка — это жуткая дрянь и мерзость. Второе: никому нельзя говорить плохо о его родителях и вообще о его близких. Наташа и сама почувствовала болезненный укол, когда Нина стала обзывать маму с папой и Люсю, ей было неприятно и отчего-то стыдно, а потом, когда Бэлла Львовна кричала на Нину и ругалась, девочка восприняла это как подтверждение: да, Нина поступила неправильно. Плохо она поступила. И не только потому, что дала ей водки, но и потому, что сказала про Наташиных родителей и сестру такие грязные слова. И третье, самое главное: Бэлла Львовна опять оказалась права: если бы Наташа не валяла дурака, не была рассеянной и не предавалась дурацким мечтаниям, а делала бы уроки как следует и в школе была внимательной и собранной, то сейчас сидела бы в огромном кинозале рядом со своими кумирами и смотрела бы фильм «Брак по-итальянски», который никто из ее одноклассников никогда не увидит.

Она уже крепко спала и не слышала, как вернулись родители и как пришла счастливая взбудораженная Люся, как она (редчайший случай!) взахлеб рассказывала, кого из знаменитостей видела и кто во что был одет, и какое потрясающее кино она посмотрела, и какая красавица Софи Лорен, и как безумно талантлив Марчелло Мастроянни.

Утром Наташа Казанцева проснулась другим человеком. Пережитая накануне горечь и обида подействовали на нее как хлыст. «С сегодняшнего дня все будет по-другому», — сказала она себе и принялась за дело.

* * *

Ей повезло, потому что Марик этим летом никуда не уехал, во время студенческих каникул он пошел работать на почту. С утра Наташа занималась устными предметами, училась бегло читать вслух, не пропуская слоги и слова, зубрила французский, днем решала примеры и задачи с Мариком, а по вечерам, когда приходила Бэлла Львовна, наступало время русского языка, орфографии и чистописания. К концу августа она прошла с ними всю программу четвертого класса по русскому и арифметике.

— Туся, ты жутко способная, — удивленно говорил Марик. — У тебя такая ясная головка и память отменная. Вот ты еще чуть-чуть потренируешься, чтобы окончательно избавиться от своей рассеянности, и станешь первой ученицей в классе.

От этих слов Наташино сердечко таяло. Только Марик называл ее этим смешным именем — Туся. Сокращенное от Натуси. И услышать похвалу из его уст — это ли не счастье? Не говоря уж о том, что теперь они проводили вместе по нескольку часов в день, склонившись над столом голова к голове. Наташе очень не хотелось выглядеть дурочкой в его глазах, поэтому она изо всех сил старалась не отвлекаться ни на какие мысли и не мечтать о кренделях небесных, а внимательно слушать его объяснения. К немалому ее удивлению, привычная рассеянность понемногу отступала, и ей уже без труда удавалось относительно долгое время оставаться сосредоточенной и не делать дурацких ошибок.

— Она не рассеянная, она мечтательная, — с мягкой улыбкой поправляла сына Бэлла Львовна. — От этого нельзя избавиться, когда человек перестает мечтать, он становится сухим и пресным занудой.

Двадцать восьмого августа вечером, после ужина, Наташа положила перед отцом два учебника за четвертый класс — по русскому и по арифметике, и стопку тоненьких тетрадок в клеточку и в линейку.

— Проверь, пожалуйста, я прошла всю программу за год вперед.

Отец молча взял тетради и учебники, нацепил на нос очки и уселся на диван. Наташа ушла на кухню, помогла матери перемыть посуду и отправилась к Брагиным. Дядя Слава уехал отдыхать в санаторий в Кисловодск, а тетя Рита задумала сделать Марику подарок ко дню рождения — сшить по выкройке из журнала «Работница» такой же пиджак, как у битлов, песнями, прическами и костюмами которых бредила в этом году вся молодежь. Бэлла Львовна тайком от сына купила отрез, а тетя Рита — счастливая обладательница немецкой швейной машинки — взялась за шитье. Без Наташи в таком деле, конечно же, обойтись не могли, ее зоркие молодые глаза и уверенные точные пальчики позволяли в одно мгновение вдевать нитку в машинную иглу, которую нельзя было, как обычную иголку, повернуть к свету и взять поудобнее. Кроме того, Наташе можно было поручить обметывание швов, стежки у нее получались ровные и красивые, один к одному.

Когда она вернулась к себе, мама посмотрела на нее с гордостью и поцеловала, а отец скупо сказал:

— Молодец. Далеко пойдешь. Голова работает, и слово держать умеешь.

Достал из кошелька красную десятирублевую купюру и протянул дочери.

— Держи вот, купишь себе тетрадки и все, что нужно, к новому учебному году.

— Этого много, — робко возразила Наташа, — мне столько не нужно. Тетрадки по две копейки, карандаши по три, ластики по копейке, а линейка у меня еще хорошая, и ручка тоже. Ну там еще чернила, альбом для рисования и краски, но мне трех рублей на все хватит.

— Бери, бери, в кино сходишь, мороженое купишь или конфет каких-нибудь. Заслужила.

Пряча огромное, немыслимое богатство в карман, Наташа прикидывала, как рационально истратить его, чтобы обязательно купить подарки Бэлле Львовне и Марику, ведь только благодаря им у нее все получилось. Они занимались с ней, тратили на нее свое свободное время. Что же такое им подарить? Наверное, Марику — ручку, она видела еще весной в канцелярском магазине такие красивые ручки с золотистыми колпачками и в специальных футлярчиках. А Бэлле Львовне она купит пластинку. Какую? Ну ясно же, какую. Однажды Бэлла Львовна, слушая радио, проронила:

— Моцарт, моя любимая Сороковая симфония.

Вот эту-то Сороковую симфонию Наташа ей и подарит.

* * *

Весь год обучения в четвертом классе превратился для Наташи Казанцевой в сплошной праздник. Интенсивные занятия во время летних каникул сделали учебу легкой и совсем не скучной, потому что разве могут наскучить постоянные похвалы и восторги учителей! «Вы только посмотрите, как изменилась Казанцева! Все время была в отстающих, а теперь девочку как подменили. На уроках слушает внимательно, не отвлекается, в тетрадках чистота, у доски отвечает уверенно. Дети, вы все должны брать пример с Наташи. Наташа, выйди к доске и расскажи нам всем, как ты за одно лето научилась писать без помарок». Она стала центром всеобщего внимания в классе и среди учителей, получала сплошные пятерки, ее хвалили на родительских собраниях, после которых мама приходила домой довольная и сияющая. И табели с оценками за четверть теперь было не страшно приносить и показывать отцу.

Общему радостному настроению способствовало и то, что теперь появилось два новых праздника. В октябре впервые отмечали День учителя, все пришли в школу с букетами астр и гладиолусов, а многие несли в руках еще и пучки желто-красных кленовых листьев. Девочки были в белых передничках, учителя никому не ставили двоек, после уроков в актовом зале прошел замечательный концерт художественной самодеятельности, одним словом, получился настоящий праздник! А весной случилось еще одно приятное событие — Международный женский день 8 Марта объявили нерабочим днем. Вот уж радость была — нежданно-негаданно образовался еще один выходной, когда можно не ходить в школу!

Четвертый класс Наташа закончила круглой отличницей и получила похвальную грамоту. По этому поводу мама испекла торт и позвала в гости на чаепитие всех соседей. Дядя Слава Брагин, как всегда, не смог прийти, он очень занят и возвращается домой поздно, зато тетя Рита подарила Наташе красивую книжку в красном переплете «Приключения Незнайки и его друзей». Увидев это, Марик усмехнулся:

— Ритуля, такие книжки дети читают во втором классе, а Туся у нас уже большая, ее на будущий год в пионеры принимать будут.

Тетя Рита смутилась, и Наташа тут же кинулась ее защищать:

— Ну и что, что в пионеры, а я эту книжку еще не читала. Спасибо большое, тетя Рита, я обязательно прочитаю про Незнайку, вот прямо завтра и начну.

— Ты не читала про Незнайку? — удивился Марик. — Ну, Туся, мне за тебя стыдно. Книги надо читать, а то получится из тебя необразованная отличница.

— Как это? — растерялась Наташа.

— А очень просто, — подхватила Бэлла Львовна. — Пятерки в школе — это гарантия минимальных знаний, но на одних этих знаниях в жизни далеко не уедешь. Ты научишься хорошо считать и писать без ошибок, а поговорить с тобой будет не о чем. Вот понравится тебе мальчик, вы пойдете с ним гулять, он тебя спросит: «Наташа, тебе кто больше нравится, Джек Лондон или Фенимор Купер?» А ты и ответить не сможешь. Мальчику станет скучно с тобой, и он больше не позовет тебя гулять.

— Ну, положим, про мальчиков ей думать еще рано, — добродушно пробасил отец, — но Бэлла Львовна права, читать надо. Вон сколько книг в доме, а ты хоть бы одну в руки взяла.

Наташа покраснела, ведь ее стыдили при Марике, а хуже этого ничего не может быть. Сиреневые тома Джека Лондона действительно стояли на книжной полке, и Фенимор Купер у них был в зелено-оранжевом переплете. И много других книг. Ну почему все постоянно талдычат одно и то же: читать, читать, читать... А она кино любит.

— Между прочим, — заметил Марик, — твой любимый фильм — «Человек-амфибия», а книжку ты читала? Ведь как интересно было бы прочесть книгу и посмотреть, чем она отличается от того, что ты видела в кино.

— А разве есть такая книжка?

— Здрасьте, приехали! — Марик картинно развел руками. — Туся, ты меня просто поражаешь. Конечно, такая книжка есть, ее написал Александр Беляев. Хочешь, дам почитать?

Он вышел и через несколько минут вернулся с книгой. Отдав ее Наташе, Марик сел не туда, где сидел раньше, а рядом с Ниночкой. Он был такой красивый, в черном «битловском» пиджаке, который сшила для него тетя Рита Брагина, с волнистыми темными волосами и блестящими выпуклыми глазами, и Наташе отчего-то было тревожно и неприятно видеть его рядом с хорошенькой Ниночкой, тоже темноволосой и темноглазой, только лицо у нее было не смуглое, как у Марика, а белое-белое. На Ниночке надето ярко-красное платье с облегающим лифом и на тонких бретельках, на губах ярко-красная, как платье, помада, в ушах — крупные серьги из янтаря, и вся она сверкает и переливается, как новогодняя елка. Только Наташа ничего этого не видит, для нее Ниночка, сидящая рядом с Мариком и загадочно улыбающаяся, окрашена в холодный голубоватый цвет. Это цвет опасности. Когда Наташе было шесть лет, мама учила ее зажигать газовую плиту. Девочка ужасно боялась голубого пламени, и с тех пор все опасное для нее было голубым.

Полина Михайловна, мать Ниночки, тоже пришла, сидела надутая и сердитая и то и дело с горестными вздохами начинала сетовать на жизненные неудачи. Мол, не всем так везет с мужьями, как Рите Брагиной, а коль растишь дочку без мужней помощи, так разве можно ждать, что она будет так же хорошо учиться, как Наташа. Бэлла Львовна на это ответила, что она тоже вырастила Марика без мужа, который умер от ран, полученных во время войны, когда сыну было два годика. Но это не помешало мальчику учиться только на «отлично» и поступить в институт. Полина Михайловна буркнула в ответ:

— Нечего сравнивать. Такие, как вы, всегда умеют устраиваться.

Возникла неловкая пауза, и Наташе показалось, что на какое-то мгновение комната оказалась залита оранжевым светом с коричневыми всполохами. Но это длилось лишь секунду, потом рука Ниночки легла на плечо Марика, а Наташин отец, повернувшись к сидящей рядом Бэлле Львовне, стал накладывать в ее тарелку кусок торта и что-то говорить. Тетя Рита вскочила с места и звонко объявила:

— Предлагаю всем налить в чашки чай, попробовать замечательный торт нашей Галочки и поздравить нашу самую младшую соседку Наташечку с выдающимися успехами в учебе и с получением похвальной грамоты. Ура!

Было очень весело, все шутили, смеялись, пели хором «Навстречу утренней заре по Ангаре, по Ангаре» и «А за окном то дождь, то снег». И только сестра Люся весь вечер просидела молча, рта не раскрыла.

* * *

С женихом Костиком у Люси отношения разладились как раз после того, как он сломал ногу. Люся не утруждала себя частыми посещениями пострадавшего, ни пока он лежал в больнице, ни тогда, когда он с загипсованной ногой сидел дома, ограничивалась только телефонными звонками. А Костик поскучал-поскучал да и развлекся тем, что влюбился в медсестру, которая ухаживала за ним в палате. Люся долго не могла понять, что происходит и почему Костик обижается на нее, ведь это же так важно и так интересно — собраться в университетской общаге и до хрипоты обсуждать «Антимиры» Андрея Вознесенского или «Братскую ГЭС» Евгения Евтушенко, спектакль Театра на Таганке «Добрый человек из Сезуана» или возможности первой электронно-вычислительной машины «Урал». Сама Люся студенткой уже давно не была, она три года назад закончила институт и работала на заводе в конструкторском бюро, но Костик как раз еще учился на факультете журналистики, и у них была общая компания, местом сбора которой стало студенческое общежитие. В общаге не только спорили и обсуждали, там и пели под гитару где-то услышанные и подпольно разученные полублатные песни Высоцкого, изысканные романсы Окуджавы и длинные песни-новеллы Галича, от которых веяло смертным холодом одиночества, запахом лагерных бараков и безысходной тоской предательства. И разве можно было отказываться от таких посиделок ради того, чтобы навестить Костика? Да и нужно ли? Конечно, нельзя сказать, что Люся совсем уж обделяла вниманием своего жениха, она навещала его примерно два раза в неделю, и если бы речь шла просто о приятеле или сокурснике, то этого было бы даже много, но ведь она собиралась выйти замуж за этого человека, жить с ним вместе долгие годы, потому что они и дня не могли провести друг без друга. И вдруг оказалось, что Люся не очень-то и скучает по своему избраннику и вполне может обходиться без ежедневных свиданий с ним, что есть для нее вещи куда более важные и интересные, нежели вечер, проведенный наедине с женихом. Может быть, Люся не любила Костика, а всего лишь рассматривала его как подходящий вариант замужества, не век же в девках-то сидеть, ведь как-никак двадцать семь уже. Может быть, она любила его, но по-своему, любила так, как умела, и в это умение не входили ни внимательность, ни заботливость, ни нежность. Одним словом, Люся Костиком пренебрегла, а он увлекся другой девушкой, и, когда Люся спохватилась, было уже поздно. Роман с медсестричкой развился так стремительно и зашел так далеко, что Люсе осталось только пожинать плоды своей душевной черствости.

Всегда сдержанная и молчаливая дома, Люся Казанцева с тех пор совсем ушла в себя. Она и раньше-то не баловала своих домашних разговорами, а теперь хорошо, если два слова за день произнесет. Высокая и тонкая, с правильными чертами лица и пышными волосами, такими же темно-рыжими, как у матери, Люся казалась своей младшей сестренке почти божеством, недосягаемым и непостижимым. Она вся окружена тайной, по телефону разговаривает так тихо, что ничего не слышно, никогда не рассказывает ни о работе, ни о друзьях, никого не приглашает в гости и не знакомит с родителями. По ночам что-то пишет в толстых тетрадках, но дома их не оставляет, уносит с собой. Наташа, сгорая от любопытства, несколько раз спрашивала:

— Люся, а что это ты пишешь? Ты ведешь дневник, да?

— Не твое дело, — сквозь зубы бросала сестра, не поднимая головы.

— Почему не мое? — недоумевала Наташа. — Почему ты не можешь мне сказать? Это секрет, да?

— Отстань, шмакодявка. Ты еще маленькая.

И так всегда. Наташа для нее — шмакодявка, маленькая и неразумная, с которой разговаривать ниже Люсиного достоинства.

Однажды Наташа даже решилась на некрасивый поступок: выдвинула те два ящика письменного стола, которые принадлежали сестре, в попытках отыскать заветные тетради и прочесть, что же в них написано, но потерпела неудачу. Тетрадей там не оказалось, а ведь Люся, включив настольную лампу, писала накануне часов до двух ночи, Наташа это точно помнила, потому что вставала попить воды и посмотрела на часы.

Когда Костик объявил Люсе, что собирается жениться на медсестре, в семье на некоторое время воцарился траур. Люся взяла больничный и несколько дней лежала в постели и плакала, ничего не ела и ни с кем не разговаривала. У Наташи сердце разрывалось от жалости к любимой старшей сестре, она искренне хотела помочь ну хоть чем-нибудь, хотя бы просто вниманием и сочувствием.

— Тебе принести попить? — заботливо спрашивала она Люсю. — Хочешь, я чаю сделаю? Хочешь, я схожу в магазин и куплю тебе что-нибудь вкусное? Хочешь, я попрошу у Марика интересную книжку для тебя? Хочешь, я почитаю тебе вслух? А давай пойдем к Бэлле Львовне на телевизор, там кино хорошее показывают.

Но в ответ слышалось только одно:

— Отстань.

Наташа расстраивалась, ей так хотелось помочь, так хотелось быть полезной, а Люся отталкивала ее. Вот у Наташиной подружки Инки Левиной тоже есть старшая сестра, ее зовут Мила, так эта Мила с Инки глаз не сводит, утром в школу провожает, по воскресеньям ходит с ней в кино и в Парк имени Горького, и Наташу они с собой берут. Мила всегда находит время, чтобы поболтать с сестренкой и ее подружками, помочь с уроками, она не жадничает и дает девчонкам примерять свои шикарные платья и юбки с блузками, которые им, конечно, велики, но все равно красиво. Ах, если бы Люся была такой же, как Мила, если бы она так же любила свою сестру и заботилась о ней, Наташа Казанцева была бы самой счастливой на свете. Но Люся к ней равнодушна, как будто и не замечает, что у ее родителей есть еще один ребенок. Она никак не отреагировала на Наташины школьные достижения и не удостоила девочку ни поздравлением, ни похвалой, ни даже просто добрым словом. Будто все это ее не касается. Живет себе Люся в своей башне из слоновой кости, хрупкая и прекрасная, необыкновенная и не понятая окружающими, и не снисходит до того, чтобы хотя бы взглянуть на обыкновенную земную жизнь.

* * *

Учиться в пятом классе оказалось не так легко, как в четвертом. Во-первых, награжденная похвальной грамотой, Наташа это лето, в отличие от предыдущего, провела так, как и полагается его проводить обыкновенным школьницам; а во-вторых, с пятого класса начинаются разные серьезные предметы: история, география, ботаника, вместо чтения — литература. В первые же две недели нового учебного года Наташа ухитрилась схватить три четверки и даже одну тройку. Сперва она даже растерялась от неожиданности, но сумела быстро взять себя в руки. Она уже была отравлена сладким ядом успеха и всеобщего признания, она уже знала, что такое быть первой и быть лучшей, и возвращаться назад, в болото середнячков, не собиралась. Позорные отметки были исправлены в самое короткое время, и Наташа дала себе слово больше не расслабляться, ведь впереди сияла новая цель. Первого сентября новый классный руководитель Валентина Михайловна объявила:

— Вы знаете, что в этом году вас будут принимать в пионеры. Самых лучших учеников в пионеры будут принимать в Музее Ленина, всех остальных — здесь, в школе, в музее боевой славы. Для того чтобы заслужить высокую честь быть принятым в пионеры в Музее Ленина, вы должны не только хорошо учиться и получать одни пятерки, но и примерно себя вести в школе и дома, быть вежливыми и аккуратными, уважать старших и слушаться их.

Разумеется, для Наташи и речь не могла идти о том, чтобы ее принимали в пионеры в школе. Только в Музее Ленина! Она будет лучшей и добьется этой высокой чести.

Когда Наташа рассказала родителям о своих планах, отец немного подумал и, скупо улыбнувшись, сказал:

— Посмотрим. Если добьешься, если выполнишь то, что задумала, я оформлю подписку на журнал «Советский экран», будешь получать каждый месяц.

— Ур-ра!! — завизжала Наташа, бросаясь отцу на шею.

Да, при всей своей педагогической строгости и непреклонности Александр Иванович Казанцев знал, как сочетать кнут и пряник в воспитании дочери. Наташина любовь к кинематографу отнюдь не ослабевала, наоборот, увлечение становилось все сильнее. На день рождения отец подарил Наташе уже второй альбом для открыток, куда девочка вставляла купленные в киосках цветные фотографии актеров. Другим источником пополнения коллекции стал журнал «Советский экран», откуда Наташа аккуратно вырезала фотографии, наклеивала на кусочек ватмана такого же размера и получала вполне сносную самодельную открытку. Как только дочь начала учиться на пятерки, отец стал регулярно выдавать ей деньги на кино и перестал ругать за то, что она смотрит один и тот же фильм по нескольку раз. Если нравится — пусть смотрит, лишь бы не в ущерб учебе. Фильм «Ко мне, Мухтар!» Наташа посмотрела четыре раза и каждый раз заливалась слезами сначала на том месте, где Мухтар бросается на предавшую его хозяйку, и еще раз — в самом конце, когда он, постаревший и больной после ранения, страдает от собственной ненужности и скучает по прежней работе. На «Берегись автомобиля» она ходила семь раз и знала его практически наизусть, но рекорд был поставлен Наташей на фильме «Звонят, откройте дверь» — двенадцать раз! Она и сама не могла бы объяснить, чем приворожила ее эта кинокартина о жизни школьников, ее ровесников. Может быть, тем, что главная героиня — пятиклассница, как и сама Наташа, — влюблена в своего пионервожатого, которому столько же лет, сколько Марику. А может быть, тем эпизодом, когда актер Ролан

Быков выходит на сцену и начинает играть на трубе. В этом возрасте она еще не знала такого понятия «сильная сцена», а только чувствовала, что сердце почему-то сжимается и по лицу текут слезы, которые невозможно остановить, сколько бы раз ты ни смотрела фильм. А вот комедия «Операция Ы и другие приключения Шурика» оставила ее равнодушной. Посмотрела один раз, потом — скорее по привычке и для порядка — второй и так и не поняла, почему все ребята в классе сходят с ума по этому фильму. На следующий год то же самое повторилось с «Кавказской пленницей». Народ валил на комедию валом, в повседневную речь прочно вошли цитаты вроде «Птичку жалко», «Короче, Склифосовский», «Кергуду» или «Спортсменка, комсомолка, отличница и, наконец, просто красавица». А Наташа недоумевала: ну что они все нашли в этом фильме? Ни погрустить, ни поплакать, только одни хиханьки да хаханьки.

К летним каникулам 1967 года Наташа пришла с достойным результатом: очередная похвальная грамота за отличную учебу, две грамоты за победу в районных и городских соревнованиях по легкой атлетике, прием в пионеры в Музее Ленина, и — самое главное! — ее выбрали председателем совета отряда. Она хорошо помнила наказ Бэллы Львовны: ты должна завоевать уважение и авторитет, чтобы тебя выбрали сначала звеньевой, а потом председателем совета отряда. А ей удалось сразу перепрыгнуть через ступеньку и миновать должность звеньевой!

— Поедешь в пионерский лагерь? — спросила мама. — У нас на работе путевки есть.

— Нет, — твердо отказалась Наташа, — я лучше в Москве останусь.

— Опять будешь из кинотеатров не вылезать. — Мама недовольно покачала головой. — Тебе надо больше бывать на воздухе, гулять, а ты в четырех стенах все время сидишь, то в школе, то дома, то в кино своем дурацком.

— Кино не дурацкое, — обиделась девочка.

— Галина, оставь ее, — вмешался отец. — У ребенка есть интерес, это в любом случае лучше, чем бессмысленное гулянье. Ты уже плешь проела своей любовью к свежему воздуху, а что от него толку? На свежем воздухе далеко не уедешь и жизнь не построишь.

— Свежий воздух — это здоровье. — Мама явно начала раздражаться и повышать голос, и Наташа поняла, что вот-вот снова разгорится скандал. И почему родители так любят ссориться по любому пустяку?

Она привычно убежала к Бэлле Львовне, чтобы в тишине и покое синей комнаты пересидеть домашнюю красную бурю. Почему красную — она точно не знала, просто она так чувствовала, мысленно называя «красной бурей» скандалы, возникающие между мамой и отцом.

— Ты действительно не хочешь ехать в лагерь? — недоверчиво переспросила Бэлла Львовна.

— Не хочу, честное пионерское.

— И ты действительно собираешься каждый день ходить в кино?

— Если денег дадут, — вздохнула Наташа. — Билет на дневной сеанс стоит десять копеек, умножить на девяносто дней — получается девять рублей. Огромные деньги.

— А если ходить в кино каждый день по два раза, то восемнадцать рублей, — засмеялась соседка. — Это уже целый капитал. Ты что-нибудь слышала о переходе количества в качество?

— Нет, — призналась девочка.

— Так вот, тебе нужно всего двадцать копеек в день, чтобы два раза сходить в кино на дневной сеанс. Всего двадцать копеек. Это ведь немного, правда?

— Не знаю, для меня много.

— А для твоих родителей — нет, можешь мне поверить. Сегодня двадцать копеек, завтра двадцать копеек... Это же такие деньги, на которые все равно ничего серьезного не купишь, так что их и не жалко, правда? А за три месяца набегает восемнадцать рублей. Целое платье. Это и называется переходом количества в качество. Ты вот небось сидишь сейчас и думаешь, что твоей маме придется отказаться от нового платья, чтобы ты могла все лето каждый день ходить в кино. Ведь думаешь?

— Думаю, — согласно кивнула Наташа.

— Выбрось из головы, — решительно посоветовала Бэлла Львовна.

— Почему?

— Потому что если ты вспомнишь, сколько денег потратила на кино за всю свою жизнь, то вообще в обморок упадешь. А сколько еще потратишь в будущем? Так что ж теперь, в кино не ходить? Ты мне лучше вот что скажи. Ну, допустим, тебе удастся сходить на два дневных сеанса, но день-то длинный. Все твои подружки разъедутся, кто на дачу, кто к родственникам в деревню, кто в пионерлагерь. И что ты собираешься делать одна до самого вечера?

— Буду читать.

— О, это прогресс. Наконец-то я услышала от тебя разумные слова. А что читать будешь? Сказки и приключения?

— Ну да. И про любовь, — добавила Наташа, слегка смутившись.

— А учебники? Не хочешь подстраховаться перед новым учебным годом? В шестом классе начнутся сложные предметы: физика, химия, алгебра, геометрия. Тебе надо бы заранее настроить голову, чтобы не ударить лицом в грязь, ты ведь теперь председатель совета отряда — человек ответственный, на тебя остальные равняются, ты всем пример подаешь. Ты должна быть лучшей, быстрее всех схватывать новые знания и лучше всех отвечать у доски.

— Я... — Наташа замялась, и тут Бэлла Львовна нанесла решающий удар:

— Марик тебе помог бы, он до середины августа никуда не уедет.

Марик! Ну конечно! Разве можно от этого отказываться? Да об этом только мечтать можно. И потом, Бэлла Львовна, как всегда, права, председатель совета отряда не имеет права получать тройки.

Это лето 1967 года стало для обитателей коммунальной квартиры в переулке Воеводина (а именно так стал с 1965 года именоваться Рещиков переулок) летом больших перемен. В начале июня у Брагиных появился новый телевизор «Электрон» с необъятным — 59 сантиметров по диагонали — экраном, даже большим, чем у их прежней «Беларуси-5». Три дня вся квартира по вечерам собиралась у Брагиных, дабы насладиться невиданно крупным изображением. Теперь можно было даже разглядеть сережки в ушах у женщины-диктора. А к середине июля Наташа узнала, что Брагины скоро переедут, дядя Слава получил от своего треста отдельную квартиру.

— Саша, вы должны немедленно пойти в исполком и добиться, чтобы освободившуюся комнату отдали вашей семье, — ежедневно твердила Бэлла Львовна Наташиному отцу, — это же невозможно — как вы живете вчетвером друг у друга на головах. Если вы упустите момент, то, как только Брагины выпишутся отсюда, к нам немедленно подселят новых соседей. И еще неизвестно, кто это будет. А вдруг это окажется семья с отцом-алкоголиком и мальчишкой-хулиганом? А у вас девочка растет, вы должны об этом думать.

— Я не могу ходить и просить, — говорил отец.

— Но вы же не выпрашиваете лишнего, ведь вторая комната для вашей семьи — это жизненная необходимость.

— Ничего подобного, — отрезал тот. — Другие и похуже нас живут. В подвальных помещениях ютятся. Им эта комната нужнее.

Тогда Бэлла Львовна переключилась на Наташину маму:

— Галочка, наша квартира — это редчайшее исключение из правила; когда на кухне больше одной хозяйки, неизменно возникают жестокие конфликты. А мы живем практически как одна семья. Нам страшно повезло, что в одной квартире собрались такие уживчивые люди...

— Особенно Полина Михайловна, — вставляла в этом месте мама.

— Да, она пьет, — соглашалась Бэлла Львовна, — но она хотя бы не скандалит и не вредничает. А представьте себе, во что превратится наша жизнь, если сюда въедет семья скандалистов и дебоширов, которые станут водить к себе приятелей-алкашей? Или какая-нибудь жуткая пара молодоженов, к которым каждый день будут вваливаться по два десятка гостей, всю ночь они будут танцевать под громкую музыку, а квартира за неделю превратится в хлев. Мы все поддерживаем здесь чистоту, мы все люди сознательные и места общего пользования убираем строго по графику, а какая-нибудь молодуха в свою неделю убираться не станет, и что тогда? Мы будем за нее мыть туалет, ванну и полы? Да мы же все перессоримся только из-за одного этого!

— Я не знаю, Бэллочка, — робко отвечала мама, — я не умею ходить по начальству. Да и Саша против.

Поняв, что с семьей Казанцевых каши не сваришь, Бэлла Львовна обратилась к самому Брагину, и, к всеобщему удивлению, тот ответил:

— Нет вопросов, Бэллочка, я завтра же позвоню председателю исполкома и поговорю с ним.

Вопрос решился быстро и легко. Никто не ожидал, что Брагин, которого все считали нелюдимым и заносчивым, проявит такую оперативность в интересах соседей, которые со дня на день должны были стать бывшими соседями. Все сошлись во мнении, что, в сущности, плохо знали Славу Брагина, потому что он страшно занятой человек, уходил на работу раньше всех и приходил часов в десять вечера усталый, голодный и злой. Зато его молодая жена Рита была у всех на глазах, и все видели, как она изо всех сил старается ему угодить, достает невесть где самые дефицитные продукты, а также все самое свежее и дорогое на рынке, а не в магазине, как все, и часами колдует на кухне над плитой. «Мой Славочка любит то... Мой Славочка любит это... Славочка терпеть не может, когда пережарено... Славочка недоволен, когда слишком много чеснока...» Славочка, Славочка! А Брагин приходил раздраженный и не склонный ни к каким разговорам, никогда не выходил на кухню (не начальственное это дело), еду ему Рита всегда носила в комнату, а потом выносила на подносе гору грязных тарелок, кастрюлек и мисочек. Даже когда Брагины приглашали к себе смотреть телевизор, то само приглашение неизменно исходило от милой приветливой Риты, а Брагин, если был дома, сидел молча и ни с кем не разговаривал. Вот и сложилось у всех мнение, что их сосед — гордец и бука, а на самом-то деле он оказался милейшим человеком, просто устает сильно на работе, должность ответственная. Тут уж не до досужей кухонной болтовни.

Так что, когда настало время паковать вещи и грузить их в большую машину, всем стало даже как-то грустно. Хорошие люди эти Брагины, жаль, что съезжают.

— Приходите ко мне на работу, я вас без очереди причешу, — говорила Рита, по очереди обнимая всех соседей и смаргивая с накрашенных ресниц слезы.

Сам Брагин пожал всем руки, а Наташу неожиданно поцеловал в макушку и сказал:

— Наслышан о твоих успехах. Молодец, так держать.

Эти слова повергли всех в полное изумление. Никому и в голову не могло прийти, что Рита обсуждает со своим мужем подробности внутриквартирной жизни. И еще меньше можно было ожидать, что Брагин вникает в ее щебетанье и что-то из рассказанного даже запоминает.

В тот же день вечером мама радостно заявила:

— Ну, девочки, собирайте свои вещи, будем вас переселять в отдельное помещение.

Однако отец тут же оборвал ее порыв:

— Погодите, рано еще. Вот оформим все документы, тогда и переселим девочек.

— Но в исполкоме же обещали, — испугалась мама. — Не могут же они передумать, мы и заявление написали, и все подписи собрали и справки. Ты участник войны, они не могут тебя обмануть.

— Мало ли что, — неопределенно ответил он. — Неделя ничего не решает. Сначала получим на руки ордер, тогда и вещи перенесем.

Но опасения отца не подтвердились, ордер они получили без всяких проволочек, видно, Слава Брагин был фигурой значительной и авторитетной. И в этот момент Наташе был нанесен еще один удар.

— Я переселяюсь одна, — объявила сестра Люся, соизволив наконец открыть рот.

— Как это — одна? — оторопела мама.

— Молча. Мне нужна отдельная комната. Я тут с вами с ума сойду, никакой жизни нет.

— Доченька, но как же это?.. — залепетала мама.

Отец рукой отстранил жену и встал перед старшей дочерью.

— Я не позволю тебе диктовать нам условия жизни! — загремел он. — Кто ты такая? Чего ты в жизни добилась, чтобы требовать для себя отдельную комнату? У тебя есть сестра, и ты обязана с этим считаться. Ты ведешь себя как принцесса среди крепостной дворни, мы с матерью это терпели много лет, но сегодня ты перешла все границы! Ты будешь жить в одной комнате с Наташей, и кончено!

— Не буду! Я не собираюсь жить с этой шмакодявкой, я взрослая женщина, мне скоро тридцать, и у меня должна быть своя жизнь.

— Какая своя жизнь? Тебе нужна комната, чтобы мужиков водить?!

Лицо отца налилось кровью, и Наташа испугалась. Никогда еще она не видела его в такой ярости.

— Папочка, — почти закричала она, — пожалуйста, не надо ссориться! Я с удовольствием останусь с вами. Пожалуйста, только не ругайтесь, пусть Люся живет отдельно, а мне с вами будет очень хорошо, я буду о вас заботиться, я буду помогать все-все делать, только не надо кричать и ругаться...

Отец схватил Наташу в охапку, прижал к себе, уткнулся лицом в ее волосы и несколько раз глубоко вдохнул.

— Доченька, — пробормотал он еле слышно, — сердечко мое золотое. — Потом отпустил Наташу и повернулся к Люсе. — Собирай свои вещи и уходи, — произнес он совсем спокойно. — Видеть тебя не хочу.

Конечно, через несколько недель конфликт потерял остроту, отец перестал сердиться и даже не вспоминал о том скандале. Люся переехала в комнату Брагиных, но кушала, разумеется, то, что готовила мать, и посуду за собой не мыла, оставляя эту честь маме и сестре. Однако зайти в ее комнату просто так оказалось невозможным. Люся запирала дверь на ключ даже тогда, когда была дома, и могла запросто не открыть родителям или сестре, ссылаясь впоследствии на то, что устала, уснула и стука не слышала. Первое время такое случалось редко, а потом все чаще и чаще, пока не перешло в систему.

К концу лета у Наташи выкристаллизовалось твердое убеждение в том, что сестра отказалась от нее. Люся ее предала.

* * *

— Бэлла Львовна, а у Марика есть невеста?

Этот вопрос Наташа собиралась задать уже давно, но все как-то смелости не хватало. Подумают еще, что она неспроста интересуется... Конечно, неспроста, она-то сама это знала, но вот всем остальным знать необязательно. Марик уже окончил свой пединститут и работал в школе учителем математики. В глубине души Наташа надеялась, что он придет работать именно в ту школу, где она учится, но его распределили совсем в другое место, куда-то на окраину Москвы. Теперь он куда чаще приходил домой поздно, да и женские голоса просили позвать к телефону Марка Аркадьевича не раз в неделю, как раньше, а три-четыре раза в день. Болезненные уколы пронзали Наташино сердечко, и она мучилась неизвестностью, мечтая лишь об одном: чтобы Марик ни на ком не женился, пока она сама не вырастет и не докажет ему, что она — самая лучшая. Сегодня был последний день учебного года, Наташа закончила седьмой класс, с гордостью положила на стол перед родителями сверкающий пятерками табель и охапку грамот: за отличную учебу и примерное поведение, за активную работу в школьной пионерской организации, за подготовку пионерского отряда 7-го «А» класса к городскому смотру строя и песни, за первое место в соревнованиях по бегу и прыжкам в высоту, за участие в работе школьной художественной самодеятельности, за второе место на городской олимпиаде по истории и за первое — на олимпиаде по химии.

Родители похвалили ее и сообщили радостную новость: в этом году им наконец удастся отдохнуть летом всем вместе. Отцу дали путевку в сочинский санаторий, а мама и Наташа поедут вместе с ним, снимут комнату и будут жить рядом. Люся с ними не поедет, у нее свои планы. Вот это было здорово! Только как быть с вошедшими в привычку летними занятиями? Наташа понимала, что только благодаря этим занятиям она легко усваивает новые знания, самые трудные — по математике и физике. А это дает возможность в течение года тратить на домашние задания куда меньше времени, чем требуется всем остальным, ведь задачи по физике и тригонометрии и длинные примеры по алгебре она щелкает как орешки, освобождая время для всего остального — для спорта, самодеятельности, общественной работы, — словом, для всего того, за что дают грамоты и что делает ее саму заметной фигурой в школе. Не говоря уже о том, что эти занятия — редкая и чудесная возможность проводить время вместе с Мариком, сидеть рядом с ним, слушать его голос, разогревать для него обед и мыть посуду, из которой он ел.

Наташа тут же помчалась к Бэлле Львовне выяснять, собирается ли Марик куда-нибудь уезжать летом, и если собирается, то когда. Оказалось, что Марик с друзьями в июле поедет в Ленинград смотреть на белые ночи, а в августе он вместе с Бэллой Львовной отправится во Львов к родственникам, но это ненадолго, дней на десять. После этого он еще собирается с двумя товарищами в турпоход на Кавказ, но это пока неточно, все зависит от того, смогут ли эти его товарищи получить на работе отпуск. Марик — учитель, у него отпуск всегда летом, когда в школе каникулы, а его друзья работают в проектном институте, где все зависит от начальников и от плана.

Наташа с облегчением вздохнула: ее семья поедет в Сочи тоже в августе, так что весь июнь и даже часть июля Марик будет принадлежать ей. Если согласится, конечно.

— Как вы думаете, Бэлла Львовна, Марик сможет со мной позаниматься? — спросила она.

— Думаю, что сможет, — улыбнулась соседка.

Все так удачно складывается, и год закончен успешно, и поездка на море с родителями предстоит, и время для занятий нашлось. Вот только один вопрос мучает Наташу, и никак она не наберется храбрости его задать, но ведь сегодня все так хорошо, просто здорово, может быть, спросить наконец? Она набрала в грудь побольше воздуха и выпалила:

— Бэлла Львовна, у Марика есть невеста?

Соседка, казалось, ничуть не удивилась такому вопросу.

— Насколько я знаю, ничего серьезного у него нет, — спокойно ответила она. — Девушки им, конечно, интересуются, он с ними в кино ходит, в театр, но о женитьбе речь пока не идет. А почему ты спросила?

— Так просто, интересно, — смутилась Наташа.

— Не ври, золотая моя. Ты боишься, что, если Марик женится, он перестанет с тобой заниматься?

«Нет, я вообще боюсь, что он женится, не дождавшись меня!» — хотелось крикнуть Наташе, но она только промямлила:

— Ну да... И вообще, а вдруг он женится и переедет жить в другое место? Я буду скучать по нему, он мне как брат.

— Не беспокойся, — Бэлла Львовна почему-то усмехнулась, — в ближайшее время этого не случится.

Она помолчала и, глядя куда-то в сторону, вдруг добавила:

— Марик у нас однолюб. К сожалению.

Сердце у Наташи упало. Однолюб... Значит, он кого-то любит и на всех остальных внимания не обращает. Но если любит, то почему не женится на ней? Может быть, она его не замечает? Или вообще она замужем. К своим четырнадцати годам Наташа уже прочла достаточно книг и посмотрела достаточно фильмов, чтобы примерно представлять себе, какие драмы разыгрываются из-за неразделенной любви или из-за невозможности по каким-то причинам быть вместе. Ведь и она сама страдает от этой неразделенной любви. Вот уже сколько лет для нее существует только Марик, а он этого даже не замечает.

— Кстати о женитьбах, — добавила Бэлла Львовна, — ты знаешь, что у нас осенью, вероятно, появится новый сосед? Ниночка выходит замуж.

— Правда? — обрадовалась Наташа. — А за кого?

— Знаю только, что его зовут Николай и что он работает на заводе.

— Ой, Бэлла Львовна, и откуда вы все самая первая узнаете?

— Да как же первая, золотая моя, вся квартира знает, что Нина выходит замуж. Целую неделю только об этом и разговоры.

— Да? — совершенно искренне удивилась Наташа. — Я ничего не слышала.

— Ну когда же тебе слышать, ты у нас вся в учебе и в общественной работе. Просто ради интереса попробуй вспомнить, когда ты Нину в последний раз видела?

— Нину?

Наташа задумалась. А в самом деле, когда? Она очень хорошо помнит, что видела Нину в потрясающем брючном костюме из темно-синего с красными полосками кримплена и в голубой блузке. На ногах — синие лаковые туфельки с тупым носом и на широком каблуке. Не девушка — картинка из модного журнала! Но когда же это было-то? Дней пять назад? Или четыре?

— Я видела ее на днях, она еще в брючном костюме была, — неуверенно ответила Наташа.

— В синем с красными полосками? — уточнила Бэлла Львовна. — Так это, золотая моя, было на Девятое мая, Нина в гости ходила. С тех пор она этот костюм не надевала.

— Да не может быть!

— Я тебе точно говорю. Вот полюбуйся, — Бэлла Львовна распахнула створки тяжелого дубового шкафа, — костюм с тех пор здесь так и висит, Нина его ни разу не брала.

— А почему он у вас? — не поняла Наташа.

— Из соображений безопасности. Полина Михайловна грозится его ножницами разрезать и на помойку выкинуть. Дескать, где это видано, чтобы женщины в штанах ходили, как мужики. Она считает, что это неприлично. Так что Ниночку нашу ты не видела по меньшей мере три недели, а ты говоришь — «на днях»! И еще удивляешься, что все новости мимо тебя проходят.

Ну надо же! Три недели пролетели так незаметно! Конечно, перед концом учебного года у Наташи было много хлопот, она же председатель совета отряда и обязана позаботиться о том, чтобы в ее отряде было как можно меньше отстающих, стало быть, надо было уговаривать и убеждать троечников усиленно заниматься и исправлять плохие оценки, надо было искать среди отличников тех, кто возьмется подтянуть их в максимально короткие сроки. Сама Наташа добровольно взялась помочь двум девочкам по русскому языку и одному отпетому двоечнику по химии, сидела с ними после уроков, вдалбливала правила, писала на доске формулы. Ну и результат, как говорится, налицо: девочки исправили тройки на четверки, а двоечник с грехом пополам справился с лабораторной работой по химии и один раз вполне прилично ответил у доски, за что был отмечен учительницей, поставившей ему за год тройку вместо давно запланированной «пары». Таким образом, в пионерском отряде, которым командовала Наташа Казанцева, не оказалось за год ни одной двойки ни по одному предмету, а по количеству пятерок и четверок они заняли первое место в пионерской дружине школы имени Поленова, чего, собственно, Наташа и добивалась.

То, что Ниночка выходит замуж за какого-то Колю, это хорошо. Наташе станет спокойнее, ей почему-то становилось не по себе, когда Марик оказывался рядом с Ниночкой, будто искры какие-то между ними пробегали. А вот то, что Марик — однолюб, это плохо. Кого же он любит? Уж не Нину ли? Да нет, оборвала Наташа сама себя, не может быть. Если бы он любил Нину, он бы на ней женился. А может быть, она его совсем не любит? Нет, непонятно. Как можно не любить Марика, такого чудесного, такого умного и красивого, такого доброго и веселого? Он лучше всех на свете. Наверное, он любит какую-то женщину, которая понимает, что Марик — самый лучший, но не может выйти за него, потому что у нее уже есть муж.

С этого дня Наташа стала внимательно присматриваться к Марику, пытаясь уловить какие-нибудь приметы того, что он страдает от безответной любви. Вот он задумался, остановился на середине фразы, объясняя ей очередной раздел по физике, и смотрит куда-то в сторону, наверное, вспоминает о Ней...

— О чем ты думаешь? — тут же спрашивает Наташа.

— О том, как лучше объяснить тебе эту формулу. Я, кажется, не с того начал. Давай попробуем еще раз.

Вот он во время занятий беспокойно посматривает на часы.

— Ты торопишься? — спрашивает она.

— Не совсем... Но хотелось бы сегодня пораньше закончить.

— Почему? У тебя свидание с девушкой?

— Да нет, не в этом дело.

— А в чем? — допытывается Наташа.

— Мне дали один журнал, я должен его прочесть и завтра утром вернуть.

— А что в журнале? Что-то интересное?

— Роман Булгакова «Мастер и Маргарита». Мне так повезло, что я его достал! Правда, всего на одну ночь.

Журнал и в самом деле лежит на столе, сквозь мутную кальку, в которую он обернут, голубеет обложка. Наташа недоверчиво открывает его — «Москва», 1967 год, номер 1.

— Так он же старый! — возмущается она. — Позапрошлогодний. Я думала, это что-то новенькое, а это старье какое-то.

— Старье! Что ты понимаешь? Я за ним больше года гонялся, в четыре очереди записывался, чтобы прочитать, вот наконец повезло. Это такой роман, такой... ты не представляешь!

— Какой — такой? — не отставала Наташа. — Интересный?

— Туся, книга совсем не обязательно должна быть интересной, чтобы люди стремились ее прочитать. То есть нет, я не так объясняю... Вот ерунда какая, совсем запутался. Ты «Трех мушкетеров» читала?

— Конечно, ты же мне сам давал эту книгу.

— Тебе интересно было читать?

— Ну... — Наташа поколебалась, обдумывая ответ, потому что «Три мушкетера» ей совсем не понравились: сплошные политические интриги и война, поплакать не над чем. — В общем да, интересно.

— И тебе хотелось бы перечитать роман еще раз?

— А зачем? — удивилась Наташа. — Я же знаю, чем там все кончится.

— Вот видишь, книга, казалось бы, интересная, а перечитывать ее не хочется, потому что сюжет тебе известен. А кроме сюжета, там ничего и нет.

— А что должно быть еще, кроме сюжета?

— Бывает еще кое-что. Не во всех книгах, конечно, но в некоторых бывает. Что-то такое помимо сюжета, и, сколько бы раз ты ее ни перечитывал, каждый раз открываешь что-то новое, то, что раньше пропустил, или не заметил, или не понял. Второй пласт, третий, десятый... Вот «Мастер и Маргарита» как раз такая книга и есть. Я уже один раз ее читал, теперь хочу перечитать.

— Я тоже хочу прочесть, — решительно заявила Наташа.

— Не получится. Я должен завтра утром журнал вернуть, на него большая очередь, и завтра его уже другой человек возьмет. И потом, тебе еще рано читать такие романы, ты ничего не поймешь.

— Что же я, тупая, по-твоему? — с обидой произнесла Наташа.

— Тусенька, ты не тупая, ты очень умненькая и развитая девочка, просто ты еще маленькая.

— Я не маленькая, мне уже четырнадцать лет! Меня на следующий год в комсомол примут. Джульетте вообще тринадцать было, когда она с Ромео обвенчалась.

— Ну, для комсомола ты уже достаточно большая, а для Булгакова еще маленькая. А что касается Джульетты, то для Ромео она, конечно, была уже взрослой, ему самому-то всего лет пятнадцать было. А вот если бы ему было двадцать пять, она казалась бы ему совсем ребенком. Все, Туся, давай не будем отвлекаться, у нас по плану на сегодня задачи по оптике. Сейчас их порешаем и на этом закончим.

Дома Наташа спряталась в своем закутке, который стал куда более просторным с тех пор, как из него убрали Люсин диван, и принялась разглядывать себя в висящем на стене зеркале. Волосы в последние годы стали заметно темнеть, раньше они были совсем светлые, а теперь наливаются медно-рыжим оттенком, как у мамы и Люси. Но это — единственное, что у нее от мамы, во всем остальном Наташа — настоящая папина дочка, и нос такой же, прямой и широкий, и губы, и лоб. Почему Люсе так повезло? У нее все от мамы — и тонкие черты лица, и тонкая фигурка, и большие глаза. И даже волосы вьются так же красиво, как у мамы на фотографиях двадцатилетней давности. У Наташи же волосы прямые, жесткие и фигура крепкая, с широкими плечами. Правда, учитель физкультуры говорит, что у нее сложение идеальное для занятий спортом, но ей-то что с этого, не собирается же она становиться олимпийской чемпионкой, она физкультуру терпеть не может, а на тренировки и на соревнования ходит только потому, что у нее результаты хорошие, а результат — это победа, а победа — это грамота. И для авторитета полезно. Наташа уже знает, куда будет поступать — во ВГИК, а туда конкурс безумный, талантливых много, а мест мало, поэтому важно, с чем ты придешь в приемную комиссию, только с одним желанием учиться или с рекомендацией горкома комсомола. А чтобы такую рекомендацию получить, надо стараться, стараться и стараться, это ей еще Бэлла Львовна много лет назад объяснила.

Да, для спорта фигура, может, и подходящая, а вот для модных вещей, которые покупают родители ее подружке Инне Левиной, Наташино сложение не очень-то годится. Инка и ее сестра Мила обожают переодевания, и, когда Наташа приходит к подруге, ей всегда дают примерить новые тряпочки. Сестры Левины в них выглядят как кинозвезды, а на себя Наташа наденет — ну урод уродом. Даже жалко! Поэтому она не очень и страдает оттого, что ее собственные родители не покупают ей таких вещей, все равно она в них «не выглядит». А не покупают они модную одежду Наташе не потому, что денег нет, а потому, что достать ее негде. Ведь в магазине тот же брючный костюм, или белую шубку из искусственного меха, или кримпленовое платье, или хорошие туфельки просто так не купишь, надо знать, где и когда их выбросят, или иметь блат, чтобы из-под прилавка продали. У мамы с папой такого блата нет, вот и ходит Наташа одетая кое-как, то есть добротно, но немодно. Разве может она понравиться Марику в таком виде? Он ведь сам сказал: если бы Ромео было двадцать пять лет, он бы тринадцатилетнюю Джульетту даже не заметил бы. Надо хотя бы прическу сделать более взрослую, а то косы эти...

Решено, завтра же она позвонит тете Рите Брагиной и сходит к ней в парикмахерскую. Ниночка регулярно бегает к ней стричься, тетя Рита, как и обещала, пропускает бывшую соседку без очереди. Пусть и Наташу подстрижет.

* * *

Двадцать четыре дня, проведенные в Сочи с родителями, стали для нее настоящим праздником. Им несказанно повезло, комнату удалось снять в первый же день, хотя Казанцевы готовы были к длительным поискам, зная и по собственному опыту, и по опыту знакомых, что порой приходится две-три ночи провести на вокзале или на пляже, прежде чем найдешь постоянное место для ночлега. Справедливости ради стоит сказать, конечно, что нашли они не отдельную комнату, а всего лишь две койки в комнате, где, кроме Галины Васильевны и Наташи, жила еще приехавшая откуда-то с Урала женщина с маленьким сыном. Но и это было чудесно! Ведь комната

Александра Маринина

же, настоящая комната, а не сарай, где ютилась целая семья из пяти человек, и не раскладушка в саду под грушевыми и яблоневыми деревьями. На этих раскладушках спят какие-то молодые мужчины, Наташа видит их каждое утро и с сочувствием думает о том, где же они, бедненькие, переодеваются и хранят свои вещи.

Наташа вскакивала ни свет ни заря, умывалась из приколоченного к дереву рукомойника и мчалась на пляж занимать место при помощи двух старых истончившихся от долгой жизни одеял. В первый день они с мамой и отцом долго спорили, где лучше: поближе к морю или, наоборот, поближе к высокому каменному парапету. Родители считали, что лучше находиться рядом с парапетом, по крайней мере, мимо них не будут без конца ходить люди, наступая не только на одеяла, но и на ноги, а то и на голову. Наташа же хотела быть поближе к воде, чтобы, даже загорая, слышать шум моря и вдыхать его особый, чуть горьковатый запах. Родители победили в этом споре, сказав дочери, что если ей так хочется моря, то пусть побольше плавает или сидит у кромки воды.

Дорога до пляжа неблизкая, занимает почти полчаса, но утром она девочке в радость, потому что идти приходится вниз, да и нежарко еще, солнце только-только встало. Зато уход с моря превращался в каторгу: вверх по раскаленному жарой асфальту, все мышцы гудят от непривычно долгого плавания. Отец к обеду уходил в свой санаторий и оставался там до четырех часов, это называлось «тихий час», а Наташа с мамой шли в столовую обедать. Бесконечно длинная очередь, терпеливо дожидавшаяся на солнцепеке возможности войти в душное, тесное, пропахшее комбижиром помещение, потом грязные мокрые подносы, липкие тарелки и приборы, отчаянные попытки найти два свободных места за одним столом, невкусная еда и почти совсем несладкий компот на десерт — все это не вызывало у Наташи ни ужаса, ни отвращения, более того, ей ужасно нравилось. Нравилось, что можно стоять в очереди в одном купальнике, только уже на самом пороге столовой накидывая легкий халатик, нравилось, что можно выбирать еду, а не есть то, что дают, пусть даже выбирать всего из трех супов на первое и четырех блюд на второе, но все-таки выбирать, потому что дома ведь не выберешь, что мама приготовит, то и съешь. Нравилось, что можно не мыть за собой посуду. И вообще, каждый день ходить в настоящую столовую —

это ведь почти то же самое, что каждый день обедать в ресторане. Прямо как в кино про взрослую жизнь!

Ужинали они дома, покупали на рынке картошку, помидоры, огурцы и зелень, хозяйка им попалась добрая и разрешала пользоваться керосинкой на кухне и кастрюлькой. А две алюминиевые мисочки, вилки, ложки и нож они привезли из Москвы, мама и раньше ездила отдыхать «дикарем» и знала, что нужно брать с собой.

Но самым сладостным становился для Наташи вечер, когда многочисленные приезжие, снимавшие койки у их хозяйки, собирались в саду за длинным деревянным столом, пили чай и вино, ели арбуз и вели всякие разговоры. Напитки и арбуз ее мало привлекали, гораздо интереснее было послушать разговоры, всякие жизненные истории, анекдоты. И кроме того, там был Вадик, высокий, черноволосый, темноглазый, до того похожий на Марика, что Наташа глаз с него не сводила. Вадик приехал с родителями из Мурманска, он впервые в жизни оказался под южным солнцем, непривычная к загару кожа его сразу же обгорела, и ему приходилось сидеть на пляже в рубашке с длинными рукавами. Наташа его от души жалела, он казался ей таким несчастным! Возможно, днем так и было, но вечером Вадик оживал, распрямлялся и уже ничем не напоминал того юношу, который тоскливо сидел на пляже в тени, закутавшись в рубашку и прикрыв ноги полотенцем (обожженная кожа чутко реагировала даже на те жалкие остатки солнечных лучей, которые просачивались сквозь тонкие реечки длинного навеса). Его родители шутили, что их сын — истинное дитя полярной ночи и хорошо чувствует себя только в темноте, ведь поженились они в начале марта, когда полярная ночь еще не кончилась, а родился Вадик в декабре, когда ночь уже наступила.

Однажды, примерно через неделю после Наташиного приезда, Вадик встал из-за стола, где проходили вечерние посиделки, обогнул его и подошел к Наташе.

— Пойдем погуляем, — предложил он так легко и свободно, словно был знаком с ней всю жизнь, — чего с ними сидеть.

— Мне надо у мамы отпроситься.

Наташа с готовностью встала, собираясь подойти к матери. Она была совсем не против погулять с этим мальчиком, так похожим на Марика, только гораздо моложе.

— Не надо, я сам, — остановил ее Вадик.

— Что — сам? — не поняла Наташа.

— Я сам попрошу разрешения у твоей мамы погулять с тобой.

Наташа рот раскрыла от изумления, а когда закрыла — Вадик уже стоял возле Галины Васильевны и что-то тихо говорил ей. Мама улыбалась и кивала, потом повернулась, поискала глазами дочь, снова улыбнулась ей и кивнула. Разрешение получено.

— Слушай, а почему ты это сделал? — спросила Наташа, едва они закрыли за собой калитку и ступили на дорогу, ведущую к центру города.

— Что я сделал?

— Пошел к моей маме меня отпрашивать. Думаешь, если бы я сама попросила, она бы меня не отпустила с тобой гулять? Думаешь, я еще маленькая?

— Я не знаю, маленькая ты или большая, а я уже взрослый и должен сам отвечать за свои поступки. Раз я тебя пригласил, я должен нести за это всю ответственность. Меня так отец учил, — ответил Вадик совершенно серьезно.

— А сколько тебе лет?

— Мне? Пятнадцать.

С ума сойти! Да он всего на год старше ее, а уже чувствует себя совсем взрослым, и разговаривает, как взрослый, и ведет себя соответственно.

— А твой папа — он кто? — поинтересовалась Наташа.

— Он морской офицер.

В его голосе звучала такая гордость, что Наташа не решилась больше задавать вопросы, хотя ей очень хотелось выяснить, чем отцы — морские офицеры отличаются от всех остальных отцов и почему воспитывают своих сыновей не так, как те отцы, которых Наташа знала.

Они долго шли по неосвещенной дороге, о чем-то болтали, рассказывали о своих школьных друзьях, обменивались впечатлениями о виденных кинофильмах и о прочитанных книгах. Про кино Наташа знала куда больше, ведь она не только фильмы смотрела, но и журнал «Советский экран» чуть не до дыр зачитывала и могла со знанием дела рассказывать про Василия Ланового и Татьяну Самойлову, Алексея Баталова и Наталью Варлей, и не только про них, но и про Жана Марэ и Милен Демонжо, которых все знали после «Трех мушкетеров» и «Фантомаса». А вот по части книг Вадик явно превосходил ее, и Наташа во время этих ставших ежедневными вечерних прогулок не раз вспоминала Бэллу Львовну. Ну и Марика, разумеется! О нем она никогда не забывала.

Самое большое потрясение Наташа испытала, когда Вадик на лестнице подал ей руку.

— Ты что? — испуганно спросила она. — Зачем это?

— На лестнице мужчина должен подать даме руку в любом случае, а уж на темной лестнице — тем более.

— Выходит, ты — мужчина?

— А кто же я, женщина, что ли? — засмеялся Вадик.

— А я — дама, так, по-твоему?

— Ну не кавалер же! Слушай, у вас в Москве все такие темные?

— Почему темные? — обиделась Наташа. — Просто у нас в Москве эти нежности не в моде. Это у вас в Мурманске женщины — неженки, которых надо за ручку водить, а у нас в Москве женщины сильные и самостоятельные. Понял?

— Ну как не понять! У вас в Москве женщины сильные, зато мужчины слабые, никогда даме не помогут, им это просто в голову не приходит. Давай руку, и пошли вниз, и под ноги смотри, а то споткнешься.

Лестница была длинной, и к последней ступеньке Наташа подумала, что идти, держась за сильную руку, вовсе не противно, даже приятно. А ведь до центра города таких лестниц еще пять. И все длинные. И по всем шести придется еще подниматься на обратном пути.

Через две недели Вадик с родителями уехал, у его отца закончился отпуск, и оставшиеся до отъезда несколько дней Наташа отчаянно скучала по нему, одновременно радуясь тому, что скоро, вот уже совсем скоро увидит Марика. Она сама чувствовала, что сильно изменилась за эти две недели, Вадик сумел-таки каким-то образом внушить ей ощущение собственной женственности и прочно внедрил в ее сознание мысль о том, что быть слабой и нежной и принимать помощь мужчины не только не стыдно, но и во всех смыслах правильно. И не только правильно, но и приятно.

Утром в день отъезда, собирая вещи и надевая вместо купальника и халатика юбку и кофточку, Наташа посмотрела на себя в зеркало и осталась более чем довольна. Рита Брагина сделала ей хорошую стрижку, правда, не тогда, в июне, а перед самым отъездом на юг, когда удалось наконец уломать маму с папой и с кровью вырвать у них разрешение на то, чтобы расстаться с косами. Марик уже уехал с Бэллой Львовной во Львов и новой прически Наташиной не видел. За двадцать четыре дня, проведенных у моря, Наташа не только обрела шоколадный загар, но и похудела, теперь она сама себе казалась тоньше и изящнее. И появилось еще что-то неуловимое, мягкость какая-то, которой раньше не было.

Она уже не хотела ни моря, ни солнца, ни вечерних разговоров в саду, ни прогулок с сыном морского офицера из Мурманска. Она хотела скорей попасть в Москву, в свою квартиру. Она хотела увидеть Марика. Если он отправился в поход, как планировал, то должен был к этому времени вернуться.

* * *

Едва переступив порог квартиры, Наташа почувствовала: что-то не так. В квартире пахло по-другому.

— Ой, как накурено! — всплеснула руками мама. — У кого-то гости, что ли?

— Небось у нашей, — недовольно проворчал отец, доставая ключ и открывая дверь комнаты, — навела мужиков. Я знал, что этим кончится.

Но в квартире стояла тишина, никаких посторонних голосов не слышно. Непохоже, чтобы у Люси были гости.

— Доча, поставь чайник, — попросила мама.

Наташа вышла на кухню и с удивлением увидела незнакомого мужчину. Он сидел на табуретке в голубой майке и в трусах и курил, стряхивая пепел в банку из-под консервов «Бычки в томатном соусе».

— Здравствуйте, — вежливо поздоровалась Наташа.

— Привет.

Мужчина медленно повернулся и окинул ее сонными глазами.

— Вы кто?

— Коля. Николай я. Твой новый сосед. Нинкин муж. А ты кто?

— Наташа. Казанцева, — зачем-то уточнила она. — Мы только что приехали из Сочи.

— Отдыхали, стало быть, — мрачно констатировал Николай и снова отвернулся, погрузившись в свои мысли.

Нинкин муж... Слова какие-то незнакомые. Никто в их квартире не называл Нину Нинкой, и слышать такое было непривычно. Неужели и свадьба уже была? Как жалко! Опять Наташа все самое интересное пропустила.

Хотя Ниночку понять можно, гораздо удобнее праздновать, когда соседи разъехались, никому не мешаешь, можно по всей квартире гулять, танцевать, петь песни и не бояться, что кто-то уже лег спать.

Вскоре, однако, выяснилось, что никакой свадьбы пока еще не было, она состоится только в сентябре, но поскольку вопрос решенный, то Николай не стал тянуть с переездом и заблаговременно переселился к будущей жене. Через несколько дней для Казанцевых стало очевидным, что сбываются некоторые неприятные пророчества их прозорливой соседки Бэллы Львовны. Ниночкин жених оказался как раз таким человеком, соседства с которым они стремились избежать. Во-первых, он страсть как любил выпить, но при этом категорически не желал употреблять в одиночку и настырно приставал с предложением «принять на грудь по чуть-чуть» сначала к Наташиному отцу, потом к Марику, а потом, не добившись успеха у мужской части обитателей коммунальной квартиры, переключался на женщин, начиная обычно с Галины Васильевны, следом за которой шли Люся (если была дома и соизволяла открыть дверь) и Бэлла Львовна. Но это происходило только в тех случаях, когда дома не было ни Ниночки, ни ее мамы Полины Михайловны, которые с удовольствием составляли ему компанию. Во-вторых, у Николая был громовой голос, который он включал в полную силу, выясняя отношения со своей новой семьей. Вся квартира, замерев от ужаса, слушала буквально через день длинные тирады о том, что «Нинка — лахудра та еще» и что «пусть она спасибо скажет, что я ее такую взял», и с сегодняшнего дня пусть помнят, кто в доме хозяин. Соседи перешептывались, бросая недовольные взгляды на дверь комнаты, из-за которой доносился крик, но понимали, что сделать ничего не могут. Николай кричит не на общей кухне и не в общем коридоре, а у себя дома. Конечно, пока что он здесь не прописан, но это вопрос всего нескольких недель, зарегистрирует брак с Ниной и тут же пропишется. Александр Иванович, Наташин отец, пытался поговорить с новым соседом, но каждый раз все заканчивалось одинаково.

— Иваныч, ты меня не суди строго, — говорил Николай, покаянно бия себя в грудь, — я мужик простой, на заводе работаю, у нас в цехе такой грохот стоит, что, пока не крикнешь во всю глотку, сам себя не услышишь. Привык, понимаешь ли, громко разговаривать, особенно если меня обидят. А они меня обижают, вот поверь моему слову, прямо через день обижают. Я ж не со зла ору, а от чувств.

— Пьешь много, — строго замечал Александр Иванович, — не дело это. И к соседям пристаешь с выпивкой своей. Сколько раз я тебе говорил: у нас квартира непьющая.

— Ну да, — похохатывал Николай, — а теща моя любезная как же? Полина-то Михайловна ни дня всухую не проживет, и ничего, вы ей замечаний не делаете. Да и Нинка моя выпить не прочь, и опять же ничего, вы ей не препятствуете. А ко мне чего цепляетесь?

— Да я не потому, что ты пьешь, — начинал оправдываться Александр Иванович, — это, в конце концов, твое личное дело, но делай его потихоньку, не приставай к нам, особенно к женщинам.

— А как же? — В этом месте лицо Николая начинало выражать полное недоумение. — Одному, что ли, пить? Это, брат Иваныч, признак алкоголизма, верный признак. Человек, если себя уважает, должен пить в компании.

После нескольких попыток обуздать соседа на него махнули рукой. Аргументов, которые могли бы хоть в чем-то убедить Николая, ни у кого не находилось, а сам Коля так искренне извинялся за доставленные неудобства...

Больше всего дружелюбия к нему проявлял, как ни странно, Марик. Он был единственным, кто мог подолгу разговаривать с Николаем, сидя на кухне поздно вечером, когда все хозяйки заканчивали с готовкой и мытьем посуды.

— Он что, нравится тебе? — ревниво спрашивала Наташа, с горечью думая о том, что никогда ее любимому Марику не приходило в голову вот так же посидеть вечером на кухне и поболтать с ней самой.

— А почему он не должен мне нравиться? — отвечал Марик вопросом на вопрос. — Он такой же человек, как и мы все.

— Нет, он не такой, — горячилась девушка, — он грубый и неотесанный, он пьяница и хулиган. Не понимаю, что у вас может быть общего.

— Вырастешь — поймешь, — тонко улыбался Марик. — А пока запомни: он наш сосед, он живет в нашей квартире и будет жить в ней всегда, и мы ничего не можем с этим поделать. Поэтому надо приспосабливаться и делать все возможное, чтобы поддерживать с ним хорошие отношения. Вот я отношусь к Коле по-человечески, и он перестал меня цеплять, перестал навязывать совместную выпивку. А Люся, твоя сестра, наоборот, все время на него фыркает и дает понять, что он не человек, а так, животное какое-то. Это его злит, и он специально к ней цепляется при каждой возможности.

Свадьба Нины и Николая превратилась в кошмар, квартиру заполнили незнакомые мужчины и женщины, быстро перепились, громко бранились, кого-то рвало в туалете, кто-то кого-то ударил, и только совместными усилиями Марика и Наташиного отца с трудом удалось предотвратить кровавый мордобой. Наташа едва сдерживала слезы разочарования: она так ждала этого дня, так готовилась, одолжила у Инки Левиной модное кримпленовое платье, темно-красное с яркими желтыми цветами, а ее сестра Мила дала на один день потрясающие итальянские туфли. Наташе так хотелось хорошо выглядеть, ведь придут гости, все будут нарядные и торжественные, и, может быть, ей удастся сесть рядом с Мариком, который будет весь вечер за ней ухаживать, подкладывать в тарелку салат и наливать лимонад. Но все вышло совсем не так, на Наташу никто внимания не обращал, все пили водку или вино, а лимонада на столе вообще не было. Марик к началу застолья опоздал, он водил своих учеников в музей и появился только часам к пяти, его усадили где-то с краю, далеко от Наташи, а минут через двадцать он ушел к себе, и никто, кроме самой Наташи, этого не заметил. Промаявшись в одиночестве еще какое-то время, она тоже сбежала. Разделась в своем закутке, аккуратно сложила платье и туфли, завернула в белую бумагу и отправилась к подружке.

— Ты чего так рано? — округлив глаза, испуганно спросила Инна. — Свадьбу отменили?

— Нет, просто уже все кончилось, — быстро соврала Наташа. — Они с самого утра празднуют. А сейчас все расходятся. Вот, возьми, — она протянула подруге пакет, — платье чистое, я проверила.

Инна небрежно бросила пакет на диван и потянула подругу за руку.

— Ладно, брось, пошли лучше к Милке в комнату, у нее такие пластинки обалденные! Послушаем, пока ее нет.

Они поставили пластинку Ободзинского и с наслаждением погрузились в сладкий голос, с неподдельным трагизмом выводивший:

Александра Маринина

Только не подведи,
Только не подведи,
Только не отведи глаз.

Слушая эту песню, Наташа всегда представляла себе Марика, именно его глаза были для нее «этими глазами напротив», именно к нему она обращалась, мысленно повторяя вслед за певцом незамысловатые слова модной песенки: «Эти глаза напротив ярче и все темней, эти глаза напротив чайного цвета, эти глаза напротив — пусть пробегут года, эти глаза напротив — сразу и навсегда».

— Да ты чего грустишь? — тормошила ее Инна. — Все в порядке, Нина вышла замуж, теперь она для тебя не опасна. Даже если твой Марик в нее влюблен, все равно ничего не выйдет, так что у тебя еще есть шанс.

— Нет, — покачала головой Наташа, — его мама сказала, что он однолюб. Значит, ему без разницы, замужем она или нет, он все равно будет ее любить.

Инна скинула тапочки и забралась на диван с ногами, она всегда так делала, когда начинался долгий и интересный для нее разговор.

— Слушай, — понизив голос, сказала она, — ты же мне говорила, что твой Марик почти что подружился с этим Колей. Говорила?

— Говорила, — подтвердила Наташа.

— Ну вот, видишь! Если бы он любил Нину, он бы ревновал ее к жениху, а если бы ревновал, то ни за что не подружился бы с ним. Раз он к нему хорошо относится, значит, он не ревнует.

— Ну и что?

— Ну и ничего! Раз он не ревнует Нину, значит, он ее вообще не любит. И можешь успокоиться.

— Ничего себе — успокоиться! Если бы дело было в Нине, я бы успокоилась, она теперь замужем, и Марику все равно ничего не светит, даже если он будет ее любить. А если это не Нина, тогда кто? Я ничего о ней не знаю, а вдруг она свободна? А вдруг он на ней женится?

— Не кричи, — Инна забавно наморщила носик и скорчила подруге рожицу, — что за манера сразу страх нагонять: а вдруг, а вдруг! Ты вот мне скажи, как он вел себя на свадьбе?

— Никак, — пожала плечами Наташа, — пришел поздно, посидел немножко и ушел.

— По нему видно было, что он переживает?

— Да нет... кажется...

— Непонятно. — Инна переменила позу, усевшись поудобнее и спрятав босые ножки под широкую плиссированную юбку. — С одной стороны, с виду он не страдает, но с другой стороны, немножко посидел и ушел, то есть ему все это было неприятно. Непонятно... Слушай, а почему бы тебе не поговорить с ним, а?

— О чем?

— Об этом. Ну подойди ты к нему и спроси напрямую: мол, Марик, у тебя есть девушка, которую ты любишь? И кто она? Пусть уж он тебе один раз ответит, и ты перестанешь маяться.

— Ты что? — испугалась Наташа. — Как это я спрошу?

— А что? Возьмешь и спросишь. Что в этом такого? Он тебе как старший брат, почему сестра не может задать такой вопрос своему брату? Если бы у меня был брат, я бы все-все-все про его личную жизнь знала. Я про Милкиных ухажеров все знаю, всех видела.

Мгновенная и ставшая привычной зависть снова уколола Наташу: вот если бы у нее с сестрой Люсей были такие отношения, как у Инны с Милой! Люся стала совсем чужой с тех пор, как переехала в отдельную комнату, теперь Наташа по нескольку дней с ней не видится. Но идея, поданная подругой, стала прорастать в ее голове и пускать корни. Один раз она решилась и задала мучивший ее вопрос Бэлле Львовне, но ничего конкретного в ответ не услышала, кроме того, что Марик — однолюб и что девушки им интересуются, но пока не намечается ничего серьезного. А что, если и в самом деле спросить у Марика? Может быть, она напрасно, как выражается Инка, нагоняет страх, и Бэлла Львовна имела в виду, что если уж Марик кого-то полюбит, то это на всю жизнь, но пока такая девушка ему не встретилась. А вдруг... вдруг окажется, что он любит ее, Наташу, только ее, и терпеливо ждет, пока она вырастет и закончит школу. Господи, какое это было бы счастье!

* * *

С того дня Наташа с новой силой принялась наблюдать за Мариком, уделяя особое внимание тому, как он на нее смотрит, как говорит с ней, как гладит по голове. По вечерам, лежа в постели, она снова и снова перебирала в памяти свои наблюдения, выискивая признаки особого отношения к себе со стороны соседа. Иногда такие признаки были налицо, иногда их приходилось собирать по крупицам из всех впечатлений за день, но примерно месяца через два Наташа прочно утвердилась в своих догадках. Напрасно ломала она голову в поисках невидимой соперницы, ее нет и никогда не было, потому что Марик любит ее, Наташу. Тогда чего же он ждет? Почему не скажет ей об этом? Может быть, боится, что она его отвергнет? Вот глупый! Неужели он до сих пор не понял, что он для нее самый лучший и самый любимый? Да, Инка права, надо непременно завести об этом разговор, заставить Марика признаться ей в любви и сказать ему, что она тоже его любит. И все будет чудесно. Они смогут больше не прятать свои чувства друг от друга и от окружающих и будут все свободное время проводить вместе.

Решение было принято, теперь осталось найти подходящий для объяснения момент.

* * *

Очередь в гастрономе на Смоленской площади двигалась медленно, и Наташа, чтобы не скучать, мысленно повторяла список покупок и прикидывала, сколько сдачи останется с пяти рублей, которые дала мама на продукты. Триста граммов колбасы по два рубля двадцать копеек — шестьдесят шесть копеек. Двести граммов сливочного масла по три шестьдесят — семьдесят две копейки. Черный хлеб за четырнадцать и белый батон за тринадцать — двадцать семь. В молочном отделе еще велено взять три пакета молока, синеньких, по шестнадцать копеек, полкило сметаны по рубль пятьдесят — семьдесят пять копеек, и бутылку кефира — еще тридцать. И триста граммов сыра по три рубля за килограмм — девяносто копеек. Потом надо бежать в овощной магазин за картошкой, по десять копеек за килограмм, в пакете три кило, стало быть, еще тридцать копеек. Итого сколько набежало? Четыре рубля тридцать восемь копеек. Останется еще шестьдесят две копейки, так что можно купить молоко не по шестнадцать копеек, трехпроцентное, а по двадцать пять, в красных пакетиках-пирамидках, в нем шесть процентов жирности, поэтому оно вкуснее, хотя и дороже. И сметану взять не по рубль пятьдесят, а по рубль семьдесят, она хоть не такая кислая и жидкая, а ведь сметана нужна маме для теста, она собирается в выходные что-то испечь, наверное, любимый Наташин торт-медовик, он как раз на сметане делается.

Увлеченная расчетами, она вздрогнула, услышав совсем рядом знакомый голос:

— Девушка, я перед вами занимал, вы не забыли?

Перед ней стоял улыбающийся Марик с авоськой в руке.

— Прихожу с работы, а меня мама в магазин посылает, говорит, мол, Наташа только что побежала в гастроном, иди скорее, может, она еще в очереди стоит. Удачно я успел, да, Туся? Давно стоишь?

Наташа взглянула на маленькие часики на кожаном ремешке — подарок отца ко дню рождения.

— Минут сорок. Вставай передо мной, всего три человека осталось.

— Неправильно мыслишь. Вот тебе рубль, возьми для нас двести граммов «Любительской» колбасы, а я пойду в молочный очередь занимать.

Так, сменяя друг друга в очередях, они купили все необходимое. Марик левой рукой легко подхватил тяжелую Наташину сумку, а правую согнул в локте:

— Хватайся, а то скользко, упадешь.

На улице и в самом деле было скользко, декабрьский мороз лизал ледяным языком щеки и нос, холодный ветер засыпал в глаза мелкую снежную крупу. У Наташи моментально замерзли руки, и только тут она сообразила, что в пылу беготни из очереди в очередь сунула перчатки на самое дно сумки, и теперь для того, чтобы их достать, нужно останавливаться, ставить сумку на тротуар и выкладывать все продукты. Ладно, правую руку она засунет в карман, а вот что делать с левой, которая так хорошо лежит на рукаве у Марика? Не убирать же ее. Ладно, ради такого случая можно и потерпеть, до дома ведь совсем близко.

Однако Марик почти сразу заметил ее покрасневшие пальцы.

— А перчатки где? Потеряла?

— Они в сумке, я их продуктами завалила, — как можно беспечнее отозвалась Наташа. — Да мне и не холодно совсем.

Он остановился, поставил на тротуар Наташину сумку и свою авоську, снял перчатки и протянул ей:

— Возьми, надень, а то лапки отморозишь. Бери, бери, не стесняйся.

— А ты как же?

— А мне не страшно, у меня, как у всех мужчин, кожа толстая.

— Ты обо всех девушках так заботишься? — весело спросила она.

— Не обо всех, а только о некоторых.

— О каких же?

— О самых лучших.

Сердце ее гулко заухало в груди. Вот он, тот момент, когда удобно и уместно задать свой вопрос. Ну же, Наталья, давай, решайся, еще три шага — и дверь подъезда, где они живут.

— Значит, я — самая лучшая? — осторожно спросила она.

— Вне всякого сомнения, — улыбнулся Марик, открывая перед ней дверь.

— Ты не шутишь?

— Ну какие же могут быть шутки. Все знают, что Наташа Казанцева — самая лучшая девушка на свете, спортсменка, комсомолка, отличница и, наконец, просто красавица.

Они уже начали подниматься по лестнице на четвертый этаж, и Наташа чувствовала, что что-то не так, разговор идет по какой-то совсем другой колее и ведет совсем в другую сторону. Осталось пройти всего три этажа. И она решилась:

— Марик, а ты кого-нибудь любишь?

И замерла в ужасе перед собственной смелостью.

— Конечно, маму люблю, друзей своих люблю, учеников. И вас всех, моих соседей, тоже люблю.

— Я не это имела в виду. У тебя есть девушка, которую ты любишь?

Марик остановился, удивленно посмотрел на нее:

— Вот это вопрос! Даже и не знаю, что тебе ответить, ты меня совсем ошарашила.

— Ответь правду.

— Зачем? Зачем тебе это знать?

— Мне нужно. Марик, пожалуйста, скажи, мне очень важно это знать.

Лицо его стало неожиданно серьезным. Свободной рукой он погладил Наташу по холодной щеке.

— Туся, никогда не задавай вопрос, если ты не уверена, что готова услышать ответ.

— Но я готова... — запротестовала было Наташа, однако Марик перебил ее:

— Я все сказал. Ты подумай над моими словами. И больше мы это обсуждать не будем, — твердо произнес он.

До квартиры они дошли в полном молчании. «Никогда не задавай вопрос, если не уверена, что готова услышать ответ». Что это должно означать?

* * *

О том, что Ниночка беременна, первой узнала, как всегда, Бэлла Львовна.

— Ты кого хочешь, мальчика или девочку? — приставала к Нине Наташа, которая почему-то страшно обрадовалась. При мысли о том, что в их квартире появится крошечное существо, о котором нужно будет заботиться, у Наташи становилось радостно и тепло на сердце.

— Да мне без разницы, — вяло отмахивалась Нина. — Кто родится — тот и родится.

— А Коля кого хочет?

— Пацана, само собой. Все мужики хотят сыновей.

Теперь Наташа ходила в магазин за продуктами не только для своей семьи, но и для Ниночкиной, ведь Полина Михайловна уже немолодая, да и на работе сильно устает, Нине поднимать тяжести и стоять в душных очередях вредно, а с Коли какой спрос? И если в ванной комнате Нина замачивала белье в тазу, Наташа при первом же удобном случае старалась его постирать. А что такого? Ей не трудно, а Ниночке вредно стоять, согнувшись в три погибели, над стиральной доской. Николай, однажды застав Наташу за стиркой своих рубашек, хмыкнул и заявил:

— Решено, начну откладывать с каждой получки, к лету куплю Нинке стиральную машину. А то пеленки пойдут, распашонки всякие, не вечно же ты ей помогать будешь.

Наташу покоробило это «ей». Что значит «ей»? Наташа заботится о Нине просто потому, что больше некому это сделать, Полина Михайловна всегда уставшая и почти каждый вечер пьяненькая, а у Нины, между прочим, муж есть, который обязан ей помогать, но не помогает, пальцем о палец не ударяет, даже за хлебом никогда не сходит, только и знает, что курить на кухне и искать собутыльников. Получается, что Наташа помогает не только Нине, но и ее мужу, делает за него то, что он сам должен был бы делать.

— Ничего, мне не трудно, — сдержанно ответила она, продолжая оттирать изрядно заношенный воротничок Колиной рубашки. — Но если бы ты носил рубашки по три дня, а не по месяцу, мне было бы легче их отстирывать.

— Ишь ты! — фыркнул он. — Мала еще меня поучать. Не больно-то мы нуждаемся в твоей помощи, не хочешь стирать — не надо, в прачечную снесу, там еще лучше постирают и погладят.

Наташа с трудом подавила в себе желание поднять таз с мыльной водой и выплеснуть на соседа. Ну и пусть, она же не для него старается, а для Ниночки и для маленького. А Ниночка всегда благодарит ее за помощь. Правда, как-то вяло и безразлично, но все-таки благодарит. Особенно когда Наташа вместо Нины моет полы в местах общего пользования, надраивает с порошком унитаз, ванну и раковины в ванной и на кухне и отчищает плиту и духовку.

Восьмой класс пролетел для Наташи как одна неделя, она даже толком не успела испугаться предстоящих экзаменов, ведь, помимо учебы и общественной работы, теперь уже не в пионерской, а в комсомольской организации (в том году праздновалось столетие со дня рождения Ленина и двадцатипятилетие Победы, и общественная активность многократно возросла), ей приходилось заниматься хозяйством фактически двух семей. Ну просто ни одной минуты свободной! Она вскакивала в шесть утра и ложилась в одиннадцать, мгновенно засыпала как убитая, и у нее даже не было времени пострадать о Марике.

Экзамены за восьмой класс неотвратимо надвигались, и Наташа вдруг испугалась: она еще никогда не сдавала экзаменов и не знает, что это такое. Одно дело — выучить текущий урок и блестяще ответить у доски, после чего все лишнее можно благополучно забыть, и совсем другое — знать весь пройденный материал одинаково хорошо, уметь доказать любую теорему по геометрии, написать сочинение по любой книге, изученной за последние два года, или связно изложить на французском любую из двадцати тем, в том числе и историю Москвы, биографию и творческий путь русского художника Василия Поленова или характеристику драматургии Жана Батиста Мольера. Когда по французской литературе проходили Мольера, Наташа, конечно, все выучила и ответила так, как надо, но уже на следующий день выбросила выученный текст из головы, освободив место для Бомарше, потом точно так же разделалась с Бомарше, приступив к изучению творчества Бальзака. А теперь нужно держать в голове все одновременно.

Иринка родилась перед самыми экзаменами, 25 мая. Коля с тещей Полиной Михайловной тут же напились и не выходили из увеселенного состояния целую неделю. Когда нужно было забирать Нину с ребенком из роддома, счастливый отец и не менее счастливая бабушка спали непробудным сном. За молодой мамой отправились Бэлла Львовна и Наташа.

Когда Нина увидела, что муж ее не встречает, она расплакалась.

— Колька где? — спросила она сквозь слезы.

— Дома, — осторожно ответила Наташа. — Ты не волнуйся, с ним все в порядке.

— Конечно, в порядке, пьет небось не просыхая. О господи, угораздило же меня...

— Ниночка, ну что же ты расстраиваешься, — вмешалась Бэлла Львовна, — у тебя теперь ребенок, вон какая чудесная девочка, какая красавица, вылитая мама. А глазки у нее какие?

— Черные, как у меня, — всхлипнула Нина и через силу улыбнулась.

— Вот и славно, вот и чудесно, ты теперь только о ребенке думай, а о плохом забудь. Ты уже решила, как ее назовешь?

— Хочу Ирочкой, Иринкой. Как вы думаете, Бэлла Львовна?

— Замечательное имя, — радостно подхватила та, — просто прекрасное. Будет у нас Ирина Николаевна Савенич.

— Вот еще, придумали тоже, — неожиданно рассердилась Нина. — Не будет она Савенич, будет Маликова, как я. Я ее на свою фамилию запишу, я, когда с Колькой расписывалась, фамилию не меняла.

— Не выдумывай, — строго сказала Бэлла Львовна, — ребенок должен носить фамилию отца. То, что ты не поменяла фамилию, это твое личное дело, хотя я считаю, что ты не права. Взять фамилию мужа — это означает проявить к нему уважение. Николай у тебя и без того не подарок, а ты его провоцируешь. А потом удивляешься, что он на тебя орет.

Родильный дом имени Грауэрмана находился на проспекте Калинина, от их дома не больше километра, поэтому такси решили не брать и пошли пешком. Ребенка несла Бэлла Львовна, а Ниночка держала в руках огромный букет цветов — Наташа все утро бегала по цветочным магазинам, выбирая более или менее приличные тюльпаны.

Остаток дня прошел в хлопотах, ахах и охах, все сгрудились вокруг кроватки, разглядывали малышку, поражались ее сходству с Ниночкой. А на следующий день Наташа сдавала первый экзамен — французский язык.

Она и сама чувствовала, что отвечает не самым лучшим образом, тему помнила плохо, сильно волновалась и от страха забывала слова, которые выучила еще в третьем классе. Когда объявляли оценки, учительница сказала:

— Казанцева — ну, Казанцевой мы поставили «пять» только потому, что она все годы очень хорошо занималась, и мы верим, что она нас не подведет. Но отвечала ты, Наташа, плохо. На троечку. Может, ты заболела?

Наташа отрицательно помотала головой.

— Тогда будем считать, что ты переволновалась. Мы же знаем, что ты хорошо владеешь французским, лучше всех в классе. Но на будущее учти: нужно уметь держать себя в руках и в ответственный момент собраться.

Еще никогда в жизни Наташе Казанцевой не было так стыдно.

* * *

Весь девятый класс Наташа проучилась с ощущением нежно-розового цвета, в который окрашивалось все вокруг. Во-первых, Марик ее любит, теперь она в этом не сомневается, даже несмотря на то, что он не воспользовался предоставленной ему возможностью признаться в этом. Ничего страшного, мужчины все такие, из них слова не вытянешь. Да и разве в словах дело? Она же видит, как он к ней относится, и этого достаточно. Во-вторых, у нее теперь есть Иринка, ее маленькая соседка, о которой можно и нужно заботиться, такая чудесная, такая ласковая и красивая. Наташа каждую свободную минуту проводила с девочкой, сидела с ней, давая Нине возможность сходить куда-нибудь, в кино, например, или к подруге. Наташа была абсолютно счастлива, ведь у нее есть любимый и есть младшая сестренка, которая в ней нуждается. Вот пройдет совсем немного времени, она окончит школу, поступит в институт, они с Мариком поженятся, Иринка подрастет, и Наташа будет водить ее в кино, в театр, в цирк, будет читать ей книжки, учить читать и считать, и все будет так хорошо! Мечты овладевали ею, уводили мысли от учебников и задачников, мешали слушать учителей, объяснявших новый материал, и результат не замедлил сказаться. В первом полугодии в табеле появилось несколько четверок, а за год четверок оказалось куда больше, чем отличных оценок. Комсорг класса Наталья Казанцева перестала быть первой и лучшей в учебе, хотя по-прежнему пользовалась уважением одноклассников.

Увидев табель, отец расстроился, но ничего Наташе не сказал, только покачал головой. Мама же пришла в ужас, она успела привыкнуть к тому, что ее дочь — круглая отличница.

— А дальше что будет? — спросила она. — В десятом классе на тройки скатишься? Тебе в институт поступать надо, а ты совсем распустилась, днюешь и ночуешь у Нины, все время проводишь с Иринкой, вместо того чтобы заниматься.

— Ничего не случится, если она не поступит в институт, — вмешался отец. — Она не мальчик, ей армия не грозит. Пойдет поработает годик и снова будет поступать. Наташа у нас девочка упорная и трудолюбивая, она своего добьется, правда, доченька?

— Правда, папа, — с благодарностью ответила она. — Это случайно вышло, честное слово, я даже сама не заметила, как четверки появились. Я буду заниматься все лето, Марик мне поможет. На следующий год это не повторится, я обещаю.

— Марик?

Отец как-то странно взглянул сначала на нее, потом на маму.

— Видишь ли, доченька, я не уверен, что Марик сможет с тобой заниматься этим летом, — осторожно сказал он.

— Но почему?

— Разве ты не знаешь? Марик женится. В конце июня свадьба, и после этого он переедет к жене.

* * *

Из состояния шока Наташа не могла выйти несколько дней. Слава богу, родители отнесли это на счет пестрящего четверками табеля и отнеслись с пониманием к тому, что их шестнадцатилетняя дочь целыми днями лежит на диване, отвернувшись к стене, ничего не ест и ни с кем не разговаривает. Точно так же, как лежала когда-то их старшая дочь Люся, узнав, что Костик женится на другой.

На третий день появилась Инна, девочки договаривались пойти посмотреть новое здание Театра кукол, говорят, там какие-то волшебные часы и вообще все очень классно. Наташа слышала три звонка в дверь, но не встала, Инне открыла Нина. Увидев подругу лежащей на диване с опухшим от слез лицом и темными подглазьями, девушка переполошилась.

— Что случилось, Натуля? Кто-нибудь умер?

— Марик женится, — прорыдала в ответ Наташа.

— На ком?

— Не зна-а-а-ю...

— Когда? — продолжала деловитый допрос Инна.

— Скоро уже, в конце июня.

— Почему так внезапно? Она что, беременна?

— Да откуда я знаю! Мне вообще ничего не говорили.

Инна помолчала, потом распахнула настежь окна, отдернула занавески, впуская в комнату летнее солнце.

— Ну и что теперь, будешь так лежать и плакать всю оставшуюся жизнь?

— Я жить не хочу, — простонала Наташа. — Я покончу с собой, я этого не вынесу.

— Не валяй дурака, — спокойно заявила Инна, усаживаясь за письменный столик. — Марик твой, конечно, сволочь, не дождался тебя, но, с другой стороны, может, он тебя и не любил, а?

— Любил! Я точно знаю.

— Откуда? Он тебе говорил об этом? Не говорил. Ты это сама придумала. Ты очень хотела, чтобы он тебя любил, и принимала желаемое за действительное. Все, Натуля, кончай это безобразие, вставай, умывайся, одевайся, пошли куда-нибудь сходим. Мне в честь окончания девятого класса предки червончик подбросили и Милка пятерку подарила, у нас с тобой целых пятнадцать рублей. Можно в кафе сходить, в «Московское» или в «Космос», там такие коктейли — закачаешься!

— Не нужны мне твои коктейли...

— А что тебе нужно? А, поняла, тебе нужен Марик. Послушай, Натуля, ты еще совсем неопытная...

— Можно подумать, ты очень опытная, — огрызнулась Наташа, снова собираясь залиться слезами.

— Я — да, я — опытная, — не моргнув глазом подтвердила Инна. — Потому что я все время в кого-нибудь влюбляюсь, а потом разочаровываюсь или сама парня бросаю, или он меня, это уж как получится. Я знаешь какая закаленная? Меня теперь голыми руками не возьмешь. Думаешь, я не переживала, когда Витька Романов из пятьдесят девятой школы меня бросил и стал с Верой Кравченко ходить? А ведь у нас такая любовь была, такая любовь! Целый год не разлучались, все время вместе были, даже уроки вместе делали. Ну и что? Повеситься мне теперь? А ты всю жизнь была влюблена только в одного своего Марика, на других парней внимания не обращала, тебя никогда никто не бросал, вот тебе и кажется, что настала всемирная трагедия. А это совсем не трагедия, можешь мне поверить. Неприятно, конечно, и противно, что и говорить. Но не смертельно. Давай-давай, поднимайся.

— Ты не понимаешь...

— Хорошо, я согласна, я не понимаю, — терпеливо говорила Инна, стаскивая с Наташи одеяло, за которое та судорожно цеплялась, — я полная дура и не понимаю, что твоя любовь к Марику — это совсем не то же самое, что моя любовь к Витьке Романову. У тебя любовь особенная, и Марик твой особенный, и ты сама не такая, как все. Согласна. Но это не означает, что теперь ты должна лежать на своем диванчике и горько плакать, в то время как жизнь идет своим чередом и, между прочим, проходит мимо. В «Художественном» идет новая комедия, называется «Семь стариков и одна девушка», там Смирнитский играет, такая лапочка — закачаешься! Во МХАТе новый спектакль, «Дульсинея Тобосская», в главной роли сам Ефремов, билетов не достать, но я могу папу попросить, он нам сделает. Между прочим, мой папа машину купил, «Жигули», она в точности как итальянский «Фиат», совсем новая модель, у нас в стране раньше таких не было. Можно его попросить, и он нас покатает. Мы с Милкой вчера весь вечер катались, когда он с работы пришел. Знаешь, как классно? Кстати, Милка достала потрясающий парик с локонами, ей так идет — обалдеть! Можно пойти к нам примерить его.

Наташа поневоле вслушивалась в неторопливую Инкину речь, слова подруги одновременно убаюкивали, делая душевную боль не такой смертельной, и пробуждали интерес к жизни. Все-таки Наташа была обыкновенной шестнадцатилетней девушкой, для которой любовь, конечно, стоит на первом месте, но на втором, третьем и десятом местах тоже находятся вполне привлекательные вещи. Сочетая длинный непрерывный монолог с активными действиями, Инне удалось дотащить подругу до ванной, умыть ее, напоить чаем и даже запихнуть в отнекивающуюся Наташу два бутерброда с «Докторской» колбасой.

— А теперь одевайся, пойдем гулять, — скомандовала Инна.

— Я не хочу... У меня нет сил.

— А ты через «не хочу». Пошли сначала ко мне, выберем что-нибудь модненькое, потом прошвырнемся по Калининскому и пойдем по бульварам. Мне Милка одну кафешку показала, ее туда очередной ухажер водил, там такие пирожные — закачаешься! Как раз на Гоголевском бульваре.

Через час девушки бодро шагали по проспекту Калинина, разглядывая витрины универмагов «Москвичка» и «Весна». Наташе Инна дала свою белую водолазку — писк моды в этом сезоне — и клетчатую юбку в складку, сама же надела извлеченные из шкафа сестры брюки с жилеткой и водолазку шоколадного цвета, такую шелковистую на ощупь, что хотелось все время гладить ее пальцами. Они прогулялись по бульварам, съели в кафе по два эклера и выпили по чашке кофе с молоком, сходили в кино — в маленьком кинотеатре у Никитских Ворот, где шли старые фильмы, посмотрели «Разные судьбы» с Татьяной Пилецкой и Юлианом Паничем. Обе девушки видели этот фильм впервые и всю дорогу домой горячо обсуждали личную жизнь героев. Инна особый упор делала на то, что уж как герой Панича страстно любил героиню Пилецкой, уж как переживал, когда она ему изменила, даже жить не хотел, а потом все наладилось, он встретил другую девушку, в сто раз лучше, добрее и умнее.

— Вижу, к чему ты клонишь, — горько усмехалась Наташа. — Только никого добрее, умнее и лучше Марика на свете нет. Так что не намекай.

— Да откуда ты знаешь, есть или нет, — горячилась в ответ Инна, — кого ты видела в своей жизни, кроме Марика? Ты же ни на кого внимания не обращала, один Марик для тебя — свет в окошке. Ты хоть раз с парнем в кино ходила?

— Ходила.

— Да? С кем это, интересно знать? — недоверчиво прищурилась Инна.

— С Вадиком.

— С каким еще Вадиком?

— Ну там, в Сочи, два года назад, помнишь, я тебе рассказывала. Вадик из Мурманска.

— Ах этот... Этот не в счет.

— Почему не в счет? — удивилась Наташа.

— Он за тобой не ухаживал.

— А... — начала Наташа и вдруг осеклась.

И в самом деле, ухаживал Вадик за ней или нет? Тогда, в Сочи, ей казалось, что они просто проводят вместе вечера, потому что оказались единственными близкими по возрасту жильцами одного дома. Вадик, уезжая, даже адреса ее не попросил и писем писать не обещал. Однако теперь, пройдя через пристальное наблюдение за поведением Марика и исступленные поиски признаков влюбленности с его стороны, Наташа стала понимать, что те же самые признаки можно было увидеть и в поступках и словах ее южного приятеля. А ведь он почти такой же красивый, как Марик, и умный, книжек много читал, и воспитанный, и добрый. Только он намного моложе Марика, а в остальном... Может быть, Инка не так уж и не права, утверждая, что Марик на свете не единственный? От этой мысли ей стало почему-то грустно. Выходит, ничего необыкновенного в Марике нет, и где-то на Земле, а может быть, даже и по Москве ходят такие же, как он, чудесные, умные, красивые и добрые.

* * *

Все лето Наташа провела вместе с Инной на даче у Левиных в Подмосковье. Она набрала с собой учебников для десятого класса с твердым намерением заниматься каждый день. Все равно Марик женится и уедет из их квартиры, а годовалую Иринку Нина увезла куда-то в деревню, к родственникам Николая. Инна только плечами пожала, увидев перевязанную бечевкой стопку учебников, взятых у кого-то из выпускников (новые будут выдавать в школе только в сентябре).

— Ты что, серьезно? — спросила она, насмешливо глядя на подругу.

— А что? Я всегда летом занимаюсь, ты же знаешь. И потом, я папе слово дала, что в десятом классе у меня не будет ни одной четверки в табеле.

— Ну смотри, — Инна притворно вздохнула. — Жалко, конечно, но ничего не поделаешь, раз ты слово дала.

— А что? — забеспокоилась Наташа. — Я не понимаю, о чем ты.

— Натуля, да ты хоть представляешь себе, что такое лето в дачном поселке, где живут одни профессора, академики и известные артисты?

— Не представляю, — честно призналась Наташа. — У нас нет дачи, я только к тебе иногда приезжаю, да и то зимой, на лыжах кататься.

— Вот то-то и оно! Ладно, что я тебе буду рассказывать, сама увидишь.

И Наташа увидела. На много лет запертая любовью к Марику и непомерным честолюбием в четырех стенах своей квартиры, она даже не подозревала, что есть и такая жизнь, полная веселья, шумных компаний, анекдотов, песен под гитару и танцев под магнитофонные записи зарубежных певцов и ансамблей. Она не знала, что можно гулять всю ночь и ложиться только на рассвете, что можно ездить на родительской машине на озеро купаться, жарить шашлыки на берегу, сидеть по вечерам у костра и обмениваться долгими многозначительными взглядами с сидящим напротив сыном врача из Кремлевской больницы или с сыном известного кинорежиссера, а потом бродить с ним, взявшись за руки, по извилистой тропинке вдоль леса, с замиранием сердца думая: «Обнимет или не обнимет? Поцелует или не решится?» Никаких ограничений и запретов на поздние возвращения не налагалось, присматривала за девочками Инкина тетка, с пониманием относившаяся к юношеским забавам и твердо знающая из многолетнего опыта дачной жизни, что в таком почтенном респектабельном окружении ничего плохого с ее подопечными случиться не может.

Учебники, естественно, были забыты, и мысль о женитьбе Марика не вызывала больше отчаянной боли во всем теле. Так, небольшой укол где-то в области сердца. Спохватилась Наташа только в начале августа, когда из подъехавшей к дому машины Инкиного отца Бориса Моисеевича Левина вылез Александр Иванович, отец Наташи.

— Ну, как вы тут? — добродушно осведомился отец, оглядывая огромный, поросший соснами участок и просторный деревянный дом. — Борис Моисеевич давно меня звал вас проведать, вот, наконец, выбрался. Как, Анна Моисеевна, не очень вам хлопотно с двумя-то девицами на выданье?

Анна Моисеевна, маленькая и кругленькая, как булочка, звонко расхохоталась и замахала руками:

— Что вы, Александр Иванович, какие с ними хлопоты, сами себе приготовят, сами за собой уберут. А у вас вообще не девочка, а клад, все умеет, и печет, и жарит, и варенье варит, и штопает, и огурцы солить умеет. Мне бы такую помощницу каждое лето на один месяц, я бы горя не знала — и вашу семью, и Боренькину, и свою на всю зиму вареньями-соленьями обеспечила. Мы с Наташенькой уже сорок банок смородины накрутили и огурцов банок пятнадцать. С завтрашнего дня за капусту возьмемся.

— А у вас свой огород? — удивился Александр Иванович, оглядываясь. — Я не заметил.

— Да что вы, какой огород, на участке ни одной грядки нет, только кусты, вот смородину красную и черную и крыжовник я отвоевала, а больше Боря ничего не разрешает сажать. Мы все на базаре покупаем, здесь дешевле, чем в городе, да и дом большой, места много, есть где развернуться. А в городской кухне разве столько варенья наваришь? А капусты столько нашинкуешь?

— Ну, славно, славно, — приговаривал Александр Иванович, выслушивая похвалы в адрес своей дочери. — А с занятиями как? Продвигается дело?

— Да, потихоньку, — промямлила Наташа, мечтая только об одном: не покраснеть и не выдать себя.

Отец пробыл на даче до вечера, вместе с Борисом Моисеевичем стучал молотком, занимаясь починкой полок в погребе, съездил с ним на базар за капустой, выдал Анне Моисеевне деньги за Наташино питание, от которых та шумно и яростно отказывалась, утверждая, что съедает девочка на копейку, а помощи от нее на сто рублей и что, если бы не Наташа, ей, Анне Моисеевне, пришлось бы приглашать помощницу из местных жительниц и платить ей бешеные деньги. Однако Александр Иванович увещеваниям не внял, положил конверт с деньгами на стол, помахал всем рукой и отбыл вместе с отцом Инны на сверкающих новеньких белых «Жигулях».

— Мне заниматься надо, — растерянно пробормотала Наташа, глядя вслед удаляющейся машине. — Всего месяц остался.

— Да брось ты, — беспечно махнула рукой Инна. — Ты же способная, ты и так в течение года будешь нормально учиться, если перестанешь все время думать о Марике.

— Нет, — Наташа упрямо покачала головой, — так нельзя. Надо заниматься. Я папе обещала.

— И что, не будешь теперь по вечерам с нами гулять?

— Буду. Заниматься можно и днем.

— А тетке помогать? А купаться на озере? А шашлыки?

— Инка, не расхолаживай меня! — засмеялась Наташа. — Я знаю все твои хитрости и уловки. Время для занятий найти можно, было бы желание. В конце концов, можно отказаться от озера и от шашлыков.

— Ну как знаешь.

Слово свое Наташа сдержала, перестала ездить с ребятами на озеро, выкроив по четыре-пять часов в день для занятий математикой, физикой и химией. Без Марика это оказалось непросто, он умел понятно объяснять, и с его помощью самые трудные темы представали легкими и доступными. Но Наташа, лежа на одеяле под кустом смородины, упорно продиралась сквозь испещренные формулами страницы учебников, решала задачи, и постепенно в голове прояснялось, и каждая формула укладывалась на свое место, и каждое правило становилось на свою полочку. «Вот и хорошо, — сердито думала девушка, сравнивая приведенный в конце задачника ответ с тем, который получился у нее в тетради, и убеждаясь, что задача решена правильно, — вот и ладно, и без вас обойдусь, Марк Аркадьевич, не очень-то и хотелось. Сама справлюсь. А вы там развлекайтесь со своей молодой женой».

* * *

Ей отчего-то казалось, что жена у Марика должна непременно быть уродливой и глупой, и скорее всего она старше его лет на пять, а лучше на десять. На свадьбу Наташа не пошла, заблаговременно спрятавшись от тяжкого мероприятия на даче у Левиных, так что на невесту ей взглянуть не довелось. Но к концу лета злость как-то утихла, и появилось нормальное человеческое любопытство, диктовавшее Наташе жгучее желание увидеть соперницу. Какая она? Красивая или нет? Толстая или худая? Высокая или маленькая? Блондинка или брюнетка? Старая или юная? И вообще, кто она такая, откуда взялась, давно ли Марик ее знает?

На некоторые вопросы ответила Бэлла Львовна, поведав Наташе, что Танечка — дочь ее давних знакомых, девочка из очень хорошей семьи, и Марик знает ее с детства. Танечке двадцать три года (стало быть, она моложе Марика), она как раз в этом году закончила медицинский институт имени Семашко по специальности «стоматология», она, конечно, не красавица, но зато умница и прекрасная хозяйка. И как жаль, что Наташа уехала из Москвы и не была на свадьбе, на Танечке было такое изумительное платье, с пышной юбкой и кружевами, и длинная фата до самого пола.

— Да ты ее увидишь, в субботу они придут ко мне на обед, — сказала Бэлла Львовна. — Я могу рассчитывать, что ты мне поможешь? Хочу сделать фаршированную рыбу, а с ней столько возни!

— Конечно, — с готовностью отозвалась Наташа. — Может, мне торт испечь? «Наполеон», Марик его любит.

— Испеки, — радостно согласилась соседка.

Ну вот, мало того что эта пресловутая Танечка не красавица, так Наташа наверняка ее за пояс заткнет своим фирменным тортом. Этот торт даже Анна Моисеевна хвалила, просила рецепт для нее оставить, а уж она-то кулинарка каких поискать. И еще Наташа сделает чудесное ореховое печенье с изюмом, которое ее научила печь Анна Моисеевна.

— Ты что, с ума сошла? — презрительно фыркнула Инна, когда Наташа поделилась с подругой своими планами. — Зачем тебе это нужно?

— Ну как... — растерялась Наташа.

Зачем ей это нужно? Чтобы Марик увидел и понял... Увидел и понял что? Что она лучше его Танечки? А что, раньше у него не было возможности их сравнить? Разве раньше он никогда не ел собственноручно испеченный ею торт «Наполеон»? Ел, и еще как! И нахваливал. Разве раньше он не видел Наташу? Не разговаривал с ней? Да он шестнадцать лет рядом с ней прожил, и глупо надеяться на то, что он чего-то там в ней не разглядел. И почему

Инка всегда умеет заставить ее по-другому посмотреть на очевидные, казалось бы, вещи?

— Инка, и почему ты такая умная? — улыбнулась Наташа. — Ведь мы с тобой одноклассницы, ровесницы, а мне иногда кажется, что ты старше меня раза в два. Или даже в три.

— Во мне живет вековая мудрость многострадального еврейского народа, — расхохоталась Инна.

— Чего-чего в тебе живет?

— Ничего, тебе не понять. Это тетя Аня так всегда говорит.

Фразу Наташа запомнила, но вникать в ее смысл в данный момент не стала — времени не было, пора было идти гулять с Иринкой, которую несколько дней назад привезли из деревни, да и в магазин надо сбегать за изюмом и орехами, печенье она все равно испечет, раз уж решила.

Встреча с соперницей прошла на удивление спокойно и легко, Танечка оказалась, вопреки оценке свекрови, очень симпатичной, с огромными темно-серыми глазами, обрамленными густыми длинными ресницами, с нежным цветом лица и непокорными каштановыми кудрями, рассыпающимися по плечам. Единственным дефектом ее внешности был слишком крупный и длинный нос и явно излишняя полнота, но это с лихвой компенсировалось доброжелательностью, которую буквально источала новоиспеченная жена Марика. Сам Марик казался напряженным и чем-то озабоченным, и Наташе даже показалось, что он испытывает чувство вины. Неужели перед ней, Наташей? Любил ее, а женился на другой. Прямо как в кино.

— Как давно я тебя не видел, Туся, — говорил Марик с вымученной улыбкой.

— Три месяца, — уточнила Наташа, мысленно отметив, что и при жене он продолжает называть ее ласковым именем.

— Ты стала такая взрослая... Как мама, папа? Здоровы?

— И вполне благополучны. У них все в порядке, спасибо.

— А Люся? Как у нее дела?

— Понятия не имею. — Наташа пожала плечами. — Она перед нами не отчитывается и ничего нам не рассказывает, ты же знаешь.

— Да, знаю. А соседи наши как поживают? Нина, Коля?

— Ну что Коля. — Наташа вздохнула. — Коля в своем репертуаре: или сидит на кухне, курит и заполняет карточки «Спортлото», или поддает. Ребенком совсем не занимается. Полина Михайловна тоже, как обычно, напивается каждый вечер и спит. Нина справляется пока, а как дальше будет — не знаю. Она собирается Иринку в ясли отдавать. Да что ты спрашиваешь, Марик, ты ведь всего два месяца здесь не живешь, а что могло измениться за два месяца? Все как было, так и осталось.

Наташа добросовестно отвечала, но видела, что Марику ее ответы совсем неинтересны и вопросы свои он задает из вежливости, чтобы за столом не повисла тишина. Мысли его витают где-то далеко-далеко, и не сказать, чтобы мысли эти были приятными.

После субботнего обеда у Бэллы Львовны Наташа заметно успокоилась. Она вдруг отчетливо и ясно осознала, что изменить ничего нельзя, что все сложилось так, как сложилось, что Марик сознательно и добровольно сделал свой выбор, и тот факт, что выбор этот оказался не в пользу Наташи, надо просто принять и смириться с ним. И жить дальше.

* * *

С женитьбой Марика и его переездом к жене в жизни Наташи образовалась некая пустота, которую она изо всех сил заполняла учебой и общественной работой, а также возней с маленькой Иринкой. Девочка росла непослушной, капризной, любила от души поорать и пореветь, и Наташу по нескольку раз за вечер звали на подмогу, ибо справиться с ребенком удавалось только ей. Марик и Таня регулярно приходили на субботние обеды к Бэлле Львовне, и с каждым разом Наташа чувствовала, что боль ее утихает, становится все глуше, теряет остроту. А к маю, когда началась интенсивная подготовка к выпускным экзаменам, она и вовсе перестала убиваться из-за того, что Марик женился. Ну женился и женился, пусть живет с Танечкой долго и счастливо.

Двадцать пятого июня, ровно через месяц после того, как всей квартирой отметили Иринкин второй день рождения, Наташа Казанцева получила на торжественном собрании в актовом зале школы свой аттестат зрелости, в котором не было ничего, кроме пятерок.

А еще через два дня ей позвонил Марик.

— Туся, мне надо с тобой встретиться.

— Так приезжай, я дома, — радостно откликнулась Наташа.

— Нет, Тусенька, только не дома. Давай встретимся и погуляем. У меня к тебе серьезный разговор.

Голова у Наташи закружилась от волнения. Вот оно, то, чего она втайне ждала и на что надеялась. Он понял, что поторопился с женитьбой, он не любит свою Танечку и не хочет жить с ней, он не может без Наташи. И сейчас, буквально через сорок минут, он скажет ей об этом.

К назначенному месту Наташа летела на крыльях, Марик попросил ее прийти в скверик возле церкви у Никитских Ворот. Он уже ждал ее. «Господи, какой же он красивый», — с восторгом думала Наташа, издалека увидев его, одетого в модные джинсы и черную водолазку.

— Туся, у меня к тебе два сообщения и две просьбы, — начал он без предисловий, глядя на Наташу запавшими потухшими глазами, в которых застыл страх, смешанный с тоской.

— Твои просьбы я выполню, чего бы это ни стоило. А какие сообщения? Хорошие?

— Не знаю. Тебе решать. О господи, Туся, — внезапно простонал он, — если бы ты знала, как мне тяжело.

Он опустился на скамейку и закрыл лицо руками. Наташе показалось, что Марик плачет, и она испуганно обняла его и принялась гладить по волосам.

— Ну что ты, Марик, не надо, успокойся.

Он поднял голову и благодарно посмотрел на нее.

— Ты думаешь, я плачу? Если бы я умел плакать, мне было бы легче. В общем, Туся, не будем откладывать неприятный разговор. Я уезжаю.

— Куда? В отпуск?

— Туся, я уезжаю. Навсегда.

— В другой город? — догадалась Наташа.

— В другую страну. Мы с Танечкой уезжаем в Израиль. У нее там родственники, и нам разрешили выезд для воссоединения семьи.

У Наташи задрожали ноги, и она машинально оперлась локтями на коленки, чтобы не было заметно, как ходит ходуном юбка. Да, она знала, что еще год назад евреям разрешили выезжать из СССР, Инка много об этом говорила, рассказывая, как то одни, то другие знакомые их семьи уезжают. Но все это происходило с людьми, которых Наташа не знала и никогда не видела. И вот теперь Марик...

— А когда ты вернешься? — тупо спросила она.

— Никогда. Туся, туда дают билет только в один конец. Я уеду и больше никогда не вернусь. И никогда больше не увижу маму. И тебя не увижу.

— Но почему, Марик? Разве тебе здесь плохо?

— А разве хорошо? Мне не дали поступить в институт, в котором я хотел учиться, мне не дали и никогда не дадут заниматься тем делом, которое я люблю. Мне всю жизнь давали понять, что я — еврей, а значит — неполноценный и бесправный.

— Но, может быть...

— Не может, Тусенька. Мы расстанемся навсегда.

Она вдруг поверила и поняла, что цепляться за надежду бессмысленно. Надежды нет.

— Когда? — глухо спросила Наташа.

— Послезавтра.

— А как же Бэлла Львовна? Она с вами не поедет?

— Нет, она отказалась. Не хочет уезжать. И в связи с этим у меня к тебе первая просьба: не бросай ее, Туся. Позаботься о ней. Она пока еще относительно молода, ей пятьдесят два, но с возрастом приходят болезни, немощь... Я буду спокоен, если буду знать, что ты рядом с ней. Ты можешь мне это пообещать?

— Конечно, Марик. А какая вторая просьба?

— Погоди.

Он помолчал какое-то время, потом достал из кармана бумажник и извлек маленькую фотографию. На снимке черноволосый черноглазый ребенок лет двух сидел на деревянной лошадке. Иринка.

— Ой, когда это снимали? — удивилась Наташа. — И где? У Иринки нет такой лошадки.

— Это не Иринка. Это я.

— Ты?

— Да, Туся, это я. Мне было два года, когда мой папа незадолго до смерти меня сфотографировал. Мы с Иринкой — одно лицо. Теперь ты понимаешь?

— Нет.

Она действительно не понимала. Марик молчал, и через какое-то время до Наташи стал доходить смысл происходящего.

— Ты... — неуверенно начала она, — ты хочешь сказать, что Иринка — твоя дочь?

— Да, именно это я и хочу сказать. И моя вторая просьба касается Иринки. Позаботься о ней тоже, на Нину никакой надежды, она легкомысленная, выпить любит. Не бросай мою дочь, я прошу тебя. Моя мама тебе поможет, если нужно, она все знает.

— А Коля как же? Он знает о том, что Иринка не от него?

— Слава богу, нет. Иринка такая же черненькая, как Ниночка, и все думают, что она просто похожа на свою маму. Боюсь, что и Нина не знает, от кого из нас двоих она родила. Туся, это сложно объяснить, но... Нина собиралась замуж, ей хотелось ярко провести последние свободные деньки, а с Николаем она... в общем, она уже была близка с ним. Но ей хотелось еще чего-то, сильных впечатлений, что ли. Не знаю... Она давно хотела, чтобы я на ней женился.

— Ты? На ней?

От изумления Наташа даже забыла обо всем остальном.

— Ну да. Она хотела, чтобы я на ней женился, все время оказывала мне знаки внимания, пыталась соблазнить. Тогда, в августе, все разъехались, моей мамы не было, вас тоже, Люся не в счет, она из своей комнаты почти не выходила. Турпоход наш не состоялся, я был в Москве. Вот тогда все и случилось. Нина сказала, что у меня есть единственный шанс, если я на ней женюсь, она пошлет к черту своего Николая. Я ответил, что не могу, моя мама этот брак не одобрит. Да и ее мама, Полина Михайловна, была бы против, она ведь у нас яростная антисемитка. Не мог же я сказать Ниночке, что она мне совсем не нравится. То есть она красивая, привлекательная и все такое, но жить с ней всю жизнь я не хотел. Мы долго разговаривали, а потом все кончилось... сама понимаешь как. На следующий день в нашу квартиру вселился Коля. Вот и все.

— Надо же, — Наташа разгладила на коленях юбку, не зная, куда девать руки, — а я думала, что Ниночка тебе нравится, что ты в нее влюблен.

— И ревновала? — грустно улыбнулся Марик.

— А разве было видно?

— Только слепой не заметил бы. Тусенька, через два дня я уеду и больше никогда тебя не увижу, поэтому сейчас я отвечу на тот вопрос, который ты мне когда-то задавала. Помнишь?

— Помню, — кивнула она, замирая от предчувствия неотвратимо надвигающейся катастрофы. Вот сейчас он признается наконец, что любил и любит ее, а через два дня уедет навсегда. И что потом со всем этим делать? Как жить, зная, что любимый и любящий тебя человек недосягаем никогда и ни при каких условиях?

— Ты спросила, есть ли девушка, которую я люблю.

— Да, я помню.

— Такая девушка есть. Я и сейчас ее люблю. Это твоя сестра Люся.

— Люся?!

— Ты удивлена? Моя мама знала. Больше никто. Даже Люся не знала. Она вообще меня не замечала, ведь я младше ее. А ты так похожа на нее, Туся. Я разговаривал с тобой, а видел ее.

Они еще долго сидели в сквернике, то говорили, то молчали. Потом Марик проводил Наташу до троллейбусной остановки, на прощанье обнял ее и поцеловал.

— Ты будешь самым лучшим моим воспоминанием, я тебя никогда не забуду, — дрогнувшим голосом произнес Марик.

— Я тоже тебя не забуду.

Она проглотила слезы и поднялась на ступеньку троллейбуса. Обернулась, поймала взгляд его темных выпуклых глаз.

— Я тебя люблю. Я давно хотела тебе сказать...

— Я знаю.

Лицо его странно дернулось, Марик резко повернулся и пошел прочь.

Дома Наташа первым делом заглянула к Нине, подошла к детской кроватке, взяла малышку на руки. Боже мой, да она — вылитый Марик, как же никто этого до сих пор не заметил?

— Я никогда тебя не брошу, — шептала она в крохотное розовое ушко. — Я всегда буду рядом с тобой, что бы ни случилось.

— *Меня хотят убить.*

— *С чего ты взял?*

— *Знаю.*

— *Тебе открыто угрожали?*

— *Нет, но...*

— *Может быть, тебе показалось? Приснилось?*

— *Не делай из меня придурка! Намекаешь на то, что я много пью?*

— *И на это тоже.*

— *Послушай, я говорю серьезно. Мне стало известно, что меня собираются убрать. Никто мне не угрожает, они в открытую не действуют, обстряпывают свои делишки потихоньку. Ты должен мне помочь.*

— *Как?*

— *Не мне тебя учить. Ты сам знаешь, как. Я назову тебе имена, а ты уж сам решай. Я на тебя надеюсь. Если ты не поможешь — никто не поможет. Сделаешь?*

— *Конечно. Давай имена.*

Часть 2

ИГОРЬ, 1972—1984 гг.

— Мама, а папа увидит Никсона? — задал Игорь вопрос, который мучил его уже второй день.

В мае 1972 года президент США Ричард Никсон приезжает с визитом в СССР, а отца Игоря, Виктора Федоровича Мащенко, переводят на работу в Москву, так что всей семье придется переезжать из Ленинграда. Правда, отец уезжает уже сейчас, в апреле, а Игорь с мамой пока остается, чтобы мальчик мог закончить учебный год, а уж с сентября он пойдет в четвертый класс в новой школе в Москве.

— Не знаю, сынок. Вряд ли, — рассеянно ответила мама.

Она была занята тем, что аккуратно складывала в большой чемодан рубашки мужа. Игорь уже сделал уроки и прикидывал, чем бы ему заняться: то ли одному в кино сходить, то ли зайти за приятелем, живущим в соседнем доме, и позвать его погулять. Можно вообще никуда не идти, а помочь маме собирать папины вещи. Тоже интересное занятие. Он достал из шкафа сложенные стопкой отцовские шерстяные вещи — два свитера, теплую фуфайку и красивую красную жилетку.

— Не нужно, сынок, положи на место, — улыбнулась мама.

— Почему? — удивился мальчик. — Разве в Москве не бывает холодно?

— Сейчас папа возьмет с собой только то, что ему нужно на ближайший месяц. В начале июня мы с тобой приедем и привезем все остальное. Все равно нам нужно будет заказывать контейнер для мебели и вещей, зачем же папе на себе лишнюю тяжесть таскать.

Он обиженно засопел и стал засовывать вещи на полку. Ну и пожалуйста, не хотите помощи — не надо, тогда он в кино пойдет.

— Мам, дай на кино, — попросил он. — И на мороженое.

— А уроки?

— Я уже сделал.

— Ладно. Значит, не поедешь со мной?

— Куда? — встрепенулся Игорь.

— Папу встречать. Я поеду на машине, потому что папа должен забрать с работы все свои книги и бумаги.

— Я с тобой!

Кататься на машине Игорь любил, но больше всего ему нравилось, когда их красные «Жигули» вела мама, ведь это так необычно — женщина за рулем, в Ленинграде такое нечасто увидишь, все оглядываются, смотрят с интересом, а мама при этом такая красивая и модная, и Игорь так гордится ею! Ему кажется, что, находясь рядом с такой необычной женщиной, он и сам становится необычным в глазах окружающих.

От проспекта Непокоренных, где они живут, до университета путь неблизкий, и всю дорогу можно посвятить вопросам, на которые маме придется отвечать, потому что в машине нет телефона, по которому она постоянно с кем-нибудь разговаривает.

— А мы в Москве где будем жить? Возле Кремля?

— Вряд ли, сынок. Скорее всего, где-нибудь в новостройках.

— А там метро есть?

— Ну а как же! В Москве очень красивое метро.

— Лучше нашего? — ревниво уточнил Игорь.

— Сам увидишь.

— А в Оружейную палату пойдем?

— Обязательно.

— А в Большой театр?

— Сходим, если билеты достанем.

— Достанем, — уверенно пообещал Игорь, — ведь в Мариинский папа всегда билеты достает.

— Сынок, то — Ленинград, а то — Москва. Здесь у нашего папы есть связи, и он может все достать. А в Москве их пока нет. Так что насчет Большого театра ничего не обещаю.

Отец уже ждал их у входа в университет на набережной. Рядом с ним стояли еще двое мужчин, и у всех троих в руках были папки и огромные связки книг. Снег еще не совсем растаял, тротуары грязные и мокрые, и свою поклажу они держат на весу. Сидя на заднем сиденье, Игорь наблюдал, как книги и папки укладывают в багажник, потом папа прощается с мужчинами, пожимает им руки, они обнимаются. Лицо у Виктора Федоровича грустное, и, пока машина едет по Дворцовому мосту, он несколько раз оборачивается и смотрит на здание университета. Игорь не понимает причину этой грусти, ведь впереди — переезд, Москва, новые приключения и новые впечатления.

— Грустишь? — тихонько спросила мама.

— Сама понимаешь, пятнадцать лет жизни здесь провел, — ответил отец. — Сначала учился, потом аспирантура, потом преподавал. Привык.

— Ничего, и в Москве привыкнешь, — бодро сказал Игорь. — А у меня в Москве будет своя комната? А моя новая школа будет далеко от дома? А кинотеатр там есть?

* * *

Сначала все складывалось именно так, как Игорю мечталось. В новой московской квартире у него была своя комната, мама водила его на прогулку в Кремль, в Оружейную палату, в Третьяковскую галерею и в музеи, на спектакль в Кукольный театр Образцова и еще в один, на Спартаковской улице, и в Театр юного зрителя. И все было таким необычным и так непохожим на Ленинград! Даже улицы и дома были совсем другими.

Но наступило 1 сентября, и с ним — первое жестокое разочарование. Игорь так ждал этого дня, он был уверен, что к нему, как к новичку, приехавшему из Ленинграда, из города-героя, колыбели Революции, все отнесутся с интересом, будут расспрашивать, он окажется в центре внимания и станет со знанием дела рассказывать москвичам про Эрмитаж, про крейсер «Аврора», про Петродворец и про то, как ночью разводят мосты над Невой. И, разумеется, после первого же дня в новой школе он обзаведется новыми друзьями, вместе с которыми будет ходить в кино, играть в футбол летом и кататься на коньках зимой. Но все вышло совсем не так.

Мама уже давно показала ему, где находится школа, это совсем недалеко от их дома, и 1 сентября Игорь заявил, что провожать его не нужно, он вполне справится сам.

— Не забудь, — несколько раз повторила мама, — твой класс — четвертый «Б», учительницу зовут Зоя Николаевна.

На школьном дворе ученики выстроились на торжественную линейку. В первый момент Игорь растерялся и даже пожалел, что отказался от маминой помощи. Где искать свой класс? Им хорошо, они все друг друга знают, а ему как быть?

— А где четвертый «Б»? — спросил он дрожащим голосом у какой-то толстой тетки в сером костюме, торопливо пробиравшейся сквозь толпу.

— Вон там, — она махнула рукой куда-то в сторону. — Ты новенький, что ли?

— Да, я из Ленинграда.

Но на тетку сообщение о том, что он из Ленинграда, не произвело ни малейшего впечатления.

— Вон туда иди, видишь, где Зоя Николаевна стоит, высокая такая, с белой косынкой, — равнодушно бросила она и куда-то умчалась.

Высокую женщину с белой косынкой на шее Игорь увидел и радостно направился прямо к ней.

— Я Игорь Мащенко, — заявил он без предисловий.

— И что? — Зоя Николаевна недоуменно приподняла тонкие выщипанные брови над круглыми глазами.

— Я новенький.

— Ах да... Хорошо, иди встань вместе с классом.

Ребята оживленно разговаривали, обмениваясь впечатлениями о летних каникулах. Им было о чем поговорить, ведь они три месяца не виделись! И даже не заметили, что к ним подошел какой-то незнакомый мальчик.

Линейка закончилась, директор торжественно потрясла медным колокольчиком, что должно было означать первый звонок на первый в новом учебном году урок, и все весело повалили в школьное здание. Игорь понуро плёлся сзади.

В классе он попытался усесться за последнюю парту в дальнем ряду, возле окна, в ленинградской школе он всегда сидел именно на этом месте, но подошедший вихрастый мальчишка бесцеремонно шлёпнул перед ним свой пузатый портфельчик со словами:

— Это наше место. Вали отсюда.

Рядом с вихрастым стоял ещё один пацан, маленького росточка, со злыми глазками. На лице его явственно читалось: «Вот только попробуй не встань, вот только попробуй».

Игорь встал и принялся озираться в поисках другого места. Все парты уже были заняты, единственное свободное место оказалось на первой парте, прямо перед столом учительницы, но садиться туда Игорю не хотелось.

— Тише, дети! — закричала Зоя Николаевна, жестом успокаивая галдящий класс. — Сели все по местам! Быстренько! У нас в классе новенький, его зовут Игорь...

— Мащенко, — быстро подсказал Игорь.

— Игорь Мащенко. Игорь, ты хорошо учился?

— Нормально, — растерялся он.

— Ну вот и хорошо, будешь сидеть с Сашей Колбиным. Я надеюсь, вы подружитесь, и ты будешь помогать Саше с уроками.

С этими словами Зоя Николаевна показала рукой на ту самую первую парту, за которой он так не хотел сидеть.

Класс разразился дружным ржанием, но Игорь не понял, что такого смешного сказала учительница. И только через несколько дней до него дошло, в чём дело. Саша Колбин был посмешищем всего класса, с ним не хотели сидеть вместе, и тем более никто не хотел с ним дружить. Толстый, неопрятный, в очках, только частично компенсировавших сильную близорукость, Колбин вдобавок был непроходимым тупицей, не вылезавшим из двоек, за что и получил среди одноклассников прозвище Колобашка. На переменках ребята, пробегая мимо Игоря по коридору или школьному двору, весело спрашивали:

— Ну как Колобашка? Правда, клёвый?

Или предупреждали:

— Смотри, не провоняйся от Колобашки.

И, не дожидаясь ответа, бежали дальше, к своим совместным играм и развлечениям в компаниях, сложившихся и устоявшихся еще с первого класса. Новенький как таковой им был неинтересен, и про Ленинград никто его не спрашивал. Оказывается, как раз этим летом они всем классом ездили на десять дней в Ленинград и все видели своими глазами: и белые ночи, и разводящиеся мосты, и Эрмитаж, и крейсер «Аврора». Игорь оказался обреченным на общение с тупым Колобашкой, которого не интересовало ничего, кроме хоккея.

Но именно с хоккея все и началось. В сентябре проходила хоккейная суперсерия СССР — НХЛ, игры транслировали по телевизору, и, измученный собственной отверженностью, Игорь в отчаянии пригласил Колобашку к себе домой смотреть матч. Трансляции шли поздно вечером, и ему пришлось просить маму, чтобы та позвонила родителям Колбина. Уж о чем они там разговаривали, Игорь не слышал, но результат его ошарашил: в гости к семье Мащенко явилось все семейство Колбиных в полном составе — мама, папа, старший брат и сам Колобашка.

— Мы так рады, что у Сашеньки наконец появился друг в школе, — чирикала Колобашкина мама. — А то он все один да один, ни с кем не дружит.

Колобашку, как самого слабовидящего, усадили прямо перед экраном.

— Во клево! — не переставал восторгаться Саша. — Никогда по такому классному телику хоккей не смотрел.

Телевизор у Мащенко и впрямь был отличный, цветной, с большим экраном, фирмы «Грюндиг». Наши хоккеисты победили со счетом 7:3, и стены квартиры, да и всего дома в тот вечер содрогались то от рева восхищения, то от стонов отчаяния.

На другой день к Игорю в школе подошел Гена Потоцкий, тот самый вихрастый паренек, который прогнал его с задней парты возле окна.

— Колобашка сказал, что смотрел вчера хоккей у тебя дома. Врет, нет?

— Смотрел, — подтвердил Игорь, замирая от страха и одновременно от радости. К нему впервые обратился кто-то, кроме ненавистного Колобашки. И не просто кто-то, а сам Генка Потоцкий. За несколько дней Игорь успел понять, что Генка — самый авторитетный в классе, как скажет — так и будет.

— Он говорит, у тебя телик клевый. Врет, нет?

— «Грюндиг», — неумело пытаясь скрыть гордость, заявил Игорь.

— Ух ты! А чего ты с Колобашкой сидишь? Убогих любишь?

— Так больше не с кем сидеть, других мест нет. Зоя Николаевна меня посадила, вот и сижу, — простодушно объяснил Игорь.

— Заметано, — таинственно подмигнул Генка.

Когда ребята вернулись в класс после переменки, Потоцкий подошел к пареньку, сидящему за партой прямо перед ним.

— Колян, освободи место, пересядь к Колобашке.

— Почему? — в ужасе закричал тот. — Я не хочу, я здесь сижу.

— Ну пересядь, будь человеком. А то побью, — пригрозил Потоцкий.

— Игорь, иди сюда, с нами сидеть будешь.

Дома у Генки телевизор был не хуже, настоящий «Филипс», он тоже, как и Игорь, имел возможность видеть в цвете мельчайшие детали знаменитых хоккейных матчей, в том числе и надписи на клюшках игроков. Оба мальчика первыми в классе стали делать из спичечных коробков миниатюрные клюшечки с надписями «KONO», «TITAN» и «JAFE» и со знанием дела обсуждали ход игры, пересыпая свою речь фамилиями Михайлова, Петрова, Харламова, Якушева, Старшинова, Кузькина и Викулова.

Игорь и опомниться не успел, как оказался третьим членом компании, состоявшей из Генки Потоцкого и заправского хулигана Жеки Замятина, того самого низкорослого, со злыми глазками. Еще долгое время Игорь ловил на себе несчастный и растерянный взгляд Колобашки, который не понимал, почему его отвергли, и надеялся на то, что новый друг еще вернется к нему. Первое время Игоря это смущало, но вскоре новые друзья совершенно вытеснили из его памяти дни, проведенные в обществе никчемного и всеми презираемого полуслепого тупицы.

* * *

— Ты больше не дружишь с Сашей? — как-то спросил папа.

Игорь даже не понял сперва, о ком идет речь, и только потом догадался, что отец имеет в виду Колобашку.

— Нет, — нехотя ответил он.

— Почему? Вы поссорились?

— Мы не ссорились. Просто он... скучный.

— Понятно, — кивнул отец. — И с кем же ты теперь дружишь?

— С Генкой и с Жекой.

— А поподробнее нельзя?

— Ну чего подробнее... — Игорь задумался. — Генку в классе все уважают, как он скажет — так и будет.

— За что уважают? — продолжал допрос отец. — Он отличник?

— Да нет, он как я учится, на пятерки и четверки. И тройки бывают тоже.

— Так за что же его уважают? Может, он хороший спортсмен? В секцию ходит?

— Ни в какую секцию он не ходит. Просто уважают, и все.

— Ладно, а кто такой Жека?

— Замятин. Он в «чижика» лучше всех играет. И в «трясучку».

— В «трясучку»? Что это за игра? — приподнял брови отец.

Игорь прикусил язык. Черт, надо же было так проболтаться! Играть в «трясучку» в школе строжайше запрещали и нарушителей запрета сурово наказывали. Генка Потоцкий, правда, и тут был исключением, ловили его за игрой регулярно, но почему-то ему все сходило с рук. Как же теперь выкручиваться?

— Игорь, ты мне не ответил, — настойчиво сказал Виктор Федорович. — Что это за игра такая?

— Это... ну... монетки подбрасывать. И угадывать, орел или орешка.

— Решка, а не орешка, — поправил отец. — Поподробнее, если можешь.

Игорь нехотя принялся объяснять, что можно играть на две монетки по 5 копеек, а можно на четыре по 2, и тогда приходится договариваться, как играть, «на все или на много». Иногда даже пускают в ход десяти- и двадцатикопеечные монеты, но это в основном делают ребята постарше.

— Это же игра на деньги! — возмутился Виктор Федорович, выслушав невнятные объяснения сына. — Неужели в вашей школе это разрешают?

Пришлось признаваться, что, конечно, не разрешают.

— И ты тоже играешь?

— Нет, — соврал Игорь.

— А Генка твой с Жекой, выходит, играют?

Выхода не было, он все равно уже протрепался, что Жека — лучший по «трясучке». Сейчас отец рассердится и запретит ему дружить с ребятами. Что же теперь делать?

Но вопреки опасениям отец вовсе не рассердился, только спросил:

— И что бывает с теми, кого поймают за игрой?

— К директору вызывают. Потом родителей тоже вызывают. В дневник записывают. Оценки за поведение снижают.

— Значит, твоих друзей регулярно за это наказывают?

— Только Жеку. Генке ни разу ничего не было.

— А почему?

— Генку учителя любят. И вообще, его уважают.

Больше отец к этому разговору не возвращался, и Игорь успокоился.

Через несколько дней уже уснувший было Игорь вдруг проснулся около полуночи и побрел в туалет. Проходя мимо кухни, услышал за закрытой дверью голоса родителей и замер, когда до него донеслось произнесенное отцом имя Генки Потоцкого.

— Ну что ты хочешь, Лизонька, у него отец — дипломат, два срока пробыл в Швейцарии, а до этого был в Аргентине. Разумеется, он купил всю школу с потрохами. У него же карманы набиты чеками Внешпосылторга, он всем учителям достает дефицит по мелочи, кому духи, кому помаду, кому лекарства, поэтому Генке все с рук сходит.

— Это ужасно! — вздохнула мама. — Такой мальчик может испортить нам Игорька. Может, перевести его в другую школу?

— Не говори глупости. Генка, как я понял, ничего плохого не делает и сам привилегиями родителей не пользуется, учится нормально, я специально узнавал. А то, что его не наказывают и все ему прощают, так это вина учителей, сам парень тут ни при чем.

— Господи, я не понимаю, за что же его в классе так уважают-то? Он что, свою правоту силой доказывает?

— Лизонька, ну как же ты не понимаешь таких простых вещей! Мы живем в закрытом обществе, для каждого из нас заграница — это сказочная мечта. И тут вдруг появляется мальчик, который родился и до семи лет жил в Швейцарии, у которого дом набит импортной техникой, а на полках стоят самые дефицитные книги. Конечно, этот мальчик не может в нашей советской школе не стать чем-то особенным. Вот он и стал. Если бы это была школа, в которой учатся дети сотрудников аппарата ЦК и внуки членов Политбюро, так на Генку этого никто и внимания бы не обратил, там все такие. Но наш с тобой сын ходит в самую обычную московскую школу, так что удивляться тут нечему.

— А ты точно уверен, что Генка не будет плохо влиять на Игоря?

— Да помилуй, Лизонька, ну в чем он может повлиять? Гена — самый обычный мальчик, в меру хулиганистый, как и положено для его возраста, в меру усердный в учебе. Он очень много читает, это все учителя отметили. А что же ты хотела, чтобы наш Игорек дружил с этим чудовищным Сашей, который двух слов связать не может?

— Нет. — Мама снова вздохнула, — Саша мне тоже не понравился. Пусть уж лучше Генка, раз ты считаешь, что ничего страшного...

— Я тебя уверяю, — твердо сказал Виктор Федорович, — ничего страшного. Но если ты волнуешься, я познакомлюсь с его родителями и посмотрю, что там за обстановка в семье.

Не в силах больше терпеть, Игорь проскочил в туалет и не дослушал, чем же закончится такой интересный разговор между родителями. Впрочем, из их слов он понял далеко не все. Но главное усек: против дружбы с Генкой родители не возражают, за то, что бросил Колобашку, на него не сердятся, и папа собирается знакомиться с Генкиными родителями.

На следующий день Игорь подкараулил Генку по дороге в школу.

— Слушай, — понизив голос, сказал он, — у меня к тебе важное дело. Мои предки собираются знакомиться с твоими. Я случайно вчера услышал, как они разговаривали.

— Ну и пусть. — Генка беспечно махнул портфелем, едва не задев идущую мимо пожилую женщину. — Мне-то что?

— А вдруг они друг другу не понравятся? Тогда нам с тобой дружить не разрешат.

— Мои предки всем нравятся, — самоуверенно заявил Генка. — Насчет этого можешь не беспокоиться.

— А если мои мама с папой твоим не понравятся?

— Они у тебя кто? Дворники какие-нибудь? Или торгаши? Мой папа торгашей не любит.

— Почему дворники? — обиделся Игорь. — Ничего они не дворники. И не торгаши. Мой папа доцент, он преподает научный коммунизм в одном институте.

— В каком институте? В торговом? — прищурился Генка.

— Да почему в торговом?! Во ВГИКе, там на артистов учат.

— Это другое дело. А мамаша твоя чем занимается?

— Она врач... этот... оториноларинголог. — Игорь старательно выговорил трудное слово, которое он так долго учил еще в первом классе.

— Кто-кто?

— Ухо-горло-нос, — пояснил он.

— Ну, тогда все в порядке, они друг другу понравятся. И вообще, Игореха, чего ты так переполошился? Никто нам с тобой не может запретить дружить, а если попробуют, мы им покажем!

— Что мы им покажем? Это ты Жеке или Коляну можешь показать, ты лучше их дерешься. А с предками как быть? Не бить же их?

Генка остановился и приблизил губы к самому уху Игоря:

— Игореха, предков не нужно бить, их нужно обманывать. Усек?

* * *

На протяжении всего учебного года Игорь радовался тому, что нашел новых друзей. И только в сентябре 1973 года, когда пошел в пятый класс, вдруг осознал, что быть другом самого Генки Потоцкого не просто интересно, но и удобно.

1 сентября, едва завидев Игоря на школьной линейке, Генка с таинственным видом спросил:

— Ты где летом был?

Игорь начал добросовестно перечислять: ездил с мамой и папой в дом отдыха в Карелию, потом провел одну смену в пионерском лагере, потом сидел на даче у маминого брата под Ленинградом, на побережье Финского залива.

— Значит, в августе телик не смотрел? — зачем-то уточнил Генка.

— Нет, откуда на даче телик?

— Ну, ты много потерял! Там такое кино показывали! Называется «Семнадцать мгновений весны». Смотрел, нет?

— Про любовь? — презрительно поморщился Игорь, среагировав на слово «весна».

— Ты что, дурной? Про какую любовь? Про шпионов. Если хочешь, расскажу как-нибудь, — небрежно добавил Генка. — Хочешь, нет?

Хочет ли он! Конечно, хочет. Игорь припомнил, что мамин брат дядя Вова и его жена действительно уходили куда-то по вечерам и будто бы и в самом деле речь шла о том, что по телевизору показывают какой-то интересный фильм, который можно посмотреть у их приятеля — директора дома отдыха, расположенного неподалеку. Игорю даже в голову не приходило пойти вместе с ними, он радовался, что остается один и может в компании дачных приятелей-ровесников вовсю развернуть военно-спортивные действия на свободной от взрослых территории. И вот теперь оказывается, что он прохлопал все самое интересное — многосерийное кино про шпионов.

Как ни удивительно, но оказалось, что во всем их классе Потоцкий был единственным, кто посмотрел фильм целиком, от начала и до конца. Большинство ребят проводили лето там, где нет телевизора, — на дачах, в деревнях у родственников, в пионерских лагерях, а те немногие, кто в августе оставался в Москве, переставали смотреть «Мгновения» уже после второй или третьей серии, смущенные обилием документальной «информации к размышлению», казавшейся им скучной и длинной. Никакой стрельбы, никаких погонь — тягомотина!

Времени, отведенного на пять школьных уроков, оказалось достаточно, чтобы весь класс облетело известие: Генка Потоцкий будет рассказывать потрясающее кино, интересное, про немецких шпионов и советских разведчиков, но главное — длинное. И рассказывать будет не перед всем классом, а только избранным. В первую очередь Жеке Замятину и Игорю Мащенко.

Перед пятым уроком к Игорю подошел Славик Бойко — отличник и гордость класса.

— Говорят, Потоцкий будет кино рассказывать, — начал Славик почему-то робким и просительным тоном. — А можно мне тоже послушать?

— Не знаю, — пожал плечами Игорь. — Надо у Генки спросить.

— А ты не можешь спросить?

— Ладно, спрошу, — легко согласился Игорь.

Генка снисходительно разрешил Славику присутствовать при своем бенефисе, о чем Игорь и сообщил задаваке-отличнику. Во время пятого урока Игорь получил целых три записки, две из которых были от девочек, с просьбой походатайствовать перед Потоцким. Видно, Славик Бойко похвастался, что пробил через Игоря разрешение «послушать кино». Игорь обернулся к Генке, пошептался с ним, потом покрутил головой в поисках авторов записок и важно кивнул им. Сразу после звонка к Игорю обратились еще несколько одноклассников, и для всех он выпросил у Генки разрешение присутствовать при рассказе. Его распирало от сознания собственной значимости: его просят, перед ним заискивают, ищут его благосклонности. А все почему? Потому что с ним дружит сам Генка Потоцкий!

После уроков жаждущие пересказа «Мгновений» собрались на школьном дворе, и началось: штандартенфюрер Штирлиц, папаша Мюллер, у которого все под колпаком, агент Клаус, которого Штирлиц коварно застрелил на берегу реки, профессор Плейшнер, который так глупо облажался в Берне, не заметив условный знак — цветочный горшок на подоконнике. Генка рассказывал подробно, со вкусом произнося магические слова «пастор Шлаг», «партайгеноссе Борман» и «сепаратные переговоры». Ребята слушали затаив дыхание и, когда «устное кино» закончилось, испуганно разбежались по домам — шел уже шестой час.

— Почему так поздно? — строго спросила Игоря мама, работавшая в тот день в первую смену, до трех часов дня, и уже давно поджидавшая сына дома.

— Генка новое кино рассказывал, про Штирлица. Ой, мам, так интересно! А вы с папой смотрели?

— Конечно, — улыбнулась мама. — Только что твой Генка мог понять в этом фильме? Это серьезное кино, для взрослых. Там много тонких политических нюансов.

Никаких политических нюансов Игорь в рассказе Генки не уловил, наоборот, все было просто и понятно. Гитлер проигрывает войну, но не хочет в этом признаваться, и другие военачальники, видя, что дело идет к концу, но Гитлер этого не понимает, хотят заключить соглашение с некоторыми странами за спиной рейхсфюрера. Это и называется «сепаратные переговоры». И чего тут тонкого и непонятного?

Вечером пришедший с работы отец тоже заинтересовался Генкиной версией фильма и заставил сына вкратце повторить пересказ.

— Ну что ж, — удовлетворенно констатировал Виктор Федорович, — твой товарищ весьма неглуп, это меня радует.

Довольный Игорь убежал в свою комнату доделывать уроки и не слышал, как мама спросила:

— К чему этот экзамен, который ты устроил ребенку?

— Лизонька, это действительно был экзамен, только не для Игорька, а для родителей Гены. Мы же с тобой взрослые люди и отдаем себе отчет в том, что одиннадцатилетний пацаненок не в состоянии понять и усвоить такую сложную политическую игру, какую нам показали в «Семнадцати мгновениях». Ребенок может быть сколь угодно одаренным, он может быть даже вундеркиндом, но это сказывается в музыке, поэзии, живописи, математике, да в чем угодно, но только не в политике. Можно научиться блестяще играть на скрипке, можно освоить самые сложные разделы математики, можно быть шахматным гением, но нельзя научиться политике во младенчестве. Нельзя. Понимание политических реалий приходит с возрастом и жизненным опытом.

— Ну и что? Что из этого? При чем тут родители Гены Потоцкого?

— А при том, Лизонька, что, если мальчик понял и сумел внятно пересказать длинный политический фильм, это означает, что рядом с ним постоянно сидел кто-то из взрослых и объяснял ему все подробно и, как говорится, на пальцах. И эти объяснения, это понимание политики Советского государства в период Второй мировой войны ребенок потом понесет в среду своих товарищей. Мне важно было их услышать. Я хочу быть уверен, что за годы пребывания в Аргентине и в Швейцарии этот дипломат Потоцкий не заразился буржуазным мировоззрением и не начал толковать историю и политику в западной манере. А если заразился, то внушает ли он эти идеи своему малолетнему сыну, или у него хватает ума держать свои взгляды при себе. Не хватало еще, чтобы Игорек набрался у Генки черт знает каких представлений.

— Ну и как, доволен ты результатом экзамена? — скептически осведомилась Елизавета Петровна.

— Вполне. Со стороны Потоцких нашему сыну ничего не угрожает.

* * *

Первый конфликт произошел у Игоря с друзьями в конце ноября того же года, когда должен был состояться отборочный матч чемпионата мира по футболу. Встреча сборных команд СССР и Чили была назначена на 21 ноября 1973 года на стадионе в Сантьяго. Советская сторона, не желая проводить матч на стадионе, где устраивались массовые расстрелы, требовала перенести встречу на территорию третьей страны. Международная федерация футбола нам отказала, но советская сборная тем не менее на матч не приехала. В назначенный день сборная Чили вышла на поле, судья дал свисток, и четверо игроков легко и непринужденно закатили мяч в пустые ворота, предназначенные для советских футболистов. Нашей сборной засчитали поражение, и на чемпионат мира советские спортсмены не поехали. В среде многочисленных любителей футбола наступил легкий шок. Военный переворот в Чили произошел всего за два месяца до этого, в середине августа, жестокое убийство президента Альенде и массовые расстрелы на том самом стадионе были у всех на слуху, и в нашей стране до самого конца не верили, что мировая общественность и ФИФА могут этим вот так запросто пренебречь, забыть о солидарности с чилийским народом и отказать СССР в просьбе перенести матч в другое место. И не просто отказать, но и провести встречу вот так, без соперников.

— Наши правильно сделали, — заявил Генка. — Лучше пусть мы проиграем и не поедем на чемпионат, но с хунтой Пиночета дела иметь не будем. Согласен, нет?

— А по-моему, зря мы не поехали, — возразил Игорь. — Жалко же, игру отдали просто так. А могли бы выиграть.

— Как ты не понимаешь, это же вопрос чести. Мы не могли играть на стадионе, обагренном кровью.

Генка явно повторял чужие слова, точь-в-точь ту же фразу Игорь слышал накануне, ее произнес спортивный комментатор в какой-то телевизионной программе.

— Ну и что, все равно можно было что-нибудь придумать, чтобы матч не срывался, — упрямился он.

— Что, например?

— Например, выманить чилийскую сборную в другую страну. Сказали бы, что на Чили надвигается страшный ураган и встречу проводить опасно. Или, например, что террористы собираются взорвать стадион во время матча. Вот в Мюнхене же в прошлом году террористы расстреляли целую делегацию во время Олимпиады, они запросто могут и в Чили то же самое сделать. Напугали бы их как следует, они бы сами попросили матч в другую страну перенести.

— Ты дурак! — внезапно разъярился Генка. — Это вопрос принципа, ты что, не понимаешь? При чем тут «выманить» и «напугать»? Нам важно, чтобы весь мир знал, что мы не можем сотрудничать с хунтой и что мы против Пиночета.

— Да при чем тут принципы? — заорал в ответ Игорь. — Это же чемпионат мира по футболу!

— Значит, по-твоему, пусть Пиночет убивает людей?

— А по-твоему, пусть наша сборная проигрывает?

Молчавший до этого времени Жека Замятин внезапно ударил Игоря кулаком в лицо.

— Да чего с ним разговаривать, с редиской этой, — презрительно процедил он. — Пошли, Генка.

Ошарашенный Игорь долго не поднимался с тротуара, глядя вслед уходящим друзьям. Он искренне не понимал, почему Генка рассердился на него и зачем нужно было лезть на рожон в этой футбольной истории, когда можно было бы придумать десятки способов добиться своего «без шума и пыли», как говорилось в любимой его кинокомедии «Бриллиантовая рука». Он не понимал, почему какие-то там принципы важнее результатов матча. И не понимал, почему Жека его ударил. Да еще и «редиской» обозвал. Фильм «Джентльмены удачи» к тому времени уже год как победно шествовал по экранам кинотеатров, и жаргонные словечки прочно вошли в повседневную речь не только взрослых, но и школьников. Игорь знал, что «редиска» — это «нехороший человек», и недоумевал, чем мог заслужить такое обращение. Глотая слезы боли и обиды, он поднялся с грязного тротуара, на котором мерзко хлюпал подтаявший первый снег. Новое пальто, купленное мамой месяц назад, в мелкую черносерую клеточку и с цигейковым воротничком, безнадежно испачкано, да и разбитая губа кровоточит, так что скрыть от родителей следы конфликта никак не удастся. А может, и не надо скрывать? Рассказать им все как есть, пожаловаться на Генку и на Жеку. Нет, на Генку-то за что жаловаться? Он же его не бил, это Жека, сволочь, нанес внезапный предательский удар, даже не предупредив, что собирается драться. Нажаловаться только на Жеку? Но они с Генкой — неразлейвода, всегда вместе, и если папа с мамой рассердятся, то запретят ему дружить с обоими ребятами. «Ну и пусть запрещают, — озлобленно думал Игорь, бредя в сторону дома и прикладывая к губе носовой платок, — не хочу я с ними дружить, раз они такие. Я думал, они настоящие друзья, а они из-за какого-то футбола могли так со мной... Ну и пожалуйста, ну и не очень-то хочется с вами дружить».

Однако, чем ближе подходил он к дому, тем отчетливее вспоминал слова Генки, сказанные ему на ухо в прошлом году: родителей нужно обманывать. Да и в самом деле, зачем говорить им правду и жаловаться на Генку с Жекой? Еще неизвестно, что папа скажет, если узнает, из-за чего они поссорились. А вдруг окажется, что Игорь и сам не во всем прав, тогда и ему тоже попадет. Так уже бывало неоднократно, когда Игорь с праведным негодованием жаловался дома на несправедливость учителей, записавших ему в дневник замечание или поставивших слишком низкую отметку, а отец строго выговаривал ему, объясняя, что мальчик неправ и поступил дурно, потому что нарушал дисциплину на уроке или плохо подготовил домашнее задание. Так что лучше не нарываться. Он скажет, что подвернул ногу и упал. И все.

* * *

Несколько дней Генка с Жекой делали вид, что не замечают Игоря, всячески демонстрируя разрыв дипломатических отношений. Игорь жестоко страдал, опасаясь, что их дружбе пришел конец и что он снова останется один, и больше никому не будет интересен, потому что все будут знать, что Генка Потоцкий — сам Генка Потоцкий от него отвернулся. Однако вскоре дружба была восстановлена, тем более что в декабре снова стали показывать по телевизору «Семнадцать мгновений весны», и каждое утро в школе начиналось с обсуждения, что сделал Штирлиц, да что сказал Мюллер, да как классно

Штирлиц вывернулся из ситуации с чемоданом радистки Кэт.

А во время зимних каникул Игорь и Жека наконец удостоились приглашения к Генке домой, где до той поры ни разу не бывали. Мальчишки вообще-то не особенно стремились ходить друг к другу в гости, играли и гуляли на улице, ходили в кино, гоняли в футбол и бегали зимой на каток, а если и подходили к двери квартиры, где жил кто-то из товарищей, то лишь затем, чтобы позвать друга. Но тем не менее у Игоря мальчики несколько раз бывали, да и к Жеке домой пару раз наведывались, а вот в квартире, где обитали Потоцкие, ни Игорь, ни Жека не были никогда. Сам Генка с небрежным презрением говорил, что его предки не разрешают приглашать друзей, чтобы грязи не нанесли, и, хотя они целый день на работе, за порядком бдительно следит его бабушка. А тут так удачно все складывается — родители уехали на субботу и воскресенье за город кататься на лыжах, а бабушка завтра с утра уйдет на похороны: умерла какая-то ее приятельница.

— Приходите, — пригласил Генка, — я вам классные книжки покажу. И слайды про Аргентину и Швейцарию.

Слайды произвели на мальчиков неизгладимое впечатление, особенно те, на которых был запечатлен сам Генка. Ведь одно дело, когда ты смотришь просто на красивый пейзаж, который где-то там, неизвестно где, и совсем другой коленкор, когда на слайде человек, которого ты лично знаешь и понимаешь, что он там был, стоял на берегу этого озера, сидел на кривом стволе этого дерева или любовался освещенными солнцем заснеженными вершинами Альп.

— Это мы на горных лыжах катаемся, — небрежно, как обычно, пояснял Генка. — Это Альпы, а вот эти домики называются «шале»... Это я на берегу Женевского озера... Это мы с папой в Берне...

— Где профессор Плейшнер? — выпалил, не сдержав восхищения, Игорь.

— Ну, — подтвердил Генка.

— И на Цветочной улице был? — спросил Жека.

— Ты что, больной? — презрительно протянул отпрыск дипломата, — Кино же в Таллине снимали, а не в Швейцарии. Понял, нет?

— А ты никогда не рассказывал, что был в Берне, — с

упреком заметил Игорь. — Мы столько раз вместе кино обсуждали, а ты и не сказал ничего.

— Мне предки хвастаться не разрешают, — спокойно объяснил Генка.

— А-а-а, понятно, — протянул Игорь, хотя на самом деле ничего не понял. Почему хвастаться плохо? Почему нельзя, обсуждая фильм, действие которого происходит в Швейцарии, сказать, что ты сам там был и видел все своими глазами? Что в этом особенного? Впрочем, с Генкиных родителей какой спрос, они вообще не в себе, друзей приводить не разрешают. Грязь они, видите ли, нанесут. Ну и что? Убрать нельзя, что ли? Хотя квартира у Потоцких и в самом деле шикарная, Игорь в таких никогда не бывал. Пол прямо сверкает, и мебель красивая, на стенах висят африканские маски, на полках стоят какие-то загадочные штуковины, о назначении которых Игорь даже догадаться не может, а на журнальном столике валяются заграничные журналы в ярких глянцевых обложках, пачка американских сигарет и удивительная зажигалка в виде крошечного револьверчика.

Вообще дома у Генки было много интересных и непонятных вещей, но больше всего воображение Игоря потрясли книги. «Библиотека современной фантастики» — все 25 томов! Толстые книги о путешествиях Тура Хейердала, Даррелла и даже Рокуэлла Кента, прочитать которые Игорь так мечтал. Надо же, сколько раз он говорил об этом вслух, а Генка, гад такой, даже словом не обмолвился, что у него дома эти книги на полке стоят.

— Дай почитать, — попросил Игорь с горящими глазами, уже протягивая руку к заветным томам.

— Не трожь, — резко ответил Генка. — Предки убьют, если хоть одна книжка пропадет. Понял, нет?

— Но она же не пропадет, я не насовсем беру, я же верну, — удивился Игорь, все еще не веря в то, что ему отказывают.

— Я сказал — не трожь. Они завтра приедут и увидят, что книги нет на полке. Знаешь, что они со мной сделают?

Неожиданно на сторону Игоря встал Жека, хотя до сих пор всегда заглядывал в рот Генке и поддакивал ему.

— Да ладно, Ген, чего ты, в самом деле? Пусть Игореха возьмет до завтра. А завтра вернет. Твои предки ничего не узнают.

Генка задумался. Видно, такой вариант не приходил ему в голову.

— А ты до завтра успеешь прочитать? — с сомнением спросил он.

— Успею, — поклялся Игорь. — Если не успею, все равно книжку верну, не сомневайся.

Дома он тут же уединился в своей комнате и уткнулся в книгу. Вечером к нему заглянул отец.

— Ну как, был у Гены в гостях?

— Угу, — промычал Игорь, не отрываясь от страницы с описанием африканских джунглей и их хищных обитателей.

— А что ты читаешь с таким увлечением?

— Гржимека и Ганзелку. Про путешествия.

— Это тебе Гена дал?

— Да, на один день всего. Завтра нужно вернуть.

— Почему так срочно?

— Его родители завтра вечером возвращаются. Они не разрешают книги отдавать.

— Ну, в таком случае читай, не буду тебе мешать.

Отец вышел, и через некоторое время до Игоря донесся его голос:

— У этого Потоцкого неплохие связи.

— Откуда ты знаешь? — спросила Елизавета Петровна.

— Во всяком случае, книги у него дома весьма дефицитные. Наш мальчик взял у него Гржимека и Ганзелку, а это очень редкое издание. Я, по крайней мере, даже в Ленинграде не всегда мог такие книги доставать. Но меня радует, что наш сын любит читать. Хорошо, что я успел собрать приличную библиотеку. Ничего, Лизонька, вот постепенно обрасту связями в Москве, снова начну дефицитные книги доставать, билеты, в театры будем ходить регулярно, на концерты. Одену тебя как куколку. Заживем как раньше, даже еще лучше. Ты уж потерпи немножко.

Игорь слушал краем уха и смутно догадывался, что слова отца — это продолжение какого-то разговора с мамой, но в чем его суть — неизвестно. Да и неинтересно. У них своя жизнь, у него — своя.

* * *

До 1977 года жизнь его текла размеренно, насколько это вообще возможно для подростка. Никаких взлетов и падений, ровная учеба, в основном на четверки, реже — на пятерки, но без троек, и ни малейшего интереса к общественной работе. Вышло постановление о профтехучилищах, и классный руководитель на собрании объявила восьмиклассникам:

— Вам в этом году предстоит сдавать экзамены за восьмилетку. Имейте в виду, кто плохо сдаст — будем отчислять и переводить в ПТУ, так что старайтесь, ребята, готовьтесь к экзаменам как следует.

После собрания Гена Потоцкий отозвал в сторонку Игоря и Жеку:

— Старички, надо что-то думать, а то как бы Жеку в ПТУ не спихнули. До экзаменов еще два месяца, давайте прикинем, что можно успеть. Согласны, нет?

Женя Замятин был толковым парнем и при желании мог бы учиться на одни пятерки, но беда в том, что желания такого у него не было. Он органически не переносил слова «надо» и «должен», болтался до позднего вечера неизвестно где, активно зарабатывая на жизнь все той же пресловутой «трясучкой», мода на которую до сих пор не прошла. Деньги у него всегда водились, в восьмом классе он уже курил, причем не дешевенькую «Приму», а сигареты с фильтром, «Столичные» или даже «Яву-100». Из низкорослого четвероклассника, каким он был, когда с ним познакомился Игорь, Женя превратился в долговязого красавца, превосходящего ростом и Игоря, и Гену. Друзья знали, что он уже активно ухаживает за девушками, и не только ровесницами, но и постарше, поскольку благодаря высокому росту выглядит лет на семнадцать-восемнадцать, водит их в кино и в кафе и даже, кажется, целуется с ними в темных подъездах. Однако сейчас, после классного собрания, осознав реальность перспективы оказаться отчисленным из школы и загреметь в ПТУ, Женя так перепугался, что даже стал казаться ниже ростом.

Гена Потоцкий энергично принялся разрабатывать план подготовки друга к экзаменам. После длительного обсуждения стало ясно, что за два месяца наверстать упущенные за несколько лет знания вряд ли удастся, и все усилия юношей были направлены на то, чтобы придумать стратегию подсказок на устных экзаменах и помощи на письменных.

— Все равно нужно заниматься, — решительно заявил Гена. — Жека, ты можешь взять себя в руки хотя бы на два месяца? Мы с Игорехой тебе напишем «шпоры», но без основных знаний ты даже не сможешь ими воспользоваться.

— Ты думаешь, получится? — неуверенно спрашивал Жека. — Нет, мужики, зря вы это затеяли, все равно меня выпрут. Директриса спит и видит, как бы от меня избавиться.

— Нельзя опускать руки, надо бороться до конца, — уверял его Гена, и Игорь полностью его поддерживал.

Как ни странно, страх оказаться в ПТУ и лишиться ежедневного общения с друзьями оказался для Жени Замятина настолько сильным стимулятором, что за два месяца он не только исправил отметки по большинству предметов, но и вполне прилично подготовился к экзаменам. Немаловажную роль в этом сыграла и очередная Женина подружка, первая красавица микрорайона, девятиклассница Катя, которая как-то в разговоре с ним обронила фразу о том, что «ни за что не стала бы встречаться с пэтэушником, они все испорченные и какие-то недоразвитые». Женя был по уши влюблен, на 8 Марта он подарил Кате французские духи «Клима» за 25 рублей, что по меркам учеников восьмого класса казалось просто немыслимым. Во-первых, это безумно дорого, а во-вторых, еще попробуй достань. Короче говоря, ради Катиных прекрасных глаз Жека был готов на все, даже на то, чтобы перестать валять дурака, прекратить обирать местную молодежь при помощи ловкости рук, используемой при игре в «трясучку», и начать нормально учиться.

В день устного экзамена по математике Игорь и Гена волновались за друга куда больше, чем за самих себя, и были совершенно потрясены, когда при объявлении отметок учитель математики сказал:

— Нас приятно удивил Женя Замятин. Он блестяще отвечал, нашел интересный ход при решении задачи, и мы с удовольствием поставили ему «пять». Я уже три года веду математику в вашем классе, и мне всегда казалось, что Женя плохо знает мой предмет. Оказалось, я был не прав. У него большие способности, и я не побоюсь сказать, что тебя, Женя, ждет большое будущее. Если, конечно, ты снова не разленишься и не перестанешь заниматься.

Гена получил на этом экзамене пятерку, а Игорь — четверку.

— Старик, я чего-то не понял, — озадаченно произнес Гена, когда друзья после экзамена шли в кино. — Как это получилось?

— Никак, — Женя подкинул в воздух монетку и ловко поймал ее, зажав между указательным и средним пальцами. — Само получилось.

Отчисления из школы Замятин благополучно миновал и с нового учебного года снова принялся за свое: «трясучка», благодаря которой он зарабатывал на «красивую» по школьным меркам жизнь, ухаживание за Катей, пиво с более взрослыми приятелями и поздние возвращения домой.

* * *

— Есть два билета в Большой театр на «Спартак», — торжественно объявил сыну Виктор Федорович. — Мама отказывается в твою пользу.

— Ну зачем же, — промямлил Игорь, — пусть мама с тобой сходит.

Идти на балет ему совершенно не хотелось, в детстве его явно перекормили регулярными посещениями Мариинского театра, и перспектива снова смотреть на игрушечные страдания девушек-лебедей, оживающих мертвецов или сказочных принцев Игоря не вдохновляла.

Однако родители твердо решили, что мальчик должен приобщаться к прекрасному, и сопротивление было сломлено в самом зародыше.

Через несколько минут после начала спектакля Игорь уже забыл о том, что не хотел идти в театр. Балет поразил его воображение, он даже не подозревал, что можно ТАК танцевать под ТАКУЮ музыку. Страсти оказались вовсе не игрушечными, рисунок танца был непривычен глазу и завораживал настолько, что сводило затылок. В тот момент, когда два непримиримых врага — Спартак—Васильев и Красс—Лиепа — сошлись у края сцены и несколько секунд молча смотрели друг на друга, у Игоря возникло ощущение, что он смотрит кино или даже читает книгу: слова, описывающие мысли и чувства героев, словно сами собой возникали в голове. Никогда еще на балетных спектаклях с ним такого не происходило.

В антракте отец повел его в буфет. Им удалось занять удобное место, где отец и сын Мащенко расположились со своими соками, бутербродами и пирожными. В какой-то момент отец повернул голову и улыбнулся.

— Здравствуйте, Наташа, — сказал он красивой рыжеволосой девушке в длинной черной юбке и зеленой кофточке.

Девушка держала за руку девочку лет десяти-одиннадцати с нежно-оливковым личиком и огромными темными глазами. В другой руке у нее была тарелка с двумя пирожными.

— Здравствуйте, Виктор Федорович, — произнесла девушка низким голосом.

— Познакомьтесь, Наташа, это мой сын Игорь. А это Наташа, — добавил отец, повернувшись к Игорю, — моя студентка, в этом году заканчивает сценарное отделение. А кто это с вами, Наташа? Сестренка?

— Нет, просто соседка. Мы в одной квартире живем.

Виктор Федорович наклонился к девочке:

— И как же тебя зовут, соседка?

— Ира Маликова, — бойко ответила та, ничуть не смутившись.

— А сколько тебе лет?

— Через месяц будет восемь.

— Что ты говоришь? — непритворно удивился отец. — Неужели всего восемь? Я думал, тебе лет двенадцать, ты такая высокая, крупная и совсем взрослая.

— Она в дедушку пошла, — с улыбкой пояснила рыжеволосая Наташа, — тот был двухметрового роста. В классе Иринка самая высокая.

— Присоединяйтесь, — пригласил Виктор Федорович, сдвигая стаканы и тарелки, — ставьте сюда свои пирожные. Кого еще из наших видели здесь?

— Почти никого, несколько девочек с актерского и Буйнову из деканата. Даже не верится, ведь когда билеты распределяли — такая свара была, все перессорились, и где теперь все эти люди? Я думала, полтеатра только нашими будет заполнено, а нас здесь — раз-два, и обчелся.

— Наташенька, вы очаровательны в своей наивности, — добродушно засмеялся Виктор Федорович, — билет в престижный театр на престижный спектакль — это для огромного количества людей не способ приобщиться к искусству, а просто дефицитный товар, который можно выгодно использовать, чтобы поддержать нужное знакомство. Я, например, точно знаю, что мой завкафедрой, который с пеной у рта вырывал для себя два билета, отдал их своему знакомому из техцентра на Варшавке. Он, видите ли, недавно купил новые «Жигули» и хочет иметь возможность ремонтировать их быстро, качественно и с гарантией, что с машины ничего не украдут. А ваш, Наташенька, любимый педагог Ржевская взяла билеты, чтобы подарить их своему косметологу из Института красоты. Как вам балет? Нравится?

— Очень, — восхищенно вздохнула Наташа. — Такой эмоциональный накал, столько режиссерских находок! Потрясающе.

— А вам не показалось, что сцена Красса и Эгины была слишком...

Отец задумался в поисках подходящего слова, и Игорь попытался угадать, что же он имел в виду. Сам юноша не остался равнодушен к этой сцене, его будто жаром обдало, и даже голова немного закружилась.

— ...слишком эротичной? — подсказала Наташа.

Отец бросил выразительный взгляд на сына, потом на маленькую черноглазую девчушку.

— А что же это наши дамы едят пирожные всухомятку? Игорь, будь добр, принеси... Что вам принести, Наташа? Сок или лимонад? Может быть, шампанское?

— Сок, если можно.

— Вот, возьми деньги. — Отец протянул Игорю три рубля. — Иринка, иди с Игорем, поможешь ему.

Игорю показалось, что улыбка девушки стала как будто натянутой, и решил, что она, наверное, стесняется затруднять сына своего преподавателя. Иринка без колебаний сунула свою ладошку в его руку.

— Ты меня держи, а то я потеряюсь, — деловито скомандовала она. Они встали в конец длинной очереди, и Игорь с недоумением подумал, что отец зря послал его за соком, все равно до конца антракта они не успеют дойти до буфетной стойки.

— А ты мне купишь конфету? — Иринка подергала его за руку.

— Какую?

— Вон ту, зелененькую.

— «Белочку»?

— Я не знаю, как она называется. Купишь?

— Куплю, — кивнул Игорь.

— А вон ту, голубенькую?

— «Мишку косолапого»? — уточнил он.

— Ну что ты все время спрашиваешь? — внезапно рассердилась девочка. — Я же тебе сказала: зелененькую и голубенькую. Купишь?

— Куплю.

— Сколько? Одну или две?

— На сколько денег хватит.

— А на сколько хватит?

— Не знаю. — Он начал терять терпение, но старался держать себя в руках. — Это не мои деньги, а папины, я не могу их все потратить на твои конфеты.

— А почему?

Очередь двигалась на удивление быстро, и Игорь успел взять два стакана сока и конфеты до окончания антракта. К этому времени он уже был по горло сыт обществом черноглазой девочки, ее настырностью и бесцеремонными вопросами. Если все дети такие, то хорошо, что у него нет младших братьев или сестер, они бы его до белого каления довели. Или он их просто придушил бы.

— Вот. — Он поставил сок на стол перед Наташей.

— А мне конфетки купили! — тут же радостно похвасталась Иринка. — Две зелененькие и две голубенькие.

— Странная она у вас, — произнес Игорь с плохо скрываемым раздражением, — конфеты различает не по названию, а по цвету фантиков.

Наташа густо покраснела, положила обе руки на плечи Иринки, прижала девочку к себе.

— Она не странная. — Ее голос стал еще ниже и как будто глуше. — Просто она никогда не видела и не ела ни «Белочек», ни «Мишек». В магазинах их уже давно нет, и блата нет, чтобы доставать. А в Большом театре она в первый раз.

Отец бросил на Игоря уничтожающий взгляд. Слава богу, в этот момент раздался второй звонок, и нужно было идти в зал.

После спектакля они снова столкнулись с Наташей и ее соседкой, на этот раз в гардеробе.

— Вас подвезти? — спросил Виктор Федорович. — Я на машине.

Игорь с ужасом представил себе, что сейчас эта рыжая согласится и придется еще какое-то (а может быть, даже весьма длительное) время терпеть общество этого маленького чудовища. Отец, конечно же, предложит Наташе сесть рядом с ним впереди и будет всю дорогу с ней разговаривать, а ему, Игорю, выпадет завидная участь отвечать на дурацкие вопросы малолетней наглой дуры.

— Нет-нет, спасибо, — отказалась Наташа, застегивая длинное пальто макси и обматывая вокруг шеи белый шарф. — Мы близко живем, в конце Арбата, возле метро «Смоленская». Через десять минут будем дома.

Игорь с облегчением вздохнул. Опасность миновала, можно расслабиться. Однако он сильно заблуждался. Едва они с отцом сели в машину, Виктор Федорович сказал:

— Никогда не подозревал, что мой сын может оказаться таким глупым и бестактным.

Игорь ошеломленно уставился на отца:

— Ты что, пап? Что я сделал?

— Что ты сделал? Ты поставил Наташу в неловкое положение, вот что ты сделал. Кто дал тебе право насмехаться над девочкой за то, что она никогда в жизни не видела хороших конфет?

— Да я не насмехался, я просто удивился, — попытался оправдаться Игорь.

— Удивляться можешь молча, про себя. А когда говоришь вслух, то думай как следует над своими словами. Ты когда в последний раз покупал в магазине конфеты?

— Я?

Да, действительно, конфеты он уже много лет не покупал. Мама его посылала за хлебом, молоком, макаронами, картошкой, мясо и рыбу покупала сама, а конфеты, то в коробках, то россыпью, откуда-то появлялись сами.

— Да, ты, — сердито продолжал Виктор Федорович. — Ты не покупал в магазине хорошие конфеты, потому что их там давно уже нет. Остались только карамельки, а если в продаже появляются шоколадные конфеты, то совсем дешевые и невкусные.

— Но у нас дома конфеты всегда есть, — упрямо возразил Игорь. — Откуда они берутся? Разве не из магазина?

— Их приносят маме больные. Или я достаю, используя свои знакомства. И запомни, сын, так, как живет наша семья, живут далеко не все. Вот ты ощущаешь разницу между тем, как живет семья твоего друга Гены Потоцкого и наша?

— Нет, — честно признался Игорь. — Я вообще не знаю, как они живут, я у него дома только один раз был, его родители не разрешают никого в гости приглашать. А Генка сам не рассказывает.

— Правильно. Генка твой умнее тебя в десять раз, потому и не рассказывает. И родители его умные люди, поэтому и объяснили ему, что не нужно на каждом углу хвастаться тем, какие у тебя есть книги, пластинки и игрушки, какая у тебя модная одежда и куда ты ездишь отдыхать. Потому что большинству людей все это недоступно, и им неприятно слышать, что это у тебя есть. Неприятно и обидно. Они не понимают, почему у одних людей все это должно быть, а у других — нет. На самом деле между семьей Потоцких и нашей семьей лежит огромная пропасть, и Генкина заслуга в том, что ты этого ни разу не почувствовал и до сих пор не понял, хотя вы с Геной дружите с четвертого класса. Это сколько лет получается?

— Шесть, — подсказал Игорь.

— Вот видишь, шесть лет. — Отец некоторое время молчал, глядя на дорогу. — А между тем, как живет наша семья, и тем, как живут Наташа и ее соседка, пропасть еще больше. Твой второй товарищ, Женя, живет примерно так же, как они, так ты спроси у него, когда он в последний раз ел «Белочку» и знает ли он, каков на вкус торт «Птичье молоко». Голову даю на отсечение, он даже не вспомнит, что это за конфеты. А про торт только слышал, но никогда не пробовал. Мне сегодня было стыдно за тебя, сын.

* * *

Незадолго до окончания девятого класса Виктор Федорович спросил Игоря:

— Ты, собственно, в какой институт собираешься поступать?

— Не знаю, еще не решил, — осторожно ответил Игорь. — Это ведь еще не скоро будет, только в следующем году.

— Очень плохо, — неожиданно серьезно произнес отец. — Ты должен думать об этом уже сейчас и усиленно готовиться по тем предметам, которые придется сдавать на вступительных экзаменах.

— Да ну, пап...

— В армию захотел? — загремел отец. — В казарму? Дедовщины решил попробовать? Это все влияние твоего Женьки, оболтуса и бездельника. Имей в виду, мы скоро переезжаем на новую квартиру, и я переведу тебя в другую школу, если ты не возьмешься за ум.

Разговоры о переезде шли в их семье уже давно, и Игорь так к ним привык, что и внимания не обращал. Почти год назад отец впервые заговорил о том, что скоро они будут жить в новой квартире, более удобной и просторной, где все комнаты будут отдельные, а не проходные, как сейчас. Но время шло, мама записывалась в какие-то очереди на мебель и бегала отмечаться, а квартиры все не было и не было, и Игорь перестал думать о ней как о чем-то близком и реальном.

И вот неожиданно в конце мая отец радостно сообщил, что вопрос решен окончательно и на следующей неделе можно переезжать. Новый дом оказался совсем в другом конце Москвы, очень далеко от школы, в которую придется добираться час с четвертью вместо привычных десяти минут пешком.

— Пойдешь в новую школу? — спросил отец Игоря незадолго до наступления нового, последнего учебного года. — Или будешь в старую ездить?

Ездить так далеко, конечно, не хотелось, но расставаться с Генкой и Жекой хотелось еще меньше. Кроме того, Игорь очень хорошо помнил, что быть новеньким в сложившемся коллективе — не самая приятная вещь на свете. В новую школу он решил не переходить.

Теперь ему приходилось вставать на целый час раньше, долго трястись в автобусе до ближайшей станции метро, потом ехать с двумя пересадками. Правда, за это время Игорь успевал почитать пару учебников и подготовиться к устному ответу по истории, литературе или биологии.

— Слушай, — как-то сказал он Генке, — меня отец совсем задолбал, требует, чтобы я ему сказал, куда буду поступать. Ты сам-то определился с институтом?

— Ты чего, старичок? — Генка вытаращил на него изумленные глаза. — Мы же еще в шестом классе решили, что будем в летное училище поступать. Забыл, нет?

Честно говоря, Игорь забыл. Мало ли что они там решали в шестом классе! Мальчишки собирались стать то спелеологами (когда началась мода на изучение пещер), то путешественниками, то пожарниками, то полярниками. В шестом классе, когда все вокруг говорили о международном космическом полете на кораблях «Союз» и «Аполлон», было решено, что они станут космонавтами. А для этого нужно было сначала стать летчиками.

— А что туда нужно сдавать? — спросил он у Генки.

— Сочинение или изложение, я точно не знаю, математику и физику. Нам весь год нужно будет по этим предметам усиленно готовиться.

— А Жека? Он тоже в летное будет поступать?

— А куда он денется, — рассмеялся Гена. — Мы же всегда втроем, всегда вместе.

Перспектива стать летчиком Игорю не особенно нравилась, но, подумав как следует, он понял, что вообще не знает, кем хочет быть и где учиться. Не то чтобы ему было все равно, какую получать профессию и чем потом заниматься всю жизнь, нет, конечно, он мог с уверенностью сказать, кем он быть не хочет. Дворником, врачом, учителем, рабочим на заводе, музыкантом, артистом, ученым. Все эти виды деятельности его ничуть не привлекали. Но выбрать среди всех остальных оказалось крайне затруднительно. Можно стать инженером-строителем и строить дома, красивые, удобные, надежные. Можно стать корабелом и строить корабли. Можно стать физиком-ядерщиком и строить реакторы. Можно стать разведчиком и охранять безопасность Родины. Можно поступить на юридический и стать следователем, вон по телевизору показывают «Следствие ведут знатоки», уже 13 серий прошло, работа нужная, уважаемая, интересная. А можно и летчиком, чем плохо?

Но самое главное — Генка Потоцкий. Ведь Игорь согласился с ним, сказал, что готов поступать в летное училище. И как теперь можно отказаться от своих слов, как сказать Генке «нет»? В первый и в последний раз он посмел не согласиться с Генкой еще тогда, в пятом классе, когда они поссорились из-за матча СССР — Чили. Игорь хорошо помнил тот страх, который охватил его, когда прошел первый приступ обиды на Генку и Жеку. А вдруг дружба кончилась? А вдруг Генка больше никогда не примет его в свой круг? Что же ему, снова к Колобашке возвращаться? У него никогда больше не будет таких замечательных друзей, как Генка и Жека, и, если они не помирятся, жизнь кончится. Игорь переживал тот конфликт необыкновенно тяжело, боялся остаться в одиночестве и с тех пор никогда и ни в чем Потоцкому не перечил, более того, не только не перечил, но всячески поддерживал, даже если был не согласен с товарищем.

— Папа, я буду поступать в летное училище, — сказал Игорь Виктору Федоровичу.

— С какой это стати? — нахмурился отец. — У тебя никогда не было тяги к армии.

— Я хочу стать космонавтом. Это уже не армия, а космос.

— Ты заблуждаешься...

Отец не на шутку рассердился и весь вечер читал Игорю лекцию на тему о воинской дисциплине и о том, что нужно получать гражданскую профессию. Игорь кивал и делал вид, что соглашается, он давно уже усвоил, что, если хочет жить спокойно, должен избегать открытой конфронтации, ни с кем не спорить, свою точку зрения не отстаивать, а потихоньку делать так, как он считает нужным.

На другой день он озабоченно сказал Генке:

— Мой старик категорически против летного училища. Весь вечер канифолил мне мозги насчет гражданской профессии, которая будет меня кормить до самой пенсии, и все такое.

— Ну ты и козел, — укоризненно покачал головой Генка. — Кто тебя за язык тянул трепаться про летное училище?

— А что я должен был говорить? Он же меня спрашивает, куда я буду поступать, хочет, чтобы я уже к вступительным экзаменам готовился. Еще и угрожает, мол, если я не определюсь с институтом и не начну готовиться, он меня из этой школы заберет. Вот и пришлось сказать.

— Дурной ты еще, — презрительно фыркнул Генка. — Вот учу я тебя, учу, учу, а все без толку. Родителей не нужно убеждать в своей правоте. Их нужно обманывать.

— А когда обман откроется?

— А тогда уже поздно будет. Ты уже студент, личность взрослая и самостоятельная, они ничего с тобой сделать не смогут.

— И что я, по-твоему, должен сказать отцу?

— Ты...

Генка наморщил лоб, о чем-то сосредоточенно думая, потом просветлел и хитро подмигнул другу:

— Скажи, что готовишься в университет на физический факультет. Или в институт инженеров транспорта. И еще скажи, что насчет летного училища ты пошутил, сморозил, не подумавши, и приносишь свои извинения за дурацкий розыгрыш. Экзамены там те же самые, все равно физику и математику сдавать. И твой старик от тебя до конца десятого класса отстанет.

— А потом?

— А потом в один прекрасный день он придет домой с работы и увидит на столе записку, дескать, дорогие мама и папа, не ждите меня сегодня, я уехал в город Качинск поступать в летное училище. Вот и все, старичок. Понял, нет?

В Генкином изложении план выглядел простым и вполне выполнимым. Вечером того же дня Игорь с покаянным видом извинился перед родителями за вчерашнее, сказал, что это был всего-навсего розыгрыш и что на самом деле он собирается стать инженером-транспортником и заниматься конструированием большегрузных автомобилей, ему это всегда было интересно. Отец одобрительно кивал, мама радостно улыбалась, и до следующего лета в семье Мащенко наступили мир и покой.

* * *

Игорь отправился в военкомат и написал заявление с просьбой направить его на учебу в Харьковское высшее военное авиационное училище летчиков. Генка и Жека сделали то же самое. Ходить приходилось по отдельности, потому что в связи с переездом Игорь оказался прописанным в другом районе Москвы. Военком разъяснил им, что придется пройти две военно-врачебные комиссии, сначала районную, потом городскую. Комиссии они прошли благополучно, ни у кого из троих никаких заболеваний обнаружено не было.

— Теперь ждите, — сказали в военкомате, — когда придет запрос, приносите к нам, вам выпишут проездные документы, купите билеты и поедете к месту назначения.

Игорь больше всего боялся, что пришедший по почте запрос попадется на глаза родителям, поэтому по нескольку раз в день проверял почтовый ящик. Наконец запрос прислали, в нем было сказано, что Мащенко Игорю Викторовичу надлежит явиться в училище к 3 июля 1979 года для сдачи вступительных экзаменов. На той же неделе запросы получили Генка и Жека.

— Надо получить проездные документы и сразу же покупать билеты на поезд, — озабоченно говорил Гена.

— Да ты чего, рано еще, — махнул рукой Жека, — месяц впереди. Мы еще даже экзамены не сдали.

— А тебе что, билет карман тянет? Это же лето, балда, и южное направление. Ты билеты потом хрен достанешь, — авторитетно заявлял Потоцкий.

Они отстояли огромную многочасовую очередь на

Курском вокзале и взяли билеты на пассажирский поезд (на скорые поезда мест уже не было) в плацкартный вагон, как и было указано в выданных в военкоматах проездных документах.

* * *

В плацкартном вагоне Игорь ехал впервые в жизни, раньше он путешествовал на поезде только в купе, если ехал с обоими родителями, или даже в спальном вагоне, когда ездил с мамой или с отцом в Ленинград. Дожив до семнадцати лет, он даже не представлял себе, что бывает и так: пятьдесят четыре человека, в прямом смысле слова сидящих и лежащих друг у друга на головах, переодевающихся, едящих, пьющих водку и играющих в карты на глазах у всех, потому что в плацкартном вагоне нет дверей. И полки какие-то короткие, у него ноги не помещаются. «Бедняга Жека, — с сочувствием думал Игорь о своем долговязом друге, — ему, наверное, еще тяжелее». Но самым неприятным для Игоря Мащенко была именно эта открытость всеобщему обозрению и невозможность уединиться. С самого рождения он жил в отдельной квартире, и у него всегда была своя комната, где можно было заниматься своими делами и оставлять сначала игрушки, потом книги и тетрадки так, как ему удобно, и точно знать, что никто их не возьмет и не переложит в другое место, не спрячет и не заберет. Конечно, был и опыт совместной с десятком мальчишек жизни в пионерских лагерях, но это было давно, когда Игорь был еще маленьким и не так остро ощущал потребность в том, чтобы побыть одному, иметь собственный ареал обитания, никем не нарушаемый. Чем старше он становился, тем острее проступало в нем странное чувство ненависти к каждому, кто прикасался к его личным вещам. Он морщился, как от зубной боли, когда сосед по парте брал его ластик.

Игорь поступил так, как советовал Генка, — до последнего дня ничего не говорил родителям и днем, когда отец и мама были на работе, за несколько часов до отхода поезда умчался на вокзал, оставив дома большое и подробное письмо, в котором изложил веские, как ему казалось, аргументы, объясняющие, почему и куда он уезжает, что он твердо решил стать летчиком, что в большегрузных автомобилях он разочаровался, просил родителей не беспокоиться и обещал, что с ним все будет в порядке. Однако теперь, на середине пути, он вдруг решил, что надо бы дать телеграмму. Пусть мама с папой знают, что пока с ним ничего плохого не случилось и он находится в дороге.

Поезд начал притормаживать возле большой станции, и Игорь спрыгнул со своей боковой полки и направился к выходу из вагона. На нижней полке под ним спал Женя Замятин, а на следующей боковой полке, расположенной вдоль прохода, сидел, уткнувшись в книгу, Генка Потоцкий. «Путешествие дилетантов» Булата Окуджавы — самое модное чтение семьдесят девятого года.

— Ты куда? — поднял голову Генка, когда Игорь протискивался мимо него.

— Хочу выйти, телеграмму дать. Все-таки они беспокоятся.

— Не суетись, — поморщился Генка. — Записку ты им оставил, так что все тип-топ.

— Тебе хорошо говорить, твои предки тебя и так отпустили.

— Ладно, тогда пивка принеси, на вокзале дешевле, чем в вагоне-ресторане.

Поезд стоял двадцать минут, и Игорю хватило времени не только на телеграмму и на покупку шести бутылок «Жигулевского», но и на то, чтобы немного прогуляться по платформе и подышать воздухом. В вагоне было душно и жарко, и невозможность принять душ и надеть чистую белую футболку угнетала его. Не в том дело, что переодеться не во что, в рюкзаке у Игоря лежат еще две белые футболки, но в вагоне такая грязь, словно здесь не делали уборку лет двадцать, сажа залетает из всех щелей, оседает на коже, волосах и одежде, и если переодеваться, то к концу поездки у него не останется ни одной чистой вещи, в которой можно явиться в приемную комиссию.

Вернувшись в вагон, Игорь с особой остротой ощутил все многообразие раздражающих его неприятных запахов, заполнивших вагон: пот, лук с чесноком, перегар, мокрые, пропитанные мочой пеленки, которые негде постирать и некуда спрятать, — в их вагоне ехали две семьи с грудными младенцами. Подошел к Генке, поставил на столик пиво и уселся напротив.

— Скоро дочитаешь? — спросил Игорь, кивком головы указывая на книгу.

— Уже немножко осталось, часа на два.

— Я следующий.

— И единственный, — усмехнулся Генка. — Жека все равно читать не будет. Ты же знаешь, какой он упертый, месяцами ничего не делает, потом наваливается со всей мощью своего буйного интеллекта и наверстывает упущенное. Как проснется — снова начнет физику учить.

— Удивительно, как он может спать в такой обстановке, да еще днем, когда все разговаривают и ходят туда-сюда. Я, например, даже ночью заснуть не могу.

— Ну, сравнил. — Генка захлопнул книгу, предварительно засунув в нее закладку, и сладко потянулся. Потом ловко открыл бутылку при помощи специальной скобки, прикрепленной под столиком, и сделал несколько больших глотков прямо из горлышка. — Жека у нас из многодетной семьи, ты же был у него дома, видел, в каких условиях он вырос. Так что ему не привыкать.

— А ты? — спросил Игорь, внимательно глядя на друга. — Ты же не из многодетной семьи, и жилье у вас всегда было хорошее.

— А что я? — беспечно пожал плечами Генка и залпом допил бутылку. — Ох, хорошо пошло! Я, Игореха, умею ко всему относиться легко и ни на что не обращать внимания. И потом, у меня есть цель, и для ее достижения я готов на жертвы.

— На любые? — недоверчиво уточнил Игорь.

— Почти. Вот ты видишь мои джинсы?

Он выразительно потер ладонью штанину фирменных джинсов «Ливайс», ухватил большим и указательным пальцами край материи и подергал.

— Ну, вижу. И что дальше?

— Знаешь, где я их взял?

— Знаю, конечно, мы же вместе были, когда ты их покупал. У фарцовщиков на Беговой, возле комиссионки.

— И сколько я за них заплатил, помнишь, нет?

— Кажется, сто шестьдесят рублей. Я еще тогда удивлялся, откуда у тебя такие деньги.

— Сто шестьдесят пять, — поправил его Гена. — Я их целый год копил. Предки на обед и на всякую мелочь три рубля в неделю выдавали, а я их складывал. В школе не обедал, в кино с вами не ходил. Заметил, нет?

А ведь и в самом деле, за весь десятый класс Генка Потоцкий ни разу не ходил с Игорем и Жекой в кино, придумывая различные отговорки: то родители просили куда-то съездить и что-то сделать, то свидание с девушкой назначено, то настроения нет. И не заглядывал в школьный буфет.

— Но этого на джинсы явно не хватило бы, — заметил Игорь, в душе упрекнув себя за невнимательность.

— Само собой, — кивнул Генка. — На этой экономии я только стольник сцыганил.

— А остальное откуда?

— От верблюда. У предков вместо подарков наличными брал. Что тебе, сынок, на Новый год подарить? Двадцать рублей. А на день рождения? Двадцать рублей. А на окончание школы? Двадцать пять, я теперь взрослый, у меня потребности возрастают.

— И давали? — изумился Игорь.

— Куда они денутся. Им проще деньгами дать, чтобы я сам ими распорядился, чем бегать, высунув язык, и доставать то, что я попрошу. Вот у меня и набралось ровно сто шестьдесят пять рублей ноль-ноль копеек. Я вообще-то «рэнглеры» хотел, но за них просили сто восемьдесят.

— Не понимаю я тебя. Зачем все эти трудности? Сказал бы своим предкам, что хочешь на день рождения джинсы, они бы тебе сами на блюдечке принесли.

— О! — Генка назидательным жестом поднял палец. — Вот тут мы подходим к самому главному. Я не хочу, чтобы мои предки доставали мне джинсы, пользуясь своими связями и всякими закрытыми магазинами типа «Березки». Я не хочу, чтобы они говорили: «Ты еще никто, ты даже джинсы сам себе купить не можешь. Все, что у тебя есть, ты имеешь благодаря тому, что твой папа — Потоцкий». Знаешь, сколько раз за свою жизнь я это слышал? Поэтому я твердо решил, что стану космонавтом. В крайнем случае — знаменитым летчиком-испытателем. Чтобы про меня никто не мог сказать, что я — сын того самого Потоцкого. Я хочу, чтобы про моего отца говорили, что он — отец того самого Геннадия Потоцкого. Понял, нет?

Игорь помолчал, собираясь с мыслями. В нем вдруг проснулась неизвестно откуда взявшаяся обида, хотя он не мог понять, откуда она свалилась. Ведь ничего обидного или плохого Генка ему не сказал. Чтобы скрыть неловкую паузу, он тоже открыл пиво и стал медленно цедить теплую невкусную жидкость. Пиво он не любил, но скажи он об этом Генке — тот не понял бы его.

— Странно, что ты только сейчас об этом сказал, — наконец произнес Игорь, осознав, что обидела его скрытность товарища. — Мы с тобой столько лет дружим, а ты никогда не говорил мне об этом. Даже не объяснил, откуда деньги, когда мы вместе джинсы тебе покупали.

— А мне с детства внушили, что трепаться надо поменьше, — усмехнулся Генка. — Стиль жизни дипкорпуса — держать язык за зубами и при этом все время что-нибудь говорить. Давай буди Жеку, хавать пора.

* * *

С вокзала в Харькове им нужно было добраться до поселка Восточный и найти аэродром, который назывался «Рогань». Именно там находилось Высшее военное авиационное училище летчиков. В приемной комиссии их зарегистрировали и отправили устраиваться. Оказалось, что жить им предстоит в палатках прямо на летном поле. Земляной пол, три двухъярусные койки. И, разумеется, никакого намека на ванну или душ, умываться нужно будет на улице в общем умывальнике.

— Здесь только абитуриенты живут? — на всякий случай спросил Игорь, все еще надеясь на то, что курсантам обеспечивают более приемлемые условия существования.

Почему-то Игорь в мыслях представлял себе трехместные комнаты с ванной и туалетом, где они будут дружно и весело жить с Генкой и Жекой. Однажды он по просьбе отца ездил в общежитие Московского университета на Ленинских горах, отвозил какому-то аспиранту отзыв на диссертацию. Там была нормальная комната, совсем как в гостинице.

— Нет, здесь живут курсанты, — невозмутимо ответил дневальный — коротко стриженный паренек в ладно сидящей форме и с красной повязкой на рукаве, который встретил их у входа в учебно-летный отдел и проводил до места. То, что он ничуть не удивился, услышав вопрос, навело Игоря на мысль, что вопрос этот ему задают уже не в первый раз.

Настроение резко упало, но Игорь изо всех сил старался, чтобы друзья этого не заметили. Генка балагурил и шутил, раскладывая свои пожитки в деревянной обшарпанной тумбочке, а Жека тут же нашел среди трех прибывших раньше и поселившихся в этой же палатке абитуриентов желающих сразиться с ним в «очко», извлек из рюкзака колоду карт и занялся зарабатыванием денег.

В первую ночь, проведенную в палатке, Игорь глаз не

сомкнул. Он никогда не ходил в турпоходы и никогда не спал нигде, кроме помещений. Как это, оказывается, страшно: спать на открытом пространстве аэродрома, где гуляет ветер, рвет брезентовые полы и заставляет ходуном ходить стены палатки. Не просто страшно — жутко! Он чувствовал себя незащищенным и уязвимым, и все вокруг выглядело таким шатким и ненадежным, просто опереться не на что. Ты весь на виду, тебя со всех сторон окружают сотни глаз, враждебное незнакомое пространство и пронизывающий неуемный ветер. И некуда спрятаться... С каждой минутой паника охватывала Игоря все сильнее, и к утру он уже был на грани истерики. Только веселый голос неунывающего Генки и полусонная возня поднявшихся по сигналу побудки других соседей по палатке немного привели его в чувство.

Оказалось, что прежде, чем их допустят к вступительным экзаменам, нужно будет пройти еще одну медкомиссию и тестирование на профпригодность. Что такое медкомиссия, все уже знали, каждый абитуриент проходил ее по два раза по месту жительства, а вот про тесты рассказывали всякие чудеса. Когда же тестирование началось, абитуриентов разбили на группы, и по вечерам шел активный обмен впечатлениями и опытом.

В группе, куда попали Игорь и Женя, первым тестом было зачеркивание букв. Всех усадили за столы, раздали листы с отпечатанным текстом, карандаши и наушники.

— В этом тексте вы должны зачеркнуть все буквы «а» и подчеркнуть все буквы «о». Запомнили? «А» зачеркнуть, «о» подчеркнуть. А теперь надевайте наушники и работайте.

Игорь надел наушники, и в ушах зажужжал чей-то голос, беспрерывно бормочущий: «А» подчеркнуть, «о» зачеркнуть, «а» зачеркнуть, «о» подчеркнуть, «а» подчеркнуть...» Сосредоточиться было трудно, через некоторое время начала болеть голова, но Игорь старался изо всех сил.

В Генкиной группе в этот день был совсем другой тест, нужно было, сидя в кабине, имитирующей кабину пилота, двигать красную рукоятку строго по синусоиде. Если будешь двигать неправильно, отклоняясь от заданной линии больше чем на 20 градусов, тебя легонько бьет током.

Игоря тесты забавляли, ему было интересно, но во всем остальном жизнь на аэродроме Рогань его совсем не устраивала. В 6 утра подъем, физзарядка, завтрак, уборка территории, потом строем — в учебно-летный отдел для подготовки к экзаменам и консультаций. И выход за территорию части категорически запрещен. С каждым днем Игорь все отчетливее представлял себе смысл отцовских слов, когда тот кричал на него: «Казармы захотелось?!» И все яснее понимал, что казармы он совсем не хочет. Ему приходилось вставать раньше всех, чтобы успеть умыться и побриться до того момента, когда туда набьется толпа и будет не протолкнуться к умывальнику. Он не мог есть то, что давали в столовой, тосковал по маминой домашней стряпне, но когда решил, что лучше купит в солдатском буфете сыр, колбасу, масло, хлеб и хорошие рыбные консервы, то был несказанно удивлен тем, что в нем ничего этого не оказалось, кроме хлеба, сгущенки, лимонада и булочек. Его не переставало удивлять, как легко и быстро приспособились к такой жизни его друзья. Ну ладно Жека, с ним все понятно, он и в Москве жил не лучше, в тесноте и нищете, но Генка-то, Генка как может с веселой усмешкой уминать клейкую овсянку, или перловку, политую чудовищным на вкус красно-бурым соусом, или отвратительный полуостывший суп, в котором не плавает почти ничего, кроме каких-то невразумительных кусочков сала. Генка, который жил и за границей, и в Москве в просторных квартирах, ел дома продукты из закрытых распределителей и делал только то, что ему нравится, мгновенно адаптировался к жизни в казарме и, казалось, не испытывал от этого ни малейшего дискомфорта!

На третий день пребывания в училище у Игоря пропали деньги — десять рублей. А он так на них рассчитывал! Банка сгущенки — 55 копеек, бутылка лимонада — 12 (если без тары) и булочка — 7 копеек, да на эти десять рублей он мог бы до конца экзаменов через день подкармливаться в буфете. А что теперь? Он посетовал на пропажу, когда ребята строем шли на очередной тест, и оказалось, что пропажи были буквально у каждого второго, у кого мыло, у кого — привезенные из дома продукты, в основном шоколад, у кого — сигареты, у кого одежда, у многих, как и у Игоря, деньги. Среди абитуриентов процветало воровство. «А ведь многие из этих воров выдержат экзамены и поступят в училище, — думал он. — И что же мне, вместе с ворами учиться? Жить с ними в одной палатке, сидеть за одной партой? Мерзость, какая мерзость!»

После полного цикла тестирования ряды абитуриентов заметно поредели, если в самом начале конкурс был пять человек на место, то к первому экзамену претендентов на каждое место осталось только двое. Первый устный экзамен — физику — все трое сдали на «четыре». К вечеру провалившиеся на экзамене собрали вещи и отбыли домой, теперь в их палатке оставались только они — Игорь, Гена и Женя.

Второй экзамен — устную математику — все трое сдали на «отлично».

— Ну все, старички, остался последний рывок, — с воодушевлением сказал Генка после объявления отметок. — Если напишем математику — то все, считай, проскочили. Так, нет?

— А изложение? — с опаской спросил Женя, у которого в школе были вечные нелады со знаками препинания, что не переставало удивлять его товарищей. Такой способный к точным наукам — и такой тупой в освоении синтаксиса!

— Да брось, не паникуй. Я тут со знающими ребятами поговорил, они мне рассказали, что весь отсев происходит на тестах и на физике с математикой. После второй математики количество абитуриентов равно количеству курсантов, больше никого отсеивать уже нельзя. Изложение — пустая формальность, даже если ты миллион ошибок сделаешь, тебе двойку все равно не поставят, — успокоил друга Потоцкий.

— Ты точно знаешь? — В голосе Жеки ясно слышалось сомнение.

— Ну ты сам подумай, зачем летчику запятые? Физика и математика — это да, это понятно, без них в летном деле никуда. А грамотность? Кому она нужна?

Это показалось логичным, и Женя успокоился.

После экзамена Игорь собрался с духом и отправился искать телефон, чтобы позвонить домой. Время он выбирал специально, чтобы дома застать только маму. Вопреки ожиданиям Елизавета Петровна не кричала в телефонную трубку и даже не ругалась.

— Сынок, подумай как следует, — ласково говорила она, — еще не поздно сдавать в какой-нибудь другой институт. Сейчас еще июль, в большинство вузов экзамены сдают в августе. Возвращайся и поступай, куда душа пожелает.

— Мама, я решил, что стану летчиком, — упрямо твердил Игорь. — Я уже сдал два экзамена, мне остались только математика письменная и изложение. Ну почему ты не хочешь, чтобы я был летчиком?

— Потому что я хочу, чтобы ты жил долго и счастливо, — ответила мама, и Игорь услышал слезы в ее голосе. — Возвращайся, сыночек, папа поможет тебе поступить в любой институт.

После этого разговора Игорь долго не мог сосредоточиться на подготовке к экзамену. Он с самого начала не сомневался, что успешно сдаст все экзамены и поступит в училище, ведь в школе он хорошо учился, и его всегда хвалили. Если поступит, то в августе начнется «курс молодого бойца», потом учеба, и отпуск ему дадут только через год. Год — срок большой, родители за это время наверняка остынут и простят его, а если даже и не простят, то можно и домой не ездить. Что он, не найдет, где отпуск провести? Однако теперь, вкусив казарменной жизни, которая не пришлась ему по душе, и поняв, что путь домой открыт и папа с мамой скандалить не собираются, он начал сомневаться в собственной правоте. Он не хочет жить в таких условиях. И он совсем, ну совсем не стремится быть летчиком. У Генки есть цель, он хочет стать космонавтом или летчиком-испытателем, и ради этой цели он готов терпеть все, что угодно. У Жеки другие мотивы, он хочет получить образование, но при этом кормиться и одеваться за государственный счет, потому что семья у него бедная и многодетная, а если самому начать зарабатывать, но никакого толкового образования не получишь, только фиктивную бумажку о фиктивной сдаче экзаменов. Кроме того, в авиации, хоть в военной, хоть в гражданской, хорошо платят, а Жека хочет вырваться из нищеты. С Жекой тоже все понятно. Ну а он-то, Игорь, зачем во все это ввязался? Он хочет домой, в свою комнату, где никого нет, кроме него самого, его книг и пластинок, его магнитофона и коллекции записей его любимых певцов и ансамблей. Он хочет, чтобы на обед был вкусный мамин суп, а на ужин — его любимая жареная картошка с колбасой или пельмени со сметаной. Он хочет утром и вечером вставать под горячий душ и мыться вкусно пахнущим «Земляничным» мылом, которое может спокойно лежать в мыльнице, и не нужно беспокоиться о том, что его украдут. Он не хочет никакой воинской дисциплины, переполненных курсантами грязных сортиров и вонючей столовской еды.

Но при всем этом он не может отступить. Не может сказать друзьям, что передумал становиться летчиком, испугался трудностей и возвращается домой. Они расценят это как предательство, ведь они договаривались. Ведь они всегда вместе, один за всех, и все за одного. Как же быть?

* * *

Результаты письменного экзамена по математике оказались неожиданными. Генка Потоцкий получил «четыре», Женя Замятин — «пять». А Игорь Мащенко — «два».

Услышав об этом, Генка и Жека несколько минут ошарашенно молчали. Первым пришел в себя Генка:

— Этого не может быть. Ты же сказал после экзамена, что все задачи решил. Мы же потом сверяли решения, и ты говорил, что все в порядке. Говорил, нет?

— Я соврал.

— Зачем?

— Чтобы вас не расстраивать. Ребята, не берите в голову, никакой катастрофы. Вы будете учиться, а я вернусь домой. На следующий год приеду и буду снова поступать. Ну подумаешь, будет разница у нас с вами в один курс, так что? Нам это дружить не помешает.

— Ну уж нет, — решительно заявил Генка. — Так не пойдет. Мы с Жекой забираем свои документы и возвращаемся в Москву вместе с тобой. Верно, Жека?

— А то, — тут же согласился Замятин. — Правда, на следующий год мы вряд ли куда поступим, нас в армию заберут.

— Ах ты, черт! — Генка со злостью ударил кулаком в стену. — Забыл я совсем, нам же до мая всем по восемнадцать стукнет. В весенний призыв попадаем. Жека, дай закурить.

Женя с готовностью вытащил из кармана пачку «Явы» и протянул другу. Генка сделал несколько глубоких затяжек, потом взгляд его повеселел.

— Ну и ладно! Пойдем в армию, отслужим, потом снова будем сюда поступать.

— Ребята, не валяйте дурака, — грустно проговорил

Игорь. — Ну куда вы поступите после армии? Вы же за два года все перезабудете, чему вас в школе учили. Это сейчас у нас знания свежие, а после армии нам физику и математику ни за что не сдать. Оставайтесь и учитесь, я не буду злиться и вам завидовать, честное слово.

— Вот дурак же ты все-таки, — в сердцах бросил Генка. — Ну что ты такое говоришь? Мы всегда были вместе и дальше будем вместе, что бы ни случилось. Как же мы тебя одного бросим? А после армии сюда еще легче будет поступить, тем, кто отслужил, в военные вузы всегда дорога открыта. Согласен, нет?

Они проспорили до самого вечера, Игорь уговаривал друзей остаться, и те, в свою очередь, уговаривали его не расстраиваться и рисовали радужные перспективы совместной воинской службы в армии и потом в училище. На другой день с самого утра они втроем явились в приемную комиссию и забрали документы.

* * *

Дома Игорь с наслаждением залез в ванну, вылив туда изрядное количество немецкого «Бадузана». Вот он и дома, вот и кончились его мучения. Как хорошо, что папа с мамой не стали его ругать и все поняли. Папа обязательно что-нибудь придумает, найдет выход. Игорь готов поступать в любой гражданский институт, только бы не идти в армию.

Пока Игорь наслаждался одиночеством и покоем в своей комнате, лежа на удобном диване с книжкой, Виктор Федорович весь день просидел у телефона, сам кому-то звонил, ждал ответных звонков. Наконец он вошел в комнату сына.

— Собери свои вещи и ложись спать. Завтра мы улетаем в Томск.

— Почему в Томск? — удивился Игорь. — Зачем?

— Подавать документы. Ты будешь поступать в Томский университет, на юридический факультет. Это единственное, что я сейчас могу для тебя сделать.

— Но я думал, что буду поступать в Москве... — растерянно пробормотал юноша.

— Ты думал! Я вообще не знаю, о чем ты думал, когда поперся в этот свой Харьков! Прием документов закончился 25 июля, с первого августа уже начнутся экзамены, сегодня 27 июля, а ты все еще о чем-то думаешь! Я поднял все свои связи, я с огромным трудом нашел вуз, где для тебя сделают исключение и завтра примут документы, чтобы ты мог сдавать экзамены. Ты же получил двойку по математике, то есть этот предмет ты знаешь слабо, и мне пришлось искать такой институт, где ее не надо сдавать. Пожалуйста, я мог бы договориться в нескольких московских вузах, чтобы у тебя приняли документы, но это технические вузы, и там нужна математика, которую ты снова завалишь. Так что выбор у меня был ограниченный, в гуманитарные вузы конкурсы огромные, и людей, которые хотят, чтобы им пошли навстречу, гораздо больше, чем ты думаешь.

— Но я... — начал было Игорь и осекся.

В самом деле, ну что он может сказать отцу. Тот прав, безусловно прав.

— Что — ты? — Виктор Федорович подозрительно уставился на сына.

— Я хотел сказать... Ну, в общем, там же историю надо сдавать и литературу. Я не готовился.

— Так подготовишься! Найди учебники, будешь читать в самолете. До первого экзамена еще несколько дней. У тебя, сын, тоже выбор ограниченный: или в Томск, на юрфак, или в армию. Ты сам своими дурацкими поступками, своим непростительным легкомыслием поставил себя в такое положение.

На следующий день рано утром они уехали в аэропорт. Игорь не позвонил ни Генке, ни Жеке и, уже сидя в самолете, думал о том, что второй раз за это лето совершает то, что очень напоминает постыдное бегство. Втихаря, без объяснений и предупреждения.

* * *

На всех экзаменах Игорь получил четверки и был зачислен на первый курс юридического факультета Томского государственного университета. Энергично взявшийся за устройство судьбы сына Виктор Федорович нашел двухкомнатную квартиру, в которой хозяйка сдавала одну комнату, и обо всем с ней договорился.

— Только пусть чистоту соблюдает и компаний сюда не водит, — деловито говорила полная яркая женщина — хозяйка квартиры Тамара Серафимовна. — Холодильником пусть пользуется, я ему полочку целую освобожу, кастрюли, сковородки, тарелки, вилки-ложки — пусть все берет, не стесняется, только чтоб мыл за собой, грязное не оставлял.

За комнату она попросила 30 рублей в месяц, и Виктор Федорович пообещал высылать ей деньги ежемесячно почтовым переводом.

— Я оплачиваю твое жилье, а жить будешь на свою стипендию, — сказал он Игорю.

Однако примерно через месяц отец поостыл и, видимо, решил, что уже достаточно повоспитывал непокорного сына. Первый денежный перевод из дома — 40 рублей — Игорь получил в середине октября. И с тех пор регулярно, раз в месяц, по адресу, где он снимал комнату, приходили два извещения, одно на перевод для Тамары Серафимовны, второе — для Игоря Мащенко.

Тамара Серафимовна оказалась замечательной женщиной, доброй, веселой и жизнерадостной. У нее был любовник, у которого она частенько оставалась ночевать, а бывало, и по два-три дня не появлялась дома. Кроме того, где-то в деревне у нее был участок, который тоже требовал внимания и заботы: то копать, то сажать, то полоть, то поливать, то урожай собирать и консервировать. В общем, присутствием своим она городскую квартиру не сильно баловала, и это Игоря весьма и весьма радовало. Правда, появлялась она всегда неожиданно, без предупреждения, и Игорь, несколько раз пытавшийся нарушить запрет и пригласить к себе компанию сокурсников, вскоре понял, что дешевле все-таки выйдет соблюдать требования хозяйки. А то что это за радость — ребята веселятся, пьют пиво и вино, слушают музыку, целуются по углам, а он только и делает, что прислушивается или в окно выглядывает, не появится ли Тамара. А вдруг сейчас придет, увидит это развеселое сборище, да и откажет ему от комнаты. Куда деваться? В общагу? Нет уж, спасибо, коллективной жизнью он сыт до самой смерти. Лучше уж он сам будет ходить в гости.

Тамара Серафимовна работала администратором в ресторане «Томь», питалась на рабочем месте, а посему дома практически ничего не готовила и продукты почти не покупала. То есть покупала, конечно, и готовила из них разные вкусные блюда, но не у себя дома, а у своего дружка. Рассчитывать на сердобольность хозяйки, которая пожалеет бедного студента и покормит его, таким образом, не приходилось. Игорь никак не мог понять, почему двадцатого числа, в день стипендии, у него в кошельке лежит 40 рублей, а двадцать пятого — только десять. Куда в течение пяти дней улетало три «чирика», было непонятно. Он честно старался наладить быт, покупал продукты и пытался из них варить себе обеды, но отчего-то выходило так, что из того, что можно было купить в магазине, ничего путного не сваришь, а если хочешь съедобного и вкусного, то покупай продукты на рынке, а на это никакой стипендии не хватало, даже с учетом родительских дотаций. Да и умения кулинарного у Игоря не было никакого, он пару раз покупал на рынке мясо с косточкой, в магазине брал свеклу, морковь, картошку, капусту, лук, сметану, полдня возился у плиты, натирая овощи на крупной терке и содрав кожу на пальцах рук, в попытках сварить себе борщ. Но получилось у него что-то невразумительное, даже отдаленно не напоминающее тот густой ароматный борщ, которым кормила его мама. Он решил проконсультироваться у сокурсницы, и девушка, выслушав его горестный рассказ, посоветовала покупать на рынке и овощи тоже, потому что в магазине они перемороженные и полугнилые, какой от них вкус, одна горечь. Игорь прикинул, во что обойдется ему борщ из рыночных продуктов, и решил, что лучше перебьется без любимого блюда, потерпит до каникул, когда можно будет поехать в Москву.

Весь первый семестр он то и дело ловил себя на мысли: а зачем, собственно говоря, он здесь учится? История государства и права СССР, история государства и права зарубежных стран, история КПСС, теория государства и права, римское право, политэкономия — все это было для него скучным и неинтересным, а главное — бесконечно далеким от той материи, вокруг которой вертелись и «Знатоки», и «Рожденная революцией», и «Место встречи изменить нельзя», и множество других замечательных фильмов о борьбе с преступностью. Учеба навевала тоску, и ненужные, как ему казалось, дисциплины никак не хотели укладываться в голове в стройную, пригодную для запоминания и усвоения систему.

Зато вне учебы студенческая жизнь ему нравилась. Игорь сразу, еще во время вступительных экзаменов, познакомился с ребятами-москвичами, которые по тем или иным причинам тоже не стали испытывать судьбу попытками поступать в Москве.

— Ты знаешь, какой в Москве конкурс на юрфак? — сказал ему один из новых друзей, смешной очкарик по имени Василий. — Сорок семь человек на место среди школьников. Среди тех, кто имеет стаж работы или служил в армии, конкурс, конечно, поменьше, человек двадцать. При таком конкурсе лучше туда не соваться, если не имеешь блата. Да что я тебе рассказываю, ты же сам сюда приехал поступать, значит, знаешь все это не хуже меня.

Игорь молча кивал, делая вид, что полностью согласен с Васей. Ему совсем не хотелось рассказывать, как он пытался стать летчиком, как получил двойку по математике и как потом его папа по блату устраивал сюда, в Томский университет.

Компания сложилась быстро и легко; кроме Игоря и Василия, в нее входили Георгий Попандопуло, вскоре переименованный в Жору Грека, и две девушки-подружки, вместе решившие стать юристами и вместе приехавшие поступать, — Света и Лена. Все они были из Москвы и все жили в общежитии, ибо только у Игоря была семья, способная оплачивать своему отпрыску отдельное жилье. Со временем он понял, что все закономерно: люди более состоятельные и благополучные находят возможность пристроить свои чада на учебу в Москве, в крайнем случае посылают их в другой город поступать в институт, а потом добиваются разрешения на перевод в аналогичный московский вуз. Для этого, правда, тоже нужен блат, которого у семей малообеспеченных, как правило, не бывает.

Ребята вместе ходили в кино, на танцы или устраивали в складчину веселые посиделки в общежитии. Переписывали друг у друга конспекты, сидели на лекциях вместе и валяли дурака, играя в «морской бой» или в «балду». Юноши и девушки почти сразу разбились на пары, Вася трогательно ухаживал за маленькой тщедушной Леночкой, а мужественному, широкоплечему Жоре Греку выпало счастье удостоиться внимания красивой и слегка надменной Светы. Игорь немного комплексовал из-за того, что остался в этой дружной компании как будто бы не у дел, и усиленно искал девушку, которую мог бы ввести в этот узкий круг в качестве своей подружки. Но пока ничего подходящего на горизонте не появлялось, девушки им интересовались, но все они были, на его взгляд, или глуповатые, или некрасивые. Одним словом, недостойные того, чтобы быть представленными его московским друзьям.

На зимние каникулы поехали в Москву все вместе.

Еще в самолете начали строить планы, как будут проводить время, куда пойдут.

— Я могу попросить отца, он нас проведет на закрытый просмотр в Дом кино, — брякнул Игорь, который все время по мелочам пытался доказать, что тот факт, что у него нет на данный момент девушки, еще не свидетельствует о том, что он ущербный. Пусть девушки нет, зато в другом он может себя проявить.

— Да? — Света с интересом посмотрела на него, приподняв красивые брови. — Он у тебя что, артист? Ты никогда не говорил об этом.

— Он не артист, он преподает во ВГИКе. У него среди киношников знаете какие связи?

— Что ж он со своими связями тебя в Москве учиться не пристроил? — с насмешкой спросил очкарик Вася, который всегда и во всем видел подвох или попытку обмануть себя.

— Так у него связи среди киношников, а не среди юристов, — ответил Игорь, полагая, что привел достаточно убедительный аргумент.

Через некоторое время Света, сидевшая через проход от Игоря, рядом со своим Жориком, протянула руку и тронула Игоря за рукав куртки.

— А твой отец действительно связан с кино или ты просто так сболтнул?

— Действительно. Он доктор наук, профессор кафедры во ВГИКе.

Игорь предусмотрительно умалчивал до поры до времени, что его отец преподает научный коммунизм, а не дисциплину, непосредственно связанную с искусством кино, с актерским или режиссерским мастерством.

До конца полета Света еще несколько раз обращалась к Игорю с какими-то ничего не значащими вопросами и разговаривала с ним, понизив голос, словно между ними происходило что-то интимное, не предназначенное для глаз и ушей ни Васи, ни Леночки, ни тем более Жорика.

Из аэропорта они доехали на большом автобусе до аэровокзала на Ленинградском проспекте и направились к метро. Ехать всем нужно было в разные стороны, ребята еще раз проверили, записали ли телефоны друг друга, и договорились на следующий день созвониться.

Дома Игоря ждали родители и накрытый стол, в центре которого торжественно возвышалась фарфоровая супница с дымящимся ароматным борщом — он специально просил маму по телефону приготовить его любимое блюдо. Игорь, стараясь не растерять солидность — все-таки он теперь студент, а не пацан сопливый, — рассказывал об учебе, о житье-бытье в квартире Тамары Серафимовны и о своих новых друзьях.

— Какие планы на каникулы? — осведомился отец.

— Хотим с ребятами по выставкам побегать, по театрам. Может быть, ты нам поможешь? — Игорь просительно взглянул на отца.

— Ты имеешь в виду помощь с билетами или материальную?

Игорь рассмеялся. До чего же все-таки хорошо дома! Тепло, уютно, безопасно, сытно.

— С билетами, конечно. Ну и материально если поможешь — буду благодарен. Кстати, ты, помнится, говорил, что в Доме кино бывают закрытые просмотры западных фильмов. Ты не мог бы?..

— Отчего же, можно попробовать. Завтра узнаю, где у нас что идет. Кстати, интересные просмотры бывают и в Доме архитектора, вот туда я вас наверняка смогу устроить. Годится?

— Годится, пап, спасибо, — благодарно произнес Игорь.

— А как твои друзья поживают? — неожиданно спросила мама.

Игорь, увлеченный мыслями о предстоящих каникулах, даже не сразу понял, о ком речь.

— Я имею в виду Гену и Женю. Ты с ними переписываешься?

— Ой, мам, письма в наше время — это архаизм, — отмахнулся Игорь. — Зачем писать письма, когда есть телефоны?

— Значит, ты с ними перезваниваешься? — не отставала мама. — Как у них дела? Они учатся где-нибудь или работают? Они в августе несколько раз звонили, когда вы с папой были в Томске, я сказала им, что ты уехал поступать. А потом они перестали звонить.

Настроение у Игоря испортилось. За полгода он ни разу не позвонил ни Генке, ни Жеке. Не позвонил, потому что боялся. Ведь это из-за него они забрали документы из летного училища, в которое практически уже поступили, из-за него, из-за его двойки по математике они отказались от учебы и решили все вместе идти в армию, а он струсил, испугался армии и поехал в Томск поступать в университет. Конечно, у Генкиного отца связей побольше, чем у Мащенко-старшего, и он, вполне вероятно, Генку тоже в какой-нибудь институт пристроил, а вот Жека — тот уж точно в весенний призыв загремит в казарму. И все это будет на его, Игоря, совести. Зачем он будет им звонить? Чтобы выслушать по телефону, что он — трус и подонок?

— Честно говоря, не знаю. Я им не звоню, — признался он.

— Вот как? Почему же? Вы что, поссорились?

Мама, сама того не подозревая, бросила ему спасательный круг, и Игорь немедленно в него вцепился:

— Да, знаешь, еще в поезде, когда ехали из Харькова.

— И из-за чего вы поссорились? — продолжала допытываться мама.

— Мы... ну, разошлись по идейным соображениям. Ну мама, ну какое это имеет значение? Главное — результат. Я не хочу больше с ними общаться.

— Но как же так? — недоумевала Елизавета Петровна. — Вы столько лет дружили, вас водой не разольешь, как же можно из-за какой-то пустяковой ссоры отказываться от многолетней дружбы? Нет, я этого не понимаю!

— Оставь, Лизонька, — вмешался отец, — разве ты забыла, что такое юношеский максимализм? В его годы у всех молодых людей любимые слова — «никогда» и «навсегда». Поссорятся из-за пустяка — и жизнь кончается, потому что больше никогда... и так далее. А потом все проходит и даже не вспоминается. Ты уже забыла, как ты отказывалась выходить за меня замуж? Говорила: никогда, Витя, я твоей женой не буду. И что? Вышла за меня как миленькая.

Родители засмеялись, глядя друг на друга теплыми глазами, и Игорь вдруг остро почувствовал свое одиночество. Старых друзей он предал и теперь скрывается от них, прячется, как преступник, а новым он не особенно-то и нужен, они существуют парами, Вася с Леночкой, а Жорик со Светой.

Зазвонил телефон. Игорь даже головы не повернул, он точно знал, что ему никто звонить не может.

— Это тебя, сынок, — сказала мама, почему-то хитро улыбаясь.

Сердце у него упало: кто мог позвонить ему сегодня? Только Генка или Жека. С ребятами он договорился на завтра.

— Кто? — спросил он одними губами.

— Девушка, — шепнула мама.

Игорь быстро схватил трубку. И, к своему изумлению, услышал голос красавицы Светы.

— Игорь, я, наверное, не вовремя...

— Нет-нет, все в порядке, — торопливо произнес он. — Что-нибудь случилось?

— Нет, — Света издала короткий смущенный смешок, — у меня тоже все в порядке. Я тут вспомнила, ты, кажется, говорил, что у тебя есть французский диск Высоцкого.

— Да, — подтвердил Игорь.

Этот диск ему подарил Генка на последний день рождения, от сердца оторвал, отдал свой собственный, привезенный прямо из Парижа, ему отец по своим каналам доставал.

— А ты не мог бы дать его переписать?

— Пожалуйста, бери. Когда встретимся, я принесу.

— А сегодня нельзя? Понимаешь, у меня будет возможность переписать только завтра с утра, магнитофон принесут...

Через пятнадцать минут Игорь, упакованный в новенькую куртку-аляску оливкового цвета с оранжевой подкладкой (мама постаралась к его приезду), мчался с пластинкой в руках к месту встречи со Светой. Казалось бы, ничего особенного не произошло, но он чувствовал, что все это неспроста — и ее звонок, и просьба, и свидание, назначенное в девять вечера и явно за спиной у Жорика.

* * *

Света жила далеко, от метро «Водный стадион» еще несколько остановок на автобусе, но Игорь, конечно же, поехал ее провожать. И не переставал удивляться тому, что за все время девушка ни разу не упомянула о Жорике, словно его и не было в ее жизни. Сидя рядом с ней в холодном дребезжащем автобусе, он с необыкновенной ясностью ощущал, какая она красивая. Именно ощущал, а не видел, потому что боялся смотреть прямо ей в лицо, подумает еще, что он разглядывает ее с каким-то особенным смыслом, а какой же может быть смысл, если она — девушка его друга? Никакого, это и ежу понятно.

— Давай я запишу твой адрес, — сказала Света на прощание, когда они стояли перед подъездом ее дома.

— Зачем? — не понял Игорь.

— Завтра привезу пластинку.

— Да не нужно специально ездить, ты что? Завтра созвонимся, все равно будем встречаться все вместе, тогда и отдашь.

— Нет, Игорь, я так не могу. Во-первых, это очень дорогая и редкая пластинка, я ее перепишу завтра с утра и хочу сразу же вернуть, не дай бог с ней что-нибудь случится.

— Господи, Светка, что ты выдумываешь? Что с ней может случиться?

— Ты не понимаешь. — Девушка грустно вздохнула. — Я не хотела говорить, это стыдно, никто из ребят не знает. Но тебе·скажу. Понимаешь, у меня старший брат... он... в общем, он сильно пьет. Алкоголик. Он из дома все выносит и толкает за бутылку. Мы с мамой давно уже привыкли все прятать, а он все равно находит и продает. Магнитофон мой унес. Теперь вот у подруги одалживаю. Так что пластинку я хочу сразу вернуть от греха подальше.

Вот это да! У Светки, такой красивой и неприступной, оказывается, брат алкоголик. Игорю отчего-то всегда казалось, что пьянство и алкоголизм бывают только в неблагополучных семьях, а в неблагополучных семьях люди обязательно некрасивые и убогие. Красивые же и умные люди непременно живут в достатке, мире и благополучии.

— А во-вторых? — озадаченно спросил он.

— А во-вторых, я не хочу возвращать тебе пластинку при всех. Жорик сразу поймет, что мы с тобой встречались.

— Ну и что? — не понял Игорь. — Что особенного в том, что ты взяла у меня пластинку?

— Ты не понимаешь, — снова повторила Света, и Игорь почувствовал себя полным идиотом. Оказывается, существует масса вещей, которых он не понимает, зато понимает красивая и умная Света, его ровесница. — Я должна была бы позвонить Жорику и попросить его вместе со мной поехать к тебе за пластинкой. Тогда все было бы в порядке. А я не позвонила ему, и он может подумать, что я хотела встретиться с тобой без него.

— А почему ты ему не позвонила? — тупо спросил Игорь.

— Ты не понимаешь, — в третий раз произнесла Света уже совсем грустно. — Диктуй адрес, и будем прощаться. Поздно уже, мама ругаться будет.

Всю дорогу домой Игорь пытался сообразить, что же такого он не понимает и почему Света и в самом деле не позвонила Жорику, а поехала за пластинкой одна. Но так и не понял.

* * *

Утром он провалялся в постели допоздна, выполз умываться только часов в одиннадцать и долго разглядывал в зеркале свою заспанную физиономию. Была суббота, родители дома, из кухни тянет знакомым вкусным запахом — на сковородке поджариваются гренки из белого хлеба с сыром, Игорь так любит съесть несколько штучек со сладким чаем. Когда раздался звонок в дверь, он еще стоял в ванной в одних трусах и неторопливо, с удовольствием брился.

— Сынок! — в ванную заглянула мама. — К тебе девушка пришла.

Света! Ох ты господи, он так разоспался, что совсем забыл о ней. Как же в таком виде из ванной выходить?

— Мам! — крикнул он, приоткрыв дверь. — Кинь мне джинсы и майку, пожалуйста.

Он быстро закончил бритье, оделся и выскочил на кухню. Светка уже сидела за столом вместе с родителями, перед ней стояли чашка и тарелка, ее, совершенно очевидно, пригласили позавтракать вместе со всеми, и она, столь же очевидно, не отказалась. Сегодня она показалась Игорю еще красивее, хотя там, в Томске, он видел девушку каждый день и в самых разных обстоятельствах, и принаряженную, с ярким макияжем, и невыспавшуюся, с опухшим лицом и покрасневшими глазами — перед экзаменами или после затянувшихся за полночь посиделок со спиртным. Но такой, как сегодня, она никогда еще не была. Длинные белокурые волосы завиты в локоны и свободно падают на плечи, голубизна глаз умело подчеркнута тенями и тушью, а также нарядным голубым платьем, слишком тонким и легким, чтобы носить зимой. «И как она не замерзла, — подумал Игорь, усаживаясь рядом с ней за стол. — Январь на дворе, а у нее даже не шуба, а пальто».

— Вы извините, что я так рано вас потревожила, — вежливо говорила Света, — но я Игорю еще вчера сказала, что принесу пластинку прямо с утра. Я думала, он вас предупредит.

— Ну что вы, Светочка, стоило ли так беспокоиться, — великодушно ответила Елизавета Петровна.

— Нет, у меня принцип: ценные вещи вообще лучше ни у кого не брать, а если уж взял, то как можно быстрее вернуть.

— Похвально, — коротко бросил Виктор Федорович. — И вообще радостно слышать, что у нашей молодежи есть хоть какие-то принципы.

— Пап, — Игорь умоляюще взглянул на отца, — ну зачем за завтраком говорить о политике?

— Принципы — это не политика, это нравственность, а говорить о нравственности уместно всегда и везде, эта тема неисчерпаема и актуальна, — внезапно выдала Света.

Игорь ошеломленно уставился на девушку. Что она такое говорит? И это Светка, которая на лекциях умирает от скуки и готовится к экзаменам ровно столько, сколько нужно, чтобы получить хиленькую четверочку и не потерять стипендию? Это Светка, которая больше всего на свете любит наряды и танцульки и считает себя первой красавицей Томского университета? Да откуда она слова-то такие знает? Отец, однако, ничего необычного в ее словах не уловил, но это и понятно, он ведь видит Светку в первый раз и не знает, какая она на самом деле.

— Ну, с этим, уважаемая гостья, я бы поспорил. Нравственность не так легко отделить и отграничить от политики, как вам кажется. Они очень взаимосвязаны и влияют друг на друга. Какова политика государства, такова и нравственность в обществе. Но, впрочем, это действительно слишком тонкая и сложная материя, чтобы обсуждать ее субботним утром за завтраком. Давайте лучше поговорим о приятном.

— Давайте, — с готовностью согласился Игорь, поглощая уже третий гренок.

Они принялись обсуждать культурную программу на предстоящие каникулы, отец со знанием дела советовал, куда сходить и что посмотреть, обещал достать билеты.

— Но только по пять билетов я вам обеспечить не смогу, — предупредил он. — Это много.

— А зачем нам пять билетов? — Света выразительно округлила свои голубые глазки. — Нас же двое, я и Игорь.

Игорь поперхнулся и долго откашливался, мама похлопывала его ладонью по спине, а Виктор Федорович некоторое время насмешливо посматривал то на сына, то на девушку в голубом платьице.

— Ну что ж, — наконец произнес он, — если двое — то уже легче.

После завтрака Игорь пригласил Свету в свою комнату и показал свою коллекцию пластинок и магнитофонных записей.

— Ты посмотри, может, тебе еще что-нибудь нужно, — предложил он. — Перепишешь, пока мы в Москве.

Света долго разглядывала книжные полки, мебель, шторы на окнах.

— Хорошо у тебя, уютно. И вообще у вас квартира хорошая, большая такая, никто никому не мешает. И родители у тебя очень приятные.

— Спасибо. Слушай, я не понял, почему ты сказала, что нам не нужно пять билетов? Мы с тобой что, вдвоем будем в театр ходить?

— Конечно. А ты хочешь ходить один?

— Постой, а как же ребята? Мы ведь договаривались все каникулы вместе проводить. И потом, а Жорик? Он обидится, он же тебя любит.

— Этого недостаточно, Игорек, — с загадочным видом ответила девушка.

— Чего недостаточно?

— Того, что он меня любит. Нужно еще, чтобы я его тоже любила. Впрочем, это к делу не относится. Давай лучше решим, чем сегодня займемся.

Она удобно устроилась на диване и оперлась локтем о диванную подушку.

— Но ведь ребята будут звонить, мы же договаривались...

— Игорь, ну что ты, в самом деле, как маленький! — сердито воскликнула Светлана. — Ребята, ребята... Ваське с Леной и без нас хорошо, мы им совершенно не нужны. Если хочешь знать, они собираются заявление в ЗАГС подавать, им вообще сейчас не до нас.

— Васька с Леной женятся? — изумился Игорь.

Вот никогда бы не подумал! Конечно, они влюблены друг в друга, это всем понятно, и все время проводят вместе, глаз друг с друга не сводят, но жениться... Зачем? Они и так вместе и, пока будут учиться в Томске, будут жить в общежитии, ничего не изменится. Неужели Васька считает свою невзрачную малышку таким сокровищем, которое кто-то может у него увести? Нет, конечно, Леночка — чудесная девчонка, веселая, остроумная, компанейская, но разве жену выбирают за эти качества? Жена должна быть красивой и такой, чтобы все восхищались и завидовали. Например, такой, как Светлана. Но уж точно не такой, как Леночка.

* * *

Опасения Игоря не подтвердились. У него было еще слишком мало опыта, чтобы прогнозировать подобные ситуации, и он не знал, что отношения, складывающиеся в одной обстановке и в одной социальной среде, зачастую преображаются и теряют свою ценность при попытке перенести их в другую обстановку и среду. Оторванные от дома, оказавшиеся в далеком сибирском городе, так непохожем на Москву, втиснутые в совершенно иные бытовые условия, ребята искренне считали, что стали самыми близкими друзьями. Однако по возвращении домой все оказалось иначе. У всех были в Москве друзья-приятели, с которыми так хотелось пообщаться и поделиться новостями, а у Жорика была девушка, с которой он встречался целых два года до того, как поехал поступать в Томский университет, и которая, конечно, тут же объявилась, как только ей от общих знакомых стало известно, что он в Москве. Вася и Леночка всюду ходили вместе, перезнакомились сначала с его, потом с ее друзьями, мгновенно создалась большая общая компания, которая то уезжала с самого утра кататься на лыжах в Подрезково или под Яхрому, то собиралась у кого-то дома слушать записи группы «Пинк Флойд», Элтона Джона и Джо Дассена, то просто гуляли по зимней Москве, перемежая бесконечный треп с заходами погреться в какой-нибудь кафетерий и поеданием кексов «Столичный» за 16 копеек, которые запивались горячим невкусным кофе с молоком из мутных от грязи граненых стаканов.

Света пару раз для порядка позвонила Жорику, собираясь что-то наврать, тем самым объясняя ему невозможность встретиться в ближайшие дни, однако дома его не застала и на этом успокоилась, тем более что Жорик и сам ее не очень-то разыскивал, тоже отзвонился один разочек и вполне удовлетворился тем, что «Светы нет дома». Игорю же никто из ребят вообще не позвонил, и он, каждый день с утра надевая свежую рубашку и собираясь на свидание со Светланой, с облегчением думал о том, что совесть его чиста.

Все десять дней они провели вместе, по вечерам ходили в театры и в кино, а днем, когда родители Игоря были на работе, слушали музыку и до обморока целовались в его комнате на диванчике.

Но каникулы закончились, и надо было уезжать. Обратные билеты покупали еще в Томске, и лететь всем пятерым предстояло одним рейсом. Игорь поехал в аэропорт вместе со Светой. Регистрация на их рейс еще не началась, и они стояли в обнимку в сторонке и целовались. У Игоря неприятно холодело внутри при мысли о том, что сейчас придет Жорик и нужно будет с ним объясняться. Или не объясняться? Просто демонстративно держать Светку за руку и целовать в щечку? Ну хорошо, а Жорик спросит, что это значит, и надо будет что-то отвечать. А что? Или ничего не показывать, никаких чувств не проявлять, а потом с глазу на глаз поговорить с ним по-мужски. И что сказать? Дескать, извини, друг, я у тебя девушку увел, пока ты на минутку отвернулся? Тоже не годится. Хотя, если по совести, речь идет не о минутке, а о десяти днях, в течение которых Жорик, судя по всему, не очень-то убивался от тоски по своей любимой Светочке. Потому что если бы убивался, то оборвал бы телефон у Светки дома, а не застав ее, позвонил бы ему, Игорю, с вопросом, не объявлялась ли Света и не знает ли Игорь, где она может быть.

Через какое-то время появились Вася и Леночка, сияющие и счастливые. Правда, они несколько опешили, увидев, как Игорь совершенно недвусмысленно обнимает Светлану.

— А Жорик где? — с подозрением спросил Василий.

— Как всегда, опаздывает, — равнодушно ответила Света, еще сильнее прижимаясь к Игорю. — Не волнуйся, успеет, еще регистрация не начиналась. Вы заявление-то подали? Или, может, передумали?

— Подали, — Леночка порывисто обняла подругу. — В Грибоедовский. Такую очередь отстояли! Регистрация 28 апреля, мы специально так подгадали, чтобы к майским праздникам. На свадьбу три дня отпуска полагается, плюс праздники, плюс суббота с воскресеньем — у нас получится целая неделя. Правда, здорово?

— Здорово, — согласилась Света. — Когда я буду

замуж выходить, я тоже в Грибоедовский буду заявление подавать, там, говорят, все так красиво, торжественно, мраморная лестница, ковровые дорожки, и музыканты настоящие, а не магнитофон. Ладно, вот выйдешь замуж — расскажешь, как там все происходит, буду знать, к чему готовиться.

Игорю показалось, что в этот момент Светлана ждала от него каких-то слов, но не сообразил, каких именно, и промолчал.

Регистрация на рейс началась, ребята заняли очередь, а Жорика все не было. Он появился в последний момент и едва успел через головы других пассажиров протянуть Игорю свой паспорт и билет.

— Ты чего опаздываешь? — с негодованием набросился на него Вася. — Мы уж не знали, что и думать.

— Извини, старик, проспал. Вчера отвальную устроил, перебрал немного, голова прямо раскалывается. Светик, иди сюда, я тебя чмокну.

Он потянулся к Светлане, но та брезгливо отвернулась:

— От тебя перегаром несет.

— Да ладно, ну чего ты...

— Не трогай меня! — взвизгнула девушка. — Ты за все каникулы ни разу со мной не встретился, только пил со своими дружками и с девицами, наверное, тоже. В Москве я тебе не нужна оказалась, ты себе тут получше нашел, да? А для Томска и я сгожусь. Нет уж, Жорочка, так не пойдет.

— Да ты что, Светка, взбесилась? Что с тобой? — удивленно протянул Жорик.

— Со мной ничего. И с тобой ничего. И больше у нас с тобой ничего не будет, запомни.

— Как это — ничего не будет?

— А вот так это. Не будет — и все. А о том, что было, — забудь.

— То есть... ты хочешь сказать, что у нас с тобой... все, что ли?

— Вот именно. У нас с тобой — все. Все кончено.

— Ну ладно, — Жорик пожал плечами, — все так все. Когда очухаешься — дай знать.

Игорь, Вася и Леночка ошеломленно наблюдали за этой сценой, казалось, сошедшей со страниц какого-то дешевого любовного романа. Особенно недоумевал Игорь. Ведь Света сама сказала, что Жорик ей не нужен, и встречаться с ним во время каникул она не хотела, и не искала его, а когда звонила, то лишь затем, чтобы объяснить, что не может с ним встретиться. Зачем же она разыгрывает этот спектакль? Да еще самого Жорика выставляет виноватым. Но в конце концов, это не самое важное. Главное — Жорик теперь знает, что Света не с ним, она его бросила, и ничто не может помешать Игорю за ней ухаживать. А скандал... Ну что ж, это, как любит повторять Светка, к делу не относится.

* * *

Спустя месяц Света впервые осталась у него ночевать. Тамара Серафимовна вдруг решила заблаговременно предупредить своего квартиранта о том, что уезжает на несколько дней в деревню, где заболела какая-то ее родственница.

— Лекарства отвезу, вкусненького чего-нибудь, — деловито говорила она Игорю. — Ну и сам понимаешь, надо будет в райцентр ехать, в больницу ее класть, а там надо договариваться, чтобы ухаживали как следует, а то, как говорится, не подмажешь — не поедешь. «Утку» не вынесут вовремя, белье не поменяют. На работе я отпуск взяла за свой счет, так что искать не будут. А если кто спросит — скажи, приеду числа пятнадцатого.

Пятнадцатого! А сегодня только шестое. А послезавтра — восьмое. 8 Марта, Международный женский день. Между прочим, выходной. Радостные и пугающие мысли забродили у Игоря в голове. Проводив хозяйку до автовокзала и дотащив ее тяжеленные сумки, Игорь принялся проверять содержимое своего кошелька и прикидывать, что можно купить Свете в подарок. И чтобы хватило на цветы, на бутылку шампанского и торт. Правда, за тортом еще побегать придется, так просто на каждом углу не купишь.

Седьмого марта он прогулял две лекционные пары, явившись только на семинар по политэкономии. Результатом этого прогула явился торт «Подарочный», бисквитный с кремом и посыпанный орехами, бутылка шампанского, букетик мимозы и умопомрачительного цвета лак для ногтей, темно-малиновый, в изящном заграничном флакончике, купленный возле рынка у цыганки в широкой цветастой юбке. Все свои приобретения Игорь успел отнести к себе, торт засунул в холодильник, веточки мимозы поставил в вазочку, которую временно позаимствовал у Тамары Серафимовны, не имевшей привычки запирать дверь в свою комнату.

После семинара он помчался искать Свету — они учились в разных группах.

— Привет! Какие планы? — как можно небрежнее спросил он.

— Никаких, — улыбнулась девушка. — Завтра выходной, так что сегодня можно к семинарам не готовиться.

— Пойдем ко мне, — с замиранием сердца предложил Игорь. — Моя хозяйка свалила на несколько дней.

— Пошли, — легко согласилась Света.

Она так обрадовалась стоящим на столе цветам, так радостно прыгала, зажав в кулачке флакончик с лаком, и с таким нескрываемым удовольствием ела торт, что Игорь умилялся и не мог понять, как он мог еще два месяца назад считать ее надменной и неприступной. Ничего надменного в ней нет, просто она так вела себя, потому что рядом был Жорик, который душил ее своей любовью и который ей совершенно не нравился. А с ним, с Игорем, она совсем другая, легкая, дружелюбная, простая и милая.

Съев добрую половину торта и прикончив бутылку шампанского, они начали целоваться, и спустя некоторое время наступил тот момент, когда Игорь понял, что нужно что-то делать. Что-то другое, отличное от того, чем прежде ограничивались их ласки. То, ради чего, собственно, он и позвал сегодня Свету к себе. Но как это сделать? Как приступить к выполнению задуманного? А вдруг Света обидится и уйдет?

— Какой диван узкий, — бросил он пробный шар в секундном перерыве между поцелуями.

— А давай его раздвинем, — с готовностью отозвалась девушка.

Они разложили диван, и возникла пауза. Оба стояли и не знали, что делать дальше. Но Света взяла инициативу на себя:

— Где у тебя постельное белье?

Они провели в квартире Тамары Серафимовны все время вплоть до утра 9 марта, когда нужно было подниматься и идти в университет на занятия. За эти долгие и такие скоротечные часы они доели торт и выгребли из холодильника остатки продуктов, купленные Игорем, — яйца, сыр и консервы «Завтрак туриста». Светлана оказалась опытнее Игоря, и им удалось избежать неловкостей и заминок, которых так опасался сам Игорь, рисуя в мечтах первые. минуты близости с красавицей-сокурсницей.

— Света, а ты с Жориком... — Он не закончил вопрос, не зная, в какие слова облечь то, что хотел спросить.

— Конечно. Разве он тебе не говорил?

— Нет.

— Ну что ж, это хорошо. Значит, Жорка — не болтун. А ты, Игорек?

— Что — я?

— Трепаться не будешь? Или завтра же всем раззвонишь, что уложил меня в постель?

— Да ты что, Светик! Как ты можешь!

— Ладно, не обижайся.

Света прижалась к нему, погладила по груди.

— Просто я знаю, как вы любите хвастаться друг перед другом, когда вам удается уложить красивую девушку. Но ты не такой, я знаю. Ты самый лучший.

Он помолчал, думая, задавать следующий вопрос или лучше не надо. И решил, что все-таки задаст.

— Свет, а до Жорика у тебя был кто-нибудь?

— Это к делу не относится.

«Значит, был», — решил про себя Игорь. Ну и пусть, какое это теперь имеет значение? Теперь она с ним, и это — главное.

* * *

Вплоть до приезда Тамары Серафимовны Светлана приходила к Игорю каждый день и оставалась у него до утра, но с возвращением хозяйки пришлось придумывать, как быть дальше. Он маялся, опасаясь внезапного возвращения квартирной хозяйки, вздрагивал от каждого шороха и кусал локти от злости на самого себя и на весь мир, когда Тамара вообще не являлась ночевать. Света с каждым днем все больше мрачнела, но ничего не говорила. И только в конце апреля неожиданно спросила:

— Твоя Тамара к которому часу на работу уходит?

— К одиннадцати. Но не каждый день. У них там смены, но они все время меняются, не уследишь.

— Значит, с утра она в любом случае дома? — зачемто уточнила Света.

— Ну да, если только дома ночует, а не у хахаля своего. А ты. почему спрашиваешь?

— Так просто.

— Ну все-таки почему? — не отставал Игорь.

— Это к делу не относится, — отмахнулась девушка.

Спустя несколько дней Игорь, придя с утра в университет, не увидел Свету. Ее не было в лекционном зале, и Леночка не знала, куда девалась ее подруга. Ночевала в общежитии, а утром куда-то ушла. Игорь места себе не находил и твердо решил, что, если ко второй паре Света не появится, он отправится ее искать. Где искать и как, он представлял себе слабо, но нужно же что-то делать! Человек пропал!

Однако на вторую пару Света пришла, уселась рядом с Игорем как ни в чем ни бывало, достала толстую тетрадь для конспектов и приготовилась записывать.

— Где ты была? — прошипел Игорь.

— Это к делу не относится. Проверка была на первой паре?

— Не было.

— Ну и слава богу, значит, мой прогул не отметили.

— И все-таки где ты была?

— Отстань, не мешай конспектировать.

До конца лекции они сидели как чужие, Светлана старательно записывала, а Игорь рисовал в тетради кораблики и с горечью думал о том, как быстро кончилось его счастье. Вот она уже уходит, не предупреждая, и не считает нужным что-то объяснять. А что будет дальше?

После занятий Света сама подошла к нему и ласково взяла под руку:

— Ну что, Игорек, пошли домой?

— Куда? Домой? — переспросил он.

— Ну да. К нам домой. Я разговаривала сегодня с Тамарой Серафимовной, и она разрешила нам жить вместе.

— Ты...

Он потрясенно смотрел на девушку, не веря тому, что услышал.

— Ты была у Тамары?

— Да, сегодня утром. Вместо первой пары.

— И что ты ей сказала?

— Сказала, что мы любим друг друга и хотим жить вместе. И спросила, не может ли она нам чем-нибудь помочь. Может быть, она знает кого-то, кто сдаст нам комнату или квартиру.

— И что Тамара?

— Да ничего, расслабься ты, чего ты так перепугался,

Игорек? — Светлана весело рассмеялась. — Твоя Тамара мировая тетка, ей на самом деле глубоко наплевать, один ты живешь или со мной, для нее главное — чтобы грязи не было и чтобы никто на кухне и в ванной не толкался, когда она дома. Поэтому она и компании приводить не разрешает. А спокойная хозяйственная молодая девушка, которая обещает соблюдать чистоту и порядок, — это же совсем другое дело.

— Светка, ты не врешь? Ты действительно с ней договорилась?

Он все еще не верил обрушившемуся на него счастью.

— Ну конечно. Пошли. Теперь у нас есть свой дом. Правда, хорошо?

Они перетащили из общежития ее вещи — учебники, одежду, кое-что из посуды и всякие милые мелочи и вечером устроили в комнате Игоря тихое новоселье с дешевым вином «Агдам», яичницей с сыром и помидорами и с бесконечными «законными» поцелуями.

* * *

Светлана сильно преувеличивала, когда назвала себя хозяйственной девушкой. Ходить по магазинам в поисках продуктов она не хотела, готовить не умела, мыть полы и драить сантехнику не любила.

— Ну что это такое, — жаловалась она Игорю, — в этом Томске ничего купить невозможно, ни мяса, ни колбасы. Жаркое приготовить не из чего, суп сварить невозможно.

Он даже не пытался возражать и говорить, что весь огромный город как-то живет и из чего-то варит супы, он слишком хорошо помнил свои жалкие и безуспешные попытки сварить борщ. В конце концов, разве это главное — все эти обеды и ужины? Они молоды, полны сил, любят друг друга и живут вместе, это ли не счастье? А питаться можно консервами и булочками, все студенты в общаге так живут — и ничего, никто не умер.

— Вот если бы мы с тобой жили вместе в Москве, я бы тебя кормила на убой, — часто повторяла Светлана. — Я такие пирожки пеку — пальчики оближешь. И вообще я хорошо умею готовить, только продукты нужны.

И Игорь верил.

— Я не могу мыть унитазы и раковины в чужой квартире, — со скорбным видом говорила она. — Понимаешь, я так остро чувствую, что это — чужое! И получается, что я как бесплатная домработница. Вот если бы это была сантехника в нашей квартире, где только ты и я, она бы у меня сверкала и блестела! Честное слово.

И этому он тоже верил. Он был полон первой взрослой любовью (девчонки, за которыми он ухаживал еще в школе, не в счет, это было смешное неуклюжее детство) и не хотел думать о пустяках.

Оставалась одна проблема — родители. Рано или поздно они узнают о том, что он живет со Светой (а точнее — Света живет с ним), и еще неизвестно, как к этому отнесутся. Хотя там, в Москве, она им, кажется, понравилась, во всяком случае, они ничего не имели против того, что их сын проводит с белокурой голубоглазой девушкой целые дни. Но ведь одно дело — сходить вместе в театр или на выставку, и совсем другое — жить вместе, как муж и жена. А узнают об этом родители непременно, потому что регулярно звонят сюда, в квартиру Тамары Серафимовны. Либо в один прекрасный день Света снимет трубку, и они обо всем догадаются, либо Тамара им сама скажет.

До летней сессии ничего страшного не случилось, родители Игоря оставались в полном неведении. Но после сессии во всей полноте встал вопрос о том, где и как проводить каникулы. Василий с Леночкой поженились и после майских праздников вернулись в Томск с новенькими обручальными кольцами на руках. Жорик, прождав несколько дней после зимних каникул в надежде, что Света одумается и прибежит мириться, быстро утешился в обществе сначала одной сокурсницы, потом другой, а к лету у него уже развивался бурный роман со студенткой филологического факультета. Он и не думал сердиться на Игоря и свою бывшую пассию, вел себя вполне дружелюбно и даже выступил инициатором совместного летнего отдыха. Идея была поддержана с энтузиазмом.

— Я знаю одно место, где можно жить вместе без регистрации брака, — сказал Жора Грек. — Там селят в двухместные домики и никаких документов не спрашивают.

— А где это? — заинтересовался Игорь.

— В Марийской ССР, под Йошкар-Олой. Турбаза называется «Яльчик». Можно поехать вшестером, теплой компанией. Только надо путевки купить. Но это не проблема, поскольку место не шикарное, все-таки не Сочи и не Ялта, а всего лишь Яльчик, — скаламбурил Жора.

Александра Маринина

В тот же день вечером Игорь позвонил домой и спросил отца, может ли он достать путевки на эту турбазу. Тот пообещал узнать, потому что слышал о Яльчике впервые в жизни. Но через несколько дней, как раз перед последним экзаменом, Виктор Федорович сообщил, что все в порядке, есть шесть путевок, заезд 10 июля.

* * *

Грек не обманул, на турбазе «Яльчик» в паспортах смотрели только фамилии, на наличие штампов о регистрации брака никто внимания не обращал. И домики действительно было двухместными, деревянными, с двумя кроватями, двумя стульями и двумя тумбочками. Общий туалет и общий длинный жестяной умывальник находились на улице, и Игорь сначала содрогнулся от отвращения, вспомнив прошлое лето и аэродром «Рогань», но потом утешил себя мыслью о том, что жить он будет не с кем-нибудь, а со Светой, и у них отдельный, запирающийся на ключ домик, в который никто без их ведома не войдет и ничего не украдет, и можно уходить с территории турбазы куда хочешь и когда хочешь. И вставать можно когда угодно, а не в 6 утра, и физзарядку делать не нужно, и уж тем более не нужно заниматься уборкой территории. В общем, никакого сравнения!

Кормили в «Яльчике» плохо, но зато на территории турбазы был магазин, где можно было отовариваться спиртным, шпротным паштетом в банках и хлебом, а у приезжающих каждый день крестьян покупать огромные сочные помидоры пугающе лилового цвета, невероятно вкусные и сочные. Ребята целыми днями катались на лодках, купались, загорали, играли в волейбол и в бадминтон, по вечерам пили вино или дешевый плохой коньяк, закусывая помидорами и хлебом, намазанным паштетом, и, влажно блестя глазами от предвкушения, расходились по своим домикам.

Вернувшись с турбазы, остаток лета они провели по отдельности. Вася с молодой женой осел на даче в Подмосковье, Жорик с подружкой-филологиней махнул куда-то на Волгу к родственникам, а Игорь и Света остались в Москве. Виктор Федорович, правда, предлагал отправить сына на Черное море, в дом отдыха, у него была такая возможность, но Игорю не хотелось расставаться со Светой.

На втором году учеба пошла веселее, начался курс уголовного права, правда, пока только общая часть, но все равно это было Игорю куда интереснее и ближе к настоящей преступности, чем какие-то там истории-теории. Комната его в квартире Тамары Серафимовны все больше обрастала приметами того, что здесь живет женщина: на подоконнике прочно обосновалось большое зеркало, перед которым Света наводила красоту, рядом лежала ее косметика и стояли баночки с кремами для лица и для рук; посреди стола теперь стояла вазочка для цветов, а на гвозде, вбитом в косяк, висел шелковый яркий халатик. С хозяйкой квартиры Света отлично ладила, и Тамара Серафимовна даже стала изредка подбрасывать молодым людям принесенные с работы продукты — то кусочек сырокопченой колбасы, то маленькую баночку салата «Оливье», то несколько ломтиков красной или белой рыбки. В остальном жизнь текла как и прежде: консервы, булочки, чай, плавленые сырки «Дружба» и макароны из серой муки. Уборкой занимался Игорь, так повелось с самого начала, да и потом, у Светы маникюр, который она портить не хотела. Но это не омрачало его радости, ведь после каждого дня ему наградой была упоительная, чудесная, восхитительная ночь, полная восторгов и открытий.

* * *

Каждый раз, когда звонил телефон, Игорь вздрагивал и внимательно прислушивался, пытаясь по интервалам между звонками определить, не междугородний ли вызов. Телефонный аппарат стоял на столике в прихожей, и Света каждый раз пыталась первой выскочить из комнаты и схватить трубку.

— Сколько раз я тебя просил — не делай этого, — сердился Игорь. — А вдруг это мои предки?

— Ну и что? Скажу, что пришла к тебе заниматься.

— Ты моего отца не знаешь. С ним такие номера не проходят. Он сразу же начнет дозваниваться до Тамары и все у нее выспросит. Он знаешь какой у меня!

— Ой, можно подумать, — презрительно тянула Света. — Убьет он тебя, что ли? Ты взрослый человек, тебе уже девятнадцать, даже жениться можешь. Если бы он так боялся за твою невинность, то оставил бы тебя жить в общаге, а не снимал бы тебе комнату, в которой ты сам себе хозяин.

— Совсем наоборот, — доказывал ей Игорь, — если бы я жил в общаге, он никогда не дознался бы, чем я занимаюсь и с кем. А здесь за мной хозяйка присматривает, через нее всегда можно меня проконтролировать.

— То-то я смотрю, как он тебя контролирует, — хохотала Света, опрокидывая Игоря на диван и жадно целуя. — Ты уже почти женат, а он все еще не в курсе.

Слова «муж», «жена», «свадьба» все чаще слетали с ее языка, но Игорь не обращал на это внимания. Все девушки хотят замуж и любят об этом поговорить, ничего особенного. Он сам пока жениться не собирался.

Но в один прекрасный день Светлана перевела свои многочисленные намеки в область жесткой конкретики.

— Скажи, пожалуйста, ты собираешься ставить своих родителей в известность о том, что скоро женишься? — спросила она вполне мирным тоном. Таким тоном Света могла бы спросить, взял ли он в библиотеке задачник по гражданскому праву и какой ответ у него получился при решении задачи номер пятнадцать.

Они только что поужинали, убрали со стола и разложили конспекты и учебники, чтобы готовиться к завтрашним семинарам, Света — по гражданскому праву, Игорь — по уголовному.

Игорь испугался столь открытого напора и решил попробовать отшутиться.

— А разве я собираюсь жениться? — спросил он весело. — Что-то мне никто об этом не говорил.

— А разве не собираешься?

Света неожиданно серьезно посмотрела на него, и Игорь вдруг понял, что шутками на этот раз ему не отделаться.

— Светик, я тебя люблю, ты это знаешь. Но как мы можем сейчас создавать семью? На что мы будем жить?

— А на что мы сейчас живем?

— Мы живем на две наши стипендии, — добросовестно начал перечислять Игорь, — и на то, что присылают наши родители.

— Ну вот, видишь. Нам хватает. Чего же ты боишься? С голоду не умрем.

— Света, это несерьезно. Пока мы с тобой холостые-неженатые, наши родители относятся к нам как к детям, которым нужно помогать и которых нужно содержать.

Моя мама, например, в прошлом году купила мне куртку, на которую у меня денег не хватило бы. Твоя мама купила тебе пальто и сапоги. Пока мы их дети — это нормально. Но как только мы поженимся, мы станем самостоятельной ячейкой общества, и жить нам придется только на собственные доходы.

— Да перестань ты, — Светлана смешно наморщила носик, — что они нам, помогать перестанут? Всем молодым семьям родители помогают, квартиры им покупают, машины, мебель, посуду. У твоего отца наверняка мощные связи, он и нам с тобой квартиру пробьет. Не бойся, Игоречек, не пропадем. Так как?

— Ну что «как»? Какой нам смысл жениться, пока мы с тобой учимся здесь? Все равно жить придется у Тамары, ничего же не изменится. Ребенка заводить глупо, пока мы университет не окончили, так что я не вижу никакого смысла в том, чтобы жениться и будоражить наших с тобой предков. А к пятому курсу нам уже будет по двадцать три, и они воспримут наше решение пожениться совершенно спокойно. Ты согласна, Светик?

— Конечно. — Она посмотрела на него ясными голубыми глазами из-под белокурой челки. — Ты прав, Игоречек, как всегда.

Игорь радовался, что вышел из трудного разговора с наименьшими потерями и так легко смог переубедить Светлану. Правда, его здорово покоробило ее заявление насчет мощных связей Виктора Федоровича и его возможностей «пробить» им отдельную квартиру, но неприятный осадок быстро растворился в повседневной радости совместного с любимой девушкой бытия.

* * *

У Светланы был еще один пунктик — глубокая зацикленность на своей внешности. При этом она любила сравнивать себя с известными актрисами, и сравнение это было, разумеется, всегда в ее пользу. Какой бы фильм они ни смотрели в кинотеатре, Света обязательно говорила:

— Ну что за уродку они взяли на главную роль! Ты посмотри, Игоречек, — и это актриса? Это звезда?! По-моему, я намного лучше.

— Ну конечно, ты лучше, — соглашался Игорь. — Ты вообще самая красивая девушка на свете.

— Может, и не самая красивая, — скромничала она, — но уж точно получше этих страхолюдин. И зачем я пошла на юридический? Надо было в театральный поступать. Или во ВГИК.

«Наверное, она права, — с доброй усмешкой думал Игорь, вспоминая мастерски разыгранную Светланой сцену с Жорой Греком в московском аэропорту. — Такая актриса погибает. Ничего, это у нее пройдет, все красивые девушки мечтают стать актрисами, это нормально. Да и некрасивые тоже». Дальше этих снисходительных улыбок мысль его не шла. До поры до времени.

Они вполне успешно закончили второй курс юрфака. Света, как обычно, сдала экзамены на все четверки, которые сама же со смехом называла «тройка плюс красивые глаза», Игорь учился лучше, посему в его зачетной книжке мелькали и пятерки. И снова встал вопрос о каникулах. Расставаться не хотелось, Света настаивала на том, чтобы ее возлюбленный легализовал их отношения перед родителями, Игорь же вяло отнекивался, объясняя, что не может гарантировать их положительную реакцию. А вдруг они будут против?

— В конце концов, ты взрослый человек, — сказала Света жестко, — и можешь проводить каникулы там, где захочешь. Если ты боишься просить отца, чтобы он достал нам две путевки на море, то поедем дикарями.

Компания в этом году не сложилась, Вася с Леночкой укатили в дом отдыха на Валдай, а Жора, расставшись с филологиней, решил провести время в обществе своей московской подружки, по которой вдруг неожиданно соскучился. Игорь и Светлана отправились в Гагры. Конечно, была почти неразрешимая проблема с билетами на поезд, но ведь молодости, любви и здоровью никакие очереди не страшны.

Они сняли комнату у старухи-абхазки, узкую, темную, с одной кроватью и колченогим стулом, но и этим были довольны, ведь все равно целый день они проводили на пляже, вечером шатались по набережной, ели шашлык, пили молодое вино и сваренный на песке в маленьких турках крепкий кофе и наслаждались обществом друг друга. Мужчины-кавказцы с жадным любопытством бесцеремонно разглядывали белокурую красавицу, одобрительно цокали языками и бросали на Игоря завистливые взгляды.

Каждый раз доставая из кармана деньги, Игорь с благодарностью думал о родителях, которые не задали ему ни одного вопроса о том, с кем он едет, и если один — то почему, и куда поедут отдыхать его университетские друзья, в частности Света, с которой он проводил в Москве все свободное время. Ничего не спросили, только дали денег. Явно больше, чем нужно двадцатилетнему студенту, отдыхающему в одиночестве.

Уже в Москве, после возвращения с юга, Света неожиданно заявила:

— Мне так не хочется возвращаться в этот дурацкий университет! Кажется, я действительно ошиблась с выбором профессии. И с чего я, дура, решила, что хочу быть юристом?

— А кем же ты хочешь быть? — спросил Игорь.

— Актрисой. Хочу играть в театре и сниматься в кино. У меня получится, я чувствую.

— Светка, не придумывай! Это у тебя постканикулярный синдром, после моря, солнца и безделья всегда страшно возвращаться к работе или учебе. Вот приедем в Томск, в нашу комнату, начнем ходить на занятия — и все войдет в свою колею. Увидишь, все будет хорошо.

— Нет, не будет! Ничего не будет хорошо! Я не могу больше жить в Сибири, где нечего есть и нечего купить. Я не хочу больше зубрить гражданское право, меня от него мутит!

Они шли по улице Горького от Кремля в сторону кинотеатра «Россия» и в этот момент поравнялись с памятником Пушкину. Игорь прижал к себе локоть Светланы и повернул направо.

— Давай зайдем в «Лакомку», — предложил он, чтобы прекратить этот глупый и бессмысленный, на его взгляд, разговор.

До кафетерия дошли молча. Светлана, словно делая Игорю огромное одолжение, маленькими глоточками пила горячий шоколад и ложечкой аккуратно ела пирожное. Наконец лицо ее смягчилось, губы дрогнули в готовности улыбнуться, и Игорь решил, что гроза в очередной раз миновала.

— Ну, остыла? — ласково спросил он.

— В такую жару да еще с горячим шоколадом? — шутливо отпарировала девушка. — Не дождетесь, сударь. Игоречек, а твой отец имеет отношение к приемной комиссии во ВГИК?

Только теперь до него стал доходить смысл ее слов.

Она что же, рассчитывает, что его отец поможет ей поступить учиться «на актрису»? Бедная девочка...

— Светик, мой отец к приемной комиссии никакого отношения не имеет. Отбор абитуриентов осуществляют известные актеры и режиссеры. А он — преподаватель, профессор.

— А что он преподает? Актерское мастерство?

— Научный коммунизм.

— Что?! — Света резко поставила чашку с шоколадом на стол.

— Научный коммунизм. Ты что, плохо слышишь?

— Но у него же есть связи, — растерянно заговорила девушка, нервно постукивая ложечкой по руке, — он же нам билеты доставал в театры и на закрытые просмотры... Ты сам говорил, что у него большие знакомства в мире кино. Неужели он не может мне помочь?

— Светик, он даже мне не смог помочь, когда я провалился на экзаменах в летное училище. Мне, своему родному сыну!

— Ты хочешь сказать, что я ему — никто? — Лицо ее приобрело хищное выражение, но всего лишь на какой-то миг, и снова стало горестным и просящим. — Конечно, Игоречек, ты прав, как всегда. Если бы я официально была твоей женой — другой разговор. А так — кто я ему? Знакомая сына. Он даже не знает, что мы с тобой уже давно фактически муж и жена. Выходит, шансов у меня никаких, и придется мне возвращаться в этот дурацкий Томск и учиться на этом дурацком юрфаке, от которого у меня уже скулы сводит. Что ж, значит, не судьба.

Она улыбнулась и погладила Игоря по руке, и снова он с облегчением вздохнул, увидев, что ситуация, грозившая перерасти в конфликт, благополучно разрешилась без ссоры, слез и истерик.

* * *

В ноябре Игорь стал замечать, что в Светлане снова начала проступать та самая надменность и холодность, которая так не нравилась ему. Они по-прежнему жили вместе, вместе сидели на лекциях и возвращались домой, в квартиру Тамары Серафимовны, только вот в магазины Света совсем перестала ходить, так же как перестала есть то, что покупал Игорь.

— Не хочу, — вяло отмахивалась она, глядя в окно или уткнувшись в книгу, — меня от этого мутит.

— С голоду помрешь, — весело предупреждал Игорь, решивший, что лучше всего не обращать внимания на капризы и дурное настроение.

— Все равно не буду. Я не могу это есть.

— Ну хочешь, в кафе сходим? — предлагал он.

Чаще всего Света соглашалась, но иногда и это предложение отвергала:

— Да ну, там такая же муть с комбижиром.

Она жевала булочки и бутерброды, принесенные из университетского буфета, и запивала их чаем или лимонадом. Игорь молча пожимал плечами и с аппетитом уминал дешевые консервы с вареной картошкой, стараясь не смотреть при этом на кислую физиономию своей подруги.

Однажды она отказалась идти с ним домой после занятий.

— Игоречек, я пойду в общежитие, ты меня не жди.

— Зачем тебе в общежитие?

— Там девочки сабантуй устраивают, просили помочь, салатики нарезать и все такое.

— Ну иди, — нехотя согласился Игорь.

Явилась Света за полночь, веселая, взбудораженная. От нее пахло вином.

— Игоречек, девчонки меня не отпустили, как же так, говорят, ты столько времени у плиты простояла, весь стол приготовила, мы тебя не отпустим.

— Могла бы позвонить и предупредить, что задерживаешься, — холодно ответил он, испытывая горькую обиду: для него она ни разу не сделала даже винегрета.

— У меня двушки для автомата не было. Ну не сердись, Игоречек, миленький. Давай ложиться, я так спать хочу...

Он быстро раздвинул диван и постелил постель, в радостном предвкушении страстного и сладкого примирения, однако надежды его не оправдались. Светлана закуталась в одеяло, отвернулась и почти сразу заснула, а Игорь до рассвета проворочался без сна, борясь с желанием разбудить ее, обнять, поцеловать...

Походы в общежитие случались все чаще и чаще, иногда Света приходила домой рано, иногда поздно. А однажды не пришла совсем. Игорь и не думал искать ее и обращаться в милицию, он отчего-то был уверен, что она ночует в общежитии. Так и оказалось. Утром они встретились на лекции.

— Как это понимать? — спросил он, едва сдерживая ярость и стараясь не закричать. — Что ты себе позволяешь?

И осекся. Перед ним снова стояла ТА Света, неприступная и далекая, чужая и высокомерная. На которую он не имел никакого права не то что кричать — даже голос повысить.

— Это Я, — она сделала упор на местоимение, — ТЕБЕ позволяю меня ждать. Я делаю то, что считаю нужным. Я тебе никто. И ты мне — никто.

Она подхватила свой портфельчик и ушла в другой конец лекционного зала. До конца занятий они не обменялись больше ни словом, и домой Света в этот день не пришла. Не пришла и на следующий день. И на следующий. Игорь злился, считая ее поведение хамским, изнемогал от любви и тоски и терпеливо ждал, когда Светлана перестанет сердиться и вернется к нему. Не век же ей в общаге ночевать, да и вещи ее у него, одежда, косметика, книги. «Перебесится», — уверенно думал он, но с каждым часом эта уверенность все больше разбавлялась вопросительными интонациями.

На пятый день он пришел домой и сразу увидел, что в прихожей нет ее тапочек, сиротливо стоявших на одном и том же месте с того момента, как Светлана в последний раз ушла отсюда на занятия. «Вернулась! — понял Игорь. Его захлестнула горячая волна радости. — Никуда ее больше не отпущу. Я не могу жить без нее. Мы все время были вместе, почти два года, ни на один день не расставались, и я, идиот, просто не знал, какой это кошмар — жить без Светки. И какое это счастье, когда она рядом. Если она хочет замуж за меня — я готов. Хоть завтра. Только бы она никуда не уходила больше».

Он рванулся в комнату и с удивлением обнаружил, что дверь заперта. «Зачем она закрылась? От меня?» Игорь осторожно постучал, потом чуть громче. Подергал ручку. Никто ему не открыл, и за дверью стояла мертвая тишина.

— Света, это я, открой! — кричал он все громче и громче, барабаня в дверь кулаками. Ему вдруг привиделась страшная картина: Светлана с перерезанными венами, истекающая кровью. Это он довел ее до самоубийства, он привел ее в свой дом, стал открыто жить с ней, а жениться не хотел, это любую девушку оскорбит до глубины души и доведет до самоубийства.

Наконец ему пришло в голову проверить полочку в прихожей, где они оставляли ключ от комнаты. Может быть, Светка вернулась, переоделась и пошла в магазин, а тапочки просто забыла в комнате? Такое часто бывало. Вот и сапог ее в прихожей нет, не могла же она пойти в комнату прямо в грязных сапогах, на которые налип мокрый серый снег?

Ключ лежал на месте. Дрожащими руками Игорь вставил его в замок и распахнул дверь. Первое, что бросилось ему в глаза, — на гвоздике возле двери не было знакомого цветастого халатика. Подоконник девственно чист — ни зеркала, ни косметички, ни баночек с кремами. Нет Светкиных учебников и конспектов, нет вазочки посреди стола. Ничего нет, кроме того, что и было до ее появления в квартире Тамары Серафимовны.

Она ушла. Обиделась и бросила его. Но почему? На что она так обиделась? Что ее не устраивало? Ведь они за последнее время ни разу не поссорились. Неужели все дело в его нежелании оформить их отношения? Он немедленно отправится в общежитие, найдет Свету и объяснится с ней, попросит прощения и приведет сюда. А в Москве, куда они поедут на зимние каникулы, они подадут заявление, что бы там ни говорили его родители. Он не может жить без нее, теперь он это знает точно. Они пойдут во Дворец бракосочетаний, самый престижный в Москве, который все называют Грибоедовским, и подадут заявление, пусть у Светки все будет так, как ей мечтается: мраморные лестницы, ковровые дорожки, настоящие музыканты, самое лучшее свадебное платье и море цветов. Только бы она вернулась.

* * *

В общежитии Игорь бегом домчался до комнаты, в которой раньше жила Светлана вместе с Леночкой и еще двумя девушками.

— А Светки нет, — недоуменно протянула веснушчатая толстушка в коротком халатике, сидевшая на кровати с учебником в руках.

— Куда она ушла? — запыхавшись и с трудом переводя дыхание, спросил Игорь.

— Да она и не приходила. Ее здесь уже несколько дней не было.

— Как не было?! А где же она ночевала? Разве не здесь?

— Нет. — Толстушка повела плечом, как бы говоря: «С чего бы это Светке здесь ночевать? Что у нее, места получше не найдется?»

— А где?

— Ой, Мащенко, ну что ты пристал? Откуда я знаю, где твоя Светка ночует? Вы что, поссорились?

— Да в том-то и дело, что нет. А Леночка где?

— Они с Васькой в читалке, к семинару готовятся.

Он помчался в библиотеку, разыскал в читальном зале Василия и его жену, которую из-за маленького роста и хрупкости все называли не иначе как Леночкой, несмотря на ее замужний статус. Леночка не стала дожидаться вопросов. Увидев в дверях Игоря с растрепанной шевелюрой, в расстегнутой куртке-аляске, со съехавшим набок шарфом, она молча встала из-за заваленного книгами стола и пошла к выходу.

— Ты Свету ищешь?

— Да. Где она?

— Не ищи, Игорек.

— Почему?

— Она ушла от тебя. Совсем.

— Но почему?! Что я такого сделал? Чем я ей не угодил?

— Всем, Игорек. Ты оказался не тем, за кого она тебя принимала.

— О господи, да кем же я оказался?! — в отчаянии от своего непонимания воскликнул Игорь. — Я что, преступник, маньяк какой-нибудь, который овцой прикидывался, выдавая себя за студента?

— Игорек, тебе неприятно будет услышать то, что я скажу, но я все равно скажу, иначе ты будешь напрасно надеяться и ждать ее, только нервы себе истреплешь. Света считала, что ты — сын влиятельного и состоятельного человека, имеющего обширные связи и знакомства. Она хотела выйти за тебя замуж. И чтобы твой папа добился перевода вас на учебу в Москву, устроил вам отдельную квартиру и вообще обеспечил всяческими благами, в том числе и материальными. А ты жениться не хотел. И оказалось, что твой папа не может помочь ей с поступлением во ВГИК или в театральный. И он не может перевести тебя, а заодно и ее в качестве твоей жены в Московский университет. Понимаешь? От тебя никакого толку. Это не я сказала, — торопливо добавила Леночка, видя, как он побледнел, — это Света так говорила. Поэтому она тебя и бросила.

— Но она же любила меня, — пробормотал Игорь одеревеневшими губами.

— Любила, — согласно кивнула Леночка, — пока думала, что ты достоин ее любви. Ты не думай, что я за спиной у подруги рассказываю о ней гадости. Во-первых, мы давно уже перестали быть подругами, у нас было несколько серьезных конфликтов. Тебе Светка не говорила?

— Нет, — покачал головой Игорь. — Я не знал, что вы ссорились.

— Ссорились, и еще как! Между прочим, из-за тебя.

— Из-за меня?

— Ну да. Светка со мной делилась своими планами относительно тебя, она почему-то считала, что я за Ваську замуж вышла по тем же соображениям. У Васьки мама — зубной врач, протезист, у них семья очень богатая. Вот Светка и решила, что я окрутила Ваську из меркантильных соображений, значит, я такая же, как она, и со мной можно не стесняться, выкладывать все как есть, я пойму и одобрю. А я не одобряла ее, вот из-за этого мы и ссорились.

Он молчал, стараясь осмыслить услышанное, но парализованный отчаянием мозг отказывался усваивать информацию.

— А во-вторых, — продолжала Леночка, — Светка сама просила меня сказать тебе, чтобы ты от нее отстал и не думал даже ходить за ней хвостом и уговаривать вернуться. Она нашла себе другого, более перспективного.

— Кого?

— Мальчик с первого курса. Тоже москвич. У него отец — какая-то большая шишка и будет его после первого курса переводить в Москву.

С первого курса! Подумать только! Сопляк какой-то, которого она предпочла ему, Игорю.

— Он же младше ее...

— Ну и что? Зато ему родители здесь квартиру снимают, целую квартиру, а не комнату. И денег много присылают. Светка к нему переехала, там, по-моему, все очень серьезно. И вообще он симпатичный, высокий такой, широкоплечий, они вместе хорошо смотрятся, даже не заметно, что у них разница в возрасте. Теперь Светкина задача — как можно быстрее женить его на себе, чтобы их вместе в Москву перевели.

Голос Леночки то становился глуше и словно отдалялся, то приближался и гремел в самое ухо, отдаваясь в висках болезненными ударами. Все становилось на свои места: и неожиданный интерес к Игорю, и уход от Жорика, и настойчивые просьбы поставить в известность родителей, и постоянные намеки про карьеру в кино, которую Светлана могла бы сделать со своей выдающейся внешностью, и даже та напористость, с которой девушка решила проблему их совместной жизни, взяв на себя щекотливый разговор с Тамарой Серафимовной, и вопросы о женитьбе.

Остаток дня Игорь провел в общежитии у Жоры Грека, заливая душевную боль водкой «Русская», бутылку которой купил за 5 рублей 20 копеек в магазине неподалеку, попутно удивившись невиданной доселе цене. Оказалось, это новый сорт, подороже, а старые сорта, более дешевые, теперь в дефиците. Игорь так давно не покупал водку, что и не знал об этих изменениях. На закуску денег уже не оставалось, придется пить на пустой желудок. «Ну и ладно, — с тупой отстраненностью думал он, шагая в сторону общаги, — быстрее заберет. Может, полегчает».

* * *

И вот снова каникулы, он снова в Москве. Он дома, рядом мама и папа, на столе вкусная еда. Только все это уже не радует, как в прошлом и позапрошлом году.

— Ну что, сын, — бодро спросил Виктор Федорович, — нужно тебе обеспечивать культурную программу, или в этот раз у тебя другие планы?

— Пока не знаю, — уклончиво ответил Игорь.

Отец понимающе закивал головой.

— Ну ты посоветуйся со Светой, вы решите, нужны вам билеты или нет, и скажи мне. Только не в последний момент, хорошо?

— При чем тут Света? — резко ответил Игорь. — Я сам по себе.

Он оставил в тарелке недоеденное жаркое и ушел в свою комнату, хлопнув дверью. Бросился на диван и уткнулся лицом в жесткую ткань подушки. Минут через тридцать к нему зашла мама, присела на краешек дивана, погладила его по затылку.

— Сыночек, мы с папой все знаем.

— Что — все? — глухо спросил он, не отрывая лица от подушки.

— Про тебя и Светлану. Мы знаем, что вы жили вместе почти два года, а теперь расстались. Вы поссорились?

— Да.

— Из-за чего?

— Какая разница? Это к делу не относится.

«Черт, я даже разговаривать стал, как она, — сердито подумал Игорь. — Это же ее любимое выражение».

— Откуда вы узнали?

— От Тамары Серафимовны. Иногда, когда мы тебе звонили в Томск, тебя не было дома, и мы разговаривали с ней.

— Она что, стучала на меня?

— Сынок, как ты можешь! Тамара Серафимовна очень хороший человек, добрый, отзывчивый. Мы спрашивали, как у тебя дела, как ты выглядишь, чем питаешься, не болеешь ли. И потом, мы с папой понимаем, что ты уже взрослый и у тебя наверняка есть девушка. Мы бы огорчились и испугались, если бы это было не так. Тамара Серафимовна нас успокаивала, говорила, что ты прекрасно выглядишь и нормально питаешься, что Света за тобой ухаживает, кормит и все такое. И мы с папой были спокойны, Светочка показалась нам хорошей девочкой, неглупой, целеустремленной. Если бы ты захотел на ней жениться, мы бы не возражали.

— Не хочу я на ней жениться, с чего ты взяла? — проворчал Игорь.

— Это ты сейчас так говоришь, сыночек, потому что вы поссорились. Пройдет немного времени, вы помиритесь, вот увидишь, так всегда происходит.

— Мы не помиримся. Никогда. Она меня бросила.

— Она вернется, поверь мне.

— Она ушла к другому. Мама, не утешай меня, между нами все кончено. Она меня больше не любит.

* * *

Теперь Жора Грек стал его задушевным другом. Вокруг него постоянно были шумные сборища и развеселые компании, много спиртного и много девушек, причем девушки были все, как одна, не с их курса и даже не с их факультета. И где только Жорка с ними знакомился! Среди них встречались и студентки, и учащиеся техникумов, и те, кто работал. С разной внешностью и разными характерами, поумнее и поглупее, все они были рады весело и беспроблемно провести время, а многие готовы были дарить свои ласки без предварительных ухаживаний и красивых слов. В таком угаре прошел год.

Опомнился Игорь только в декабре 1982 года, перед самым Новым годом. Светлана добилась своего, женила на себе юного москвича и вернулась вместе с ним в Москву. С сентября Игорь больше не видел ее на лекциях, не сталкивался с ней в коридорах, библиотеке или студенческой столовой, и постепенно образ белокурой голубоглазой красавицы, его первой женщины, стал расплываться и тускнеть. В молодом сердце раны заживают быстро.

Новый год договорились встречать на даче у одной из подружек Грека. Предполагалось, что соберется человек двадцать, и между всеми по жребию распределили задания: кому покупать спиртное, кому овощи для винегрета, кому мясо, кому стоять в очереди за тортами и конфетами, кому тащить елку, кому — игрушки. Вот елочные игрушки-то как раз Игорю и достались.

За неделю до Нового года он пришел в большой универмаг, где можно было купить яркие стеклянные шары, серебряный дождь, серпантин и хлопушки с конфетти. Игорь задумчиво стоял перед прилавком, переводя глаза с одних игрушек на другие и прикидывая, сколько чего можно купить, чтобы уложиться в выделенную на украшение елки сумму. Народу было много, его толкали со всех сторон и раздраженно спрашивали:

— Молодой человек, вы будете брать или нет? Встал тут как истукан, к прилавку не подойти! Отойдите и не мешайте.

Простая арифметическая задачка никак не решалась. И вдруг рядом прозвенел нежный голосок:

— Извините, пожалуйста, вы мне не поможете?

Игорь повернул голову и увидел огромные зеленые глаза на запрокинутом вверх лице. Обладательница этих удивительных глаз была такой же маленькой, как Васина жена Леночка.

— Тут все такие высокие, — снова зазвенел голосок, —

и все толкаются, мне ничего не видно. И к прилавку не протиснуться.

Он решительно взял девушку за плечи, рывком придвинул к себе и поставил между собой и прилавком.

— Ну а теперь как? Видно?

— Да, спасибо большое, — сдавленным голоском произнесла зеленоглазая, — только я теперь дышать не могу совсем.

Игорь рассмеялся и с удивлением почувствовал, что тяжесть, целый год привычно давившая на сердце, вдруг куда-то исчезла. Растаяла, словно ее и не было никогда.

Из универмага они вышли вместе.

— Давайте я вас провожу, — предложил Игорь. — Вы такая маленькая, вас в транспорте сожмут со всех сторон и все игрушки испортят.

Он не понимал, почему так боится отпустить от себя зеленоглазую малышку, но чувствовал, что стоит ему отойти от нее хотя бы на три метра, как тяжесть вернется. Пока ехали в автобусе — познакомились. Девушку звали Верой, она приехала из соседней, Кемеровской, области, из какого-то райцентра, учится в мединституте, живет в Томске у тетки. Игорь предложил перейти на «ты», Вера согласилась, и всю дорогу до теткиного дома они болтали как старые знакомые.

Жила Вера на самой окраине города, в частном секторе, в крепеньком покрашенном голубой краской домике с белыми наличниками. Тетка ее — худая, изможденная, с натруженными руками и хмурым лицом, сначала испугала Игоря своей неприветливостью, но уже через несколько минут он понял, что все это — только видимость, и на самом деле тетя Шура, несмотря на свою грубоватость, человек добрый и гостеприимный.

— Верка, чего на пороге человека держишь, веди в дом! — крикнула она в окно, пока Игорь, стоя на крылечке, рылся в карманах в поисках клочка бумаги, на котором собирался записать для Веры свой телефон.

— А правда, зайди к нам, — предложила Вера. — Чаю выпьем, погреешься.

— Неудобно, — замялся Игорь.

— Удобно, удобно, тетка тебя не съест, она только с виду страшная.

«Интересно, какого цвета у нее волосы? И какая у нее прическа?» — совсем некстати подумал Игорь, пытаясь разглядеть хотя бы одну прядь под плотно облегающей голову девушки вязаной шапочкой. В сенях Вера сняла шапку, и он увидел модно подстриженные «под Мирей Матье» темные волосы, прямые и гладкие, без малейшего следа завивки.

В доме было чисто, вкусно пахло деревом, ватрушками и еще чем-то незнакомым, но теплым и уютным. Тетя Шура работала зоотехником на расположенной неподалеку совхозной ферме, и Вера, судя по всему, была полностью в курсе ее рабочих проблем.

— Ну как Марютка, отелилась? — спросила девушка.

— Намаялась я с ней, — без улыбки ответила тетя Шура. — Но бычок родился ладненький.

— Как назвали?

— Да как его назовешь, если под Новый год родился. Дедом Морозом и назвали.

Игорь прыснул и зажал рот рукой, чтобы не расхохотаться. Тетя Шура неодобрительно зыркнула на него.

— Вот-вот, директор наш тоже ржал, как лошадь, когда ему сказали. А чего смешного? Была бы телочка — Елочкой бы назвали, а так...

— Можно было назвать Санта-Клаусом, — давясь от смеха, произнес Игорь. — Еще веселее было бы.

— Как, говоришь, назвать? — переспросила тетя Шура.

— Санта-Клаусом. Это у католиков так Деда Мороза называют, — пояснила Вера. — Потом говорили бы: Санта-Клаус покрыл Рябинку, и родилась у них телочка Кларинка.

— Тебе все хиханьки, — строго сказала тетя Шура, наливая Игорю вторую чашку чая, — привыкла, что молоко да маслице в магазине покупаешь, а как они там оказываются — не твое дело. От земли оторвались, жизни не знаете, крестьянский труд не цените.

Но в глазах у нее плясали искорки, и Игорь понял, что она и не думает сердиться. Время шло, надо было уходить, но у него не было сил подняться и расстаться с Верой. Здесь так светло, спокойно, радостно, здесь сияют зеленые глаза и по всему дому разносится нежный серебристый смех, а как только он выйдет на темную заснеженную улицу, пронизываемую ветром, пустынную и незнакомую, на него снова навалится одиночество, от которого его, как оказалось, так и не спасли ни Жорик, ни его бодрые беспечные приятели и легкомысленные веселые девицы.

Но уходить все-таки пришлось. Игорь поблагодарил

тетю Шуру за ватрушки, взял с Веры обещание завтра же позвонить и побрел к автобусной остановке, до которой от голубого деревянного домика — два километра.

* * *

29 декабря Вера поздравила его с наступающим Новым годом.

— Чего ж так загодя? — спросил Игорь. — Еще тридцатое и тридцать первое впереди.

— Я не смогу тебе позвонить, — объяснила Вера своим нежным голоском, — я уезжаю.

— Как уезжаешь? Куда?

— Домой. Я всегда на Новый год домой езжу. Там мама с папой, братья. Это же семейный праздник.

Она уезжает. Отчего-то эта мысль больно резанула Игоря. Сам он собирался встречать Новый год в шумной веселой компании и совершенно не думал о том, где проведет новогоднюю ночь его новая знакомая, с которой он и виделся-то всего два раза — в день знакомства в универмаге и вчера, когда пригласил ее в кино. И вот теперь, услышав по телефону, что Вера уезжает, он вдруг ни с того ни с сего загрустил.

— А как же тетя Шура? Ты ее одну оставишь?

— Ну что ж поделать, она привыкла Новый год одна встречать. К соседям сходит или к подругам, если заскучает.

— Нет, так не годится, — решительно сказал Игорь. — Я вот что предлагаю. Ты дай телеграмму своим, что не приедешь, и мы с тобой и с твоей теткой вместе встретим Новый год. Еще два дня впереди, купим подарки, положим под елку, выпьем шампанского, посмотрим «Огонек» по телику. Устроим для тети Шуры настоящий Новый год.

В трубке повисло молчание.

— Алло! — Игорь подул в трубку, испугавшись, что связь прервалась и Вера его не слышит.

— Я здесь, — раздался тихий голос. — А ты... ты не шутишь? Ты в самом деле хочешь встречать Новый год с нами?

— В самом деле, — горячо заговорил он. — Ты только подумай, как это будет здорово, мы елку нарядим, ты же купила столько игрушек.

Александра Маринина

— Я их для дома покупала, — растерянно ответила Вера, — у тети Шуры даже елки нет.

— Найдем мы елку, купим или из леса притащим, тоже мне проблема.

— Но ты собирался встречать Новый год с друзьями...

— Да ну их, надоело, не хочу я этих гульбищ с водкой. Я хочу тихого уютного праздника с чаем и ватрушками. И с тобой, — добавил он неожиданно.

* * *

Праздник удался на славу. За два оставшихся до Нового года дня Игорь и Вера с ног сбились в поисках елки, шампанского, чего-нибудь вкусного к столу, а также подарка для тети Шуры.

— Теперь расходимся, — Вера глянула на часики, — до четырех часов. Даю себе два с половиной часа.

— А мне?

— И тебе столько же. Надеюсь, за это время я сумею купить тебе подарок.

— А я — тебе, — радостно откликнулся Игорь. — Встречаемся ровно в четыре здесь же.

После того как он снова стал жить один, с деньгами стало посвободнее. Игорь прикинул и понял, что львиная часть финансов уходила на бесконечные цветы, торты, покупаемую у спекулянтов импортную косметику и прочие знаки внимания Светлане, которая, особенно в последнее время, отказывалась есть магазинную еду и просила покормить ее в кафе. Даже постоянные складчины в Жоркиной компании обходились дешевле. Да и родители, учитывая, что сын уже на четвертом курсе, стали присылать побольше. После стипендии прошла всего неделя, и Игорь чувствовал себя настоящим миллионером: в кармане у него лежало целых восемьдесят рублей. Правда, на них нужно было дожить до двадцатого января, но ведь сразу после праздников начнется сессия, нужно будет усиленно готовиться к экзаменам, так что много денег ему и не понадобится — не до развлечений.

Сначала он хотел было пойти по проторенному пути и доехать до рынка, где постоянно крутились цыганки-спекулянтки, у которых можно было бы купить для Веры тушь, тени или лак для ногтей, но внезапно понял, что ей это не нужно. Да и не это он хотел бы ей подарить. Любая косметика рано или поздно кончается, а он хочет, чтобы его подарок остался у нее навсегда. Выбор его пал на серебряное колечко, изящное и одновременно нарядное, с фиолетовым камнем со странным названием чароит.

— Покажите, пожалуйста, вот это колечко, — обратился Игорь к сонной продавщице, на лице которой застыла стойкая ненависть ко всему миру, особенно к той его части, которая получает подарки на Новый год.

— Только маленькие размеры, — буркнула та, не сдвигаясь с места.

— А мне и нужен маленький размер.

Продавщица перенесла себя на полметра влево и достала с витрины кольцо. Размер его действительно был малюсеньким, колечко даже на мизинец Игорю не налезало, но он точно знал, что пальчики у Веры еще тоньше.

— Выпишите, пожалуйста.

Положив коробочку с колечком в карман, он понял, что у него есть еще почти час, и решил поискать что-нибудь радостное и приятное для двух, в сущности, незнакомых женщин, с которыми собирался встречать Новый год. Игорь сам себя не узнавал. И что с ним такое происходит?

В домик на окраине он явился ровно в одиннадцать вечера, как и было условлено. В большой спортивной сумке у него лежал магнитофон и несколько кассет с любимыми записями, красный колпак с белой опушкой и ватная борода на резинке, а также множество пакетиков с разными вкусностями, которые он раздобыл в ресторане у Тамары Серафимовны: сырокопченая колбаса, отварной язык, баночка салата из крабов и многое другое. Коробочка с колечком, заботливо завернутая в цветную бумагу и перевязанная розовой ленточкой, лежала во внутреннем кармане куртки.

Его уже ждали за накрытым столом. Тетя Шура радостно суетилась, поминутно бегая на кухню, чтобы проверить пирог, а Вера, сверкая зелеными глазами и встряхивая темными волосами, стояла босиком на стуле и пыталась пристроить на елку последнюю нитку серебряного дождя.

— С ума сошла! — Игорь бросился к ней и осторожно снял легкую, как пушинка, девушку со стула. — Упадешь ведь! Я сам сделаю.

Ему показалось или Вера действительно прижалась к нему чуть сильнее, чем того требовала несложная процедура переноса со стула на пол? Он быстро закончил украшение елки, искоса посматривая на девушку.

— Тащи подарки, — скомандовал он.

Вскоре под елкой рядом с фигурками Деда Мороза и Снегурочки лежали два пакета с подарками для тети Шуры и для Игоря. Рядом с ними он положил свой подарок.

Увидев деликатесы, которые Игорь извлек из сумки, тетя Шура разохалась:

— Ну зачем же ты так тратился! Сам небось впроголодь живешь, а сюда еды натащил на целый полк.

— Ничего, съедим, ночь впереди длинная, — отшутился Игорь.

Но по той бережной осторожности, с которой тетя Шура доставала и раскладывала по тарелкам ресторанные продукты, Игорь отчетливо понял, что она всего этого много лет не видела и не ела. Он включил магнитофон, и из динамика полились голоса, рассказывавшие о любви на чужом языке. Расцветала мода на итальянскую эстраду, и Игорь принес записи Тото Кутуньо, Рикардо Фольи, Пупо, Аль Бано и Ромины Пауэрс.

К праздничному столу подали кулебяку с капустой, большой пирог с яблоками и маленькие румяные пирожки с мясом, рассыпчатую отварную картошечку и множество домашних солений — огурчики, помидоры, капусту, грибочки, маринованый чеснок, черемшу.

— Ай-яй-яй, тетя Шура, — укоризненно сказал Игорь, — а еще меня ругали, что я на целый полк продуктов притащил. Да тут у вас столько еды, что дивизию накормить можно.

— Сравнил тоже, — за ворчливым тоном тете Шуре не удалось скрыть горделивую улыбку, — за твое деньгами плачено, а у нас все свое, бесплатное, с огорода.

С боем курантов открыли шампанское, поздравили друг друга, чокнулись, выпили.

— Ты куда? — испуганно спросила Вера, видя, что Игорь поднялся из-за стола.

— Я сейчас.

Он выскочил в сени, где заблаговременно спрятал колпак и бороду, и через минуту вернулся, вещая утробным голосом:

— Это Дедушка Мороз, я подарки вам принес.

Вера и тетя Шура рты разинули от изумления. Не дожидаясь, пока они придут в себя, Игорь подошел к елке и начал торжественную раздачу подарков, требуя, чтобы в обмен ему что-нибудь спели или прочитали стишок. Первой получила свой подарок тетя Шура — новый байковый халат и красивый фартук с аппликацией.

— Петь я не умею, стихи все давно забыла, а вот сплясать могу, — неожиданно заявила она и отбила такую лихую чечетку, что Игорь с Верой только диву дались.

— Ну, тетя Шура, ты у нас с голоду не помрешь, — хохотала Вера, — если что — пойдешь на эстраду бить степ.

Сама она в обмен на подарок спела на немецком языке куплет из рождественской песенки, которую учила еще в школе. Торопливо развернув бумагу, она открыла коробочку и замерла, потом подняла на Игоря огромные глаза, в которых стояли слезы.

— Это правда мне?

— Ну конечно, тебе, кому же еще? Тетя Шура свой подарок получила, мой еще под елкой лежит, стало быть, остаешься только ты.

Игорь пытался шутить, но чувствовал, как у него перехватило горло. Светка всегда радовалась подаркам, прыгала, бросалась ему на шею. Но ни разу она не приняла от него подарок вот так — не веря своему счастью, со слезами благодарности.

— Спасибо, — прошептала Вера, и две прозрачные слезинки скатились по ее щекам.

— Это еще что? — сурово одернула ее тетя Шура. — В праздник плакать? Ну-ка прекращай. А ты, парень, тоже удумал: только-только с девкой познакомился — и уже кольца дарить. Кольцо знаешь когда дарят?

— Знаю, — серьезно ответил Игорь. — Потому и дарю.

— А ну тебя! — Тетя Шура безнадежно махнула рукой на юношу, говорить с которым без толку — все равно порядков не знает. — Ты лучше сам себе подарок подари, коль ты у нас сегодня Дед Мороз, да не забудь стишок прочитать или песенку спеть.

Игорь добросовестно и с выражением прочитал Некрасова «Однажды в студеную зимнюю пору...», чем сорвал бурные аплодисменты хозяек дома, и развернул свой подарок. Томик Рэя Брэдбери из серии «Иностранная литература».

— С ума сойти! — ахнул Игорь. — Где ты это достала? Это же страшный дефицит, днем с огнем не найдешь.

— А какой смысл дарить на Новый год то, что можно

купить на каждом углу? — резонно возразила Вера. — У Деда Мороза всегда просят то, что недоступно.

Под вкусную еду они посмотрели «Новогодний голубой огонек», а когда начались «Мелодии и ритмы зарубежной эстрады», тетя Шура, с трудом сдерживая зевок, попрощалась и пошла спать.

— Не могу я так поздно сидеть, — извиняющимся тоном сказала она, — привыкла рано ложиться, я ведь встаю чуть свет. А вы тут празднуйте, не стесняйтесь, я сплю крепко, мне музыка не помешает.

Они остались вдвоем, болтали, пили чай с пирогами, танцевали сначала под музыку из телевизора, потом под магнитофонные записи. Часов в пять утра Игорь наконец решился поцеловать девушку. Она ответила ему не очень умело, но пылко и искренне.

Потом они оделись и пошли на улицу, почти час бродили по снегу, обнявшись и разговаривая обо всем на свете. Потом вернулись, снова пили чай и снова танцевали и целовались.

В восемь утра на пороге комнаты возникла заспанная тетя Шура.

— Батюшки, так вы и не ложились?

И только тут Игорь почувствовал, что смертельно хочет спать, и начал собираться домой.

— Пойдем, я тебе в своей комнате постелю, — решительно сказала тетя Шура. — Ну куда ты сейчас поедешь? Ты ж до автобуса не дойдешь, заснешь прямо на снегу. Верка тоже поспит, встанете, покушаете, вон еды-то еще сколько осталось.

Сопротивляться не хотелось, и, проваливаясь в сон, Игорь успел вспомнить старое поверье, согласно которому как Новый год встретишь — так его и проведешь. Означает ли это, что предстоящий 1983 год он проведет рядом с Верой, и у него всегда будет на сердце легко и радостно, и жизнь станет уютной и домашней? Хотелось верить, что именно так и случится.

* * *

Учебу они закончили одновременно в 1984 году. Веру распределили в тот райцентр, откуда она приехала, а с Игорем оказалось куда сложнее. Еще летом 1983 года в Москве отец сказал ему:

— С твоим распределением могут возникнуть трудности. Я хотел устроить тебя в Научный центр Академии МВД, но после смерти Брежнева сняли министра внутренних дел Щелокова, а новый министр Федорчук считает, что милиции наука не нужна, и сокращает научные учреждения, а некоторые вообще ликвидирует. Научный центр в Академии он как раз закрыл, а я уже договорился, чтобы оттуда дали запрос на тебя. А в других научных подразделениях в связи с сокращением пока нет вакансий. Не исключено, что тебе придется поработать какое-то время на практике.

Игорь в глубине души обрадовался, ведь на практике можно работать всюду, в том числе и там, где будет Вера. Он никак не мог определиться и понять, чего хочет: жениться на Вере и увезти ее в Москву, жениться и остаться с ней здесь, в Сибири, или не жениться, но все равно быть рядом с ней. Единственное, что он знал точно, так это то, что он не хочет расставаться с ней. Сама Вера о свадьбе вообще не заговаривала, не пыталась переехать к нему в городскую квартиру или залучить на постоянное проживание в домик к тете Шуре. Она радостно и нежно отдавалась ему, когда предоставлялась такая возможность, но если и думала об их общем будущем, то вслух это не обсуждала.

До апреля, когда заседает комиссия по распределению, Игорь так ничего и не решил. Виктор Федорович, конечно, обеспечил запрос на Игоря из Москвы, из следственного управления, но по телефону предупредил:

— Знаешь, сын, новый министр — человек непредсказуемый. Сейчас идет активное перетряхивание кадров, многих увольняют за различные провинности, так что вакансий в следственных подразделениях, конечно, много, но я не уверен, что в практических органах сегодня благоприятная атмосфера для работы.

— Я понимаю, папа, — быстро ответил Игорь, хотя на самом деле ничего не понял и связи между массовыми увольнениями и благоприятной для работы атмосферой не уловил. — Наверное, мне лучше остаться здесь. Временно, конечно, пока в Москве все не утрясется. Как ты считаешь?

Ну вот, как отец скажет, так и будет. Скажет: «Возвращайся домой» — и Игорь помчится уговаривать Веру выйти за него замуж. Скажет: «Оставайся там и поработай какое-то время» — побежит в деканат и попросит, чтобы на пришедший из Москвы запрос внимания не обращали, а его распределили в тот райцентр Кемеровской области, куда уедет Вера.

— Тебе решать, сын, — сказал Виктор Федорович.

— Но тебе же виднее, как лучше.

— Я бы остался. Но ты решай, как считаешь нужным.

— Тогда я останусь. Ты плохого не посоветуешь.

— Приятно слышать такое от собственного сына, — почему-то усмехнулся отец.

* * *

От того, чтобы сделать Вере предложение, Игоря постоянно удерживала опасливая мысль: а вдруг она такая же, как Светлана? А вдруг выйдет за него только для того, чтобы выбраться из сибирской провинции и превратиться в законную москвичку? И хотя в поведении зеленоглазой девушки ничто не свидетельствовало о корыстных намерениях, он все равно боялся, слишком уж сильным оказался удар, нанесенный его первой любовью. Он больше не тосковал по Свете, но помнил о ней. Помнил всегда, почти каждую минуту, переживая гамму самых разнообразных чувств, от нежности и насмешливого снисхождения до горькой обиды и ненависти.

Игорь получил, как и просил, распределение в Кемеровскую область, поближе к тому месту, где будет жить и работать Вера. Райцентр находился на севере области и был куда ближе к Томску, чем к Кемерову, потому, собственно, Вера и поехала учиться в Томск, а не в свой областной центр, тем паче в Кемерове жить пришлось бы в общежитии, а в Томске у нее тетка, да и домой на каникулы и праздники ездить куда удобнее и дешевле.

Ему дали комнату в общежитии техникума, пообещали со временем выделить квартиру, когда построят новый дом, и велели завтра же приступать к работе. Начала первого рабочего дня Игорь Мащенко ждал с радостным волнением. Он был уверен, что грамотных следователей и толковых оперативников здесь нет и быть не может по определению, откуда они возьмутся в такой глухой провинции? И вот придет он, молодой специалист с высшим университетским образованием, вооруженный глубокой теоретической подготовкой и всесторонними знаниями во всех отраслях права, наведет порядок, раскроет все серьезные преступления и вообще покажет им всем, как надо работать.

И вот 28 июля 1984 года Игорь переступил порог районного отдела внутренних дел.

— Работать будешь с Ушаковым, это наш самый опытный сотрудник, — сказал ему начальник отдела. — Наберешься у него ума-разума, постажируешься с годик, потом Ушаков на пенсию пойдет, у него как раз в мае срок, начнешь работать самостоятельно. Шагай в восьмой кабинет.

Павел Иннокентьевич Ушаков оказался немолодым, тучным и морщинистым мужиком с лицом, испещренным красными прожилками. «Алкаш, голову даю на отсечение, — брезгливо подумал Игорь, знакомясь со следователем. — Ему лишь бы выпить да в баньке попариться. Тем более на пенсию скоро. Наверняка в делах полный завал. И это у них самый опытный сотрудник. Каковы же все остальные?!»

— Работы у нас немного, — гудел между тем Ушаков своим неожиданно звучным и приятным голосом, — воруют по мелочи, хулиганят по пьяному делу, бытовой мордобой случается, не без того. Расхитители государственной собственности, конечно, у нас водятся и на комбинатах, и на заводах, и в совхозах, но эти дела у нас сразу область забирает. Так что растратами и присвоениями заниматься не придется.

— А как у вас с раскрываемостью? — солидно спросил Игорь.

— А что раскрываемость? — Ушаков довольно хохотнул. — Раскрываемость у нас девяносто три процента. Приезжих здесь мало, делать им тут нечего, а со своими разобраться — труд невелик.

Фраза прозвучала для Игоря полной загадкой. В чем разница между приезжими и своими? Однако, если раскрываемость всего девяносто три процента, значит, есть и нераскрытые преступления. Интересно, какие?

— Ну я ж тебе объясняю: приезжие, — нетерпеливо мотнул головой Ушаков. — Воруют опять же, драки с местными устраивают, девок наших портят — и ищи их потом, когда никто толком и не знает, откуда они приехали и как их зовут. А ты небось в бой рвешься, собираешься раскрыть громкое убийство и показать мне, старо-

Александра Маринина

175

му пню, небо в алмазах? Чего покраснел-то? Угадал я? Тоже труд невелик — угадывать. Вас таких я знаешь сколько
перевидал? Каждый год, считай, молодого следователя
присылают, и все из университетов. И каждый год одна и
та же песня: Павел Иннокентьевич, ты его обучи работе — и можешь спокойно на пенсию отправляться. А года
не проходит — и этот молодой сбегает, то устраивает себе
перевод в большой город, к магазинам, стало быть, поближе, то женится и к жене уезжает, то еще что придумы-
вает, и снова я тут в гордом одиночестве остаюсь. Я знаешь
сколько сверх положенного за этим столом пересидел?
Мне срок службы уже два раза продлевали, а третьего
раза не будет — не положено. Так что как ни крути, а в
мае все равно уходить придется. Давно бы уже рыбку ловил на Томи да грядки обихаживал, если б не такие, как
ты. Только совесть не позволяет, да и начальство упра-
шивает. В общем, так, молодой специалист Мащенко: по
сложным преступлениям работать ты здесь не научишься, такая вещь у нас редко бывает, а чтобы научиться —
надо дел пятьдесят закончить, не меньше, только тогда
можешь считать, что у тебя рука набита и глаз наметан.
А вот по части краж, хулиганки и групповых драк станешь мастером, асом. Имей в виду, групповуха в любом
преступлении — это самое сложное, это высший пило-
таж.

— Почему? — удивился Игорь.

— Да потому, молодой специалист Мащенко, что каждый участник группового преступления дает разные по-
казания. А тебе надо, чтобы все сошлось один в один,
иначе из суда дело завернут на дослед. А дослед — это
брак в твоей работе. Вот представь себе групповую драку,
в которой одному потерпевшему нанесены тяжкие телес-
ные повреждения или он, не приведи господи, скончался, а двум-трем другим ребро сломали, челюсть повреди-
ли или просто рыло начистили. Дрались, к примеру, восемь человек, по четыре с каждой стороны. И вот тебе
нужно разобраться, кто кого ударил, как ударил, чем, в
какую часть тела противника. Кто нанес тот удар, от которого потерпевший отдал богу душу. Кто именно то тре-
клятое ребро сломал, кто своим кулачищем в челюсть за-
ехал. Да они сами, драчуны эти, не помнят, пьяные были,
в общей куче руками махали, а ты должен разобраться.

Короче, сам увидишь, на собственном опыте учиться будешь.

— Неужели у вас совсем убийств не бывает? — недоверчиво переспросил Игорь.

— Ну почему, бывают. Но не так часто, как тебе хотелось бы. Ты ведь об убийстве мечтаешь, о загадочном и жутком, весь район в шоке — а ты пришел и раскрыл. Так? Выбрось из головы. Убийство — дело грязное и муторное, удовольствия не получишь. Но если тебе повезет — научу, как и что надо делать. А пока вот тебе материалы, изучай и напиши по каждому план неотложных следственных действий. Это твой первый урок будет.

Игорь с воодушевлением принялся за работу, но уже к концу дня скис. Ну что это за преступления? Курицу украли, корову совхозную угнали, картошку на чужом поле выкопали. Избитая женщина обратилась в больницу за медицинской помощью, утверждает, что ее ударил неизвестный, в то время как все соседи слышали, а некоторые и видели, как ее бил родной муж. Неужели только этим ему и придется заниматься?

Увидев его разочарованную физиономию, Ушаков усмехнулся.

— Скучно? Ничего, привыкнешь. А чтобы подсластить пилюлю, я тебе страшную историю расскажу. Правда, к нашему району она отношения не имеет. Пока, — он особо подчеркнул это слово. — И бог даст, нас не коснется. Но я тебе рассказываю, чтобы ты знал, что загадочные преступления не только в Москве случаются.

Игорь, раскрыв рот от напряжения, слушал о том, что в Кузбассе объявился маньяк, который насилует и убивает молодых девушек. Малолеток не трогает, взрослыми женщинами тоже не интересуется, нападает на тех, кому от шестнадцати до двадцати. Режет их ножом, мучает, истязает. Свою страшную охоту устраивает не только в Кемеровской области, но и в соседних. За два года на его счету девять жертв. И поймать не могут, даже не представляют, кто он и откуда.

Вечером Игорь сел в автобус и поехал к Вере, она жила в двадцати километрах от райцентра, где работали и Игорь, и она сама. «Зачем я сюда приехал? — в отчаянии думал он. — Куда меня занесло? Какой же я дурак, что послушался отца, надо было возвращаться в Москву, там жизнь кипит, там настоящая работа, интересные дела, а здесь я протухну быстрее, чем молоко на солнце скисает. И ничему не научусь. И вообще... Комната эта жуткая в общежитии, обшарпанная, с тараканами и клопами. Улицы, где столько грязи, что хорошие «шузы» не наденешь, впору в кирзовых сапогах ходить. Единственное средство передвижения — раздолбанные автобусы, которые ломаются через каждый километр, или попутка. Что я здесь делаю? Сейчас сидел бы в Москве в своей комнате на диване, слушал бы «Рикки и Повери», книжку бы почитал, мама вкусно накормила бы. А тут? Нет, надо отсюда выбираться во что бы то ни стало. Завтра же позвоню папе и попрошу, чтобы он все устроил. Вот только Вера... Как же я ее брошу? Ну ничего, женюсь на ней, в конце концов, и увезу с собой».

И в тот же вечер он сделал девушке предложение. Ее зеленые глаза смотрели на него чуть удивленно, и Игорь прочитал в них отказ раньше, чем Вера сказала это вслух.

— Но почему? Разве ты меня не любишь?

— Люблю. Очень люблю.

— Тогда почему?

Она помолчала, собираясь с мыслями.

— Ты все еще помнишь о ней. Ты все время о ней думаешь, — наконец произнесла Вера.

— О ком?

— О Светлане.

— Да с чего ты взяла? Я и думать о ней забыл.

— Неправда, Игорь. Я же вижу, я чувствую. Она все время здесь, с нами, между нами. Ты меня с ней сравниваешь. И ты ее вспоминаешь. Я так не хочу.

— Верочка, солнышко, но я же живой человек, а не манкурт какой-нибудь, я не могу стереть свою память. Я помню всю свою жизнь, у меня пока еще нет склероза. В детском саду я был влюблен в свою воспитательницу, так ты и к ней будешь меня ревновать?

Вера грустно посмотрела на него:

— Не надо так, Игорь, ты прекрасно понимаешь, о чем я говорю. Она еще живет в тебе. Я не хочу быть женой человека, в котором живет другая женщина. Может быть, со временем это у тебя пройдет.

— И тогда ты выйдешь за меня замуж?

— Выйду. Но только тогда, не раньше.

— Договорились.

Игорь повеселел. Если Вера отказывается стать его

женой, значит, у нее нет никаких корыстных планов относительно переезда в Москву и прописки в просторной профессорской квартире. Конечно, насчет Светланы она права, только Игорю даже в голову не приходило, что все это так заметно. Но отныне все будет по-другому, он проследит за своим поведением и постарается, чтобы ревнивые мысли больше не посещали его чудесную зеленоглазую Верочку.

* * *

Спустя две недели, в понедельник, Игорь, придя утром в отдел, заметил в дежурной части необычную суету, но значения ей не придал. Однако в кабинете, где он сидел вместе с Ушаковым, его ждала неожиданность. Вместо тучного Павла Иннокентьевича за его столом восседал совершенно незнакомый мужчина лет тридцати пяти в форме майора милиции.

— Проходите, — сухо сказал майор, увидев застывшего на пороге Игоря. — Вы ведь Мащенко?

— Да, — подтвердил Игорь. — А где Павел Иннокентьевич?

— В больнице. Увезли еще в субботу. Тяжелейший инфаркт.

— Я не знал...

— А вы вообще пока еще мало что знаете, — так же сухо оборвал его незнакомый майор. — У вас в районе ЧП, на рассвете в субботу обнаружен труп неизвестного мужчины. И поскольку Ушаков попал в больницу, а вам доверять такое серьезное дело пока рано, меня прислали из Анжеро-Судженска вести следствие. Фамилия моя — Дюжин, зовут Сергеем Васильевичем. Вопросы ко мне есть?

Игорь надеялся, что новый следователь будет привлекать его к работе, но все вышло совсем не так. Оказалось, что за время, прошедшее с момента обнаружения трупа, и до утра понедельника преступление как таковое было уже раскрыто, найден виновный, который признался в совершении убийства на почве личной неприязни. Потерпевший грубо приставал к нему и угрожал ножом, и виновный, некто Бахтин, находясь в состоянии сильного алкогольного опьянения, выхватил у хулигана нож и всадил тому прямо в сердце. Попадание было точным, Бахтин, по его собственным словам, служил когда-то в десантных войсках. Свидетелей происшествия нет, все случилось в лесу. Тело убитого лежало рядом с его автомашиной марки «ВАЗ-2106», и, по заключению судебного медика, осматривавшего труп на месте обнаружения, смерть наступила примерно 3—4 августа, то есть за неделю до того, как убитого нашли грибники. Самое пикантное состояло в том, что убийцей оказался директор вычислительного центра одного из кемеровских НИИ, в прошлом прекрасно зарекомендовавший себя на комсомольской работе.

— Ты же понимаешь, они своих просто так не отдают, — слабым голосом говорил Игорю Павел Иннокентьевич, когда молодой человек примчался в больницу, где, кстати, работала Вера. — Как только выяснили, что за птица этот Бахтин, сразу подсуетились, чтобы его дружка на подмогу прислать.

— А что, разве следователь Дюжин знаком с преступником? — удивился Игорь. — Это же основание для отвода следователя, Дюжин не может вести это дело.

— Ну я в переносном смысле, не в прямом. Дюжин-то в органах без году неделя, он погоны только месяца два как надел. Сейчас знаешь как принято делать? Берут из комсомольских и партийных органов тех, кто когда-то в незапамятные времена получал высшее образование, и к нам направляют. Якобы наши ряды усиливать идейно выдержанными борцами за светлое будущее. У кого образование юридическое — того в следователи определяют, у кого другое какое-нибудь — на другие должности ставят. Эту феньку наш новый министр придумал, пусть ему икнется лишний раз. Вот Дюжин как раз из таких. Закончил хрен знает когда что-то юридическое, ни дня по специальности не работал, идейно руководил строительством коммунизма. Теперь вот следователем сделали. А куда ему убийства-то раскрывать? Он еще меньше умеет, чем ты, молодой специалист Мащенко. У тебя хоть опыта и нет, но зато знания пока еще не выветрились, а он уже давно все позабыл, чему его учили.

— Так зачем же его прислали? — недоумевал Игорь. — Неужели никого более опытного не нашлось?

— Я же тебе о том и толкую, — Ушаков болезненно поморщился, — глупый ты еще, не понимаешь. Оба они, и Бахтин, и Дюжин, из комсомола пришли. Может, они и не задушевные друзья, но наверняка в одной баньке парились и одних девок... ну, это самое. Они друг за друга горой, своих не сдают. Теперь Дюжин этот будет убийцу изо всех сил тянуть и от срока спасать, какое-нибудь сильное душевное волнение, вызванное неправомерными действиями потерпевшего, придумает или неизлечимую болезнь подследственного. Вот посмотришь. Дюжин тебя к делу не подпустит, костьми ляжет, ты это имей в виду и лишний раз не нарывайся. Сиди себе тихонечко, оформляй бумажки на мелких воришек и пьяную бытовуху. А в это дело не лезь, они тебе шею свернут, если что не по-ихнему выйдет. С нашей партией и комсомолом шутки плохи.

Павел Иннокентьевич откинулся на подушку и устало прикрыл глаза.

— Может, вам принести что-нибудь? — заботливо спросил Игорь, зная, что его наставник — человек одинокий, вдовец, дети живут далеко и ухаживать за ним в больнице некому. — Минералку там, печенье, чай?

— Не нужно ничего, сынок, — Ушаков впервые так назвал Игоря. — Ты думаешь, я почему тебе все это сказал? Думаешь, я смелый такой? Ничего я не смелый, я такой же, как все. Все знаю, все понимаю и молчу. Помру я, сынок. Сегодня к вечеру. В крайнем случае — завтра утром. Так что мне теперь ничего не страшно, хоть раз в жизни скажу то, что думаю.

— Да вы что, Павел Иннокентьевич, — как можно убедительнее заговорил Игорь, — зачем вы так говорите? Вы поправитесь, я с врачом разговаривал, он сказал, что вы будете в полном порядке.

— Врет он, — вздохнул старый следователь. — Или ты врешь. А я знаю точно.

Совершенно удрученный, Игорь вышел из палаты и отправился искать Веру. Девушка подтвердила его худшие опасения.

— Его бы в хорошую кардиологию положить, препараты нужные ввести, приборы подключить. А так... — Она развела руками. — Делаем, что можем, но у нас обычная районная больница, лекарств нужных нет, оборудования нет. А Ушаков действительно плох. Боюсь, до утра не дотянет, потому его в отдельный бокс и положили.

Павел Иннокентьевич умер на следующий день в пять часов утра.

Александра Маринина

* * *

К концу августа следствие по делу об убийстве гражданина Нильского гражданином Бахтиным было закончено и передано в суд. Бахтин был признан виновным, и ему определили меру наказания в виде лишения свободы сроком 8 лет с отбыванием в исправительно-трудовом учреждении усиленного режима.

Игорь искренне горевал по своему наставнику, регулярно вместе с Верой ходил на местное кладбище ухаживать за могилой и каждый раз, стоя над скорбным холмиком, мысленно разговаривал с Павлом Иннокентьевичем: «Все получилось не так, как вы говорили. Ему дали восемь лет, и никаких смягчающих обстоятельств. Как же так вышло? Неужели вы были неправы?»

Этот вопрос мучил Игоря несколько месяцев, но постепенно, за повседневной суетой, оформлением документов, ведением уголовных дел и подготовкой к свадьбе с Верой, отступил и забылся.

— *Вы ведь знаете, что произошло на самом деле. Я не ошибаюсь?*

— *Нет, не ошибаетесь.*

— *Пожалуйста, прошу вас... Мне необходимо это знать. Это очень важно для меня.*

— *Вот именно, для вас. Но не для меня. И не для него.*

— *Люди должны знать правду.*

— *Кто вам это сказал? Вам хочется узнать правду — это другой вопрос. Но это ваш частный интерес. И меня никто не может обязать с ним считаться. Мне была доверена конфиденциальная информация, если вы вообще понимаете смысл этих слов. Мне было оказано доверие, а вы пытаетесь заставить меня поступить непорядочно.*

— *Вы хотите меня обидеть?*

— *А вы что, обиделись? Забавно. Впрочем, мне это безразлично. Да, я все знаю, но я вам ничего не расскажу. И не приходите ко мне больше.*

— *Но ведь речь идет о преступлении.*

— *Все виновные осуждены и наказаны. Чего вам еще?*

— *Мне этого недостаточно. Я ищу истину.*

— *Ищите. Сожалею, но ничем не могу вам помочь.*

Часть 3

НАТАЛЬЯ, 1984—1986 гг.

Еще на лестнице она услышала, как надрывается в коридоре квартиры телефон, и принялась трясущимися пальцами выковыривать ключ из сумочки. От мороза руки сделались непослушными, и круглая металлическая болванка легко ускользала, едва оказываясь нащупанной среди множества таких, казалось бы, нужных каждой женщине и таких мешающих мелочей. «Сколько раз говорила себе: носи ключи на брелоке! — с досадой, мгновенно выбившей слезы из ее глаз, подумала Наталья. — Когда ключи в связке, их намного легче искать и вытаскивать. Так нет же, ношу все ключи по отдельности, упрямая идиотка!»

Телефонная трель умолкла, и Наташе показалось, что она слышит неторопливый говорок Бэллы Львовны. Господи, если это Вадим, сейчас Бэллочка скажет ему, что Наташи нет, а она здесь, совсем рядом, за дверью, мучится с этими ключами, будь они неладны! Наташа изо всех сил нажала кнопку дверного звонка.

— Бэллочка, это я! — закричала она через дверь.

Послышались шаги, такие же неторопливые, как и речь соседки.

— Что случилось, золотая моя? Ты потеряла ключ?

— Это Вадик? — спросила Наташа вместо того, чтобы ответить или хотя бы поздороваться.

— Нет, это моя приятельница. Вадик уже звонил, примерно час тому назад.

— Ах ты господи, опять пропустила!

Наташа с досадой швырнула на пол сумку, сдернула с шеи шарф, провела рукой по влажной коже: она успела вспотеть всего за несколько секунд отчаянной борьбы с ключом. Бэлла Львовна вернулась к прерванному разговору с подругой, а Наташа, обессилевшая, словно занималась непомерно тяжелым физическим трудом, поплелась на кухню выкладывать купленные в магазине продукты.

Эта кухня в коммунальной квартире теперь выглядела совсем по-другому. Вместо четырех ветхих столов-тумб стоят три относительно новых стола вполне приличного вида и два холодильника, пол застелен красивым импортным линолеумом с ковровым рисунком, скрывшим под собой старый обшарпанный пол, над каждым столом висят одинаковые лампы-бра с плафонами в форме колокольчика, и точно такие же два рожка-колокольчика красуются в центре под потолком. Когда-то давно здесь обитали бок о бок четыре семьи, теперь же осталась всего одна, хотя номинально во всех документах домоуправления были записаны и Казанцевы-Вороновы, и Маликовы, и Бэлла Львовна Халфина. Только какая разница, что там указано в официальных документах, важно ведь, как люди живут на самом деле, а не то, как записано. А жили они действительно одной семьей — Наташа Казанцева, по мужу Воронова, ее родители, ее сыновья Сашенька и Алеша Вороновы, осиротевшая Иринка Маликова с окончательно свихнувшейся от водки бабушкой Полиной Михайловной и одинокая Бэллочка. И она, Наташа, с недавних пор является фактическим главой этой большой семьи, потому что отец ее, Александр Иванович, тихо угасает в больнице, а мама, Галина Васильевна, целыми днями находится рядом с ним. Сестры Люси давно нет в Москве, она вышла замуж и уехала в Набережные Челны, переименованные недавно в Брежнев в честь скончавшегося генсека, и даже болезнь отца не заставила ее приехать.

Услышав, что соседка закончила обсуждать по телефону какие-то насущные проблемы, Наташа выглянула из кухни.

— Бэллочка, что Вадик сказал?

— Сейчас, золотая моя, у меня записано. Я подобные формулировки запомнить не в состоянии.

Она ушла к себе и вернулась с вырванным из тетрадки листочком. На нем ровным каллиграфическим почерком было написано: «С 15 августа — 7—23. В конце июля — короткая вода. Запрос с женой Куценко, 23 июня».

— Ты все понимаешь, что здесь написано? — спросила Бэлла Львовна.

— Конечно, — вздохнула Наташа. Теперь, после стольких лет замужества за моряком-подводником Вадимом Вороновым, она достоверно знала, что «7—23» означает его присутствие на службе с 7 утра и до 23 часов, потому что идет «первая задача», и что приезжать к мужу, когда у того «первая задача», не говоря уже о второй и третьей, бессмысленно. Он будет уходить из дому ни свет ни заря и возвращаться к полуночи, измотанный, серый от усталости, не в состоянии ни разговаривать, ни шутить, ни заниматься любовью. «Первая задача» — это подготовка корабля к плаванию, которая может длиться до трех месяцев, а «короткая вода» условно означало краткосрочный выход в море. Наташа хорошо помнила, как в первый раз приехала к Вадиму в Западную Лицу и попала как раз в период «первой задачи». Вадим, правда, еще по телефону предупреждал ее, что будет занят каждый день без выходных и праздников, но ей, тогда еще совсем девчонке, казалось, что это пустые слова, что на самом деле он будет возвращаться домой часов в семь-восемь вечера, она будет ждать его с горячим ужином, потом они куда-нибудь сходят, в кино, или на концерт, или в гости к его друзьям. Она приехала и уже через несколько дней поняла, что совершила ошибку. Нет, ей-то как раз было замечательно, она с упоением, ни на что не отрываясь, писала сценарий документального фильма о борьбе с пожарами (шел 1978 год, годом раньше случился страшный пожар в московской гостинице «Россия», и все общество как-то в один миг озаботилось проблемами противопожарной безопасности), ходила в магазины, покупала продукты, готовила любимые блюда мужа и радостно ждала его возвращения, по утрам вскакивала на полчаса раньше его, чтобы приготовить Вадиму горячий завтрак и свежевыглаженную кремовую форменную рубашку. Наташа получала невыразимое удовольствие от такой жизни, но быстро поняла, что Вадиму это тяжко. Он был искренне благодарен ей за заботу, и потом, он любил ее, очень любил, в этом не было ни малейших сомнений, к тому же, будучи человеком деликатным и хорошо воспитанным, считал необходимым поздно вечером после сытного ужина еще и потратить час-полтора на разговоры с женой. Глаза его слипались, губы двигались с трудом, он часто терял мысль, которую начал было высказывать, и Наташа видела, что, если бы не ее присутствие, он давно бы с удовольствием лег спать. Это она своим непродуманным (несмотря на неоднократные предупреждения мужа) приездом лишает Вадима законных часов отдыха и покоя, не дает ему возможности восстановить силы для следующего дня службы. Больше она эту ошибку не повторяла. И вот сегодня Вадим сообщил, что очередная «первая задача» начнется 15 августа, и если Наташа собирается к нему приехать, то должна успеть до этого срока. Запрос на выдачу ей пропуска для въезда в погранзону он передал с женой мичмана Куценко, которая приедет в Москву 23 июня, то есть через два дня. Наташе нужно будет взять запрос и отнести в паспортный стол отделения милиции. Примерно через месяц она получит на руки пропуск и сможет лететь в Мурманск, а оттуда автобусом — в Западную Лицу, где служит Вадим. Все это хорошо, но как оставить маму одну? Ведь она не справится. Отцу нужно особое питание, его желудок уже не принимает ничего, кроме протертой и приготовленной на пару пищи, на сооружение которой требуется немало времени, ведь то, что она каждый день в судочках и термосах возит через весь город в больницу, должно быть свежеприготовленным, ни в коем случае не вчерашним. Маме уже почти семьдесят, ее хватает лишь на то, чтобы рано утром уехать в больницу и вечером вернуться, она уверена, что только ее присутствие может принести Александру Ивановичу облегчение. Их бывший сосед по квартире Слава Брагин достиг больших высот, стал крупным руководителем, и только благодаря его мощной протекции Казанцева-старшего положили в двухместную палату и разрешили родственникам ежедневное дежурство. Правда, на ночные часы это разрешение не распространялось, иначе Галина Васильевна окончательно поселилась бы в больничной палате. Если Наташа позволит себе роскошь уехать вместе с детьми к мужу, маме придется всю первую половину дня заниматься приготовлением пищи для отца. И если, не дай бог, именно в утренние часы Александру Ивановичу станет хуже, она будет считать, что причиной ухудшения стало ее отсутствие — врачи, сестры и санитарки, как всегда, недоглядели, сделали не так или не то, просмотрели, забыли, не сменили вовремя, не принесли, не унесли. А причиной ее отсутствия стал, несомненно, такой несвоевременный отъезд дочери. Ах, Люся, Люся, сестричка Люся, ну что бы тебе не приехать в Москву хоть на две недельки, чтобы отпустить Наташу повидаться с мужем, которого она не видела десять месяцев!

— Как папа? — заботливо спросила соседка, глядя на Наташины манипуляции с продуктами: пельмени в морозильную камеру, молочные продукты, сыр и колбасу — на полку в холодильник, мясо — в кастрюлю с водой, чтобы быстрее разморозилось.

— Все так же. Кажется, чуть похуже, чем вчера.

— Ты собиралась сегодня с врачом встречаться...

— Встречалась. Он сказал, что счет идет на недели. Максимум — три месяца. В общем, ничего утешительного. Колбасу сегодня добыла, «Останкинскую». Еще за цыплятами стояла, но мне не хватило. Два часа выброшены из жизни псу под хвост. Зато творог, кажется, хороший, развесной. Бэллочка, что будем из мяса творить? Мне Инка вчера принесла банку соленых огурцов, подарок от Анны Моисеевны, можно рассольник сделать.

— Договорились, — кивнула соседка. — Сделаю рассольник.

— Да я не к тому... — смутилась Наташа.

— А я к тому. Ты и так целыми днями вертишься, как белка в колесе. А я бездельничаю на пенсии.

— Спасибо.

Разобравшись с покупками, Наташа зашла к себе, переоделась в старый спортивный костюм и вернулась на кухню, пора было заниматься ужином. Что бы такое приготовить? Маму нужно будет кормить в девять часов, когда она приедет из больницы, Иринку — когда та проголодается, а это непрогнозируемо, старую Полину — когда та очнется от очередного забытья, вызванного то ли спиртным, то ли болезнью. И только Бэллочка, добрая душа, станет ужинать вместе с Наташей, когда еда будет готова, независимо от того, голодна она или нет. Дети сейчас за городом со своим садиком, а то пришлось бы еще отдельно и их кормить.

— Ты давала сегодня Иринке деньги? — снова послышался голос Бэллы Львовны.

— Два рубля, а что? Она до сих пор не приходила? — озабоченно вскинулась Наташа.

— Нет, как ушла утром, так и не появлялась. Она совершенно не слушается взрослых, Наташенька. С этим надо что-то делать.

— Ну что делать, Бэллочка Львовна? — тоскливо вздохнула Наташа. — Не бить же ее.

— Может быть, следовало бы. Хотя ты меня не слушай, я бог знает что несу. Конечно, бить ребенка нельзя. Достаточно и того, что Коля регулярно избивал несчастную Нину. Добра и ума это не прибавило ни матери, ни дочери. Мне порой с трудом верится, что это моя внучка, дочка Марика.

Да, Иринка — типичный ребенок из неблагополучной семьи, своенравная, плохо успевающая в школе, капризная и непослушная, стремящаяся слишком рано стать взрослой. Последнему немало способствовал и внешний вид девочки, она всегда была высокой, все годы — первая в классе по росту, да и женские формы начала приобретать уже лет в десять. Сейчас ей только четырнадцать, а грудь уже пышнее, чем у Наташи, в бедрах — полноценный сорок восьмой размер, к которому сама Наташа пришла только после вторых родов, в глазах — опасная темная глубина, во взгляде — неприкрытый вызов. Запах табака Наташа впервые учуяла, когда Ире было двенадцать, а в последнее время к этому запаху добавился и запах спиртного. Конечно, за каждым таким случаем следовали длинные воспитательные разговоры, которые вели с девчонкой по очереди Наташа и Бэлла Львовна, но толку от этих разговоров не было никакого. Сегодня утром Наташа дала ей два рубля на кино, мороженое и все прочее, ведь у ребенка каникулы, надо же ей как-то себя развлечь. Но в глубине души она подозревала, что никакого «кина» не будет и мороженого тоже не будет, а будет обычная «складчина» с такими же, как Иринка, арбатскими подростками: крепкие, зато дешевые сигареты «Прима», дешевое вино и пока еще доступные консервы «Килька в томатном соусе». Не водить же ее за ручку целыми днями! И дома не запрешь... Да и бессмысленно ее запирать, у старой алкоголички Полины Михайловны всегда в шкафу есть чем поживиться.

Иринкиного отца Николая, любителя выпить и побуянить, посадили за хулиганство еще в 1975 году, когда девочке было пять лет, а два года назад погибла ее мать, Ниночка. Будучи в стельку пьяной, переходила дорогу в неположенном месте и была сбита не успевшим затормозить водителем. Ира осталась с бабушкой, старенькой пьяницей, которой было совершенно безразлично, где и с кем проводит время ее внучка, лишь бы в конце концов домой приходила. Пока жива была Нина, на Иринку хоть изредка, но находилась управа: мать не жалела ни глотки, ни силы удара, дабы приструнить непослушную дочь. Если в это время дома оказывались Наташа или Бэлла Львовна, воспитательный процесс удавалось ввести в цивилизованные рамки, если же соседей дома не было, Нина давала себе волю до такой степени, что Иринка на некоторое время затихала в своей борьбе за независимость. Теперь же справиться с девочкой становилось с каждым днем труднее.

— Бэллочка Львовна, что же мы с вами делали не так? Мы же всю душу в нее вкладывали, умные книжки читали ей, на хорошие фильмы и спектакли водили, добру учили. Ну почему она такая, а? Может, мы с вами что-то неправильно делаем?

Бэлла Львовна тихонько погладила Наташу по руке:

— Золотая моя, если бы все дело было в воспитании, то у мудреца Сенеки не было бы такого ученика, как развратный и жестокий разрушитель Нерон. Что ты на меня так смотришь? Эта простая, но гениальная мысль принадлежит не мне, это сказал Шопенгауэр. Ты проходила Шопенгауэра в своем институте?

— Да... кажется, — рассеянно ответила Наташа.

На самом деле она совершенно не помнила, изучала ли труды этого немецкого мыслителя в курсе философии. А может быть, его проходили не по философии, а по научному коммунизму? Вполне могло быть, если он говорил что-нибудь о загнивании капитализма и о неизбежности победы пролетариата. Жгуче-неприятное воспоминание заставило ее болезненно поморщиться и на несколько мгновений даже забыть о проблемах Иринки.

— Жизнь показывает, что исправить таких, как наша Иринка, невозможно до тех пор, пока они сами не одумаются и не захотят изменить свой образ жизни, — продолжала между тем Бэлла Львовна, не замечая минутного замешательства Наташи. — И мы с тобой ничего сделать не можем. Придется надеяться, что жизнь стукнет ее по голове, да покрепче, только после такого шока можно надеяться на улучшение.

— Какие ужасные вещи вы говорите, Бэллочка Львовна! Разве можно хотеть, чтобы жизнь стукнула по голове человека, которого ты любишь? Так же нельзя!

— Золотая моя, а иначе не получится. Нельзя приготовить омлет, не разбив яиц. Так не бывает.

Наташа подумала, что Бэлла Львовна, пожалуй, не была прежде такой жестокой. Давно, еще до отъезда Марика, она казалась Наташе воплощением ума, добра и справедливости. Но после того, как ее единственный сын уехал на постоянное жительство в Израиль, соседка стала какой-то другой. Из аэропорта, откуда улетали Марик и его жена Таня, Бэлла Львовна вернулась окаменевшей, с сухими глазами и осунувшимся лицом. До утра следующего дня она не выходила из своей комнаты, утром отправилась на работу, вечером пришла, согрела чайник, унесла к себе и снова скрылась до утра. Так прошло несколько дней. Внешне это была все та же Бэлла Львовна, статная, крупная, гордо несущая красивую голову с тяжелым узлом волос на затылке. Только она ни с кем не разговаривала. Наконец однажды, столкнувшись в коридоре с Наташей, молча поманила ее к себе.

— Марик сказал, что встречался с тобой перед отъездом. — Она с трудом разомкнула губы, и голос ее был неожиданно и непривычно сух и скрипуч.

— Да, — кивнула Наташа.

— И что мы с тобой теперь будем делать? Я имею в виду девочку, его дочь. Мою внучку.

Последние два слова дались ей с еще большим трудом.

— Будем растить.

— У нее есть родители. Нина и этот Николай, который числится ее отцом. И бабка-алкоголичка. Неужели ты думаешь, что они позволят нам с тобой вмешиваться в ее воспитание?

— Не позволят, — покорно согласилась Наташа. — А что же делать?

— Не знаю я, что делать, — с внезапным раздражением сказала соседка, и Наташа испугалась, что сделала или сказала что-то не так, и теперь Бэлла Львовна на нее сердится. — Но я, собственно, о другом. Ты еще очень молода, и у тебя может возникнуть соблазн рассказать всем о том, чем с тобой поделился мой сын. Так вот, я тебя предупреждаю, я тебя заклинаю, не делай этого. Даже если очень захочешь. Даже если тебе покажется, что иначе поступить нельзя, что это принесет пользу Иринке. Молчи. Стисни зубы и молчи.

— Но почему, Бэлла Львовна? Если от этого будет польза, а не вред...

— Кто ты такая, чтобы решать, что есть польза, а что — вред? Тайна отцовства принадлежит только двоим — матери и отцу ребенка, только они вправе этой тайной распоряжаться. Если бы Марик считал нужным громко об этом заявить, он бы сделал это. Если бы Нина хотела, чтобы все узнали, что ее ребенок — полукровка, наполовину еврейка, она бы не стала этого скрывать. В нашей стране выгодно быть евреем, только если ты можешь уехать отсюда. Иринка — еврейка по отцу, а не по матери, и по законам Израиля она считается русской, зато по нашим законам она считается лицом, имеющим родственников за границей, так что ее еврейство не принесет ей ничего, кроме проблем. Кроме того, правда о рождении девочки наверняка разрушит брак Нины. Конечно, муж у нее далеко не самый лучший, но в конце концов она сама его выбрала, так пусть живет с ним, сколько сможет. Ты меня поняла?

— Поняла, Бэлла Львовна, — тихо ответила Наташа.

Они проговорили почти час, и, уже стоя на пороге «синей» комнаты, Наташа вдруг увидела, как постарела ее соседка. Постарела буквально на глазах, всего за каких-нибудь шестьдесят минут. Плечи ссутулились, гордо посаженная голова бессильно опустилась, лицо прорезали глубокие морщины. Иногда, когда человек узнает страшную новость, он какое-то время говорит и двигается так, словно ничего не произошло и никто ему ничего не говорил, и только потом, внезапно, впадает в ступор или в истерику. Наверное, то же самое происходит не только с психикой, но и со всем организмом, который держится-держится и вдруг сникает, как резиновый мячик, из которого разом выпустили воздух.

С того дня Бэлла Львовна снова начала общаться с соседями, но Наташе показалось, что она стала чуть жестче, чуть безжалостнее, чем была раньше. С тех пор прошло двенадцать лет, ум ее по-прежнему оставался ясным, а память — безотказной, она, как и прежде, помнила все дни рождения, юбилеи, годовщины свадеб и дни поминовений, у нее стало еще больше приятельниц, с которыми Бэлла Львовна после выхода на пенсию часами обсуждала по телефону чьи-то семейные дела, новые публикации в толстых журналах, достижения отечественной медицины и погоду. Вот только сердце ее окаменело.

* * *

Получив привезенный женой мичмана Куценко запрос на выдачу пропуска, Наташа на всякий случай отнесла его в милицию. А вдруг ей повезет, и в сестре Люсе проснется если не сострадание к умирающему отцу, то хотя бы совесть, и она приедет, тем самым дав Наташе возможность на несколько дней съездить вместе с детьми к мужу. Однако дорогие импортные лекарства, исправно доставаемые по каким-то неведомым каналам Инной Гольдман, в девичестве Левиной, помогали Александру Ивановичу все меньше и меньше, и он в середине июля скончался.

Люся приехала на похороны, со скорбным видом помогала готовить поминки, снисходительным тоном королевы, разговаривающей с чернью, объявила, что останется в Москве до девяти дней, и не скрывала неудовольствия тем, что на эти девять дней у нее не будет, как прежде, отдельной комнаты. В одной из двух принадлежащих семье Казанцевых комнат жили родители, а теперь — только Галина Васильевна, в другой — Наташа с детьми. Конечно, дети на даче, ее муж Вадим в краткосрочном автономном плавании, он даже не знает о том, что умер его тесть, и Наташа могла бы на время переселиться к матери, уступив старшей сестре ее бывшую комнату, но младшая сестра на этот раз отчего-то не пыталась угодить старшей и пропускала мимо ушей все намеки, которые делала Люся каждые пятнадцать минут с момента своего появления в квартире. Она вела себя так же, как и много лет назад, будто глядя на повседневную суету из-под полуопущенных век с высоты своей башни из слоновой кости, но если прежде для Наташи старшая сестра ассоциировалась с чем-то бело-золотым, хрупким и недостижимым, то теперь это была сорокашестилетняя хмурая женщина с тонкими злыми губами и заметной сединой, женщина, в которой девическое изящество сменилось высушенностью, а отстраненно-таинственное немногословие — сварливостью.

На третий день после похорон, когда все трое — мать и две дочери — вернулись с кладбища, Галина Васильевна прилегла отдохнуть, а Люся внезапно сказала сестре:

— Мне нужно с тобой серьезно поговорить.

Они пошли к Наташе. Та, по привычке, выработанной годами дружбы с Инной, забралась на диван с ногами, как делала всегда, когда предстоял важный или интересный разговор, и ожидала, что Люся присядет рядом. Однако старшая сестра, сохраняя на лице неприступность Снежной Королевы, уселась за стоящий у окна квадратный обеденный стол.

— Я хочу тебе помочь, — начала Люся без предисловий.

— Спасибо, — улыбнулась Наташа. — А в чем?

— Твоя карьера в кино явно не складывается. Тебе нужны хорошие сценарии, по которым можно было бы снять прекрасные фильмы. Тогда о тебе заговорят, ты станешь известной.

— Люсенька, сценарии нужны режиссерам, а я — сценарист, я сама пишу сценарии, — начала было объяснять Наташа, полагая, что сестра, может быть, добросовестно заблуждается, принимая ее за режиссера.

— Не делай из меня идиотку, — холодно оборвала ее Люся. — Я прекрасно знаю, что ты сценарист. Только ты плохой сценарист, бездарный, вот я и хочу тебе помочь.

Слова прозвучали как пощечина. Никто не говорил Наталье Вороновой, что она — гений, но и бездарностью никто не называл, напротив, ее всегда хвалили за умение «выжимать слезу», создавая мелодраматические коллизии. И еще у нее было хорошее чувство слова. Да, в изобретении сюжетов Наташа была слабовата, у нее частенько не хватало фантазии на то, чтобы придумать историю, но зато она писала такие диалоги, находя такие точные, емкие и проникающие прямо в сердце слова, что слезы наворачивались на глаза даже при чтении текста, а уж когда эти слова произносились хорошими актерами... К своим двадцати девяти годам она выступила соавтором сценариев двух полнометражных художественных фильмов, трех короткометражек и единолично написала сценарии двух документальных фильмов, один из которых даже был очень хорошо отмечен прессой, а другой — про пожары — получил премию МВД. Премию ей вручал сам министр внутренних дел Щелоков. Один известный режиссер посоветовал Наташе полностью переключиться на документалистику:

— Да, вы не умеете делать сюжеты. Но вы умеете находить слова, которые попадают прямо в сердце. И вы очень хорошо чувствуете зрительный ряд. Знаете, сколько было разных лент, призывающих бороться за противопожарную безопасность? Десятки, если не сотни. И на них люди умирали от скуки. А вы написали сценарий и, главное, закадровый текст для еще одного такого фильма — и у зрителей ком в горле стоит, они переживают и плачут по каждому погибшему пожарнику, по каждому задохнувшемуся в дыму ребенку. Я прекрасно помню ваши работы, которые вы представили при поступлении во ВГИК, я же был в приемной комиссии. И меня поразило ваше умение работать с чувствами через слова, хотя сюжетная основа у вас и тогда хромала на обе ноги. У вас редкий дар, Наталья Александровна, а вы пытаетесь растратить его впустую, создавая сценарии с прекрасными диалогами, но с чудовищно слабыми сюжетами.

Она не обиделась на этого маститого режиссера, потому что понимала: он прав. Ни один из ее самостоятельно написанных сценариев художественных фильмов не был одобрен и утвержден. Зато как гордилась она и как радовалась, когда ее приглашали в соавторы к признанным мастерам сюжета именно для того, чтобы она поработала с диалогами. Нет, никогда и никто не называл сценариста Воронову бездарной. И вот услышать такое от родной сестры...

— Почему ты решила, что моя карьера не складывается? — сдержанно спросила она, стараясь не выдать вспыхнувшую обиду.

— Но тебя же никто не знает! — Люся сказала это с терпением учителя, объясняющего элементарное правило арифметики. — Если бы ты была талантливой, то была бы известной. Это очевидно. Вот Эмиль Брагинский, который пишет сценарии для Рязанова, — он талантливый, и вся страна знает его имя.

— Помнится мне, ты с ума сходила по фильмам Марлена Хуциева, считала их гениальными, на «Июльский дождь» бегала по всем захудалым домам культуры, только бы еще раз посмотреть. Кстати, не ты одна такая, с тобой большинство населения согласится, и я тоже. А кто написал сценарии этих фильмов, ты знаешь? Уверена, что нет, — насмешливо поддела ее Наташа, которая никак не хотела верить в серьезность этого разговора, настолько бредовыми казались ей высказывания сестры. — А сценарии к фильмам Гайдая кто писал? Эти фильмы побили все мыслимые рекорды посещаемости кинотеатров у нас в стране. Имя режиссера все знают, а имя сценариста? Только узкий круг друзей и профессионалов. Что ты вообще знаешь о сценаристах, что с важным видом берешься судить о нашем таланте и нашем успехе?

Последние слова Наташа почти выкрикнула, насмешливость оказалась полностью раздавлена обидой на сестру, и не только за то, что она говорила сейчас, в этой комнате, а вообще за все, что она сделала в своей жизни. За то, что оттолкнула маленькую Наташу, не разрешив ей жить вместе с собой в одной комнате, за то, что не приехала повидаться с умирающим отцом и помочь матери и сестре ухаживать за ним, за то, что обижала родителей невниманием и грубостью. За то, что ее любил Марик.

— Истеричка, — презрительно бросила Люся. — Типичный синдром неудачницы. И не устраивай мне экзамен. Я хочу тебе помочь. Вот, возьми. — Она наклонилась и достала из стоящей у ног дорожной сумки несколько толстых папок.

— Что это?

— Рукописи. На их основе ты сможешь сделать настоящие сценарии. Любой режиссер ухватится за них обеими руками. Это будет потрясающее кино.

— Что за рукописи? — с подозрением спросила Наташа.

— Романы. Повести. Есть несколько рассказов. Прочтешь — увидишь.

— А кто автор?

— Естественно, я. Кто же еще?

— Ты?!

Наташа в изумлении уставилась на сестру, не веря услышанному.

— Ну я, я. — В голосе Люси проскользнули нотки усталого раздражения. — Что ты на меня уставилась?

— Просто я не знала, что ты пишешь... — пробормотала Наташа.

— Естественно, — надменно кивнула сестра. — Этого никто не знал.

— А почему ты это не публикуешь? — коварно спросила Наташа. — Получила бы гонорар, да и славу заодно.

Ей по роду работы приходилось немало общаться с

писателями и драматургами, и она примерно представляла себе, по каким основаниям издательство может отклонить рукопись. Интересно, что ей скажет Люся, чтобы не уронить свое поистине королевское достоинство?

— Потому что если это будет опубликовано, то любой сможет написать на основе моих произведений сценарий. Ты, как всегда, все проспишь, найдутся другие, более умные, которые поймут, что это — золотая жила, и вся слава достанется им. Я хочу помочь тебе, моей сестре, а не кому-то неизвестному.

— Но ты кому-нибудь это показывала? Кто-нибудь из специалистов читал твои рукописи?

— Естественно, нет.

В глазах сестры промелькнуло и сразу же исчезло выражение затравленности.

— Почему? — продолжала допытываться Наташа.

— Потому что не хотела, чтобы это публиковали. Ну как ты не понимаешь таких простых вещей? Я хотела сохранить это для тебя.

Все ясно, подумала Наташа. Люся показывала свои рукописи в каких-то издательствах, наверное, по почте посылала, ей отказали, и теперь она считает, что редакторы — полные невежды, не сумели разглядеть в ее творениях ту самую золотую жилу, зерна гениальности и признаки грядущей славы. Впрочем, редакторы и в самом деле частенько руководствуются конъюнктурными соображениями, а вовсе не художественной ценностью произведения, и книгу о генсеке принимают и публикуют на ура, а по-настоящему хороший роман о любви или детектив отклоняют, потому что такая литература не призывает бороться за строительство светлого будущего. Как знать, может быть, и вправду у Люси талант. Может быть, она написала хорошие романы и повести. В конце концов, должно же в Люсе быть хоть что-то, за что ее так любил Марик. Скрытый дар, невидимый огонь, неслышимая обычным ухом музыка...

Из задумчивости ее вывел голос сестры — оказывается, Люся продолжала что-то говорить, а Наташа ее совсем не слышит.

— ...половину гонорара отдашь мне. И чтобы в титрах было указано, что фильм снят по моему роману, больше я ни на что не претендую.

— Ты сильно рискуешь, — рассеянно произнесла Наташа, продолжая думать о Марике. Она так и не смогла изжить в себе привычку думать о нем каждый раз, когда по тем или иным причинам вспоминала свою первую любовь.

— Почему? Чем я рискую?

— Я могу написать плохой сценарий, даже очень плохой, я же бездарная, как ты сама говоришь. И его не примут, и никто не будет снимать по нему фильм. Или возьмутся, снимут — а он провалится. Разгромные рецензии, в лучшем случае — прокат вторым экраном, в худшем — ленту положат на полку, и зрители никогда ее не увидят. Не боишься? Может, лучше предложить твои произведения более талантливому сценаристу? А лучше — прямо сразу режиссеру с мировым именем, тогда уж точно провала не будет. Бондарчуку, например, или Герасимову. Или твоему любимому Хуциеву. А?

Люся, казалось, не заметила явной издевки. Она молча смотрела в окно, наблюдая за облаками. Потом соизволила обернуться и перевести взгляд на сестру.

— Я хотела тебе помочь. Но если ты настолько бездарна, что можешь даже по хорошей книге написать плохой сценарий, то тогда действительно лучше не рисковать. Покажи мои работы, кому сочтешь нужным.

— То есть против кандидатуры Хуциева или Герасимова ты не возражаешь?

Наташу начал откровенно забавлять этот разговор, даже обида на Люсю отодвинулась на второй план. И откуда у нее такое безоглядное самомнение? Откуда эта уверенность в том, что она — совершенство и все, что она делает, не имеет недостатков? Однако в последней реплике Люся все-таки уловила сарказм, и он ей почему-то не понравился.

— Ты что, смеешься? Шутишь? — прищурив глаза, спросила она.

— А как ты думаешь?

— Знаешь, дорогая, твое чувство юмора всегда было тупым, а уж проявлять его в такое время по меньшей мере неуместно.

— В какое «такое» время?

— Папа только что умер. Как ты можешь шутить?

— Знаешь, дорогая, — невольно передразнила сестру Наташа, — папа умер не только что, а шесть дней назад. Если ты забыла, то хочу тебе напомнить, что умирал он почти год, и врачи ничего от нас не скрывали, так что мы с мамой не питали никаких иллюзий. Мы давно приготовились к тому, что его скоро не будет с нами. Так что я, в отличие от тебя, дорогая, его смерть уже много месяцев назад пережила, когда только узнала, какой ему поставили диагноз.

— Ты что, упрекаешь меня в том, что я не бросила свою семью и не примчалась сюда ухаживать за папой?

— Ну что ты, нет, конечно, — мягко сказала Наташа.

— У меня маленький ребенок...

— У меня тоже, даже двое. И при этом муж живет в другом городе.

— Но тебе мама помогает, и потом, ты живешь в коммунальной квартире, тебе всегда есть на кого оставить детей. А у меня муж — инвалид второй группы, он мне не помощник, я все сама, все сама!

— Люся, давай не будем заниматься подсчетами и выяснять, у кого из нас двоих жизнь легче. Когда ты выходила замуж за инвалида второй группы и в сорок один год рожала первого ребенка, ты знала, на что идешь. Ты сама сделала свой выбор, насильно тебя никто не тянул.

— А ты стала злой, — неодобрительно заметила Люся. — Злой и недоброжелательной. Откуда в тебе это?

— Я стала взрослой. Просто ты слишком давно меня не видела. Я не могла всю жизнь оставаться маленькой девочкой, восхищенно заглядывающей тебе в глаза.

— Вероятно, теперь ты рассчитываешь, что сможешь смотреть на меня сверху вниз? — с прежним высокомерием спросила Люся.

— Что ты, дорогая, так далеко даже моя фантазия не заходит.

— Послушай, почему ты меня так не любишь?

Наташа вздрогнула и недоверчиво посмотрела на сестру. Неужели в ее голове могла зародиться мысль о том, что ее кто-то не любит? Невероятно! И это с ее-то самооценкой!

— Я тебя люблю. Не выдумывай, — равнодушно ответила она.

— Ты всегда мне завидовала. Я была старше и красивее, и ты пыталась прилепиться ко мне, ходила за мной хвостом и приставала, чтобы я взяла тебя с собой. Тебе даже в голову не приходило, что при такой огромной разнице в возрасте у нас с тобой не могло быть ничего общего. Ты совершенно не умела чувствовать дистанцию, ты относилась к взрослым как к своим ровесникам и не понимала, что им с тобой скучно, что ты им мешаешь. Это старая дура Бэлла тебя испортила, внушила тебе, что ты, шмакодявка, можешь быть интересна взрослому человеку. Неужели ты не понимаешь до сих пор, зачем она это делала?

— Не смей так говорить о Бэллочке! — вспыхнула Наташа. — Она добрый, умный, чудесный человек. Если бы не она и не Марик, неизвестно, что бы со мной стало. Только благодаря им я чего-то достигла.

— Ой господи, да чего ты достигла-то?! Замуж выскочила в двадцать три года? Детей нарожала? Так это ты и без Бэллы сумела бы. А еще что? Твоя ненаглядная Бэлла спала и видела втереться в нашу семью, чтобы женить на мне своего сына. Потому и тебя приваживала. А ты небось решила, что она к тебе искренне привязана?

Наташе стало тошно. Впервые за двадцать девять лет жизни она усомнилась в уме своей старшей сестры, которая на протяжении многих лет была ее кумиром, вознесенным на недосягаемую высоту. Боже мой, и эти мерзкие слова произносит принцесса из бело-золотой башни! Да нет же, эти слова говорит стареющая женщина, просидевшая в девках почти до сорока лет в ожидании прекрасного принца, так и не дождавшаяся и вышедшая замуж от полного отчаяния за художника-оформителя из другого города, инвалида второй группы с тяжелым заболеванием сердца. Это говорит бывшая красавица, лелеявшая свою красоту, но угробившая свое очарование в борьбе за признание собственной неординарности. Она искренне верила в то, что ей предназначена другая судьба, отличная от судеб всех остальных людей, живущих рядом, и до сих пор не может смириться с тем, что ожидания не оправдались. И не дает ей покоя мысль о том, что Марик, которым она пренебрегла и которого демонстративно не замечала, теперь живет в благополучной сытой Америке, а она покупает мясо и масло по талонам, выстаивает многочасовые очереди в магазинах в попытках купить детскую одежду и выслушивает от своего супруга длинные жалобы на несправедливую жизнь, которая не дает развернуться его таланту живописца. И не может она смириться с тем, что ее младшая сестра, глупая и некрасивая, так рано и удачно вышла замуж, не за пьяницу и бездельника, а за подводника с высокой зарплатой. Эта шмакодявка украла у Люси ее успех, ее счастливую семейную жизнь в Москве!

Наташа смотрела на темный силуэт сестры на фоне

светло-серого вечернего неба, разрывалась между отвращением и жалостью и думала о том, что Люся стала похожа на старую ворону. Да, именно так. Не сказочная принцесса в башне из слоновой кости, а старая ворона на старом высохшем дереве.

В тот же вечер, когда Галина Васильевна и Люся улеглись спать, Наташа открыла верхнюю из сложенных на столе папок и принялась читать. Все оказалось даже хуже, чем она предполагала. Нудные, растянутые и бесформенные, как многократно стиранные свитера из плохой шерсти, истории про молодых людей середины шестидесятых. Они все, как один, тонко чувствуют поэзию Евтушенко, Окуджавы и Ахмадулиной, тайком переписывают с магнитофона на магнитофон песни Галича, собираются большими компаниями, бредят романтикой целины, тайги и профессии геолога и то и дело впадают в глубочайшую депрессию оттого, что их никто не понимает. У всех героев родители — косные и глупые, с устаревшими взглядами, не приемлющие современную, отходящую от «сталинско-советских» нормативов культуру, боящиеся открытости и искренности и постоянно конфликтующие на пустом месте со своими взрослыми детьми. И разумеется, в каждом произведении, будь то роман, повесть или рассказ, в центре повествования стоит главная героиня, до мельчайших деталей похожая на Люсю. В нее все влюбляются, а она всех отвергает, ибо не находит среди своего окружения единственного достойного себя. В конце героиня пытается покончить с собой, потому что не в состоянии больше жить рядом с людьми, которые не понимают ее утонченную душу, но ее спасают, и в этот момент появляется ОН — известный литератор (художник, музыкант, режиссер), случайно оказавшийся либо на месте суицида, либо в больнице, куда «Скорая» привозит неудавшуюся самоубийцу. Разумеется, сей прекрасный принц немедленно очаровывается всеми скрытыми и явными достоинствами героини и предлагает ей руку и сердце. Она долго мучается, потому что боится благополучной и успешной жизни, которая непременно должна привести к полному обуржуазиванию и сытому самодовольству, но потом находит некоторый баланс между сохранением прежних пристрастий и возможностью раскрыть и полностью реализовать свои недюжинные таланты. Бегло просматривая страницу за страницей, Наташа отчетливо понимала, что в каждом произведении

Люся воплощала свои мечты и придумывала ту жизнь, которой хотела бы жить, но которая у нее не получилась. И не потому, что сама Люся недостаточно хороша, а потому что так и не нашлось того единственного, кто смог бы увидеть и оценить всю глубину ее тонкой и неординарной души. Такого человека просто нет в той стране, в которой вынуждена проживать свою жизнь необыкновенная и прекрасная девушка Людмила Казанцева. Именно это и является причиной ее жизненных неудач, ибо в своих достоинствах Люся, что очевидно, ни секунды не сомневается. Одним словом, читать все это было скучно, и Наташа ясно видела, что ни хорошего сценария, ни тем более хорошего фильма из такого материала не сделаешь. И вообще, сегодня, в 1984 году, мало кому могут быть интересны молодые люди середины шестидесятых.

Но что сказать Люсе? И как сказать? Жестко и открыто, не стесняясь и не выбирая выражений? Ведь Люся не постеснялась назвать Наташу бездарностью, так почему теперь Наташа должна стесняться сказать сестре то же самое? Или пощадить ее самолюбие, сказать, что ее повести и романы представляют несомненный интерес для экранизации, и тем самым дать Люсе и повод, и право продолжать считать себя умной и талантливой, щедро и бескорыстно жертвующей изрядную долю своей одаренности глупой и неудачливой младшей сестре? А может, все-таки сказать правду и тем самым вызвать на себя поток обвинений в зависти и в непонимании настоящей литературы?

На часах уже половина пятого утра. Часа через три Люся проснется и первым делом спросит у Наташи, прочла ли она хотя бы одну повесть. И нужно будет что-то отвечать. Но можно, в конце концов, сказать, что не прочла ни страницы, потому что устала и заснула. Это, конечно, выход, хотя на самом деле это лишь небольшая отсрочка, ведь Люся пробудет здесь еще неделю и непременно потребует, чтобы Наташа прочла рукописи.

Сна не было, и Наташа, накинув халатик, пошла на кухню, чтобы сделать себе чай. Едва успела она зажечь газ, как по коридору зашаркали старческие неуверенные шаги — Полина Михайловна. Наташа слишком давно и хорошо знала свою соседку, чтобы хоть секунду сомневаться: Полина хочет опохмелиться, у самой нечем, а будить соседей ночью совесть все-таки не позволяет. Три дня назад пожилая женщина от души выпила на поминках Александра Ивановича и потом периодически заглядывала к Казанцевым с разговорами о том, что на второй день нужно непременно помянуть, чтобы «покойнику легче лежалось», на третий — чтобы он не держал зла на тех, кто остался, и так далее. Все понимали, что старуха просто хочет выпить, молча наливали ей и подносили нехитрую закуску, не обращая внимания на выражение крайнего негодования на сухом Люсином лице.

— Чего не спишь-то? — послышался у Наташи за спиной сиплый голос.

— Не спится, Полина Михайловна, вот чайку хочу выпить.

— От бессонницы не чай надо пить. Другие средства есть, получше.

— Ну так я вам другого и налью, — вяло улыбнулась Наташа, доставая из холодильника початую бутылку «Пшеничной» — спасибо все тому же Славе Брагину, и с похоронами помог, и с продуктами для поминок. И жене его Рите спасибо огромное, в день похорон в семь утра примчалась, весь стол на себя взяла, а ведь труд немалый — на сорок с лишним человек наготовить. Конечно, она не одна была, ей еще две женщины помогали — подруги Галины Васильевны, но ведь они уже немолодые, за семьдесят, без Риты не справились бы.

Полина Михайловна с шумным всхлебом опрокинула в себя стопку водки и потянулась к открытой банке соленых огурцов, предусмотрительно выставленной Наташей из холодильника.

— Светлая память. Хороший был мужик Александр Иваныч. И ты хорошая баба, Наташка, душевная. А вот Люська ваша — стерва. И морда у ней злюща.

— Она не стерва, Полина Михайловна. Она несчастная. От Иринки ничего не слышно?

— А чего от нее может быть слышно? В деревне телефонов нету, в район не наездишься. Не бойся, не пропадет твоя Иринка, в деревне за ней пригляд хороший, там Колькина родня ее в ежовых рукавицах держать будет. У них не забалуешь.

— Ну дай-то бог.

Каждое лето Иринку отправляли на Урал, где в деревне жили родственники Николая. Сам Николай, отсидев положенное, к жене и дочери не вернулся, затерялся где-то, однако его тетка, к которой Иринку возили с малолетства, к девочке привязалась и с радостью ждала ее, не обращая внимания на семейные проблемы племянника. Да и Иринка ездила туда с удовольствием, за много лет она подружилась со своими деревенскими ровесниками и прекрасно проводила с ними время.

— Уж не знаю, чего там кому бог дает, — Полина Михайловна сочно хрустнула огурцом, — а только не нам. Ириночку осиротинил, сперва отца посадили, потом мать убили. За что, спрашивается? За какие такие грехи дите малое наказал? У тебя вот тоже отец помер, а ведь жить бы да жить еще Александру Иванычу, светлая ему память. Только эта живет, как сыр в масле катается. Вот ты мне скажи, отчего такая несправедливость? Почему этой все, а мы страдать должны?

«Этой» Полина Михайловна упорно называла Бэллу Львовну. Несколько лет назад в пьяном запале она не уследила за своим рвущимся наружу антисемитизмом и произнесла — как выплюнула: «эта жидовка». Последовавшая за этим сцена надолго отпечаталась в дырявой памяти старенькой пьянчужки. Обычно строго-красивое Наташино лицо перекосилось от отвращения и брезгливости, а голос невольно сорвался на визг. Казалось, еще секунда — и она оторвет старухе голову. С тех пор Полина Михайловна за собой старалась следить и, произнося первое слово «эта», второе молча проглатывала.

— Как вам не стыдно, Полина Михайловна, — с упреком произнесла Наташа. — Бэлла Львовна сына потеряла.

— Как же, потеряла она, — проворчала старуха. — Жив-здоров, в Америке своей баклуши бьет, а мы тут в нищете должны...

— Перестаньте. — Наташа поморщилась, убрала в холодильник бутылку водки и банку с огурцами, выключила газ под закипевшим чайником, налила в чашку заварку. — Если бы Марик остался здесь, вам богатства бы не прибавилось. Ваша нищета — не его вина. А для Бэллы Львовны он все равно что умер, ведь она никогда его не увидит. Понимаете? Никогда не увидит.

— Ох, добрая ты, Наташка, всех жалеешь, обо всех заботишься. Только тебя одну никто не пожалеет, никто о тебе не позаботится, — запричитала Полина, стараясь уйти от опасной темы: она заметила, как недобрым огнем сверкнули Наташины глаза.

— У меня муж есть, он обо мне заботится. И пожалеет, если нужно будет.

— Да где он, этот твой муж-то?

— Под Мурманском, в Западной Лице.

— То-то, что в Лице этой, а не в Москве. Чего ж тестя хоронить не приехал? Бросил тебя одну на все про все.

— Он в плавании, я же вам говорила.

— Знаем мы эти плавания. А ты проверяла? Сказать-то все, что угодно, можно, а на самом деле как оно? Доверчивая ты, Наташка, тебя каждый вокруг пальца обвесть может. Нельзя людям верить без оглядки, они как твою веру почуют — так моментом на шею сядут. Ты меня послушай, я плохого не посоветую. Осторожнее надо быть.

Этот разговор Полина заводила уже не в первый раз, тема Наташиной безоглядной доверчивости и всеобъемлющей доброты, заставлявшей молодую соседку всем помогать и обо всех заботиться, была излюбленной у Иринкиной бабки-алкоголички. Наташа не пыталась ни спорить со старухой, ни переубеждать ее в чем бы то ни было, она прекрасно понимала, что главной целью этих «задушевных» бесед было внедрение в Наташино сознание мысли о том, что надо бы о них, то есть о Полине и ее внучке, заботиться получше, иными словами, не ограничиваться продуктами и одеждой для девочки, но и бабушке подбрасывать «на лекарства». Намеки Наташа пропускала мимо ушей, ибо знала, что «лекарство» у Полины всегда только одно — спиртное.

Наташа уселась на табуретку в уголке между холодильником и кухонным столом, обхватила пальцами обеих рук большую чашку с горячим чаем и устало прикрыла глаза. Полина надоела ей смертельно, и не только в эту их предутреннюю встречу, а вообще. Но приходится держать себя в руках хотя бы ради Иринки. Не дело это, если девочке придется жить рядом с постоянно конфликтующими бабушкой и соседкой. Полина продолжала что-то бубнить о том, как бедненькую Наташу обманывают все, кому не лень, и в первую очередь ее муж, а Наташа вспоминала, как точно так же много лет назад сидела на кухне, в этом самом уголке, и ждала звонка Вадима...

* * *

...Летом семьдесят четвертого года Инка уговорила Наташу поехать в Ленинград.

— Ты же белых ночей ни разу в жизни не видела! — округляя глаза, говорила лучшая подруга. — И вообще,

204

Ленинград — это что-то! Это невозможно рассказать, это надо увидеть и самой почувствовать.

Поехать очень хотелось, но было боязно.

— А где мы будем жить? — осторожно спрашивала Наташа, понимая, что в гостиницу они устроиться не смогут.

— У кого-нибудь из команды, — беспечно махнула рукой Инка. — Летом у многих хаты пустые.

— Команда? — непонимающе спросила Наташа. — Что это?

— Ой, ну это долго объяснять, приедем — сама увидишь.

Наташа не заставила себя долго уговаривать, она давно мечтала посмотреть северную столицу. Дорога обошлась совсем недорого, билеты на дневной поезд стоили всего 9 рублей, а им как студенткам полагалась скидка. Выйдя из здания Московского вокзала, Инка повела Наташу по Невскому проспекту.

— А куда мы идем? — полюбопытствовала Наташа.

— В «Сайгон». Сейчас как раз десять вечера, обязательно кого-нибудь найдем.

— А что такое «Сайгон»? — не отставала Наташа. — Это что, общежитие, где живут вьетнамские студенты?

Инка хохотала, но ничего внятного не отвечала, ограничиваясь туманными обещаниями, что Наташа «сама увидит». «Сайгоном» оказался кафетерий на углу Невского и Владимирского проспектов. Девушки вошли внутрь, и почти сразу же раздался чей-то голос:

— О, Инка!

Раздвигая толпящихся вокруг высоких столиков посетителей, к ним двигался длинноволосый симпатичный парень в джинсах и странного вида свитере крупной вязки с неровными заплатками. Инка повисла у него на шее.

— Ты меня ждал?

— Гюрза сказала, что ты вроде сегодня должна прикатить.

— Познакомься, это Наташа, моя подруга. А это Сережа Вери Гуд.

В течение следующих пятнадцати минут Наташу напоили крепчайшим кофе, от которого у нее началось сердцебиение, и познакомили с некоторыми членами «команды», для которой кафетерий был сборным пунктом. Все они показались ей веселыми и доброжелательными, хотя общались между собой на таком жаргоне, который она не всегда понимала. И почти все имели какие-то непонятные прозвища, например, Гюрзой называли девушку с большими красивыми глазами и густыми заплетенными в косу волосами. Другую же девушку называли Гремучкой, по-видимому, за то, что рот у нее не закрывался ни на минуту, она все время что-то рассказывала и при этом постоянно сама себя перебивала собственным же смехом. Одеты они были с вызывающей небрежностью, но Наташин наметанный глаз видел, что небрежность эта, как говорится, «дорогого стоила», и рваные джинсы, и заплатанные рубашки и свитера, холщовые сумки с корявой вышивкой, а также сарафанчики, надетые поверх теплых рубашек, вовсе не свидетельствовали о бедственном материальном положении своих хозяев.

Вскоре появились еще несколько человек — трое молодых людей и две девицы, — и вся компания не спеша двинулась в сторону набережной Невы. Инка накрепко прилипла к Сереже со странным прозвищем Вери Гуд, и Наташа поняла, что это и есть тот самый парень, в которого Инка была влюблена вот уже два месяца. Они познакомились в Москве, куда Сережа с друзьями из «команды» приезжал на два дня «проветриться», и с тех пор разумная и спокойная Инка Левина совершенно потеряла голову. Двигались, разбившись на группы по два-три человека. Рядом с Наташей шел невысокий прихрамывающий парень по имени Антон, многозначительно-мрачный и немногословный. Узнав, что Наташа учится во ВГИКе, он начал, медленно цедя слова, доказывать ей, что советский кинематограф давно умер, и памятником ему должен служить фильм Тенгиза Абуладзе «Мольба»: дескать, лучше этого все равно никогда никто в нашей стране не снимет. Наташа сперва активно включилась в дискуссию, но вскоре примолкла, поняв, что Антону ее мнение вовсе не интересно, ему интересен только он сам. Да и ей, честно говоря, собеседник только мешал: она наслаждалась необычным ощущением светлого вечера, когда солнце уже зашло, а темнеть еще не начало, и одновременным знанием того, что уже почти полночь.

Прогулявшись по набережной, дошли до Михайловского замка. Из обрывков разговоров Наташа поняла, что сейчас будут репетировать какую-то пьесу. Все это было необычно и радостно волновало девушку: такой знакомый по фильмам, книгам и фотографиям и в то же время незнакомый город, белая ночь, симпатичные общительные ребята, сразу принявшие ее как свою, ночная репетиция... Пока все рассаживались, кто на камнях, кто прямо на земле, Наташа уже начала было мечтать о том, какой замечательный сценарий можно было бы сделать на этом материале, ведь перед ее глазами сейчас проходит совсем другая жизнь, неизвестная ни москвичам, ни жителям других городов, ни даже самим питерцам.

«Команда» — это особый мир, дружная веселая семья, в которой умеют ценить прекрасное и разбираются в искусстве и в которой никто никому не навязывает свое мнение и свой вкус. Затаив дыхание, она ждала начала репетиции...

И уже спустя несколько минут испытала разочарование. Пьеса оказалась претенциозной, чрезмерно «эстетской», перегруженной символами по принципу «чем непонятнее — тем лучше». Мысленно Наташа назвала ее «полухипповым декадансом». Да и не пьеса это была, а нечто вроде символа пьесы, то есть выходили персонажи и произносили тексты, но ни внутренней структуры, ни драматургии, ни развития образов в ней не просматривалось. Однако разочарование довольно быстро растаяло, уступив место обычной для Наташи восторженности: да, пьеса плохая, но разве это главное? Главное в другом: ведь есть же, есть в наше время молодежь, ищущая новые пути в искусстве и новые способы самовыражения, есть добрые и открытые ребята, которые стремятся к философским разговорам, к познанию жизни, а не к тому, чтобы выхлестать очередную бутылку в скверике или на детской площадке, а потом на радостях набить кому-нибудь морду. Об этом обязательно надо рассказать на комсомольском собрании, может быть, даже проявить инициативу и добиться, чтобы о «команде» сняли документальный фильм к очередному съезду ВЛКСМ.

Часа в четыре утра собрались расходиться по домам. Наташу вместе с Инной пригласил к себе Сережа Вери Гуд, его родители уехали в отпуск, квартира пустая.

— Слушай, это, наверное, неудобно, — зашептала Наташа, отведя подругу в сторонку.

— Ну чего неудобного-то? Он же сам зовет, хата пустая.

— Он тебя зовет. А я вам там только мешать буду. Попроси Сережу, пусть он поговорит с ребятами, может, я у кого-то другого переночую.

— Ой, ну и балда же ты, Натка! — рассмеялась Инна. —

Александра Маринина

Да ты знаешь, какая у него хата? Туда хоть полк солдат приведи, никто никому мешать не будет.

Наташа плохо представляла себе такую квартиру, в которой никто никому не мешает, но, в конце концов, все бывает, ведь еще сутки назад она и «команду» не смогла бы представить, а если бы ей рассказали — не поверила бы, что такие ребята существуют.

Вери Гуд жил прямо на Невском проспекте, и, едва войдя в квартиру, Наташа ахнула: таких хором она и впрямь представить себе не могла. Огромный округлой формы холл, в который выходили двери шести комнат и из которого уходил коридор на кухню и в ванную с туалетом.

— А это точно не коммуналка? — Наташа тихонько тронула Инну за плечо. — Мы соседям не помешаем?

— Да ты что? — возмутилась Инна. — Отдельная квартира. У Сережи отец — главный режиссер театра. Какая может быть коммуналка?

Вери Гуд тем временем распахнул дверь одной из комнат и выразительно посмотрел на Наташу:

— Натка, оцени камеру. Устроит?

Она робко заглянула в комнату, не решаясь переступить порог. Старинная мебель, тяжелые портьеры, на стенах картины в золоченых багетах, огромное количество статуэток и очаровательных фарфоровых безделушек. Господи, да как же здесь спать? Сюда даже войти страшно!

— Чья это комната? — осторожно спросила Наташа.

— Сейчас ничья. Раньше была бабкина, но бабунок благополучно скончался пару лет назад, оставив свое дворянское наследие грубым потомкам. Диван видишь?

— Вижу.

— Вот и отлично. Белье в шкафу. Сортир — направо по коридору, там же ванная. Устраивайся как дома, не стесняйся.

Наташа и глазом не успела моргнуть, как Сережа и Инна скрылись в одной из соседних комнат, причем она даже не смогла точно увидеть, в какой именно. Не привыкшая к безалаберности, девушка испытывала неловкость оттого, что не успела договориться с подругой о планах на утро. Непонятно было, когда вставать, когда и что завтракать, нужно ли будить ее и Вери Гуда или следует терпеливо ждать, когда они сами соизволят выползти из своей комнаты. Можно ли уйти самой? И когда можно вернуться? Да и можно ли? Ключей у нее нет, и номера телефона в этой квартире ей тоже сообщить не удосужились.

Уснула Наташа около половины шестого, а в девять уже была на ногах. Спать не хотелось и сидеть в этой чужой квартире тоже не хотелось, ведь там, за окном, был чудесный, неповторимый, волшебный город, в который она приехала впервые в жизни и в котором ей так много хотелось посмотреть. Эрмитаж, Петродворец, Адмиралтейство, Казанский и Исаакиевский соборы, Летний сад, Петропавловская крепость, Русский музей, Александро-Невская лавра, кони Клодта на Аничковом мосту, место дуэли Пушкина на Черной речке... А вместо этого она вынуждена сидеть в четырех стенах, созерцая старинные картины и изящные статуэтки, оставшиеся от бабушки Сережи Вери Гуда, и ждать, когда он и ее подруга Инка очнутся после любовных утех.

Первый день в Ленинграде прошел бездарно. Сережа и Инка проснулись далеко за полдень, лениво слонялись по квартире, пили чай, Сережа кому-то звонил, с кем-то договаривался, постоянно повторяя девушкам:

— Сейчас один человечек придет, принесет диск (книгу, кассету, журнал, деньги), и пойдем.

«Человечек» приходил, приносил, потом Сережа снова куда-то звонил и снова просил подождать очередного визитера. Наташа безропотно ждала, не желая создавать напряжение и мешать личной жизни любимой подруги. Наконец они действительно вышли из дома, только было уже почти восемь вечера, и о посещении музеев можно было забыть. Наташа надеялась, что сможет увидеть хотя бы часть из того, о чем мечтала, ведь вечером и ночью совсем светло, но Сережа повел девушек сначала на улицу Марата, где они зашли в какую-то квартиру и отдали кому-то книгу, потом на улицу Жуковского, где в большой коммуналке на двенадцать семей жила Гремучка. У Гремучки они долго пили кофе с печеньем, после чего уже вчетвером отправились на Литейный проспект, зашли за членом «команды» по прозвищу Шеф и только потом двинулись в «Сайгон». Дальше повторилось все то же самое, что было накануне: крепкий кофе, общий треп, бесцельные прогулки по ночному городу с периодическими заходами к кому-то в гости.

Наташу охватила тоска. Она поняла, что они снова лягут лишь под утро, потом Инка с Сережей продрыхнут до середины дня, потом будут лениво слоняться по квартире, потом начнут бродить из дома в дом. Разве для этого она сюда ехала?

— Инка, ты не обидишься, если я буду существовать по отдельному расписанию? — решительно спросила Наташа. — Только надо поговорить с твоим другом насчет того, когда я смогу приходить и уходить.

— Нет проблем. — Вери Гуд весело выхватил из кармана и подбросил в воздух связку ключей. — Держи. Приходи и уходи, когда захочешь. Бабкина комната в твоем распоряжении.

Сжимая заветные ключи в руке, Наташа радостно бросилась на Невский, в квартиру Вери Гуда, чтобы поскорей лечь спать и прямо с раннего утра начать жить по собственному графику. Проблему питания она решила, как ей казалось, довольно удачно. Рядом с домом, где жил Вери Гуд, напротив кинотеатра «Художественный» находилось молочное кафе, работавшее с восьми утра, где можно было поесть вкусно и дешево. В меню Наташа обнаружила нечто под названием «фруктовый суп», который на поверку оказался обыкновенным компотом из сухофруктов, в который добавили вареный рис. И вкусно, и питательно, и стоило сущие копейки. Еще там можно было съесть сосиски, оладьи, стакан сметаны с черным хлебом, творог. В этом кафе Наташа плотно завтракала и так же плотно ужинала, перебиваясь в течение дня газировкой, мороженым или булочками с изюмом.

На третий или четвертый день самостоятельного ознакомления с достопримечательностями города она добрела до Адмиралтейства и присела на лавочку, чтобы немного отдохнуть и вдоволь налюбоваться сверкающим на солнце шпилем. Упершись глазами в изящный кораблик на шпиле, она не заметила, как рядом с ней на скамейку упала чья-то тень.

— Наташа? — неуверенно произнес низкий мужской голос.

Она подняла глаза. Перед ней стоял высокий красивый юноша в военно-морской форме, черноволосый, темноглазый. Так похожий на Марика...

— Господи, Вадик!

Наташа радостно вскочила и схватила его за руки.

— Как ты меня узнал? Как ты здесь оказался? Неужели ты меня не забыл?

Вопросы сыпались из нее один за другим. Она все не могла поверить, что перед ней стоит тот самый Вадик, с которым она гуляла по вечерам в Сочи и который, будучи всего на год старше, учил ее тому, что мужчина должен помогать женщине, а женщина просто обязана принимать помощь мужчины, что это не только не стыдно, но, наоборот, правильно, потому что только такая расстановка сил делает мужчину мужчиной, а женщину — женщиной.

— Почему я не должен был тебя узнать? — басил Вадим. — Ты осталась точно такой же, как была, только стала старше и лучше. Почему я должен был тебя забыть? У меня с памятью все в порядке, склерозом я не страдаю. Как я здесь оказался? Я здесь учусь. Вот прямо в этом здании, в Адмиралтействе.

Оказалось, Вадим Воронов учится в Высшем военно-морском инженерном ордена В. И. Ленина училище имени Ф.Э.Дзержинского, на специальном факультете.

— И кем ты будешь, когда закончишь училище?

— «Какаду», — со смехом ответил Вадим.

— Какаду? — не поняла Наташа. — В смысле — птицей, попугайчиком?

— Это у нас так называют КаГэДэУ — командиров групп дистанционного управления. Чтобы тебе было понятно — они управляют ядерными реакторами на подводных лодках. А ты чем занимаешься? Учишься или работаешь?

— Учусь во ВГИКе, на сценарном отделении.

— Второй курс закончила?

— Первый.

— Почему? — удивился Вадим. — Ты же всего на год моложе меня, я третий курс закончил, значит, ты должна закончить второй. Не поступила с первого раза, что ли? Ты же такая умница.

— Так получилось. Не такая уж я умница.

— Неужели экзамены завалила? — не поверил Вадим. — Ты же отличницей была в школе, сама говорила, я помню. Обманывала небось?

— Да нет. — Наташа рассмеялась, с удивлением чувствуя, как легко и радостно ей с этим, в сущности, чужим парнем. — Просто дурака сваляла. Это на актерское можно поступать с бухты-барахты, приходить на прослушивания, туры сдавать. Если у тебя есть талант — его увидят. А на сценарное нужно работы представить. Ты же не можешь прийти и сказать: здрасьте, я хочу быть сценаристом, только никто не знает, получится это у меня или нет, вы меня поучите пять лет, деньги потратьте, трудоустройте, а там посмотрим.

— Логично, — кивнул Вадим. — А что надо сказать?

— Надо сказать: здрасьте, вот мои работы, посмотрите, пожалуйста, и вынесите свое решение — есть смысл учить меня пять лет сценарному ремеслу или нет. Но об этом надо было еще в девятом-десятом классе думать, а я почему-то решила, что моего «пятерочного» аттестата вполне достаточно для допуска к экзаменам. Короче, после школы я еще год работала в райкоме комсомола, в культмассовом секторе, и писала повести и пьесы.

Со следующего дня у Вадима начинался отпуск, и он собирался уезжать домой в Мурманск, но после встречи с Наташей решил задержаться в Ленинграде, чтобы со знанием дела показать ей все, что, на его взгляд, стоило посмотреть. Несколько дней они провели, расставаясь только на несколько часов, чтобы поспать (привести Вадима в квартиру Веры Гуда Наташа не решалась, хотя была уверена, что Сережа возражать не станет). Наконец настал день отъезда, Наташу на вокзале провожал Вадим, а Инку — несколько человек из «команды» во главе с Вери Гудом.

Когда поезд тронулся, Инка выхватила у Наташи подаренный Вадимом букет цветов, уткнулась в него лицом и расплакалась.

— Ты чего, Инуля? — испугалась Наташа. — Ты же только что такая веселая была, хохотала так, что весь перрон на тебя оглядывался. Что случилось?

— Я два месяца ждала этой встречи... — захлебывалась слезами Инна. — Приехала к нему, трахалась с ним десять дней, а он притащил на вокзал всю эту кодлу, вместо того чтобы хоть попрощаться со мной наедине, хоть последние минуты вдвоем провести. Ну как так можно, я не понимаю! Может, он меня совсем не любит?

— Может, — спокойно согласилась Наташа. — Вполне может и не любить. А может, и любит, только не понимает, как надо себя вести. В любом случае это не повод убиваться.

— Тебе хорошо говорить, тебя Вадим один провожал и вон какой букет подарил, а Вери Гуд даже и не подумал цветы принести. Хоть бы одну ромашечку захудалую приволок, просто как знак внимания... У, ур-род! Ни за что больше к нему не приеду.

— А вот это ты зря, — покачала головой Наташа. —

Ты просто неправильно оцениваешь ситуацию. Для тебя твой приезд в Питер и десять ночей, проведенных в постели Вери Гуда, это любовь со всеми вытекающими отсюда последствиями. А для него это совсем другое. Для Вери Гуда твоего секс — это способ дружеского общения. Есть желание — трахнемся, нет желания — так поспим, но на отношения это не влияет. Ты приехала общаться с «командой», ну, допустим, не со всей, а с ее отдельными членами, но именно общаться, то есть разговаривать, обмениваться мыслями и впечатлениями, гулять, болтаться, ходить по гостям. Если при всем этом наличествует секс — то и ради бога, это никого ни к чему не обязывает. Поэтому интимно прощаться с тобой наедине Сереже и в голову не пришло. Ты приехала к «команде» — тебя провожает «команда». И цветы в этой ситуации совершенно неуместны.

Инна медленно подняла лицо от пышных головок махровых белых гвоздик и недоуменно взглянула на подругу:

— Ты это серьезно? Ты действительно так думаешь?

— Конечно.

— То есть ты считаешь, что я ему ни капельки не нравлюсь?

— Да нравишься ты ему, нравишься, иначе он бы тебя в постель не поволок. Но это другой тип людей, Инуля, это люди, для которых сексуальный интерес — это не только не повод для женитьбы, но даже и не повод для знакомства. Ты пойми, они хотят выстроить свою жизнь непохожей на жизнь своих родителей, но в то же самое время они хотят сохранить все удобства этой жизни. Как бы тебе объяснить... Вот я, например, была совершенно очарована ребятами из «команды» в первый вечер, мне казалось, что это такая редкость среди сегодняшней молодежи — искренний интерес к глубокому философскому искусству, попытки что-то творить, что-то свое, оригинальное, особенное. Я же в комсомольской культмассовой работе крутилась и примерно представляю, что такое современная молодежь. А потом, когда я попала в дом к Сереже твоему, еще к кому-то, еще к кому-то... У меня словно глаза открылись.

— Да? И что ты увидела? — с подозрением спросила Инна.

— Я увидела, что эти ребята пытаются отрицать идеалы социализма и коммунизма, что они пытаются строить из себя скрытых антисоветчиков, но делать это в полную силу, открыто и громко, у них кишка тонка. Потому что у всех или почти у всех папы и мамы с положением и деньгами, и рисковать теми преимуществами, которые дают эти деньги, они не очень-то готовы. Вот Дима, например...

— Какой Дима?

— У него прозвище Шуллер. Такой блондин с веснушками.

— А, да, — рассеянно кивнула Инна. — И что там с Димой?

— Да ничего особенного. Власть критиковать он мастер, а чтобы откосить от армии, его папочка купил ему справку о психзаболевании. То есть трудности переносить он не хочет, тяготы ему не нужны, ему нужна папина теплая квартирка и папины возможности устроиться в жизни. Я по-другому скажу, чтобы понятнее было. Они хотят показать, что они особенные, но, если бы у них было побольше душевных сил, они бы стали настоящими хиппи, отказались бы от материальных благ, ходили босиком, ездили автостопом и спали на голой земле в палатках. А они хотят и особенность свою отстоять, и благами цивилизации воспользоваться в полном объеме. Тогда в чем особенность? А в стиле отношений. В образе жизни. Днем спать — ночью гулять. Не иметь четкого плана на ближайшее время, как волна вынесет — так и ладно. С упоением обсуждать сложные и малопонятные произведения искусства, делая вид, что понимаешь всю их глубину. Не делать из секса проблемы, есть — хорошо, нет — тоже отлично. Твой Вери Гуд — чудесный парень, только не обманывай сама себя и не жди, что после десяти бурных ночей он станет твоим на всю оставшуюся жизнь. И не смей из-за этого расстраиваться, слышишь?

Наташа поцеловала подругу и вытерла своим платком слезы с ее лица. Ей было одновременно смешно и грустно, ведь Инка — такая разумная, такая рассудительная и мудрая, и вдруг так вляпаться! Осторожно забрав у Инны свой букет, она примирительно сказала:

— Я совершенно серьезно считаю, что Сережа Вери Гуд — очень приятный и славный парнишка, и буду искренне рада, если у вас все сложится. Но я не хочу, чтобы ты переживала, если он поведет себя не так, как ты от него ожидаешь. У него другая система отсчета, у него совсем другие правила поведения с девушками.

214

— Ты просто завидуешь, — внезапно вспыхнула Инна. — У нас с Сережей все так здорово, и тебе завидно.

— У нас с Вадимом тоже все здорово, — с улыбкой заметила Наташа. Она и не думала обижаться на подружку, ибо очень хорошо помнила свои страдания по Марику и те слова, которыми ее пыталась тогда утешить Инка. Эти слова тоже казались влюбленной Наташе обидными, хотя по прошествии времени она оглянулась на те многочасовые беседы с подругой и поняла, что Инна ни в коем случае не хотела обидеть ее, она лишь хотела смягчить душевную боль и использовала при этом присущее ей здравомыслие с легким налетом цинизма. Лекарство оказалось вполне действенным, и Наташа не видела ничего зазорного в том, чтобы обратить против Инки ее же оружие.

— Твой Вадим — сухарь, скучный вояка, у которого все по часам и минутам расписано. А Сережа — он такой... Он необыкновенный!

Инка снова собралась плакать, и на этот раз Наташа решила ей не мешать. Поднеся гвоздики к лицу и вдыхая их слабый, едва ощутимый аромат, она погрузилась в мысли о Вадиме. Действительно ли он скучный сухарь? Инке вполне могло так показаться, потому что она вся — полет, порыв, она жаждет острых ощущений и сильных впечатлений, она обожает неожиданные повороты и сломя голову бросается в авантюры. А Наташа любит порядок и стабильность, за те годы, в которые ей пришлось совмещать учебу, спорт и общественную работу, она привыкла следить за временем, беречь его, четко планировать свою жизнь на недели и месяцы вперед. И в этом смысле Вадим подходил ей как нельзя лучше. Он никогда не опаздывал, и Наташе ужасно нравилось, что он не говорил «вечерком, примерно в половине десятого», а только «в двадцать один тридцать». Он был спокойным и надежным; если они договаривались на следующий день сходить в Русский музей, а потом на речном трамвайчике прокатиться до Петродворца, то к их утренней встрече у Вадима был готов поминутный распорядок дня, составленный таким образом, чтобы все успеть. При этом он умудрялся заранее узнать, в каких залах музея в данный момент экспонируются наиболее интересные работы, чтобы непременно их посмотреть, и какие именно залы Петродворца открыты, а какие закрыты на реставрацию, а также расписание движения катеров. Вадим рассказывал ей множество интересных вещей об истории и архи-

Александра Маринина

215

тектуре города, и Наташа подозревала, что он каждый вечер готовился к следующему экскурсионному дню, читая по ночам книги и листая альбомы и путеводители. Она понимала, что делает это Вадим вовсе не для того, чтобы произвести на нее впечатление и показаться знающим, а исключительно из доброты: нищая студентка собрала деньги на эту поездку, впервые оказалась в Ленинграде, и нужно помочь ей увидеть и узнать как можно больше, чтобы с таким трудом собранные средства не оказались потраченными впустую. Нет, Вадим совсем не скучный и не сухарь, он добрый и великодушный, он такой ласковый и так замечательно целуется...

Из Ленинграда в Москву девушки тоже ехали дневным поездом в «сидячем» вагоне. Вадим сказал, что вечером непременно позвонит и узнает, как они добрались. И вот, вернувшись домой, Наташа стала ждать звонка. Телефон висел на стене в общем коридоре, ближе к входной двери, и ей все время казалось, что она не услышит звонка. Самой ближней к телефонному аппарату была комната Люси — бывшая комната Славы и Риты Брагиных, старшая сестра обычно первой брала трубку, да ей и звонили чаще, чем другим. Родители уже ложились спать, и Наташа опасалась, что, когда Вадим позвонит, Люся выскочит из своей комнаты и раздраженным голосом отчитает его за поздний звонок, а сама Наташа подбежать к телефону не успеет, потому что ей придется выбираться из комнаты в темноте и на цыпочках, чтобы не потревожить папу с мамой. Она заняла свой пост на кухне, в том самом уголке между столом и холодильником, и стала ждать...

Они поженились в семьдесят восьмом, когда Наташа закончила институт, а Вадим был уже старшим лейтенантом и командиром группы дистанционного управления. В восьмидесятом году родился их первенец, которого назвали Сашенькой в честь Наташиного отца, в восемьдесят первом — Алешка, названный в честь отца Вадима. И им так хотелось девочку!

* * *

Вадим вернулся из плавания и сразу же прилетел в Москву — как раз на девять дней. Люся собиралась уезжать на следующий день, и эти сутки превратились для Наташи в серьезное испытание. Во-первых, Люся с такой откровенной злостью смотрела на мужа младшей сестры, что всем вокруг становилось неловко. Ее просто в бешенство приводил этот статный красавец, капитан третьего ранга, командир дивизиона движения подводной лодки, который так нежно и не скрываясь любил свою жену — «неудачницу и бездарность». А во-вторых, неизбежно наступал момент, когда Наташе придется отвечать на вопрос о рукописях. Люся непременно захочет прояснить ситуацию до своего отъезда, а Наташа так и не решила, в каком направлении построить разговор.

— Что тебя так мучает? — спросил Вадим поздно вечером, когда все разошлись по своим комнатам. — Я же вижу, это не из-за папы. Что-то другое. Из-за папы ты бы плакала, а ты терзаешься.

Наташа обняла мужа, покрепче вжалась лицом в его плечо.

— Ничего от тебя не скроешь, все-то ты видишь.

— Вот и не скрывай. Так что случилось?

Пришлось поведать ему эпопею с Люсиными литературными потугами.

— И что, это совсем плохо? — спросил Вадим, внимательно выслушав ее рассказ. — Совсем никуда не годится?

— Вадик, миленький, меня жизнь давно научила не выставлять оценок и не говорить «плохо» или «хорошо». Может быть, то, что она написала, безумно талантливо, даже гениально. Но мне — понимаешь? лично мне — это не нравится. И я не хочу писать сценарии на основе этих бредней.

— Ну вот и отлично. — Вадим погладил ее по обнаженной спине, поцеловал в висок. — Так и скажи Людмиле Александровне.

Он упорно именовал сестру жены по имени-отчеству, демонстрируя пиетет перед ее возрастом, а на самом деле прикрывая этим глухую неприязнь, возникшую в нем в ответ на Люсину откровенную ненависть, которую та ухитрилась выставить на всеобщее обозрение еще до свадьбы.

— Но она будет считать, что я так говорю из зависти к ее таланту. Или скажет, что я полная идиотка и ничего не понимаю в настоящей литературе. Она уверена, что написала прекрасные вещи, а те, кто считает иначе, просто не в состоянии постичь их невероятную глубину. Вадик, что мне делать, а? Что мне ей сказать, чтобы она не обиделась? И чтобы при этом душой не покривить?

— Так, минуточку. — Вадим приподнялся на подушке, чтобы лучше видеть Наташино лицо. — Ты для начала четко поставь цель. Чего ты хочешь? Чтобы Людмила Александровна не обиделась, чтобы она не считала тебя идиоткой или чтобы ты смогла сохранить уважение к себе? Сначала надо определить цель, а потом разрабатывать стратегию ее достижения.

— А три цели нельзя поставить?

— Можно, если они совместимы. В данном же случае так не получается.

— Вадичек, а можно поставить задачу совместить эти три цели?

Вадим от души рассмеялся, прижал Наташу к себе, снова поцеловал.

— Умница. Жизнь с военным наложила на тебя свой отпечаток. Задачу поставить можно, только следует иметь в виду, что когда ты собираешься совмещать три противоречащие друг другу цели, то сначала ты должна продумать, до какой степени эти цели можно модифицировать, видоизменить, чтобы они не потеряли изначального смысла и одновременно приобрели способность совмещаться с другими целями.

— А попроще нельзя? — жалобно попросила Наташа.

— Можно попроще. Ты хочешь купить норковую шубу, потому что тебе зимой не в чем ходить. При этом денег у тебя не хватает, а брать в долг большие суммы ты не считаешь возможным. У тебя две цели — шуба и жизнь без долгов. Как эти цели совместить? Сначала модифицируешь цель под названием «шуба», прикидываешь, обязательно ли это должна быть норка, или можно что-то попроще, мех подешевле. Может быть, не длинная шуба, а короткая, это тоже путь к экономии. А может быть, вообще шуба должна быть не из натурального меха, а из искусственного. Только нельзя доводить цель «шуба» до масштабов «курточка из плащевки», потому что тогда потеряется изначальный смысл: та вещь, которую ты хочешь купить, должна греть в морозы. Это и есть допустимый предел модификации цели. Потом начинаешь точно так же работать со второй целью — «жизнь без долгов». Прикидываешь, сколько денег у тебя есть, думаешь, какие вещи можно отнести в комиссионный, подсчитываешь, сколько можно взять в долг с тем расчетом, чтобы отдать с первой же зарплаты. И таким образом, двигаясь постепенно, совмещаешь обе цели. Идея понятна?

— Понятна, Вадичек, — пробормотала Наташа сонным голосом. — Я буду думать. Давай спать, нам с утра еще на рынок ехать. И вообще, завтра день тяжелый.

Назавтра было воскресенье, в выехавшем на дачу детском саду — родительский день, и Наташа с Вадимом собирались навестить сыновей. Электричка уходила с Казанского вокзала в 9.32, но до этого нужно было успеть купить на рынке клубнику, черешню и персики — мальчики их так любят! Домой следовало вернуться не позже четырех, чтобы успеть проводить на поезд Люсю.

К детям их не пустили — в садике объявлен карантин, у нескольких детишек пищевое отравление.

— Ну хоть ягоды передайте, — умоляла Наташа, — они их любят. Я их несколько раз в кипяченой воде промыла, на них ни одного микроба нет, я вам гарантирую.

— Да вы что, мамаша, — возмущенно зашипела на нее воспитательница. — Увозите свои ягоды, сами их ешьте. У нас карантин, я же вам ясно сказала.

— А вы не можете позвать наших мальчиков, а? Алеша Воронов из младшей группы и Саша Воронов из средней. Ну пожалуйста!

— Ничего не могу сделать, контакты с родителями запрещены, — твердо заявила мегера в белом халате. — Уезжайте домой. И не вздумайте через забор детей звать. Если увижу — детей накажу, так и знайте, за вашу безответственность ваши сыновья отвечать будут.

— Да почему же безответственность! Ну вы поймите, я — мать, а это мой муж, их отец, он моряк-подводник, служит на Севере, он почти год мальчиков не видел, мы соскучились по своим детям, нам бы хоть одним глазком на них посмотреть...

— Езжайте, мамаша, езжайте. У меня уже язык отсох с каждым объясняться, вон посмотрите, сколько родителей приехало — и никого не пускаем. Нельзя.

Действительно, рядом с воротами вдоль забора уныло слонялись женщины с набитыми гостинцами и игрушками сумками. Многие сидели на корточках, уткнувшись носами в щели между досками и высматривая своих чад на территории садика. Наташа с Вадимом тоже побродили, то становясь на цыпочки и заглядывая поверх забора, то опускаясь на колени и отыскивая щель пошире, но увидеть мальчиков им так и не удалось. Наташа ужасно расстроилась, потому что Вадим не смог повидаться с сыновьями. Ей все-таки легче, она в прошлое воскресенье к ним приезжала и в следующее приедет, и вообще они весь год рядом с ней, а муж не видел детей десять месяцев, в кои веки вырвался на три дня в Москву — и такая неудача!

— Как я их всех ненавижу! — в сердцах бросила Наташа, когда они шли по пыльной дороге к железнодорожной платформе. — Это садисты какие-то, которых специально придумали, чтобы мучить детей и их родителей.

— Ты не права, — спокойно возразил Вадим. — Карантин есть карантин. Родителей пускать нельзя и передачи брать тоже нельзя. Она права.

— Кто права? — взорвалась Наташа. — Эта выдра?! Эта мразь, которая с нами разговаривала, словно мы ей тысячу рублей должны?

— Успокойся. — Вадим обнял ее за плечи, прижал к себе. — Она действительно хамка и разговаривала с нами в непозволительном тоне. Но по существу она поступила правильно. Ей дали команду «не пущать» — она и не пущает. Она выполняет свой долг, отрабатывает свою зарплату. Что ты от нее хочешь? Чтобы она тебя пожалела, вошла в твое положение, а потом получила выговор?

— Я не понимаю, почему, если несколько детей съели что-то не то, остальным детям нельзя общаться с родителями! Я не понимаю, кто придумал это идиотское правило! И зачем его придумали! Нет, я понимаю, я все понимаю! Это специально сделали, чтобы мы все были зависимыми, чтобы нас можно было унижать по каждому поводу, чтобы мы чувствовали свою ничтожность и слабость и заискивали перед ними, взятки им давали, конфеты в коробках носили!

У нее началась истерика. Наташа рыдала, молотила кулаками в грудь Вадима, захлебывалась, выплескивая наружу все напряжение, скопившееся за долгие месяцы болезни отца. Его смерть, похороны, обиды на сестру, страх за явно слабеющую мать, постоянная тоска по живущему в другом городе мужу, хроническая тревога за неуправляемую Иринку — все выходило из нее со слезами, рыданиями и такими детскими беспомощными ударами, которых мускулистый Вадим, похоже, даже не чувствовал. Он дал жене выплакаться, не обращая внимания на прохожих, с любопытством поглядывающих в их сторону. Потом довел до платформы, усадил на скамейку и начал кормить темно-бордовой, почти черной сладкой черешней. До ближайшей электрички было еще сорок минут, и, когда подошел поезд, оказалось, что Наташа, сама того не заметив, съела все предназначавшиеся сыновьям фрукты.

— Давай погуляем, — предложил Вадим, когда они приехали в Москву и вышли на Комсомольскую площадь.

Наташа посмотрела на часы. Они обещали вернуться к четырем, чтобы проводить Люсю, а сейчас только без четверти два. Действительно, лучше погулять, побыть вдвоем, чем сидеть дома и вымученно общаться с вечно недовольной сестрой. Они нырнули в метро, проехали две остановки от «Комсомольской» до «Кировской», вышли на Чистопрудный бульвар и медленно пошли вдоль Бульварного кольца в сторону Арбата. Народу вокруг было мало, летними воскресными днями Москва пустела — все разъезжались на дачи и садовые участки. Они шли, держась за руки, разговаривали, и постепенно Наташа стала чувствовать, как к ней возвращаются душевное равновесие, спокойствие и обычно присущая ей уверенность в своих силах, которые она вдруг потеряла там, за городом, после неудачной попытки увидеть своих детей. Вообще Вадим всегда так на нее действовал: что бы ни случилось, как только он оказывался рядом, все проблемы начинали казаться разрешимыми, а все расстройства и обиды — пустячными.

— Хочешь мороженого? — спросил он, когда они проходили мимо киоска.

— Мороженого? — удивленно переспросила Наташа. — Да нет, не хочу. Что я, маленькая?

— А когда маленькая была — любила?

— Конечно. Все дети любят мороженое.

— Раз раньше любила, значит, и теперь любишь, — уверенно сказал Вадим, покупая ей трубочку «Бородино». — А соку хочешь? Давай я тебе еще сок возьму, яблочный или виноградный.

— Да что с тобой? — рассмеялась Наташа. — Ты не забыл, сколько мне лет? Я же твоя жена, а не дочка.

— Ты не понимаешь. Мы с тобой все время жили врозь, ты в Москве, а я сначала в Ленинграде, потом в Лице. Переписывались, перезванивались, а когда удавалось встретиться, то, извини за подробности, из постели не вылезали. И вот мы сейчас с тобой идем по Москве, держимся за руки, и я вдруг подумал, что мы давно уже женаты, у нас двое сыновей, а ведь я за тобой так толком и не поухаживал. Мороженым тебя не угощал, когда тебе было девятнадцать, в кафе не водил, цветов не дарил.

— Неправда, — горячо возразила Наташа, сразу вспомнив тот букет белых махровых гвоздик, который в поезде Ленинград—Москва обильно поливала слезами влюбленная Инка Левина, — и цветы ты мне дарил, и в кафе водил.

— Мало дарил. И мало водил. По пальцам можно пересчитать, сколько раз. Но это не потому, что я невнимательный, а потому что мы мало бывали вместе. Вот я и хочу по мере возможности это восполнить хотя бы сейчас.

Намерение свое Вадим осуществил и, пока они дошли до дома в переулке Воеводина, почти силком заставил Наташу съесть три порции разного мороженого, два эклера, выпить кофе и бокал шампанского, а также принять в подарок букетик тюльпанов и охапку полевых цветов, купленных за рубль у какой-то бабульки.

В квартиру они вошли, когда на часах было без двадцати четыре. Наташу немного удивила странная тишина, ведь перед отъездом обычно бывает много суеты, вещи постепенно выносят в прихожую и все время проверяют, не забыли ли чего. Люся говорила, что поезд у нее в семнадцать часов с минутами, значит, сборы должны быть в самом разгаре. Однако по коридору никто не ходил, и из кухни голоса не доносились. Наташа юркнула в свою комнату, достала большую вазу, сходила в ванную, чтобы налить в нее воды, поставила цветы. Глубоко вздохнула.

— Ну что, Вадичек, праздник кончился, начинаются суровые будни. Пойду объясняться с сестрицей. Сколько веревочке ни виться, а разговаривать все равно придется.

— Мне пойти с тобой? — предложил он.

— Да нет, спасибо. Люсе не нужны лишние свидетели ее позора.

— А тебе моральная поддержка тоже не нужна?

— А я возьму с собой вот это, — Наташа зажала в кулаке маленький кусочек янтаря с застывшей в нем мухой — давний подарок Вадима, — и буду знать, что ты со мной, у меня в кармане. Ну, я пошла.

Она открыла дверь в комнату матери и остолбенела. Галина Васильевна мирно дремала на диване, укрывшись пледом, а Люся сидела у стола и читала толстую книгу. «Мама заболела! — мелькнула первая мысль. — Ей стало плохо, вызывали «неотложку», сделали укол, теперь она уснула, и Люся не может собрать вещи, боится маму потревожить».

— Что с мамой? — шепотом спросила Наташа, с трудом сдерживая нарастающую панику.

— Ничего особенного, — вполголоса ответила сестра, пожимая плечами. — Мама спит.

— Ты собралась? Вещи уложила?

— Нет.

— Почему? У тебя поезд через час с небольшим. Ты же опоздаешь.

— Я никуда не уезжаю.

— То есть как?

— Молча. Сегодня я не уезжаю.

— Но у тебя билет... — растерялась Наташа.

— Я его поменяла. Мы уезжаем послезавтра.

— Мы? — Наташа решила, что ослышалась.

— Да, мы. Мы с мамой.

— Что?!

— Что слышишь. Мы с мамой уезжаем в Набережные Челны. Послезавтра. Мама едет со мной.

— Надолго?

— Навсегда. Ты что, не понимаешь? — В голосе сестры снова появилось ставшее привычным за последние дни раздражение. — Мама будет жить со мной. То есть я хотела сказать — с нами.

— Но почему? — Наташа все никак не могла взять в толк, о чем говорит Люся. — С какой стати? Мама прожила в Москве всю жизнь, у нее здесь подруги, здесь я, мои дети — ее внуки. Здесь папина могила, наконец! Почему она уезжает? Зачем? Разве ей здесь плохо? И почему она ничего не сказала мне?

— Ты, ты, во всем и всегда ты! — Люся понизила голос до шепота, но Наташе показалось, что сестра визжит так, что лопаются барабанные перепонки. — Здесь ТЫ, здесь ТВОИ дети. Она ничего не сказала ТЕБЕ. А обо мне ты подумала? Здесь ты и твои дети, а там — я и мой ребенок. И мама о своем решении сказала МНЕ. Она будет жить со мной, потому что... — Люся на мгновение запнулась, потом продолжила: — Ей со мной будет лучше.

— Мама будет жить с тобой, потому что ты решила, что тебе нужна ее помощь, — тихо и медленно произнесла Наташа. — Ты не справляешься со своей семьей, и ты решила выдернуть из устоявшейся привычной жизни семидесятилетнюю женщину, чтобы сделать из нее домработницу. Неужели тебе не стыдно?

— Почему мне должно быть стыдно? — Сестра снова заговорила надменно и высокомерно, даже шепот не мог скрыть ноток презрения в ее интонациях. — У меня маме будет лучше и легче, потому что я смогу за ней ухаживать, а если ты думаешь, что я рассчитываю на мамину помощь, так имей в виду, что у меня всего один ребенок, и муж у меня есть. Если же мама останется здесь, с тобой, то ты взвалишь на нее заботы о двоих детях, при этом твой муж помогать не будет, потому что его все равно что нет. Это ты, а не я, хочешь сделать из мамы домработницу. А я хочу уберечь ее от этого.

Все Люсины доводы были шиты белыми нитками, Наташа это отчетливо понимала. Сестра хотела увезти с собой мать, чтобы та помогала ей по хозяйству, освободив Люсе время для написания ее бессмертных романов. Ну что ж, тогда заодно и о романах поговорим. Наташа сунула руку в карман джинсов, достала кусочек янтаря и покрепче сжала его в кулаке.

— Давай выйдем на кухню, а то маму разбудим. Я хочу поговорить о твоих рукописях.

В глазах сестры мелькнуло беспокойство, граничащее с паникой, но уже через мгновение на ее лице снова была маска абсолютной уверенности в своей непогрешимости.

— Ты всё прочла? — спросила она, усаживаясь на табуретке за стол Бэллы Львовны.

Наташа заняла привычное место в уголке между холодильником и своим столом.

— Да, всё.

Она сделала паузу, чтобы подобрать нужные слова, но Люся не выдержала:

— И что ты молчишь? Ты будешь делать из этого сценарии?

— Нет, дорогая, не буду.

— Почему?

— Потому что это не мои идеи, не мои слова, не мои чувства. Это не я придумала. Я не могу работать с материалом, который идет не из моей головы и не из моего сердца. Ты понимаешь? Я могу писать только авторский сценарий, а не экранизацию.

— Ты дура! — внезапно взорвалась Люся. — Ты непроходимая дура! Тебе в руки дают такой материал, причем дают бесплатно, просто так, дарят! Неужели ты настолько тупа и бездарна, что не можешь из такого богатейшего материала сделать приличный сценарий? Ты никогда не напишешь сама ничего толкового, неужели ты до сих пор этого не поняла? У тебя нет и не будет никогда собственных мыслей и чувств, из которых можно сделать хорошее кино, так пользуйся хотя бы тем, что создают другие!

Наташа долго готовилась к этому разговору и после вчерашних объяснений Вадима о совмещении несовместимых целей придумала, как и что скажет сестре. Она решила, что не будет давать никаких оценок Люсиным романам, а просто сошлется на то, что не может делать экранизацию, потому что не в состоянии правильно понять и донести до зрителя те мысли, которые не она сама продумала и прочувствовала. И Люсе не обидно, и сама Наташа при такой постановке вопроса не выглядит человеком, неспособным понять высокое творчество. Теперь же вся ее разумная и приправленная добротой и деликатностью стратегия полетела в тартарары. Она больше не может это слушать, она больше не хочет терпеть Люсино безмерное самомнение, она больше не считает возможным делать вид, что все нормально. Всему есть предел, и сестринской любви тоже.

— Не смей называть меня дурой, — ровным голосом ответила Наташа, вполне владея собой и с удивлением ощущая неизвестно откуда взявшееся хладнокровие. — И не смей называть меня тупой и бездарной. Тебе никто не давал права оценивать мои способности. Именно поэтому я не оцениваю качество твоих произведений. Но если ты считаешь, что один человек вправе оценивать другого, то я скажу тебе все, что думаю о твоих графоманских писульках. Так как, Люсенька? У тебя два варианта: либо ты берешь свои слова назад и извиняешься передо мной, здесь же и сейчас же, либо ты услышишь мнение профессионального критика о своих романах и повестях. Выбор за тобой.

Она слышала слова, которые произносила какая-то другая женщина, сидящая в этой же кухне, женщина в таких же дешевых индийских джинсах за двадцать четыре рубля, купленных лет десять назад, с такими же, как у Наташи, рыже-каштановыми коротко остриженными волосами, с таким же голосом и таким же лицом, но все равно это была не настоящая Наташа. Настоящая Наташа сейчас сжалась до размеров собственного кулачка, в котором притаилась частичка Вадима, дающая ей силу переступить через привычное отношение к сестре, разорвать порочное сочетание любви, сочувствия, понимания и жалости и вырваться наконец на свободу.

Люся долго и с интересом разглядывала младшую сестру. Постепенно выражение любопытства, смешанного с недоумением, уступило место холодной ярости.

— Где мои рукописи? — сухо спросила она.

— Сейчас принесу.

Наташа ушла к себе, вернулась со стопкой папок и с грохотом бросила их на кухонный стол Бэллы Львовны. Люся бережно собрала папки и молча ушла в комнату.

* * *

В тот же вечер Наташе позвонил знакомый режиссер с телевидения.

— Наталья, есть классная халява. Гостелерадио заказало цикл из пяти документальных фильмов о проблемах несовершеннолетних. Школы, ПТУ, комсомольские инициативы, тимуровцы там всякие, детская безнадзорность, неблагополучные семьи, малолетние преступники и все такое. Я первым делом о тебе подумал, ты же у нас такие душераздирающие тексты сочиняешь.

— А какой формат? — сразу поинтересовалась она.

— Двадцать минут. Пять по двадцать — сто минут, сорок процентов максимум — живые интервью, остальные шестьдесят минут, если не больше, — авторский текст. Как тебе, а? И деньги серьезные, заказ с самого верха пришел, в ЦК решили вплотную заняться нашей молодежью.

Предложение было соблазнительным. И работа большая, и гонорар приличный, а то в последнее время Наташе доставались все больше крошечные документальные фильмы «о родных просторах» или передовом опыте на производстве, которые показывали в кинотеатрах перед художественными фильмами и которые вызывали у зрителей, жаждущих посмотреть «Фитиль», кислую мину и стоны разочарования. Но вот как быть с собственными планами на личную жизнь? Коль мама все равно уезжает с Люсей, а до 15 августа есть еще две недели, Наташа собиралась взять детей и вместе с Вадимом уехать в Западную Лицу.

— А какие сроки?

Может быть, проект находится только в стадии подготовки, до написания сценариев дело пока не дошло и она все-таки успеет побыть с мужем, пока у того не начнется «первая задача».

— Сроки... — режиссер замялся, и Наташа поняла, что со сроками какие-то проблемы. — В общем, как говорится, срок — вчера.

— Почему так? — насторожилась она. — Вы что, давно занимаетесь этим проектом?

— Давно, — признался режиссер. — Нас сценарист подвел. Да ты его знаешь: Кудряков.

— Кудряков? — пораженно переспросила Наташа. — Он уже лет двадцать как запойный алкоголик. Я думала, он давно не работает.

— Да мы тоже так думали. А тут нам звоночек, мол, привлекайте Кудрякова к работе, он опытный мастер, в прошлом сделал несколько фильмов о подростках. Мы уж и так, и эдак отбрыкивались, но ни в какую, уперлись наверху, и все, подавай им Кудрякова. Видно, какой-то его старый дружбан решил своего собутыльника поддержать. Короче, он написал пять страниц и ушел в запой. План горит, с трудом продление срока выбили, теперь на тебя вся надежда. Ты у нас девушка ответственная и непьющая. Наталья, выручай, а то нам всем головы поотрывают, и мне в первую очередь.

— Мне нужно с мужем поговорить, перезвони мне через полчасика.

— Лады, — обрадовался режиссер.

Вадим отнесся к ее сообщению без энтузиазма:

— Ты же хотела со мной ехать. И пропуск у тебя как раз готов.

— Вадичек, это моя работа. Если я не буду работать, я потеряю квалификацию. Если я откажусь от такого предложения, мне вообще больше никогда ничего не предложат, потому что все будут знать, что я в первую очередь думаю о муже и поступаю, как ему удобно. Никакая киностудия не захочет оказаться зависимой от мужа сценаристки.

— Ну и пусть, — упрямо мотнул головой Вадим. — Пусть тебе ничего не предлагают. Можешь вообще не работать, моей зарплаты хватит, чтобы содержать тебя и детей. Я предпочел бы, чтобы ты взяла мальчиков и сидела с ними дома, в Лице.

— Ты что, — засмеялась она, — меня же в тюрьму посадят за тунеядство. В нашей стране нельзя работать женой и матерью, если у тебя всего двое детей. А что я буду делать в Западной Лице со своим образованием?

— Можешь работать в Доме офицеров, руководить самодеятельным театром, вечера всякие устраивать, концерты, кинолекторий организовать.

— Вадичек, я не культмассовый работник, я сценарист, я люблю кино и профессию выбирала сознательно. Ну почему ты хочешь меня этого лишить?

— А почему ты хочешь лишить меня жены и нормальной семьи? В Москве нет моря, к сожалению, и здесь не может быть службы на подлодках. Я не могу работать в Москве, но ты — я уверен — могла бы работать в Лице. То, что мы до сих пор не вместе, — это твое решение.

— Да что с тобой, Вадим? Ты никогда раньше так не разговаривал.

Вадим действительно завел такой разговор впервые. С самого начала их отношений было известно, что служить он будет на подводных лодках, а это ни при каких условиях не может быть в Москве. И точно так же было известно, что Наташа готовит себя к работе сценариста, следовательно, будет привязана к какой-нибудь киностудии. Они были обречены жить порознь и относились к этому разумно и трезво. Во всяком случае, тогда, в семьдесят восьмом, когда Наташе было двадцать три года, а Вадиму — двадцать четыре и они приняли решение пожениться, им казалось, что настоящая любовь никак не связана с постоянным совместным проживанием. Она существует сама по себе и не делается сильнее от ежедневного общения и не ослабевает от разлуки. Конечно, лучше было бы жить вместе постоянно, но если это невозможно, если каждый из них уже выбрал свою профессию и будущее место работы, то это никак не может означать, что они не должны регистрировать брак, любить друг друга и рожать детей.

И вот вдруг оказалось, что Вадима такая жизнь не устраивает...

* * *

Через два дня квартира опустела. Уехали Люся и Галина Васильевна, улетел к месту службы Вадим, так до конца и не помирившись с Наташей и не простив ей того, что она приняла предложение написать сценарии для цикла фильмов. Бэлла Львовна, как и каждый год в августе, отбыла на Украину, во Львов, где жили ее родственники, с которыми она ездила в Закарпатье. Осталась только старенькая Полина Михайловна, которая то где-то с кем-то пила, то отсыпалась, то болела.

Наташа с головой ушла в работу, ничто ее не отвлекало, как вдруг все перевернул один-единственный телефонный звонок.

— Наталья Александровна? — услышала она в трубке приятный мужской голос.

— Да, я. Кто это?

— Вы меня не знаете. Я только что посадил Иру в поезд и попросил проводницу за ней присмотреть. Встретьте ее, пожалуйста, послезавтра. Запишите номер поезда и вагона.

— Подождите... Как это вы посадили Иру в поезд? Почему? В какой поезд? Она же в деревне на Урале...

— Запишите номер поезда, — с мягкой настойчивостью повторил неизвестный мужчина. — И обязательно встретьте ее. Она нуждается в помощи.

— Господи, что с ней?! — испугалась Наташа. — Она больна?

Но незнакомец не ответил ни на один ее вопрос. Просто продиктовал номер поезда и вагона и повесил трубку.

В глазах у Наташи потемнело. Что с Иринкой? Почему какой-то мужчина посадил ее в поезд? Почему надо обязательно ее встречать? Почему она нуждается в помощи? Миллион вопросов — и задать их некому, ответы знает только этот неизвестный. Как дожить до послезавтра?

На вокзал Наташа примчалась за час до прихода поезда и, взглянув на расписание прибытия, чуть не взвыла: поезд опаздывал на три с лишним часа. В течение четырех часов она бессмысленно ходила по вокзалу, что-то пила из липких грязных стаканов, кажется, это был чай, а может быть, кофе с молоком, жевала чудовищно невкусные, давно остывшие чебуреки, то присаживалась на лавочку в зале ожидания, то принималась судорожно мерить шагами длинные платформы. От нервного напряжения, вызванного тревогой за девочку, она плохо соображала и обрела ясность мысли только тогда, когда поезд медленно вполз под своды вокзала и из двенадцатого вагона вышла Иринка. Исхудавшая, с бескровным лицом и безумными глазами, в теплой, несмотря на летнюю жару, вязаной кофте с длинными рукавами и в какой-то бесформенной широченной юбке до пят. Девочка затравленно озиралась, ища глазами Наташу.

— Иринка! Я здесь! — закричала Наташа.

Ей показалось, что у Иры кружится голова и она сейчас упадет в обморок, если не увидит знакомое лицо и не поймет, что ее встречают. Девочка увидела соседку и слабо улыбнулась:

— Привет.

— Что с тобой? Ты здорова? Почему ты в таком виде? Что это за одежда на тебе?

— Поедем домой, Натулечка, — жалобно простонала Ира. — Поедем, а? Мне стоять тяжело.

На перрон вышла проводница, подошла к ним, протянула Наташе рюкзачок с Ириными вещами. Наташа поблагодарила, схватила рюкзак, надела на спину и повела Иру к стоянке такси. Очередь выстроилась огромная, Наташа в отчаянии кинулась искать частника, и минут через десять ей повезло, какой-то парень на серой «Волге» согласился подбросить их до Арбата, правда, за три рубля, что было ровно в три раза дороже, чем нащелкало бы на счетчике такси, зато без очереди. Только в машине Наташа спохватилась, что собиралась ведь поговорить с проводницей, расспросить о том мужчине, который сажал Иру в поезд, но, потрясенная видом девочки, совершенно забыла о своем намерении.

К счастью, Полины Михайловны, которую Наташа благоразумно не стала предупреждать о внезапном возвращении внучки, дома не оказалось. Наташа раздела Иринку, чтобы уложить в постель, и ахнула. Теперь понятно стало, для чего нужны были кофта с длинными рукавами и бесформенная длинная юбка.

— Как это случилось? — в ужасе спросила Наташа.

Ира долго не могла начать говорить, по ее лицу беспрерывно текли слезы, а губы кривились в болезненном спазме.

Через час Наташа позвонила Инне:

— Инуля, нужна помощь твоего благоверного.

— Что, опять кто-то залетел? — цинично хихикнула Инна, муж которой, Григорий Гольдман, был очень неплохим гинекологом, который к тому же имел возможность направлять женщин на аборты в такие места, где делали общий наркоз, а не скоблили «на живую».

— Типун тебе на язык! Слава богу, нет. Мне срочно

нужен хирург, но такой, который приедет на дом и не будет потом трепаться.

— А в чем дело? — забеспокоилась Инна.

— Да Иринка у меня отличилась. Представляешь, поехала с подвыпившими ребятами на машине кататься. Машину, естественно, разбили, сами получили травмы, так эта дуреха вместо того, чтобы идти в больницу, села в поезд и прикатила в Москву. Вся в порезах, кое-как перевязанная, уж не знаю, кто ее так бинтовал... Хочу, чтобы врач посмотрел, не занесли ли инфекцию, нет ли нагноения.

— Но это точно не криминал? Почему ты ее в больницу не отвезешь?

— Инуля, ну какая больница? Ты что, врачей наших не знаешь? Начнут допытываться, как и что, придется рассказывать про пьяных парней и про разбитую машину. Ирке же только четырнадцать лет, представляешь, что эти врачи о ней подумают и что будут говорить? Да они ее с грязью смешают, мораль начнут читать, еще и милицию вызовут, вместо того чтобы медицинскую помощь оказывать. И начнут потом девчонку по следователям да по судам таскать.

— Вообще-то ты права, — задумчиво согласилась Инна. — Ладно, я поговорю с Гришей, у него есть приятель-хирург. Но это будет стоить, сама понимаешь.

— Конечно, конечно, — торопливо заговорила Наташа, — никаких вопросов. Ты мне сама скажешь, сколько.

Еще через два часа в их квартире появился хирург, молодой лысоватый мужчина по имени Андрей Константинович, с круглыми плечами и круглым животиком. В руках у него был большой саквояж, из которого врач достал белоснежный халат и стерильные перчатки. Он ловко снял бинты и неодобрительно поморщился, глядя на тело девочки.

— Т-а-ак, что мы тут видим... Что мы видим... Там, где подкожно-жировая клетчатка, на груди, на животе, на бедрах, там у нас ранки плохие, плохие ранки у нас, гнойные. Осложнены абсцессом мягких тканей. Остальные ничего, вполне пристойно выглядят. Так... Ручку поднимем... Теперь другую... Ага, так я и думал, лимфоузлы увеличены. Температуру измеряли?

— Тридцать восемь и пять, — ответила Наташа.

— В весе потеряла?

— Да, она сильно похудела.

— Ага, ага... Предсептическое состояние. Я смотрю, тебе первую помощь все-таки оказали. В больницу обращалась?

— Нет... Это так, народными средствами, — пробормотала Ира.

— Что именно делали?

— Перекисью водорода заливали, йодом мазали. Еще фурацилин разводили в воде и тряпочки прикладывали.

— А-а-а, понятно, — протянул кругленький доктор. — Это как же надо было разбить машину, чтобы тебя всю стеклом изрезало?

— Да вот так. Там еще бутылки были и банки всякие.

— Понятно, — повторил он, снова раскрывая саквояж. — Ну что ж, начнем, помолясь. Предупреждаю сразу, раны очень грязные, придется тщательно чистить, делать иссечение тканей, дренаж. Это долго. Я сделаю местную анестезию, но все равно будет больно. Если начнешь кричать — я тут же уйду. Соседи со всего дома сбегутся, милицию вызовут, будут говорить, что здесь кого-то убивают. Мне эти хлопоты ни к чему. Все поняла?

— Поняла, — кивнула Ира.

Наташа похолодела. Будет больно... Ее Иринке, ее маленькой сестричке, ее девочке, будет больно! Как же она это вытерпит?

Но Ира вытерпела. Скрипела зубами, не замечая градом льющихся слез и стекающего с висков пота, бледнела до синевы, но не издала ни звука.

Закончив, хирург наложил стерильные повязки и выписал несколько рецептов.

— Ей нужно дважды в день колоть антибиотик внутривенно. Купите цепарин, я буду приходить и делать уколы. Эритромицин давайте по схеме, в рецепте все написано. Если температура поднимется выше тридцати девяти, звоните мне, вот мои телефоны, — он протянул Наташе еще один листок, вырванный из блокнота, — это домашний, а это рабочий.

Уже у входной двери Андрей Константинович вдруг обернулся к Наташе:

— Знаете, я все-таки хирург, а не мясник, в ранах немножко разбираюсь. Это ведь не автоавария, верно?

Наташа молчала, уставившись на блестящий металлический замок докторского саквояжа.

— Осколки стекла всегда разного размера, а у вашей девочки порезы почти все примерно одной длины. Ну, впрочем, не хотите говорить — не говорите. Я так понимаю, если бы вы не собирались что-то скрывать, то вы бы обратились в больницу, а не к Грише Гольдману. Я прав?

Она упорно молчала, не зная, что сказать.

— А кстати, Наталья... Как вас по отчеству?

— Александровна. Можно просто Наташа.

— Просто Наташа... Чудно, чудно. Вы замужем?

— Да, — удивленно ответила она, не ожидая такого поворота.

— Удачно?

— Кажется, да. — Она слегка улыбнулась. — Пока не жалуюсь.

— И дети есть?

— Двое. Мальчики, четыре годика и три.

— Жаль, — лукаво подмигнул ей Андрей Константинович.

— Почему жаль?

— Потому что при таком положении мои шансы равны нулю. А я всегда мечтал именно о такой жене, как вы. Вы умны, красивы, добры, умеете хранить чужие секреты. И в вас есть еще одно немаловажное достоинство: вы не квохчете.

— Я не... чего я не делаю? — переспросила Наташа, думая, что ослышалась.

— Не квохчете, как наседка. Ко мне часто мамы приводят детишек со всякими травмами, порезами, так вот, когда я начинаю работать, они квохчут над своими чадами и орут на меня, чтобы я не делал им больно. Вы не такая. И мне это очень нравится. Так что, Наташенька, если вдруг разочаруетесь в своем муже, вспомните про меня. Ну улыбнитесь же! Чего вы с таким трагизмом на меня смотрите? Девочка у вас сильная, здоровенькая, молоденькая. Первую неделю будет тяжело, а к концу второй она будет себя хорошо чувствовать. Только проследите, чтобы она раньше времени бегать не начала, лечение мы будем давать интенсивное, это большая нагрузка на организм, и его придется какое-то время поберечь. Значит, вы сейчас бегите в аптеку за лекарствами, а в восемь часов я приду делать укол.

Проводив врача, Наташа вернулась к Ире, села рядом с ней на постель, положила руку на влажный от испарины лоб:

— Ну как ты, зайка?

Девочка лежала с закрытыми глазами. Ресницы ее,

длинные и густые, как у Марика, дрогнули, веки приоткрылись.

— Прости меня, Натулечка, — прошелестела она. — Я такая дура. Теперь я больше никогда... честное слово...

«Неужели это и есть то, о чем говорила Бэлла Львовна? — с грустью думала Наташа, сидя возле уснувшей Иринки и держа ее за руку. — Пока жизнь по голове как следует не стукнет, она не опомнится. Неужели это и есть тот самый жизненный удар, который ей нужно было перенести, чтобы понять, что так жить нельзя?»

* * *

Утро выдалось тихим и ясным. Наташа открыла глаза и долго еще не вставала, глядя на кусочек голубого неба, виднеющийся в окне. Будильник зазвонит в семь, сейчас только двадцать минут седьмого, и можно полежать и не спеша подумать, лениво шевеля сонными ногами под тонким одеялом. Наконец-то после стольких недель тревог и волнений наступил период относительного покоя. Иринка быстро поправляется, молодой организм легко справился с физическими травмами и психологическим шоком. Работа над сценариями идет легко, пишется Наташе в удовольствие, а то, что она показывает на студии, вызывает горячее одобрение. Сегодня воскресенье, она поедет к мальчикам, карантин уже сняли, и ей удастся не только накормить их всякими вкусностями, но и наиграться с ними, надышаться чудесным запахом их щек и вдоволь нацеловать их перепачканные в земле пальчики. И наконец, сегодня возвращается Бэлла Львовна. Ах, как Наташе не хватает ее! И дело вовсе не в том, что присмотр за непоседливой Иринкой целиком лежит на Наташе (на Полину Михайловну надежды никакой), просто есть в Бэллочке какая-то внутренняя сила, позволяющая ей не останавливаться и двигаться вперед в самых тяжелых ситуациях. И хотя любимая Наташина подружка Инка Гольдман всегда шутит, что в ней живет вековая мудрость еврейского народа, за советом Наташа предпочитала обращаться именно к соседке, ибо вполне логично было предположить, что этой мудрости в шестидесятичетырехлетней Бэлле Львовне все-таки больше, чем в тридцатилетней Инке. А ей так хотелось посоветоваться, так нужно было поговорить об отношениях с сестрой и матерью. Наташу грызла подспудная обида не только на Люсю, но и на Галину Васильевну, она чувствовала себя брошенной и преданной, хотя толком не могла бы объяснить, откуда взялось это неприятное ощущение. И еще Вадим... Он, конечно, регулярно звонит ей, но холодок отчуждения все равно проскальзывает в его голосе. Может быть, она неправа и ей действительно нужно все бросить, взять детей и уехать к нему?

Будильник оглушительно затрещал прямо над ухом, Наташа прихлопнула его ладонью, накинула халатик и пошла на кухню ставить чайник. Пока она умывается, как раз вода закипит. В ванной она привычно оглядела в зеркале свое лицо. Ничего особенного, но в двадцать девять можно было бы, конечно, выглядеть и получше. Кожа пока еще гладкая, но под глазами уже собрались какие-то вялые морщинки. И вообще... Вот Инка, ее ровесница, выглядит так, словно ей семнадцать лет, хотя морщинки под глазами тоже есть. У нее нежный овал лица, пепельно-русые волосы, широкие светлые брови над то и дело округляющимися серыми глазами, розовые, мягко и изящно очерченные губы, и вся она — словно девочка, которая готовится к своему первому балу, она светится легкостью и радостью бытия, искрится постоянной готовностью смеяться и веселиться. Инка — инженер, проектирует лифты, бегает на работу в легкомысленных кофточках, обрисовывающих красивую грудь, и в длинных элегантных юбках, но с обязательным высоким разрезом сбоку: ноги всегда были ее гордостью, и она жутко расстраивалась, когда отошла мода на «мини». Наташа несколько раз заходила к ней на работу и всякий раз отмечала, что ее подругу там называют не иначе как «Инночка, Инуся, Инуля». А к Наташе все чаще обращаются по имени-отчеству. Лицо у нее строгое, выражение на нем всегда озабоченное и деловое. Да и откуда взяться другому-то выражению, когда столько забот и хлопот? Особенно в последний год... Может, стоит прическу изменить? Да, точно, надо перестать так коротко стричься, отпустить волосы до плеч и укладывать их красивыми волнами, это куда более женственно, чем то, что она носит сейчас. Конечно, короткие волосы требуют меньше ухода, помыла голову, провела пару раз щеткой — и все, сами высохнут минут за пятнадцать-двадцать, пока она кофе пьет. И не нужно стоять подолгу перед зеркалом с феном в руках, высушивая и укладывая пряди. Ладно, насчет прически она еще подумает, если будет время — заглянет в салон к Рите Брагиной. Рита теперь сама не стрижет, она — директор, но всегда может дать дельный совет и посадить Наташу к тому мастеру, который ничего не испортит.

Выпив кофе с бутербродом, она взялась за приготовление завтрака для Иринки, Полины и Бэллы Львовны. Поезд из Львова приходит около 10 утра на Киевский вокзал, Бэллочке нужно будет проехать всего одну остановку на метро — от «Киевской» до «Смоленской», и вот она уже дома. Минут за пятнадцать доберется. Самое время позавтракать, тем более Иринка вряд ли проснется раньше. Еще накануне Наташа, привыкшая по возможности все планировать заранее, решила, что напечет с утра оладьи с яблоками, их все любят, даже капризная Иринка, а неоспоримое преимущество этого блюда, помимо вкуса и сытности, состоит в том, что оно готовится из доступных продуктов. Мука в магазине есть всегда, кефир, на котором Наташа замешивает тесто, пока еще не стал дефицитом, а яблоки годятся любые, даже мелкие, некрасивые, с бочками и темными пятнышками, их все равно нужно чистить и натирать на крупной терке.

Когда большая эмалированная миска заполнилась оладьями доверху, Наташа прикрыла ее крышкой и замотала в старый пуховый платок, чтобы сохранить тепло. Быстро собрала в сумку купленные накануне фрукты и карамельки для детей, положила туда же чистые маечки, трусики и носочки, натянула джинсы и трикотажную блузку и отправилась на вокзал.

В электричке было душно, толпы дачников стискивали Наташу со всех сторон, но она не обращала внимания на неудобства, думая только о том, как бы сохранить фрукты нераздавленными. Выйдя на нужной платформе, она почти бегом направилась к детсадовской даче, ей так хотелось поскорее увидеть своих мальчиков!

— Мама! — завизжал четырехлетний Сашенька, увидев ее через забор, и сердце Наташи сжалось: малыш стоял и ждал ее, видно, тоже соскучился. Смотрел, как подходили или подъезжали на собственных автомобилях другие родители, и не знал, дождется маму или нет.

Наташа схватила его в охапку, подбросила в воздух, закружила.

— А где Алеша? Пойдем найдем его, — сказала она, отдышавшись.

— Алешка тебя у длугой дылки калаулит. — Он все

еще не выговаривал букву «р», несмотря на то, что Наташа упорно старалась исправить этот дефект.

— У какой другой дырки? Разве есть еще одни ворота? — удивилась Наташа. — Я не знала.

— Не, там не волота, там дылка, туда лодители лазят, когда воспитательница не лазлешает плиходить, — деловито пояснил малыш. — Я Алешку туда поставил тебя калаулить, а то вдлуг ты челез ту дылку плидешь.

Трехлетний Алеша бдительно охранял свой пост, развлекаясь тем, что при помощи найденного на земле прутика гонял муравьев. Наташа расстелила на земле привезенное с собой старенькое одеяло, усадила мальчишек и принялась кормить их персиками и черешней. Они были такими разными и в то же время абсолютно непохожими ни на Наташу, ни на Вадима. Сашка — светловолосый, тонкий в кости, энергичный и заводной, пошел в бабушку — мать Вадима, а Алешенька, наоборот, с темно-каштановыми вьющимися волосиками, крепенький, неторопливый, обстоятельный и уже в три года какой-то солидный, был, совершенно очевидно, настоящим внуком Александра Ивановича, Наташиного отца. Через три дня август кончится, детей привезут в Москву, и настанет момент, когда придется сообщить мальчуганам о том, что их дедушка умер. «Наверное, лучше это сделать сейчас», — почему-то пришло в голову Наташе. Здесь им весело, привольно, печальная новость если и будет до конца понята, то быстро утратит свою тягостность.

— Саша, Алеша, — начала она нерешительно, — мне нужно с вами серьезно поговорить.

— О чем? — дружно спросили мальчики.

— Когда вы вернетесь домой, то увидите, что у нас теперь все по-другому.

Две пары испуганных глаз уставились на нее. Рты раскрыты, вокруг губ, на подбородках и даже на щеках — темно-красные следы от черешни. Господи, они такие маленькие, хрупкие, нежные! Ну почему она должна рассказывать им о смерти?

— Мы теперь будем жить с вами одни, бабушки и дедушки с нами не будет.

— Они что, пелеехали? — тут же нашелся Сашка.

— Да, бабушка Галя поехала жить к тете Люсе в другой город.

— А почему?

— Ну как почему? У тети Люси тоже есть ребенок,

дочка, ваша двоюродная сестричка Катенька. Бабушка раньше жила с вами, а теперь хочет пожить с ней, ведь Катенька ее внучка, и бабушка ее любит точно так же, как любит вас. Она поживет какое-то время с Катенькой, потом вернется.

Саша задумчиво кивнул, словно давая понять, что он все понял. Глядя на него, кивнул и Алеша.

— А деда Саша тоже уехал?

— Нет, Сашенька, деда Саша не уехал. Он очень долго и тяжело болел и потом умер.

— Умел? Он что, не велнется?

— Нет, сыночек, не вернется. Баба Галя когда-нибудь вернется, а деда Саша — нет. Нам придется теперь жить без него.

Глаза Алеши наполнились слезами, губы задрожали, он не отрываясь смотрел на старшего братика, будто ожидая от него команды «плакать». Но команды не последовало.

— А папа когда плиедет? — Сашка обладал потрясающей способностью переключаться, отстраняясь от всего неприятного.

— Еще не скоро. Сейчас папа готовит корабль к плаванию, это занимает примерно три месяца. Потом он уйдет в плавание, это еще три месяца. И только потом у него будет отпуск, и он приедет к нам в Москву.

— А когда?

— Давай считать. Сейчас конец августа, значит, папа приедет в феврале или в марте.

— А это сколо?

— Конечно, сыночек. Оглянуться не успеешь. Вот вы вернетесь домой, потом будут Ноябрьские праздники, потом Новый год, потом мой день рождения, а потом и папа приедет.

— Челез тли плаздника? — уточнил Саша, который букв еще не знал, но до десяти уже считал.

— Совершенно верно, через три праздника.

Слезы на глазах у младшего подсохли, он всегда и во всем ориентировался на старшего брата. Раз Саша не стал реветь и заговорил про папу, значит, плакать не нужно.

— А папа привезет мне кита? — подал голос Алеша, который, в отличие от Саши, четко выговаривал все буквы.

— Вряд ли, солнышко. В Северном море китов нет.

— А кто есть? Акулы есть?

— Боюсь, что акул тоже нет. Но я поговорю с папой, — с улыбкой пообещала Наташа.

Время, отведенное детсадовским режимом на посещение детей, пролетело так быстро, что Наташа так и не успела ни надышаться своими малышами, ни насмотреться на них. Наступило время обеда, и вереницы родителей уныло потянулись к воротам. Наташа переодела мальчиков во все чистое и тоже стала собираться. И только увидев, как вслед за перепачканными маечками и трусиками в большой маминой сумке скрылось одеяло, Саша и Алеша дружно заревели.

* * *

Бэлла Львовна уже была дома, и Наташа застала ее за мытьем полов в кухне и коридоре.

— Ой, Бэллочка Львовна, ну зачем вы! — всплеснула руками Наташа. — Я бы сама помыла.

— При чем тут ты, моя золотая? — Соседка не без труда разогнулась и, отставив подальше руку с мокрой тряпкой, крепко поцеловала Наташу. — Я что, уже не живу в этой квартире? Живу. Стало быть, должна заниматься уборкой наравне со всеми. Тем более ты же не поленилась, встала пораньше, напекла свои чудесные оладушки, чтобы всех нас накормить. Иди мой руки, обед уже готов.

— Так вы и с обедом успели? — поразилась Наташа.

— Мне Иринка помогла. Кстати, что это за чудовищная история, которую она мне рассказала? Это что, правда?

— К сожалению, — вздохнула Наташа. — Будем надеяться, что это послужит ей хорошим уроком. По крайней мере, сейчас она стала намного спокойнее, сидит дома, ни о каких своих сомнительных приятелях и не вспоминает.

— Да? — Бэлла Львовна слегка приподняла черные густые брови. — Мне так не показалось.

— Что вы хотите сказать? — встревожилась Наташа.

— Ничего. Она действительно очень мило помогла мне с обедом, потом зашла в твою комнату, надела твои брюки и замшевую куртку и ушла.

— Как ушла?! Куда?!

— Разве она мне докладывает? Я только спросила, разрешила ли ты ей надевать свои вещи, она сказала, что ты разрешила.

Наташа ногой отшвырнула сумку, которую поставила на пол, и ворвалась в комнату Маликовых. Полина Михайловна дремала, сидя в кресле.

— Полина Михайловна! — громко позвала Наташа. — Полина Михайловна, проснитесь!

— А?

Старуха лениво приоткрыла глаза, потянулась.

— Чего тебе, Наташка? Чего разоралась?

— Куда Ира ушла?

— А я почем знаю? Взяла и ушла.

— Зачем вы ее отпустили? Я же говорила, я сто раз предупреждала, что она должна сидеть дома, пока не поправится окончательно. У нее еще порезы не затянулись, а ей через четыре дня в школу идти! Куда вы смотрели?!

— Куда смотрела, куда смотрела, — проворчала Полина. — Спала я. Не слыхала ничего. И не ори на меня.

— Да как же мне на вас не орать, когда вы за собственной внучкой уследить не можете! Господи, всего на несколько часов вас оставила! Ну что мне, работу бросить и дома сидеть, Ирку пасти? Вы же бабушка, ну хоть что-нибудь вы можете для нее сделать?

— Она здоровая кобыла, мне ее не удержать. И вообще, чего ты тут руками машешь? Девка жива-здорова — и слава богу.

— Да не здорова она, как вы не понимаете! Ей дома нужно сидеть, лекарства пить и как можно меньше двигаться, чтобы раны затягивались. Она у вас деньги просила?

— Будет она просить, — фыркнула Полина Михайловна. — Сама взяла. Я пенсию на днях получила, так в шкатулочке и лежала.

— Сколько она взяла?

— Зелененькую, кажись. А может, синенькую, я не разглядела.

Значит, Иринка взяла у бабки три рубля. Или пять. Это много для четырнадцатилетней девчонки, особенно если эта девчонка без царя в голове. И с чего вдруг ее на улицу понесло? Может быть, позвонил кто-то?

Наташа со злостью хлопнула дверью и вышла в прихожую, где Бэлла Львовна уже домывала пол.

— Зря ты мне записку не оставила, — с упреком произнесла соседка, слышавшая весь разговор на повышенных тонах. — Предупредила бы, что Иру нельзя выпускать на улицу, я бы проследила.

Наташа горестно махнула рукой.

— Толку-то за ней следить... Силой не удержишь, а доводов и аргументов она не слушает, делает только то, что хочет. Не драться же с ней. Бэллочка Львовна, вы не слышали, ей никто не звонил?

— Звонили, даже два раза. Первый раз какая-то девочка, не то Оля, не то Юля, в общем, Ира ее Люлей называла. А второй раз это был парень, имени не слышала. Вот после его звонка она и стала собираться.

Все понятно. Люля — это не Оля и не Юля, это Надя Люлькина, лохматая неопрятная девица, в прошлом году с трудом закончившая школу и работающая разнорабочей на каком-то складе. Все Иринкины приятели были старше ее, никто не верил, глядя на ее крупную фигуру, пышные формы и отнюдь не невинные глаза, что ей нет и шестнадцати. Принимали обычно за семнадцати-восемнадцатилетнюю, приваживали в свою компанию, делили с ней выпивку и курево, лапали как взрослую, а может, и не только... Такие мысли Наташа старалась гнать от себя, еженедельно проводила с Ирой воспитательные беседы о вреде ранней сексуальной жизни, верила девочке на слово, когда та клялась и божилась, что с ней все в порядке, но все равно жила в постоянной тревоге.

Адреса Люлькиной Наташа не знала, но зато знала, что в школе номер 59 (той самой «гоголевской») учится младший брат Нади. В этой же школе училась и Иринка, отдавать ее в специализированную французскую школу имени Поленова покойная Нина категорически отказалась, несмотря на уговоры Наташи, которая считала, что в школе, где ее все знают и помнят, легче будет контролировать успеваемость и поведение Иры. Этой же точки зрения придерживалась и Бэлла Львовна. Ведь уже к этому нежному еще возрасту маленькая Ирочка ясно дала всем понять: с ее учебой и школьной жизнью будут проблемы, и немалые. Однако Нина тогда настояла на своем, кричала, что она мать и никому не позволит диктовать, в какую школу отдавать ребенка, хотя у Наташи были все основания подозревать, что Нина упрямится исключительно из-за желания сделать наперекор мнению Бэллы Львовны.

— Куда ты? А обедать? — спросила Бэлла Львовна, видя, что Наташа снова собирается уходить.

— Извините, Бэллочка, я потом поем, — бросила она на ходу и помчалась в Староконюшенный переулок.

Александра Маринина

Только выскочив на улицу и пробежав метров двести, Наташа сообразила, что сегодня воскресенье и школа закрыта, так что никто не даст ей адреса Люлькиных. Что же делать? Вспомнив собственное арбатское детство, она решила все-таки дойти до школы, ведь учебный год начнется через несколько дней, большинство детей уже вернулось в Москву, но не сидеть же им дома, тем паче в такую чудесную погоду. Наверняка играют на улицах и в школьном дворе. А среди играющих вполне можно найти тех, кто знает, где живет шестиклассник Люлькин.

Надежды ее оправдались. На школьной спортплощадке пацаны гоняли мяч.

— Привет. — Наташа тронула за рукав мальчика лет двенадцати, сидящего на земле и задумчиво разглядывающего огромный кровоподтек на щиколотке.

— Здрасьте, — буркнул тот, не поднимая головы.

— Слушай, ты случайно Люлькина не знаешь?

Паренек поднял голову и прищурился:

— А вам зачем? Вы из милиции?

— Нет, я из кино. Так знаешь или нет?

— Из кино-о-о? Это клево. А зачем вам Митяй? Вы его в кино снимать будете?

— Может, и буду, если он мне подойдет. Сначала посмотреть на него надо.

— А чего на него смотреть? Вон он, в воротах стоит. Митя-я-яй!!! — заорала раненая жертва футбола. — Вали сюда, дело есть!

Подбежал потный запыхавшийся Люлькин, и уже через пару минут Наташа узнала, что живут они совсем рядом, в Большом Афанасьевском переулке, что родители еще вчера уехали «на участок» что-то копать и что Ирка Маликова совершенно точно пошла к ним, потому что не далее как час тому назад сеструха Надька выперла его из дома, сказав, что к ней придут гости и чтобы он не мешался под ногами, а когда он шел от дома к школе, то как раз Ирку и встретил и даже поговорил с ней.

Квартира, где жили Люлькины, оказалась хоть и отдельной, но находилась в полуподвальном помещении, и Наташа подумала, что до революции это наверняка была дворницкая. Она позвонила, стараясь держать себя в руках и думая только о том, как бы увести отсюда Иру без скандала, чтобы не унижать девочку.

Дверь ей открыл парень лет семнадцати с длинными сальными волосами и прыщавым лицом.

— Тебе чего? — Он выдохнул Наташе в лицо запах нечищеных прокуренных зубов и дешевого вина.

— Ира здесь? — негромко спросила она.

— Какая Ира?

— Ира Маликова.

— Это которая, черненькая или рыжая?

— Черненькая.

— А, Ирка-Копирка... Ну, здесь, а что надо?

— Почему Копирка? — удивилась Наташа.

— Так черненькая же. Как копирка. И в рифму. Позвать, что ли?

— Позови, пожалуйста.

Она твердо решила без необходимости в квартиру не входить и дурацких сцен с извлечением малолетки из дурной компании не устраивать. Лучше все сделать тихо и спокойно, чтобы не вызвать у строптивой Иринки реакции протеста.

Появилась Ира, в Наташиной замшевой куртке бежевого цвета и в ее же брюках. Глаза ее лихорадочно блестели, то ли от вина, то ли от возбуждения, то ли от поднявшейся температуры. Увидев Наташу, она отшатнулась в испуге:

— Что ты здесь делаешь? Как ты меня нашла?

— Нужно было — и нашла. Ириша, надо домой идти, — как можно миролюбивее произнесла Наташа, борясь с желанием схватить девчонку за руку и потащить за собой.

— Не хочу. Мне здесь нравится, здесь весело. Чего дома сидеть? Тоска одна. Бэлла явилась, теперь воспитывать будет по сто раз в день.

— Зайка, ты нездорова. Ты еще не поправилась настолько, чтобы гулять со своей компанией. У тебя очень плохие швы, разве ты забыла, что доктор говорил? Если ты будешь убегать из дома, не дождавшись, пока все заживет, раны так и не затянутся, а потом появятся некрасивые шрамы. Останешься уродиной на всю жизнь, ни перед одним мужчиной раздеться не сможешь, на пляж в купальнике не выйдешь. Ты этого хочешь? Пойдем, зайка, пойдем. Потерпи немножко, вот поправишься окончательно — и гуляй где захочешь. Иди скажи своим друзьям, что у тебя бабушка заболела, сердечный приступ у нее, и за тобой пришла соседка, надо помочь. Давай. — Наташа легонько подтолкнула девочку туда, откуда доносилась громкая музыка и веселые голоса подвыпившей молодежи.

Ира, как ни странно, поддалась на уговоры. По дороге домой Наташа беспечно щебетала, рассказывая о том, как ездила к детям, и какой смешной Сашка — поставил Алешу караулить ее возле пролома в заборе, и какой трогательный Алешка — собирался заплакать, узнав о смерти дедушки, но не решился делать это в одиночку, без братика. Она боялась спугнуть Иру, потому что понимала: одно неверное слово — и та сорвется и снова убежит в Большой Афанасьевский, в этот тухлый сырой подвал. И что, бежать за ней следом, хватать за руки, кричать? Чудовищно!

Войдя в квартиру, Наташа сразу сказала:

— Давай зайдем ко мне, все равно тебе переодеться нужно.

Она буквально втолкнула Иру в свою комнату и быстро заперла дверь изнутри на ключ.

— Зачем ты взяла мои вещи? — все еще спокойно спросила Наташа. — Тебе что, надеть нечего?

— Так мне же трет, Натулечка, — жалобно проблеяла Ира. — У меня же швы, сама знаешь. А твои вещи на размер больше, мне в них не больно. А ты что, рассердилась, что я твою куртку взяла? Ты же мне всегда разрешала свои вещи надевать, даже сама предлагала.

— Понятно.

Наташа помолчала, собираясь с мыслями.

— Значит, так, Ирина. Если ты не понимаешь человеческих слов и человеческого обращения, мне придется применять к тебе крайние меры. До первого сентября ты будешь сидеть дома, вот в этой комнате, под замком. Выходить будешь только на кухню и в туалет, и только тогда, когда тебе разрешат. Первого сентября пойдешь в школу, и если не дай бог ты позволишь себе хоть один глоток вина, хоть одну затяжку сигаретой, имей в виду — я тебе больше не сестра. Делай со своей жизнью что хочешь, но на мою помощь не рассчитывай.

— А ты мне и так не сестра, — дерзко ответила Ира, сердито сверкнув глазами. — Нечего тут из себя строить.

— Я тебе больше чем сестра. А ты будешь сидеть в этой комнате и думать о том, в какую историю ты попала и почему это произошло. Ты уже забыла, как ты плакала, называла себя дурой и клялась мне, честное слово давала, что будешь вести себя нормально? Забыла, да?

— Ничего я не забыла, — буркнула девочка.

— А если не забыла, так почаще вспоминай о том, что

с тобой случилось, и радуйся, что по чистой случайности ты осталась жива. Если будешь продолжать шляться с пьяными компаниями, вместо того чтобы учиться, то очень скоро попадешь в очередную неприятность, только в следующий раз все может закончиться гораздо хуже. И еще одно запомни: я — твоя сестра, а Бэлла Львовна — твоя бабушка. И то, что мы говорим, для тебя должно быть обязательным.

— У меня своя бабушка есть. — Ира упрямо вздернула подбородок. — И нечего мне навязывать эту... Мне такие родственники не нужны.

Наташа зажмурилась на мгновение, чтобы не дать выплеснуться охватившей ее ярости. Ах, мерзавка, Полина Михайловна, ах, старая пьяная дрянь, сумела-таки заразить девочку своим антисемитизмом.

— Если ты, — она говорила медленно и с трудом, изо всех сил сдерживаясь, чтобы не заорать, — если ты еще раз позволишь себе сказать что-либо подобное, я тебя убью. Запомни это.

Она так же медленно и осторожно вышла из комнаты и повернула ключ в замке. На этот раз снаружи. Все хорошо, все в порядке, она сумела не сорваться на визг и площадную брань, она удержалась от того, чтобы ударить Иру, хотя видит бог, как ей этого хотелось в последний момент. Ей удалось найти ее и привести домой без громких криков и пошлых сцен. Все хорошо, все в порядке, все хорошо, все в порядке...

Перед глазами плыли темные круги, виски сжало горячими тисками. Почти на ощупь Наташа добрела до комнаты родителей, вошла туда, открыла дверцу серванта, схватила первую попавшуюся под руку тарелку и с остервенением швырнула ее в стену. Глуховатый стук осыпавшихся на паркет осколков отрезвил ее, темные круги исчезли, раскаленные тиски разжались. Она рухнула на диван, обхватив голову руками. Боже мой, что же делать, как уберечь Иринку, как сохранить ее? Да что же это такое, в четырнадцать лет ведет себя как... И никто с ней справиться не может. Ведь на грани жизни и смерти балансировала, уже ТУДА заглянула, чудом спаслась — и никакого толку. «Марик, милый мой, дорогой Марик, как хорошо, что ты уехал и не видишь, каким уродом растет твоя девочка, твоя случайная дочь. — Наташа снова мысленно разговаривала с ним. — Ты просил меня заботиться о ней, не бросать ее, и я тебе это обещала, но разве ты мог предполагать, на какую каторгу меня обрекаешь? Ты же не мог знать, что Колю посадят, что Нина погибнет, что старая дура Полина окончательно сопьется и свихнется и что твоя дочь превратится фактически в мою дочь, потому что никто, кроме меня, о ней заботиться не станет и никому, кроме меня, она не будет нужна. Она даже твоей маме не нужна, и я не могу ее винить за это. Твоя мама все душевные силы истратила на то, чтобы пережить твой отъезд, который был для нее равен твоим похоронам, у нее больше не осталось внутреннего ресурса на то, чтобы переживать за твоего внебрачного ребенка».

Она почувствовала, что голодна, но не было сил встать. Нет, надо взять себя в руки, через «не могу»... Как любит говорить Инка, «не могу» живет на улице «не хочу». Она должна захотеть встать, пойти пообедать, ведь Бэллочка так старалась, готовила, хотела ее накормить. И ее, и Иринку, и старую дрянь Полину, которая вовсе не заслуживает того, чтобы Бэлла для нее готовила. Сама Полина и пальцем не пошевельнет, прикрывается возрастом и немощью, места общего пользования не убирает, в магазин за продуктами не ходит. Живет с внучкой на две пенсии и алименты, которые то приходят регулярно, то не приходят по нескольку месяцев. Ту пенсию, которую Иринка после смерти матери получает как несовершеннолетняя «по случаю потери кормильца», Полина отдает Наташе, чтобы та покупала продукты и кормила ее и внучку, свою же пенсию потихоньку пропивает. Алиментами тоже распоряжается как бог на душу положит, то Наташе отдаст, чтобы купила Иринке новую одежду, а то и в свой карман сунет. Бэллочку ненавидит люто, однако же еду из ее рук принимает не то что безропотно, а даже и с удовольствием.

На кухне Наташа обнаружила кастрюлю с куриным бульоном и сковородку с запеканкой из вермишели с яйцом. Пообедав, она помыла посуду и постучала в дверь к Бэлле Львовне:

— Бэллочка Львовна, спасибо за обед, я поела.

Соседка отвлеклась от телевизора и сделала приглашающий жест рукой:

— Заходи, Наташенька, идет прелестная старая комедия.

Теперь телевизоры были в этой квартире у всех, а в семье Казанцевых — даже два, один у родителей, второй — у Наташи, хороший, цветной, с большим экраном. Но по сложившейся с давних пор привычке она любила смотреть телепередачи у Бэллы Львовны, хотя у той телевизор был еще черно-белый, но уже не тот старенький, с крошечным экранчиком, а более новый, «Березка».

— Тогда я сделаю чай? — полуутвердительно спросила Наташа.

— Конечно, золотая моя.

Они вместе досмотрели «Сердца четырех», обсудили сходство и различия между старыми и новыми комедиями, поговорили о романе актрисы Валентины Серовой и писателя Константина Симонова. Наташа посмотрела на часы и поднялась.

— Пойду Иринке лекарство дам. И в туалет ее выведу.

Бэлла Львовна непонимающе посмотрела на нее.

— Я не успела вам сказать. Я ее привела домой и заперла в своей комнате. Пусть посидит и подумает над своим поведением.

— Ну что ж, золотая моя, тебе виднее, какие методы воспитания применять к ней.

— Вы меня не одобряете? Считаете, что надо по-другому?

— Золотая моя, если бы я знала, как и что надо делать с нашей девочкой, мне бы дали Нобелевскую премию. Ни в одной стране мира не могут справиться с проблемой подростковой социализации. Чего только не придумывают, а все равно ребенок соблазняется прелестями взрослой жизни и пытается их вкусить, не накопив необходимого для этого интеллектуального потенциала. Отсюда и все беды. Никакими силами невозможно заставить подростка наслаждаться преимуществами своего возраста, он хочет стать взрослым быстрее, чем идет время и накапливается жизненный опыт.

— Вы хотите сказать, что я напрасно... что я зря трачу силы, у меня все равно ничего не получится?

— Золотая моя, напрасно ничего не бывает. И зря тоже ничего не бывает. Все идет на пользу, из всего извлекается новый опыт и новые знания. Просто не нужно обольщаться. Иринка — педагогически запущенный ребенок с дурной наследственностью, у нее в роду как минимум два поколения пьющих, легкомысленных и безответственных людей, которые к тому же окружали ее в раннем детстве с самого рождения, а ты хочешь, чтобы она была такой же, какой была в ее возрасте ты. Этого не будет, просто прими эту истину и смирись с ней.

— Но в ней есть и другие гены, — осторожно заметила Наташа.

— Вероятно, они оказались слишком слабыми. Как и мой сын, — грустно усмехнулась Бэлла Львовна.

— Почему вы считаете, что Марик — слабый? Это не так!

Наташа сама не заметила, как кинулась защищать свою первую любовь. Никто не имеет права его критиковать, он был и остается самым лучшим!

— Потому что у него не хватило сил на то, чтобы преодолеть свой эгоизм, — жестко ответила Бэлла Львовна. — Человек может и должен стремиться жить лучше, в этом нет ничего стыдного. Но он знал, что я не поеду с ним, что я не смогу оторваться от города, в котором родилась и прожила всю свою жизнь, не смогу оторваться от людей, с которыми много лет дружила, не смогу оторваться от языка, на котором всю жизнь говорила, думала, на котором писала письма его отцу на фронт. Марик все это знал, и у него был выбор: остаться здесь, жить хуже, но сохранить материнскую любовь или уехать, жить лучше, но этой любви себя лишить, расстаться с матерью задолго до того, как она умрет своей смертью. Я радуюсь за своего сына, за то, что у него все хорошо сложилось, он успешно преподает в университете, много зарабатывает, у него чудесные дети, достойная жена, большой дом. Я не сержусь на него за то, что он уехал. Просто я теперь знаю, что воспитала сына, который считает, что все это весит больше, чем любовь матери. Такой результат не делает чести ни мне, ни ему. Но исправить это невозможно, это нужно просто принять и смириться. Иди, золотая моя, — голос ее внезапно смягчился, — выведи свою пленницу в туалет и не слушай меня, а то я тебе такого наговорю...

Наташа была настолько ошарашена, что даже забыла сердиться на Иринку. Она молча открыла комнату и машинально произнесла:

— Сходи в туалет и поешь, обед на кухне.

А сама все продолжала думать о словах Бэллы Львовны. Марик уехал двенадцать лет назад, и только сегодня впервые соседка сочла возможным что-то сказать об этом. Наташе и в голову не приходило, что Бэллочка так относится к этому и считает своего сына эгоистичным и слабым. Интересно, а как Наташа отнеслась бы к тому, что кто-то из ее мальчиков, Сашенька или Алеша, захочет уехать от нее навсегда? Не просто уехать, а уехать так, что они никогда больше не увидятся? Неужели Наташа тоже считала бы, что они променяли материнскую любовь на все эти блага? От мысли, что когда-нибудь придется расстаться с сыновьями, Наташу буквально передернуло. Нет, это невозможно. Она никогда не сможет оторваться от них, она без них дышать не сможет, задохнется в первую же минуту.

— А что мне поесть? — вывел ее из задумчивости голос Иры.

— Разогрей бульон, там запеканка на сковородке.

— Я не хочу бульон!

— Не хочешь — не ешь, — равнодушно ответила Наташа. — Решай быстрее, в твоем распоряжении ровно пятнадцать минут.

— А потом что?

— А потом опять пойдешь под замок.

— Сволочь! — почти выкрикнула Ира.

— Еще раз произнесешь это слово — пойдешь под замок без обеда, — холодно ответила Наташа. — Я засекаю время.

Она демонстративно посмотрела на часы и уселась в свой уголок, наблюдая, как Ира, гремя посудой, разогревает и ест обед, приготовленный Бэллой Львовной.

* * *

Чиновник с киностудии смотрел на Наташу одновременно неодобрительно и сочувственно.

— Наталья Александровна, вы сами-то понимаете, что вы тут понаписали?

— Понимаю. Вам не нравится мой сценарий?

— Да нет, сценарий хороший, я бы даже сказал — замечательный сценарий. Есть динамизм, драматизм, тонкие наблюдения. Но он идеологически не выдержан.

— В чем он не выдержан? Вы хотите, чтобы в этих фильмах голос за кадром цитировал материалы съезда КПСС или последние постановления ЦК партии?

— Ох, Наталья Александровна, Наталья Александровна. — Чиновник укоризненно покачал головой, украшенной сверкающей лысиной. — Как же с вами трудно разговаривать. Ну вот смотрите, что вы пишете.

Он открыл папку и принялся быстро перебирать страницы, поля которых были сплошь исчерканы синим карандашом.

— Ну вот, например: «Все дети мечтают поскорее вырасти и стать взрослыми. Осуществляя эту мечту, они часто делают глупости и попадают в беду. И нигде в мире еще не придумали средства от этой болезни». Ну? — Он снял очки, швырнул их на рукопись и уставился на Наташу. — Что это такое, я вас спрашиваю?

Голова у нее болела, причем болела постоянно уже недели две, эта непрекращающаяся боль вымотала ее и лишала способности быстро реагировать на слова собеседника.

— А что это такое? — тупо повторила она вслед за лысым чиновником. — По-моему, это закадровый текст.

— А по-моему, это идеологическая диверсия, уважаемая Наталья Александровна. И вы как член партии не можете этого не понимать.

— Господи, да почему? Какую вы видите тут диверсию?

— Какую диверсию? А вот я вам сейчас покажу, какую. Значит, вы считаете, что асоциальное поведение подростков — это нормально?

— Нет, это, конечно, плохо, — торопливо возразила Наташа, — но это неизбежно.

— То есть вы хотите сказать, что, если нигде в мире не придумали средства, как бороться с правонарушениями несовершеннолетних, значит, этого средства не существует.

— Ну... примерно так. Да, так. Я и пыталась объяснить, почему этого средства не существует... Потому что девиантное поведение подростков — следствие естественных процессов взросления, а с естественными процессами бороться невозможно. Понимаете?

— Понимаю, понимаю, как не понять. Кстати, что это за словечко вы сейчас употребили? Деви... Дели...

— Девиантное поведение?

— Вот-вот. Откуда вы взяли этот термин?

— Из криминологии. Я специально прочла учебник по криминологии, этот термин означает «отклоняющееся от нормы поведение».

— Учебник наш, советский?

— Нет, американский, переводной. Издан в издательстве «Прогресс».

— Ах, американский... И как фамилия автора?

— Фокс. Вернон Фокс. Между прочим, если бы теории Фокса были реакционными и буржуазными, этот учебник бы не перевели и не напечатали у нас. И я полагала, что могу полностью доверять ему и опираться на то, что там написано.

— Наталья Александровна, в нашей стране публикуют такие учебники не для того, чтобы по ним учились, а для того, чтобы все воочию могли убедиться, как буржуазные ученые создают свои теории, чтобы поставить их на службу реакционной загнивающей морали. Вы вступили в партию, если я не ошибаюсь, восемь лет назад...

— Девять, — поправила его Наташа, с ужасом понимая, что из-за истерзавшей ее многодневной головной боли не может уловить, куда он клонит, и поэтому не в состоянии правильно отвечать.

— Девять лет назад? Сколько же вам тогда было?

— Двадцать.

— Н-да... Похоже, в парторганизации ВГИКа поторопились с вашим приемом в члены КПСС, вы даже сейчас, девять лет спустя, остались совершенно незрелым человеком с неразвитыми идеологическими установками.

— Я вас не понимаю, — в отчаянии почти прошептала она. — Я не понимаю, что такого плохого и неправильного я написала.

— Ну хорошо, — вздохнул чиновник, — если вы действительно не понимаете, придется вам объяснить. Шаг за шагом.

— Объясните, пожалуйста. Я, честное слово, не понимаю.

— Все подростки хотят поскорее стать взрослыми, так? Все, без исключения, во всем мире и при всех экономических и политических режимах. Так?

— Да, так.

— И в нашей стране тоже. Так?

— Да.

— Следовательно, определенная часть наших советских школьников обязательно и неизбежно будет совершать неосмотрительные поступки. Так?

— Да.

— Они будут делать глупости, и часть этих глупых поступков неизбежно окажется преступлениями. Так?

— Да, правильно.

— Иными словами, определенная часть наших советских школьников, наших пионеров и комсомольцев, неизбежно станет преступниками. Верно?

— Совершенно верно.

— И средства бороться с этим нет?

— К сожалению, нет.

— Ну вот видите, Наталья Александровна, что у вас получается! Получается, что преступность искоренить невозможно. А как же программные указания партии, нацеленные на постепенное полное искоренение правонарушений и преступности в нашей стране? А как же теория научного коммунизма, которая гласит, что по мере построения коммунистического общества и развития коммунистической морали преступность исчезнет? У вас что было по научному коммунизму? Не удивлюсь, если вам на экзамене поставили «неудовлетворительно».

— Мне поставили «отлично». Вы правы, Юрий Петрович, так далеко, как вы, я в своих логических построениях не заходила, и это моя ошибка. Я слишком поверхностно отнеслась к проблеме, а теперь, после ваших объяснений, я вижу, что поторопилась с выводами. Позвольте, я редакционно поправлю текст. Это не займет много времени.

Лысый чиновник с подозрением посмотрел на нее, потом перевел взгляд на лежащую перед ним папку со сценариями пяти документальных фильмов о проблемах подростков и молодежи.

— Сроки поджимают, Наталья Александровна. Сегодня у нас четвертое октября. Сколько вам нужно времени, чтобы устранить все замечания?

— Два дня, Юрий Петрович. Через два дня я принесу поправленный текст.

— Значит, шестого октября. — Он сделал пометку в настольном перекидном календаре. — Ну что ж, Наталья Александровна, я рад, что наша беседа прошла столь плодотворно и что вы меня поняли.

— Я все поняла. — Наташа постаралась, чтобы голос ее звучал виновато и искренне, хотя никакой вины она за собой не чувствовала и лихорадочно пыталась придумать, как редакционно изменить текст таким образом, чтобы обмануть бдительного стража идеологической чистоты и в то же время сохранить мысли, которые родились у нее под влиянием разговоров с Бэллой Львовной и которые она считала необходимым донести до всех. — Большое спасибо за ваши замечания. До свидания.

Она выскочила из здания киностудии с папкой в руках и бросилась ловить такси. Уже половина второго, чиновник назначил ей на десять тридцать, а принял только в четверть первого, промурыжил в приемной почти два часа. Она катастрофически опаздывала на прием к Грише Гольдману.

В такси голова разболелась еще сильнее, от едва ощутимого запаха бензина Наташу начало подташнивать. Все это — и непрекращающаяся головная боль, и непереносимость езды в машине — были очевидными для нее признаками беременности. Точно так же она чувствовала себя, когда была беременна Сашенькой, а потом Алешей.

При виде Наташи гинеколог расплылся в улыбке, а работающая с ним медсестра тут же достала из деревянного ящичка Наташину карту.

— Ну-с, светило советского кинематографа, с чем пожаловала? Моя Инна Борисовна сказала, что ты опять рожать собралась.

— С твоей помощью. Гриш, посмотри, я, кажется, действительно беременна. И по времени задержки, и по самочувствию.

Закончив осмотр, Гольдман снял перчатки, бросил их в корзину, вымыл руки. Наташа оделась и, сидя у стола, вопросительно смотрела на него. Гриша никогда ничего не говорил во время осмотра, и по выражению его лица невозможно было понять, что он там нащупал — будущего ребенка, злокачественную опухоль, эрозию матки или вообще ничего.

— Ну что тебе сказать, любимая подруга любимой жены? Десять недель как одна копеечка. Сходится?

Наташа быстро подсчитала: папа умер двадцатого июля, на девять дней приезжал Вадим и пробыл в Москве до 1 августа, сегодня четвертое октября. Действительно, ровно десять недель.

— У тебя что, календарь в пальцы вживлен? — пошутила она. Гольдман довольно рассмеялся, он и в самом деле умел удивительно точно определять сроки беременности и радовался как ребенок, когда это замечали и делали ему комплименты.

— Так что, подруга жены, ставить тебя на учет или на аборт направлять?

— Какой аборт? — возмутилась Наташа. — С ума сошел? Ставь на учет, будем рожать.

Григорий стал серьезным, полистал Наташину карту, бегло просмотрел свои записи — он вел их во время двух предыдущих беременностей.

— Хорошо подумала? У тебя ведь уже двое, — осторожно произнес он.

— Слушай, муж любимой подруги, если мне нельзя рожать по медицинским показаниям, мы будем это обсуждать. Если со мной все в порядке, то обсуждать нечего, — твердо ответила она. И, улыбнувшись, добавила: — Мы с Вадиком еще девочку хотим.

— А если снова парень получится?

— Ну что ж делать, парень — так парень. Но пробовать надо. А вдруг девочка?

* * *

Прошли Ноябрьские праздники, потом Новый год, потом Наташин день рождения. Все постепенно вошло в свою колею, ловко переделанный сценарий на киностудии приняли, съемки шли полным ходом. Вадим, узнав о Наташиной беременности, так обрадовался, что забыл свои прежние обиды и радовался тому, что жена в Москве, что у нее хороший врач и что рядом находится Бэлла Львовна, на которую можно всегда и во всем положиться — и за детьми присмотрит, и по хозяйству поможет.

Иринка тоже как будто притихла, и, хотя училась по-прежнему плоховато, исходящего от нее запаха спиртного и табака Наташа не чувствовала. Девочка стала больше времени проводить дома, с удовольствием занималась малышами, гуляла с ними, играла, учила Алешу считать, а Сашу — читать. С токсикозом Наташа благополучно справилась, с седьмого месяца беременности она уже чувствовала себя совсем хорошо, роды ожидались в начале мая, и ее то и дело охватывало радостное ощущение того, что черная полоса закончилась и все самое трудное позади.

После трехмесячного автономного плавания Вадим получил отпуск и, как Наташа и обещала сыновьям, приехал в Москву как раз к Восьмому марта. Было устроено шумное застолье, пришли Инна с Григорием и двое товарищей Вадима, один с женой, другой — с незамужней сестрой, специально для которой Гольдманы, предварительно посоветовавшись с Наташей, привели холостого хирурга Андрея Константиновича. И конечно же, за столом присутствовали Бэлла Львовна и Иринка. Полину Михайловну тоже позвали — соседка все-таки, Иринкина бабушка, — но та очень вовремя заснула и не пришла.

Иринка давно уже вновь набрала потерянные во время болезни килограммы и обрела прежний цвет лица. Ее персиковые щечки излучали теплый свет, а темные большие глаза опасно поблескивали, особенно когда она бросала взгляд на хирурга, весело ухаживающего за приглашенной для него дамой.

— Андрей Константинович, а пойдемте танцевать! — заявила девочка, обращаясь к доктору через весь стол.

Хирург смешался, растерянно поглядел на сидящую рядом с ним молодую женщину, но положение спас ее брат:

— И это правильно! Сестренка, пошли потанцуем.

После первого танца последовал второй, потом третий, а Ира все не отпускала от себя Андрея Константиновича, уговаривая станцевать «ну еще один разочек». Это продолжалось до тех пор, пока Наташа не взяла бразды правления в свои руки и не попросила Иру помочь ей на кухне.

— Что ты к нему пристаешь? — сердито выговаривала она соседке, выкладывая из духовки запеченную в фольге баранью ногу. — Он взрослый человек, ему гораздо интереснее общаться с Еленой, чем с тобой. А ты прилипла к нему и не отпускаешь.

— Если бы ему было интересно с ней, так он бы с ней и общался, — отпарировала Ира. — А он вместо этого со мной танцевал. Значит, ему со мной больше нравится.

— Ничего-то ты не понимаешь, — вздохнула Наташа. — Андрей Константинович хорошо воспитан и не может отказать даме, если она просит потанцевать с ней. Но это совсем не означает, что эта дама ему нравится. Усвоила, малолетняя куртизанка? И не смей больше его дергать, а то из-за стола выгоню.

— Не выгонишь. — Иринка показала ей язык и скорчила рожицу.

— Почему это не выгоню?

— Потому что ты меня любишь и все мне прощаешь. Скажешь, нет?

— И да, и нет. Я тебя, дуреху, действительно люблю, но насчет того, чтобы все тебе прощать, тут ты сильно заблуждаешься. Забыла уже, как под замком у меня три дня просидела? Снова хочешь попробовать?

Ира надулась, молча взяла большое блюдо с мясом и выложенным по краям отварным картофелем и понесла его в комнату. До конца застолья она не проронила ни слова, к Андрею Константиновичу больше ни с какими вопросами не обращалась и вела себя как примерная гимназистка. Когда гости наконец разошлись, она, все так же храня гордое обиженное молчание, помогла Наташе унести из комнаты и вымыть грязную посуду. Наташа не пыталась ее разговорить, она полагала, что обиды и мелкие конфликты пойдут девчонке только на пользу.

Уже лежа в постели, они с Вадимом обсуждали, как назвать будущего ребенка. Это нужно было решить заранее, ведь в мае Вадима в Москве не будет, и не исключено, что он снова окажется в плавании, а ребенка нужно будет регистрировать.

— Давай, если будет девочка, назовем в честь твоей мамы, — предложила Наташа.

— Зоей? Нет, не годится.

— Почему?

— Это не современно. Ну какая может быть Зоя? Восемьдесят пятый год на дворе. Давай лучше в честь твоей мамы.

— А что, Галя — лучше, по-твоему? Сейчас никто девочек Галями не называет, — возразила Наташа, привычно прикладывая ладони к выпирающему животу, словно пытаясь нащупать ребенка и спросить у него, кто он, мальчик или девочка, и как его зовут.

— А как сейчас называют?

— Ну, например, Катя, Юля, Олеся, Оксана. Остаются и традиционные варианты — Ира, Марина, Наташа, Оля, Лена, Таня, Люда.

— А что? — воодушевился Вадим. — Катя — чудесное имя. Давай Катей назовем.

— У Люськи уже есть Катя. Не хочется повторяться. Они все-таки сестрами будут, хоть и двоюродными.

— Ладно, тогда пусть будет Юля.

— Юля у Инки Гольдман уже есть.

— Ну да, Ира у нас тоже есть, и Наташа есть, и Людмила, Оля, Олеся и Оксана мне принципиально не нравятся, не люблю имена на букву «О». А если Таня?

— Таня? — Наташа задумалась. У Марика жена — Таня. И каждый раз, произнося это имя, она будет вспоминать о нем. И о ней... Нет, только не Таня. — Нет, не пойдет.

— Капризная ты у меня, — рассмеялся Вадим. — Предлагаю компромисс. Пусть будет Оксана, но не в украинском варианте, а в русском. Ксения, Ксюша. Как тебе?

— Здорово, — обрадовалась Наташа. — Ксюша, Ксюшенька. Ксения Воронова. Принимается. Слушай, а если все-таки мальчик?

— Ну, уж если опять мальчик, тогда я предлагаю назвать его Гришкой в честь твоего гинеколога, благодаря которому ты благополучно переносишь уже третью беременность.

— Да ну тебя, — рассмеялась Наташа. — Я серьезно спрашиваю.

— А я серьезно отвечаю. Гриша Гольдман — крестный отец всех моих детей. Неужели ты думаешь, что я не знаю, как ты не хотела рожать Алешку сразу после Сашеньки, как просила дать направление на аборт, а он тебя уговорил оставить ребенка!

— Знаешь?! — ахнула Наташа. — Откуда? Я же тебе не говорила об этом. Неужели Инка продала?

— Ну да, твоя Инка продаст, — усмехнулся Вадим. — Она скорее себе язык откусит. Вы с ней два сапога пара, ничего друг про друга не рассказываете.

— Тогда кто же? Гриша?

— Да ты что, разве Гриша добровольно расстанется с врачебной тайной? Только под пытками, а я не садист.

— Бэлла Львовна? — высказала очередное предположение Наташа и тут же сама себе ответила: — Нет, не может быть, Бэллочка никогда не сказала бы тебе... Всё, сдаюсь. Говори, кто меня продал.

— Никогда в жизни не угадаешь. Иринка.

— Ирка? — От изумления Наташа даже приподнялась в постели. — Она-то откуда об этом узнала? Ей же тогда десять лет было, я не могла с ней это обсуждать.

— Ты это обсуждала с Бэллой Львовной. А Иринка подслушивала под дверью. И потом мне доложила. Только ты ее не ругай, она же маленькая была, не понимала, что подслушивать неприлично, а пересказывать подслушанное — подло. Ну так что, остановимся на Григории Воронове?

— Остановимся, — согласилась Наташа.

— Тогда давай спать.

* * *

Через два дня, 10 марта, телепрограммы обрушили на головы людей очередную порцию симфонической музыки и классического балета. Первой в квартире печальную новость узнала, как обычно, Бэлла Львовна, она включала телевизор с самого утра.

Наташа на кухне возилась с обедом, когда соседка выглянула из своей комнаты.

— Наташенька, кажется, у нас опять кто-то умер, — громким шепотом сообщила она.

Наташа в испуге обернулась. Что случилось? Неужели Полина Михайловна...

— Кто? — вмиг задеревеневшими губами спросила она.

— Кто-то из руководства страны. Опять по телевизору по всем программам минорная музыка. Черненко, наверное.

— О господи, как вы меня напугали. — Наташа с облегчением перевела дух. — Я уж думала, кто-то из наших... Интересно, кого теперь генсеком выберут вместо него?

— Завтра узнаем.

— Думаете, уже завтра внеочередной Пленум ЦК соберут? — с сомнением покачала головой Наташа. — Вряд ли так скоро, на это время нужно.

— Ой, Наташенька, какая ты у меня правильная, — засмеялась Бэлла Львовна. — При чем тут Пленум ЦК? Завтра в газетах опубликуют официальный некролог и назовут руководителя комиссии по организации похорон. Кто руководитель — тот и будущий генсек. Все просто. Так всегда было, Брежнева хоронил Андропов, Андропова хоронил Черненко. Кто Черненко похоронит, тот и будет нами руководить, пока сам не помрет. Интересно, новый генсек будет такой же старый или чуток посвежее?

— Побойтесь бога, Бэлла Львовна! Откуда такой цинизм? — пряча улыбку, заметила Наташа.

— Как это откуда? Оттуда же, откуда и у всех. В нашей стране все так думают, только не все вслух говорят. И не морочь мне голову своей идейностью, я ей цену знаю. И очень хорошо помню, как ты переписывала свой сценарий, имея в виду только одну цель — обмануть партийное руководство, а вовсе не следовать его указаниям. Я, между прочим, тоже член партии с сорок второго года, во время войны вступала в ряды коммунистов и свято верила во все, во что надо было тогда верить. Но это не зна-

258

чит, что к сегодняшнему дню я ослепла, оглохла и впала в маразм. Я все вижу, все понимаю и отношусь ко всему со здоровой критикой. Кстати, что ты собираешься делать с этим мясом? — спросила соседка, глядя, как Наташа вытаскивает кусок отварного мяса из кастрюли с только что приготовленным борщом.

— Еще не решила. — Наташа задумчиво разглядывала горячее мясо, от которого поднимался пар. — То ли мясной салат соорудить, то ли перемолоть и сделать макароны «по-флотски». Вы как думаете? А может, блинчики с мясом? Вадим макароны любит, Иринка — салат, а мальчики обожают блинчики. На всех не угодишь, мяса не хватит.

— А сама-то ты что хочешь?

— Сама я хочу картофельные пирожки с мясом, — призналась Наташа.

— Ну вот и сделай себе на радость, — посоветовала Бэлла Львовна. — Сколько можно всем угождать? Ты ребенка носишь, тебе о себе думать надо, а не о них. Давай я тебе помогу, быстренько в четыре руки картошечку почистим, отварим и налепим пирожков. Сметаны только у меня нет. А у тебя?

— Есть немножко, но это для борща... Ладно, уговорили, делаем пирожки. Скоро Иринка из школы придет, мы ее в магазин пошлем за сметаной. Вадим мальчиков в зоопарк повел, они вернутся не раньше чем часа через два, мы как раз все успеем, — решила Наташа.

Они ловко начистили картофель и поставили его варить, а пока решили выпить здесь же на кухне по чашечке чаю.

— Как вы думаете, Бэлла Львовна, мальчики не станут ревновать, когда появится еще один ребенок?

Этот вопрос отчего-то мучил Наташу на протяжении всей беременности. Раньше она никогда об этом не задумывалась, хотя всегда знала: если бог пошлет — будет рожать еще раз.

— Как знать, — неопределенно ответила соседка. — Но мне кажется, твои опасения напрасны, мальчики еще слишком малы, чтобы вдоволь насладиться радостью быть единственным объектом родительской любви и не желать эту любовь потерять. И потом, их двое, а это в корне меняет дело. Каждый из них знает, что он в любом случае не единственный, и тогда уже не имеет значения, двое их или трое. А ведь я знаю, почему ты стала об этом задумываться.

— Да? — Наташа удивленно подняла голову. — А я вот не знаю. Просто задумалась — и все. И почему же?

— Люся, — коротко бросила Бэлла Львовна.

— Что — Люся? При чем тут Люся?

— При том, что она тебя достала. До-ста-ла, — по слогам повторила соседка. — В последний свой приезд, когда хоронили Александра Ивановича, твоя сестра вела себя так отвратительно, что ты поневоле стала задумываться над ее отношением к себе. Да-да, — кивнула она, поймав недоверчивый взгляд Наташи, — именно так. И додумалась, только признаваться в этом не хочешь. Ты права, Наташенька, между вами была слишком большая разница. Когда Галина Васильевна забеременела тобой, Люсе было уже шестнадцать, а когда ты родилась — семнадцать. Она всегда была эгоистичной и себялюбивой, и мысль о том, что папа и мама будут любить еще кого-то, кроме нее самой, была для нее невыносимой. Ты не можешь этого знать, а я-то видела, все на моих глазах происходило. Как она рыдала! Как с ума сходила от бешенства, когда выяснилось, что в семье появится второй ребенок! Как она этого не хотела! Галина Васильевна, твоя мама, не очень-то радовалась своей беременности, хотела на аборт идти, ей ведь уже сорок лет было. А папа очень хотел, чтобы она рожала, долго ее уговаривал и уговорил-таки! Люся, естественно, знала, что мама тебя не хотела и что ты появилась только благодаря папиным уговорам. Какие истерики она закатывала, боже мой!

Бэлла Львовна выразительно подняла глаза к потолку.

— Не может быть, — ошеломленно прошептала Наташа, — я не могу в это поверить. Неужели Люська ненавидела меня еще до моего рождения?

— Как ни прискорбно, но это именно так, — подтвердила соседка. — Ну посуди сама: комната у вас всего одна, им и втроем-то было тесно, а тут еще маленький ребенок появится, ему кроватка нужна, манежик, коляска, кругом ползунки и пеленки, бутылочки с детским питанием, погремушки по всему дому валяются. Ребенок плачет, писает, какает, а Люся уже достаточно большая, чтобы можно было часть забот переложить на нее. Ей этого не хотелось. Ей не хотелось этих забот, хлопот, запахов и детского плача по ночам. Ей не хотелось, чтобы ее заставляли сидеть с тобой, стирать твои пеленки, вместо того чтобы идти в кино с подружками или на свидание с кавалером. Ей ведь было семнадцать, не забывай. Тебе год — а ей восемнадцать. Тебе два — а ей девятнадцать. У нее в разгаре юность со всеми ее радостями, а мать то и дело эти радости отнимает, потому что нужно заниматься тобой. Самое печальное, что твоя мама все это понимала и постоянно испытывала чувство вины перед старшей дочерью. А Люся это видела. И пользовалась этим. Крутила матерью как хотела. Но это уже потом, когда ты подросла. А вот папа больше любил тебя, и это, кстати, Люсю тоже ужасно злило. Что, золотая моя, я тебя расстроила?

— Да, немного... Но зато теперь многое стало понятно. Теперь я хоть понимаю, почему мама так безропотно поехала с Люсей по первому ее требованию. И почему Люся так ко мне относится, считает неудачницей и бездарностью. Хорошо, что вы мне рассказали. Жалко только, что так поздно.

— А что изменилось бы, если бы ты узнала об этом раньше? Ты узнала ровно тогда, когда твое сознание оказалось готово это принять, ни минутой раньше. Ты сама начала об этом задумываться, значит, наступило время сказать тебе об этом, вот и все.

Бэлла Львовна тяжело поднялась с табуретки, сняла крышку с кастрюли и потыкала вилкой в варящийся картофель.

— Готово, золотая моя, можно сливать. Сиди-сиди, — поспешно замахала она руками, видя, что Наташа оперлась о стол и собирается встать, — я сама сделаю. Отдохни пока, ты слишком много времени проводишь на ногах, это не полезно.

Наташа оперлась спиной о прохладную стену и закрыла глаза.

— Бэлла Львовна, — негромко позвала она, не открывая глаз.

— Что, золотая моя?

Соседка слила воду из кастрюли в раковину и теперь подсушивала картофель на маленьком огне.

— А ведь наша Люська... Она — чудовище. Она страшный человек. Как же Марик мог ее столько лет любить? Неужели он этого не знал, не видел? Марик был таким умным, таким тонким... Как же так, Бэллочка Львовна? Я не понимаю.

— Этого никто не понимает, золотая моя. Человеческая мысль бьется над этим многие столетия, а понять никто не может. Это называется «бремя страстей человеческих».

— Это называется «Сомерсет Моэм», — слабо улыбнулась Наташа, по-прежнему не открывая глаз.

— Нет, золотая моя, это называется «жизнь». Обычная человеческая жизнь, которую до сих пор никому не удалось разгадать.

* * *

Субботний день в конце апреля выдался на редкость теплым, таким же теплым был и вечер. В окно робко вливался нежный запах первой зелени, которая и зеленью-то еще не была, а лишь зеленой дымкой. В квартире царят тишина и покой, Вадим давно уехал — отпуск закончился, Бэлла Львовна отбыла на выходные за город к своей давней приятельнице Тамаре, Иринка ушла в кино с подружками, Полина, по обыкновению, пребывает в пьяной дреме, Саша и Алеша смотрят по телевизору передачу «Спокойной ночи, малыши!». Вот закончится мультфильм, Хрюша и Степашка попрощаются с детьми, Наташа умоет мальчиков и уложит спать, а сама дочитает наконец «Улисса» Джеймса Джойса.

Она уже вела детей в ванную, когда на стенке в прихожей взорвался звонком телефон.

— Маликова Ирина Николаевна здесь проживает? — спросил незнакомый мужской голос, чуть грубоватый и усталый.

— Здесь, но ее нет дома. А кто ее спрашивает?

— Да знаю я, что ее нет дома. Мне нужны ее родители.

— У нее нет родителей. Она сирота. А вы, собственно, кто?

— А вы кто? — задал мужчина встречный вопрос.

— Я ее соседка, — нетерпеливо ответила Наташа. — Вы можете объяснить мне, наконец, в чем дело?

— А дело в том, что Ирина Николаевна Маликова находится в отделении милиции, и документов у нее при себе нет.

— Как в милиции?! За что?!

— За хулиганство. Вы можете принести ее паспорт?

— Господи, да какой паспорт, нет у нее никакого паспорта, ей только через месяц пятнадцать исполнится! Что с ней случилось?

— Пятнадцать? — недоверчиво протянул мужчина на

другом конце провода, потом хмыкнул: — С трудом верится. По внешнему виду она на все восемнадцать тянет. Так с кем же она живет, если родителей нет?

— С бабушкой.

— Вот пусть бабушка и придет сюда к нам.

— Да она старенькая совсем, больная... Вы скажите, куда, я сама приду.

— В шестидесятое отделение. Если вы живете на Воеводина, то это от вас недалеко.

Наташа заметалась по квартире. Детей оставить не с кем, не с Полиной же, которая все проспит и не уследит за малышами. Быстро накинув просторное «беременное» платье и сверху плащ нараспашку, она схватила за руки сонных мальчиков и отправилась в отделение милиции. Добираться пришлось долго, набегавшиеся и уставшие за день мальчики хныкали, упирались и капризничали, ребенок в животе то и дело начинал ворочаться и стучать ножками, и Наташе приходилось все время останавливаться. Мысли ее одолевали самые черные: что с Иринкой, в порядке ли она, не избили ли ее? А если в этом смысле все в порядке, то как обстоит дело в другом? За хулиганство ведь с четырнадцати лет могут посадить, после участия в работе съемочной группы, выезжавшей в Икшу, в колонию для несовершеннолетних преступников, Наташа это хорошо знает. Осужденных за хулиганство пацанов своими глазами видела. Неужели ничего нельзя сделать? Неужели она не уберегла девочку?

Видно, лицо у нее было такое страшное, что дежурный по отделению милиции, куда она наконец доползла, даже дар речи потерял.

— Слушаю вас, — наконец выдавил он, не сводя глаз с ее огромного живота.

— Мы за Илкой плишли! — звонко объявил Сашенька.

— За кем, за кем? — переспросил дежурный.

— За Илкой Маликовой! Ты что, глухой?

— Саша! — Наташа в отчаянии дернула сына за руку и вдруг разрыдалась.

Дежурный испуганно выскочил из-за стеклянной перегородки, осторожно обнял Наташу за плечи и начал усаживать на жесткий колченогий стул. Она плакала горько и громко и почти не понимала, что происходит вокруг, только изредка улавливала отдельные слова: «За Маликовой... беременная... двое детишек... маленькие совсем... как бы плохо не стало... говорят, сирота... участковый...

завтра будет... соседка... она же в драке не участвовала, только рядом стояла... пьяная... на учет поставить...» Наташа даже не видела, откуда вдруг появилась Ира, растрепанная, испуганная, бледная, под глазом свежий синяк.

— Ой, Натулечка, — только и пролепетала она.

Рядом с Ирой стоял милиционер с двумя звездочками на погонах. Лицо его было хмурым и некрасивым, а голос — грубоватым и усталым. Наташа сразу узнала этот голос и поняла, что именно он ей звонил.

— Забирайте свою соседку. Но учтите, только из сочувствия к вашему положению. Еще раз попадется — передадим материалы в инспекцию по делам несовершеннолетних, пусть поставят ее на учет. А не исправится — будем оформлять в специнтернат.

— Что она сделала? — давясь слезами, спросила Наташа.

— Пьянствовала в компании с сомнительным контингентом, приставали к прохожим, затеяли драку. В общем, ничего такого, что могло бы украсить девушку. Ты все поняла, Маликова? Скажи спасибо, что у твоей соседки двое детишек и третий на подходе, мы тебя отпускаем, чтобы ее не волновать. В следующий раз так легко не отделаешься. Иди. Чтоб я тебя больше не видел.

Всю дорогу домой Ира просила прощения и давала честное слово, что она все поняла и что это в последний раз. Наташа почти не слушала ее и ничего не отвечала. И, только переступив порог квартиры, обессиленно привалилась к стене и сказала:

— Я всегда знала, что ты слабая и безответственная. Сегодня я узнала, что ты еще и дура. Мне очень жаль, что я вынуждена тебя любить. Но у меня нет другого выхода. Я обречена на тебя. Ты — мой крест. Иди к себе, я тебя видеть не хочу.

* * *

На следующее утро, в воскресенье, у Наташи раньше времени начались схватки — слишком дорого обошлись ей волнения вчерашнего вечера. И Бэллы Львовны, как назло, нет, а на Иринку надеяться нельзя. Хорошо, что все необходимое Наташа уже несколько дней назад собрала и сложила в пакет.

Дотерпев до восьми утра, она позвонила Инне. Никто не отвечал, и Наташа поняла, что подруга с мужем тоже на даче. Как неудачно, что все это случилось именно в воскресенье! Наплевав на приличия, она набрала номер Бориса Моисеевича, Инкиного отца. Тот спросонок ничего понять не мог, потом разволновался, велел Наташе собираться и одевать детей, и через двадцать минут его новенькая «Волга» уже стояла перед подъездом в переулке Воеводина.

— Сейчас отвезу тебя в роддом, потом мальчиков — на дачу. За них не волнуйся, Инна с Гришей за ними присмотрят, все будет в порядке, только не волнуйся, — приговаривал он, осторожно усаживая кривящуюся от боли Наташу в машину. — Иночка собиралась забрать твоих мальчиков после майских праздников, Гриша говорил, что тебе рожать между седьмым и десятым мая. Неужели мой зять просчитался?

— Нет, все правильно. Немножко раньше срока получилось, — неохотно пояснила Наташа.

В приемном покое ее встретили как родную, оказалось, что дежурный врач Наташу отлично помнит.

— Я же училась на одном курсе с Гришей Гольдманом, а вы мне в прошлый раз сказали, что он вас вел во время беременности, вот я вас и запомнила. Не волнуйтесь, мамочка, все будет в порядке, третьи роды — не первые, сами не заметите, как все кончится.

И оказалась права. Третьи роды у Наташи прошли на удивление легко, и уже к вечеру она держала на руках очаровательную кареглазую девочку. Ксюшеньку. Ксению Воронову.

* * *

Цикл фильмов, снятых по заказу Гостелерадио, был показан по телевидению и вызвал шумные и горячие споры. После знаменитой фразы нового генсека Горбачева о том, что «всем нам надо перестраиваться», термин «перестройка» прочно вошел во все, в том числе и в идеологические, сферы, и никто уже не обвинял авторов фильмов в антипартийной крамоле. Правда, в «Комсомольской правде» появилась статья одного профессора-юриста, громящего фильмы в пух и прах и утверждающего, что в них проявилось полное непонимание авторами причин подростковой преступности, но в целом все отзывы были положительными, а некоторые — даже восхищенными. В ряде публикаций прозвучали и похвалы в адрес закадрового текста, «выверенного до мельчайших нюансов, точного, лаконичного и в то же время эмоционально насыщенного». Наташа летала как на крыльях, редакторы на телевидении стали узнавать ее и приветливо здороваться, вся съемочная группа получила премии, а Юрий Петрович, тот самый лысый чиновник, встретив ее в Останкино, отозвал в сторонку и с таинственным видом объявил:

— Наталья Александровна, есть мнение, что вас можно включить в состав группы, которая будет делать фильм о ставропольском периоде деятельности Михаила Сергеевича. Сам Михаил Сергеевич смотрел по телевизору молодежный цикл и похвалил. Это очень высокое доверие и очень ответственная работа, так что вам придется постараться. Но я вам пока ничего не говорил.

Дома тоже все складывалось благополучно, Сашу и Алешу после отъезда Галины Васильевны пришлось отдать на пятидневку, а с Ксюшей помогали Бэлла Львовна и Иринка, которая неожиданно воспылала к девочке горячей любовью и проводила с ней каждую свободную минуту, точно так же, как когда-то Наташа возилась с ней самой. Вообще Ира несколько остепенилась, видимо, привод в милицию ее все-таки сильно напугал. Она училась уже в девятом классе, за ней начал ухаживать десятиклассник, симпатичный серьезный юноша, и Иринка находила особое удовольствие в том, чтобы брать колясочку и гулять с маленькой Ксюшей в обществе своего кавалера.

— Знаешь, меня все принимают за Ксюшину маму, — как-то призналась она Наташе. — Так смешно! Оборачиваются вслед, а я слышу, как они говорят: «Подумать только, какая молодая мама!»

— А тебя это сердит? — спросила Наташа, опасаясь, как бы ее непредсказуемая соседка не отказалась гулять с ребенком.

— Наоборот, мне нравится, — улыбнулась Ира. — И Володе тоже нравится. Он говорит, что это хорошая тренировка.

— В каком смысле?

— Ну, в том, что, когда мы поженимся и заведем своих детей, такие прогулки войдут у нас в привычку.

— Ах, вот как! — озадаченно протянула Наташа. — То есть вы уже строите такие серьезные планы на будущее?

— А что такого? Володька очень хороший, я его люблю, он меня тоже. Через год ему исполнится восемнадцать, а я как раз уже школу закончу, и можно будет расписаться.

— Да, но тебе-то будет только семнадцать, — возразила Наташа, не зная, поддерживать ли этот разговор на серьезной ноте или перевести его в шутку, настолько нелепым казалось ей предположение о том, что эта легкомысленная девочка может уже через год с небольшим стать чьей-то женой.

— Ну и что? Я узнавала, в семнадцать тоже расписывают, нужно только разрешение в исполкоме получить.

— Ириша, это все правильно, только ты не учла, что в исполком в таких случаях дети идут не одни, а с родителями. Это родители должны убедить чиновников, что не возражают против брака. Неужели ты думаешь, что твоя бабушка сможет получить в исполкоме нужную бумагу? Это же смешно! С ней там разговаривать никто не станет. Старенькая, немощная и почти все время, извини за подробности, поддатенькая.

— А ты на что? Ты же можешь с нами пойти и убедить их дать разрешение. Ты моя соседка, ты меня с детства воспитывала. И вообще...

— Что — вообще? Исполком, моя дорогая, это государственная организация, а не общество взаимного доверия. Там имеют значение документы, а не факты. А по документам я тебе никто. Так что придется вам с Володей подождать, пока тебе восемнадцать не стукнет.

— Ну и ладно, — неожиданно легко согласилась девушка. — Родить-то можно и пораньше, на это запретов нету, а когда мне восемнадцать исполнится, тогда и распишемся. Правильно, Натулечка?

— Что-о-о?! — Наташа захлебнулась от возмущения. — Родить пораньше? Ты школу сначала закончи с грехом пополам, потом уж о детях будешь думать. Что это тебя на семейную жизнь потянуло? Еще недавно тебя от той мерзкой компании было не оторвать.

— Какая ты все-таки злая, Натулечка, — обиженно произнесла Ира. — Дня не проходит, чтобы ты мне тот случай не припомнила. Что мне теперь, до конца жизни у тебя прощения просить?

— Прощения просить у меня не надо, а вот помнить о том случае тебе необходимо, чтобы еще раз не вляпаться. Ты пойми, Ирочка, — Наташа заговорила ласково и почти умоляюще, — два раза я тебя вытащила, но ведь в третий раз может и не получиться.

— Да ладно, у меня своя голова на плечах есть, — гордо тряхнула темными кудрями Ира. — Нечего меня запугивать. Я сама буду решать, с кем время проводить, с Володькой или с Люлей.

После этого разговора Наташа несколько дней не находила себе места, но, несмотря на дерзкие речи, своенравная девчонка продолжала вести себя прилично, исправно ходила в школу (ну а как же, ведь там можно на переменке увидеться с Володей!), после школы гуляла с Ксюшей по Старому Арбату, который с осени превратили в пешеходную зону, и, если Наташи и Бэллы Львовны не было дома, с удовольствием кормила ее.

На Новый год приехал Вадим — ему удалось вырваться только на два дня, и эти два дня он не выпускал восьмимесячную дочурку из рук, не переставая умиляться тому, какая она пухленькая, улыбчивая и веселая, как похожа на Наташу и как доверчиво тянется к нему, своему отцу, хотя никогда прежде его не видела. Под елку положили подарки, которые привез Вадим: короткую, отороченную мехом ламы дубленку для Наташи, фирменную джинсовую юбку для Иринки, теплый жакет-кардиган из ангоры для Бэллы Львовны и бесчисленные коробки с игрушками для сыновей. Все это было куплено в Мурманске в магазине «Альбатрос», где по специальным чекам моряки-подводники имели возможность приобретать всяческий дефицит по вполне человеческой, то есть не спекулятивной, цене.

На Новый год к ним пришли Инна с Григорием, привели с собой шестилетнюю дочку Юлечку, которую Саша и Алеша хорошо знали, и дети устроили свой собственный праздник с возней, беготней, визгом и дикими криками индейцев племени наварро. В десять вечера их с трудом удалось успокоить и уложить спать в одной из двух комнат, теперь уже безраздельно принадлежавших семье Наташи, а в другой взрослые приготовились встречать 1986 год. С продуктами в Москве с каждым годом становилось все труднее, и сделать стол по-настоящему праздничным удавалось только за счет изобретательности хозяйки. В ход шли отварные яйца, фаршированные собственным желтком, смешанным с тертым сыром и чесноком и украшенные крошечным листочком купленной на рынке петрушки, салат из консервированного лосося с рисом, луком, майонезом и тертым желтком, а в качестве закуски под водку Наташа часто делала обычный репчатый лук, вымоченный в кипятке с добавлением уксуса и сахара и приправленный все теми же сваренными вкрутую яйцами. Разумеется, была и отварная картошка, и селедочка с лучком, и пироги с разными начинками, и знаменитый Наташин торт «Наполеон». И обращение Советского правительства по телевизору, и бой курантов, и «Огонек»...

Давно уже Наташа не чувствовала себя такой счастливой. Вадим рядом, у них теперь есть дочка, о которой они так мечтали, розовощекая кареглазая Ксюшенька, и двое чудесных сыновей, умненьких и здоровеньких. И с работой у нее все пошло на лад, после стольких лет унижений, когда она обивала пороги киностудий, предлагая редакторам то один, то другой написанный ею сценарий и слыша в ответ равнодушное «оставьте, мы ознакомимся», с ней наконец начали разговаривать по-другому. А сразу после праздников состоится встреча с ответственными сотрудниками телевидения, на которой будут решаться вопросы подготовки к съемкам фильма о Генеральном секретаре ЦК КПСС. И Иринка, кажется, за ум взялась, опомнилась, покуривает, конечно, но к спиртному не прикасается и к своим взрослым приятелям не тянется. И Бэллочка, дай ей бог здоровья, еще полна сил и помогает Наташе и с детьми, и по хозяйству. И друзья у нее есть, замечательные верные друзья Инуля и Гриша, которые всегда разделят с ней и радость, и трудности. Чего еще желать?

* * *

Встреча «в верхах» прошла успешно, Наташину кандидатуру утвердили и заключили с ней договор на написание сценария фильма о руководителе страны. В ближайшее время ей обещали устроить встречу с ответственным работником аппарата ЦК КПСС, который будет знакомить ее с материалами.

В конце января такая встреча состоялась. Наташе позвонили утром, около одиннадцати часов, и в приказном порядке велели явиться на Старую площадь к шестнадцати ноль-ноль. Именно сегодня это было не очень кстати, Наташа рассчитывала весь день пробыть дома, поэтому, когда Бэлла Львовна еще утром спросила, нужна ли она,

Наташа с легкостью ответила, что Бэллочка может заниматься своими делами. Соседке давно уже нужно было попасть в райсобес, решить кое-какие вопросы со своей пенсией, а там такие очереди, что на это требовался целый день. Что же получается? Бэллочка отправилась в собес и вернется, если повезет, часам к шести, Иринка в школе, Полина, как обычно, не в счет. С кем же оставить Ксюшу? Впрочем, есть надежда, что Иринка все-таки вернется до того момента, как Наташе нужно будет уходить, ведь шестой урок заканчивается в начале третьего, и если девочка не задержится, любезничая в школьном дворе со своим поклонником, то к трем часам она уж точно будет дома, а до Старой площади от переулка Воеводина добираться совсем недолго, всего и нужно войти в метро «Смоленская», проехать одну остановку до «Арбатской», перейти на «Библиотеку имени Ленина», еще две коротенькие — не больше минуты каждая — остановочки, и вот она — станция «Площадь Дзержинского», откуда до внушающего трепет здания не больше пяти минут пешком. Если выйти из дому в половине четвертого, она как раз успеет. Нужно еще подумать, в чем идти. После третьих родов Наташа еще немного располнела, старые вещи стали тесноваты, но если на обычные деловые встречи она ходила в единственных новых, купленных недавно брюках и старых пиджаках, которые можно было не застегивать, то на Старую площадь в таком виде не пойдешь. Нужен строгий костюм с юбкой. А где его взять?

Погуляв с дочкой и покормив ее на обед супом-пюре с котлеткой, Наташа придирчиво обследовала имеющийся гардероб и не без труда нашла что-то относительно приемлемое. Юбка, правда, неприлично обтягивала бедра и собиралась в морщины, но пиджак оказался достаточно длинным, чтобы этот позор скрыть. Правда, расстегивать пиджак уже будет нельзя, но он и в застегнутом виде выглядел более или менее пристойно.

Еще не было трех, когда хлопнула входная дверь — пришла из школы Иринка. Наташа выскочила ей навстречу:

— Слава богу, успела. Ира, мне нужно срочно уехать по делам, Бэллы Львовны нет, так что Ксюша остается на тебе.

— Конечно, Натулечка, — беспечно пропела девушка, приближаясь вплотную к висящему на стене в прихожей зеркалу и пристально разглядывая невидимый невооруженным глазом прыщик на лбу.

— Она сейчас спит, — продолжала Наташа, — в пять часов покормишь ее кашкой с творогом и половинкой яйца. Яйцо уже сварено, лежит в кастрюльке на столе. Если я задержусь, в восемь часов дашь ей кефир, только смотри, чтобы был не холодный. Когда пойдешь гулять, наденешь Ксюше колготки, рейтузики и комбинезончик. И пледик не забудь, прикроешь ее в коляске, сегодня минус десять и ветрено. Все поняла?

— Поняла, Натулечка.

Ира отодвинулась и завертела головой, пытаясь рассмотреть, как выглядит сбоку ее прическа.

— Повтори, — потребовала Наташа.

— В пять часов кашка с творогом и яйцо, в восемь — кефир. Ничего сложного. А ты куда идешь?

— В ЦК КПСС.

— Куда-куда?

— Я же сказала: в ЦК КПСС.

— Да ты что? — Ира от изумления даже рот приоткрыла. — Прямо туда вот? Вот где это все... Политбюро, да?

— Прямо туда. Отказаться я не могу, сама должна понимать. Поэтому ты уж меня не подведи.

— Да все будет нормально, ехай спокойно.

— Не ехай, а езжай, — поправила ее Наташа.

— Ну езжай, какая разница-то? Натулечка, а можно Володька придет, мы у тебя в комнате посидим, с Ксюшей поиграем?

— Целоваться будете? — с укором скорее сказала, чем спросила Наташа.

— Да ты что? — Ира убедительно изобразила возмущение. — Честное слово, не будем.

— Тогда можно, — улыбнулась Наташа.

* * *

В двадцать минут четвертого Наташа умчалась, оставив соседку рядом с Ксюшей, деловито сопящей в своей кроватке в попытках выяснить устройство игрушечного медвежонка. А еще через десять минут раздался телефонный звонок.

— Ирка? — услышала Ира голос подружки-одноклассницы. — Я из автомата звоню. Слушай, в «Москвичке» дают такую импортную косметику — полный улет! Я очередь заняла, хочешь — приходи, вместе постоим.

— А что дают? — живо заинтересовалась Ира.

— Итальянскую тушь «Пупа», потом еще французскую «Луи Филипп», компактную пудру и потрясные наборы, американские, «Эсти Лаудер», два вида, в красных коробочках и в голубых. В красных — с запахом «Циннабар», в голубых — «Белый лен». Ну так что, ты идешь или нет?

— А сколько наборы стоят?

— По сорок пять. Ирка, решай быстрей, тут очередь в автомат, меня уже дергают.

— Бегу! — крикнула Ира. — Жди меня, через десять минут буду.

Ее воображение взбудоражил набор в красной коробке, она такой уже видела. Там были туалетная вода и крем для тела с одинаковым запахом, сладким и томительно-тяжелым, и, кроме того, — тени для век трех цветов, две губные помады, карандаш для губ и даже малюсенькая точилочка для этого карандаша. Конечно, сорок пять рублей — сумма немыслимая для школьницы, таких карманных денег у нее нет и не было никогда, но есть деньги, отложенные на покупку обуви к весне. Весна — она когда еще будет, а набор — вот он, в нескольких минутах ходьбы от дома, и подружка в очереди ждет. Очередь... «Какая молодая мама», — вдруг всплыло в ее сознании.

Ни секунды не размышляя, Ира вытащила из кроватки маленькую Ксюшу, натянула на нее колготки и комбинезон, забыв про рейтузики и варежки, сунула в кошелек «обувные» деньги, схватила коляску и помчалась за вожделенной косметикой.

Подруга ждала ее у входа в универмаг.

— Ты чего с ребенком притащилась? — недовольно спросила она, увидев Ксюшу. — Совсем ничего не соображаешь? Там знаешь, какая давка? Пошли быстрей, а то там тетки уже выступают, что я не стою. Как бы из очереди не выперли.

— Все будет нормально, — хитро подмигнула Ира. — Сейчас увидишь.

Они подошли к отделу, где продавали косметику, и Ира сразу направилась к началу очереди. Взяв девочку на руки, она шепнула подруге:

— Отойди с коляской в сторону. Тебе что брать?

— Тушь «Пупа» и пудру.

— Давай деньги.

Ничего не понимающая подруга сунула ей деньги и отошла в сторонку, везя за собой детскую коляску. Ира, сделав несчастное лицо и крепко прижимая к себе Ксюшу, стала пробираться к прилавку-витрине, громко и ласково приговаривая:

— Потерпи, моя маленькая, потерпи, мое сокровище, сейчас мама купит пудру, и пойдем домой. Да, моя сладкая, ты устала, да, моя миленькая, тебе тут душно, тебе тут страшно, но маме же нужно купить пудру, правда? Мама же тоже хочет быть красивой, чтобы папа нас любил.

Спектакль не остался незамеченным. Толпящиеся вокруг женщины обратили внимание на девушку с ребенком, и через очень короткое время стали раздаваться сочувственные голоса:

— Маму с ребенком пропустите... Да пусть она возьмет без очереди, что вам, жалко? У нее ребенок на руках, хоть ребенка-то пожалейте... Мамаша с ребенком, идите сюда, идите, я вас впереди себя пропущу.

Цель была достигнута. Не прошло и десяти минут, как Ира покупала тушь и пудру для подруги и набор в красной пластмассовой коробке для себя.

— Ну ты даешь! — с восхищением воскликнула подружка, когда они вышли из душного помещения на проспект Калинина. — Во артистка! Мне бы и в голову не пришло. А если бы и пришло, я бы так убедительно не сыграла. Куда двинемся?

— Пошли по Арбату прошвырнемся, — предложила Ира. — Мне все равно с Ксюшкой гулять нужно.

Они не спеша двинулись по проспекту в сторону ресторана «Прага», заглядывая в витрины попадавшихся по пути магазинов.

— Чего это сегодня столько народу всюду? В каждом магазине очередищи в километр, — заметила Ира.

— Так конец месяца, — объяснила знающая подружка. — В конце месяца всегда дефицит выбрасывают для плана. Ты что, не знала?

— Не знала...

Ира задумалась, потом радостно улыбнулась.

— Слушай, — она заговорщически понизила голос, — а это идея!

— Что за идея? — не поняла подруга.

— Ну, насчет Ксюшки. Сама же говоришь, в конце месяца дефицит выбрасывают.

— А толку-то, — уныло возразила подруга. — Денег все равно нет.

— У меня есть. Мне на продукты соседка выдает раз в неделю.

— Так то на продукты...

— Ну хоть продуктов купим. Интересно же!

— Интересно, — согласилась подруга, которая, очевидно, не возражала бы еще разочек посмотреть спектакль, разыгрываемый ее одноклассницей.

Действуя по той же самой схеме, Ире удалось купить колбасу «сервелат», банку консервированного зеленого горошка, болгарские томаты в собственном соку, три банки сгущенки и крупные оранжевые мандарины. Всюду умилялись, видя такую молодую красивую маму с такой очаровательной крохой на руках, попадали в ловушку ее ласкового голоса, уговаривающего малышку потерпеть, потому что мама должна купить продукты, папа придет с работы и его надо покормить. Все верили и стремились пропустить Иру без очереди. Справедливости ради надо сказать, что и недовольные голоса среди стоявших в бесконечных очередях встречались нередко, но Ира не обращала на них внимания, мило улыбалась тем, кто ее пропускал, и горячо благодарила, отходя от прилавка с покупкой в руках. Ксюша, правда, начала хныкать, но Ира отнесла это на счет духоты в магазинах и страха перед большим скоплением людей.

— Может, она голодная? — предположила подруга, которая более сочувственно отнеслась к детскому нытью.

Ира глянула на часы и заторопилась:

— Точно! Она голодная. Ее в пять часов надо было кормить, а сейчас уже почти шесть. Ну все, я помчалась, завтра увидимся.

* * *

Наташа вернулась ровно в восемь и застала вполне идиллическую картину. Бэлла Львовна играла с Ксюшей, держа девочку на коленях, а Ира на кухне подогревала кефир для вечернего кормления, держа бутылочку под струей горячей воды из крана.

— Ну как? — Глаза Бэллы Львовны с тревогой впились в Наташино лицо. — Что в ЦК?

— Ничего, не съели меня, — пошутила Наташа. — Рассказали много интересного про нашего лидера, показали кое-какие материалы, фотографии. А вы тут как без меня? Как Ксюша?

— Сама видишь, — Бэлла Львовна с гордостью подняла улыбающуюся малышку, — мы здоровы, бодры и веселы. Сейчас будем кушать.

Ира принесла подогретый кефир, Наташа переоделась, покормила Ксюшу и вышла на кухню. Нужно было заниматься ужином. Она открыла холодильник и остолбенела.

— Что это такое? Откуда?

— Из магазина, — гордо сообщила стоявшая рядом Иринка.

— Из какого магазина?

— Да из разных. Колбасу в «Новоарбатском» гастрономе брала, горошек и томаты — в «Смоленском», сгущенку — в молочном. А мандарины вообще на улице продавали.

— Ой, какая ты молодец! — Наташа благодарно чмокнула соседку в щеку. — Настоящая добытчица, столько всего полезного купила. Когда же ты все успела? И с Ксюшей погуляла, и в очередях постояла. Долго стоять пришлось?

— Да нет, нас с Ксюшей без очереди пропускали, — весело поделилась новым опытом Иринка. — Как увидят молодую маму с ребенком на руках, так и пропускают сразу же.

— Так ты что, девочку по магазинам таскала? — с ужасом спросила Наташа.

— Ничего я не таскала, — тут же обиделась Ира. — Мы гуляли с ней. А тут дефицит всякий выбросили, конец месяца. И нас без очереди пускают. Так почему не взять? Я же не для себя старалась, а для всех, это же на всех продукты...

— О господи, — простонала Наташа, — ты хоть что-нибудь соображаешь? В городе грипп, эпидемия, по радио и по телевизору каждый день предупреждают, а ты идешь с ребенком по магазинам, где куча народу и вирусы в воздухе летают. Есть у тебя голова на плечах или нет?

— Ничего там не летало в воздухе, — огрызнулась Ира. — Мы в каждом магазине минут по пять всего были, остальное время на улице гуляли.

— На улице... Ты ее тепло одела?

— Не волнуйся, как ты сказала, так и одела.

— Пледиком укрыть не забыла?

— Да укрыла я, укрыла, не беспокойся. Ладно, я пошла, мне еще уроки делать надо. Я ужинать не буду, колбаски только отрежу, можно?

Сделав себе бутерброд с черным хлебом и сервелатом, Ира скрылась в своей комнате.

В девять вечера Наташа уложила Ксюшу, но уже к одиннадцати девочка проснулась. Она хныкала каким-то необычно сиплым голосом, потом начался лающий кашель. Лобик был горячим, Наташа измерила температуру — тридцать девять и одна. «Все-таки Ирка ее простудила, — со злостью подумала она. — Ребенок в магазине вспотеет, потом на улицу, где мороз и ветер, потом опять в магазин, опять на улицу... Нет у девки мозгов, ну совсем нет!»

Растворив в воде истолченную в порошок треть таблетки анальгина, Наташа дала лекарство девочке. Та послушно проглотила, сделала еще несколько глоточков сладкой водички, которую Наташа ей дала, чтобы запить горькую таблетку. На некоторое время Ксюша успокоилась и даже уснула, однако уже через пятнадцать минут снова послышался сиплый лающий кашель. Ребенку было трудно дышать, и Наташа со страхом увидела, как побледнела кожа вокруг пухлых маленьких губ. Малышка то успокаивалась и засыпала, то вновь начинала кашлять, появилась сильная рвота. Температура не спадала, Наташа попробовала дать ей парацетамол, но глоток разведенного лекарства вызвал новый приступ рвоты — фонтаном. Оставалось еще одно средство — свечи с цефеконом, но эффект от них оказался незначительным, температура упала с тридцати девяти всего лишь до тридцати восьми и пяти. «Ничего страшного, это обычная простуда, — говорила себе Наташа, нося девочку на руках по комнате. — Мальчишки у меня столько раз болели, я столько раз через это проходила, ничего страшного, ничего страшного, мы справимся домашними средствами».

К трем часам ночи Ксюша начала задыхаться, обычно розовое ее личико посинело, и Наташа, прекратив бессмысленные самоуговоры, кинулась к телефону вызывать «Скорую». Приехавшему врачу достаточно было одного взгляда на заходящегося в кашле и синеющего ребенка, чтобы немедленно забрать их обеих в инфекционную больницу.

Звонки в дверь и шум шагов разбудили Бэллу Львовну.

— Что случилось? — спросила она, выглядывая из своей комнаты в коридор.

— Мы едем в больницу, — на ходу бросила Наташа, идя с Ксюшей на руках вслед за врачом и медсестрой. — Ксюша заболела, кажется, круп. Если меня не будет, заберите мальчиков в пятницу из садика, хорошо?

— Конечно, конечно, — закивала Бэлла Львовна. — Господи, да что же это такое?

Последних слов Наташа уже не слышала, все ее внимание было сосредоточено на дыхании девочки, тяжелом и прерывистом, словно ей трудно было сделать вдох.

* * *

Все дальнейшее слилось для Наташи в сплошную непрерывную череду паровых ингаляций, уколов сначала в пухлую детскую попку, потом внутривенных, измерения температуры. Температура снизилась, градусник показывал тридцать семь и шесть, но Наташа видела, что ребенку не становится лучше. Дыхание было частым, началась одышка, кожа вокруг губ не просто временно бледнела, как раньше, а постоянно оставалась бескровной. Ксюша не спала, то и дело вскрикивала, периодически возникала рвота.

Наконец в девять утра дежурный врач передал их врачам отделения. Врач Кира Михайловна, полная, но, несмотря на это, энергичная и легкая в движении, сразу же велела нести Ксюшу в процедурный кабинет.

— Надо взять кровь из вены на анализ, потом поставим капельницу.

Однако на пороге процедурного кабинета Ксюшу у Наташи забрали, а ей самой велели ждать в коридоре.

— Мы вас позовем, мамаша, когда нужно будет, — бросила ей медсестра.

Через некоторое время из-за двери раздался плач Ксюши. «Боже мой, что они с ней делают, ей же больно!» — мелькнуло в голове у Наташи, и она рванула дверь на себя.

— Выйдите, мамаша, — недовольно крикнула медсестра, — не мешайте!

Наташа покорно отступила и чуть не сбила с ног проходящую мимо женщину в больничном халате — такую же, как она, мать, находящуюся здесь со своим ребенком.

— Извините, — машинально пробормотала она.

— Ничего, — без улыбки кивнула женщина. — Это ваш там кричит?

— Моя. Девочка. А вы не знаете, что они с ней делают? Почему ей так больно?

— В вену, наверное, попасть не могут. С нами так тоже несколько раз было. Вашей сколько?

— Девять месяцев.

— Ну так что ж вы хотите... — вздохнула женщина. — В таком возрасте им в вену плохо попадают, ручки пухленькие. Небось ночью еще уколы внутривенно делали?

— Делали, — подтвердила Наташа.

— Значит, на одной ручке вена уже спалась, теперь на другой будут искать. С нами сколько раз такое было, — повторила она, и от этих слов Наташе стало легче. Ребенку этой женщины неоднократно ставили капельницу, несколько раз брали кровь из вены, значит, он болен тяжелее, чем Ксюша. Значит, с Ксюшей ничего страшного не произойдет.

Наконец из процедурки вышел врач, потом выглянула медсестра.

— Мамаша, зайдите. Только платочек наденьте, волосы приберите.

Ксюша лежала на процедурном столе, такая маленькая, несчастная, в глазах застыл страх, одна ручка привязана к столу, в нее введена игла от капельницы.

— Садитесь рядом и следите, чтобы ребенок не шевелился, — велела медсестра.

Наташа послушно присела на стоящий рядом стул и взяла Ксюшу за руку. Рука была горячей, температуру так и не удалось сбить окончательно. Но вводимое через капельницу лекарство, видимо, подействовало, потому что Ксюша через некоторое время уснула и проспала примерно полтора часа.

Через три часа капельницу сняли, и Наташа унесла девочку в палату. Она попыталась было покормить ее, но после первого же глотка снова началась рвота. Заглянула Кира Михайловна, послушала дыхание, посчитала пульс, велела измерить температуру.

— Ничего, ничего, мамочка, — сказала она Наташе, — все, что в таких случаях нужно делать, мы сделали, вот-вот будет эффект. Нужно еще немножко подождать.

Она говорила еще какие-то успокаивающие слова, но лицо у нее было встревоженное. Наташа старалась не думать о плохом. Ну мало ли отчего может быть встревоженным лицо врача, работающего в детской инфекционной больнице, в отделении острых респираторных заболеваний и крупа? Детишки лежат больные, некоторые — тяжелые, и не с чего работающему врачу веселиться. Может, Кира Михайловна тревожится о совсем другом ребенке, по-настоящему тяжело больном, она все время только о нем и думает, а с Ксюшей ничего страшного не происходит, вот-вот начнут действовать лекарства, дадут эффект многочисленные ингаляции, и девочка перестанет задыхаться и пойдет на поправку.

Но лекарства отчего-то не действовали, обещанного эффекта все не наступало, Ксюша по-прежнему кашляла и задыхалась, температура то чуть-чуть снижалась, то снова повышалась. Однако Кира Михайловна каждый раз, заходя в палату, успокаивала Наташу и говорила, что все идет своим чередом.

В пять часов вечера решили ставить вторую капельницу. Наташа, как и утром, осталась в коридоре, перед дверью процедурного кабинета, ожидая, когда ее позовут, чтобы сидеть с Ксюшей, и приготовилась пережить еще несколько страшных минут, когда малышка начнет кричать от боли, ведь на этот раз попасть в вену будет еще труднее.

«Ксюшенька, девочка моя, потерпи, мое солнышко, это надо потерпеть, чтобы тебе могли ввести лекарство, чтобы ты поскорее поправилась», — едва шевеля губами, шептала Наташа, крепко зажмурившись, сжав кулаки и мысленно представляя себе крошечную ручку, тонкую вену и медицинскую иглу, которая легко и безболезненно проникает внутрь. Ей казалось, что таким образом она сможет передать ребенку свою силу и энергию.

Внезапно все изменилось. Выскочившая из процедурного кабинета медсестра промчалась по коридору и сорвала телефонную трубку:

— Реанимация?

Наташу охватила паника. Какая реанимация? Почему? Ее Ксюша не может быть больна настолько тяжело, чтобы ей нужна была реанимация.

— ...сейчас принесут ребенка, — доносился до нее голос медсестры, — круп дал остановку дыхания.

В это же время другая медсестра вышла из процедурки с Ксюшей на руках и почти бегом направилась к лифту.

— Куда вы ее несете? — истошно закричала Наташа, хватая медсестру за халат. — Что с моим ребенком?

— Не волнуйтесь. — Подошедшая сзади Кира Михайловна аккуратным, но сильным движением отстранила Наташу и встала между ней и медсестрой, на руках у которой лежала синюшно-бледная, с закрытыми глазами девятимесячная Ксюша. — Это часто бывает при крупе. Сейчас девочкой займутся в реанимации, там очень опытные врачи.

— Я пойду с вами!

— Нет, нельзя.

— Но я хочу быть рядом со своим ребенком!!!

— Не кричите, мамочка, туда нельзя. Это реанимация, а не прогулочный дворик. Оставайтесь в отделении, девочку вам принесут, когда будет можно.

Медсестра с Ксюшей на руках и Кира Михайловна скрылись за автоматически сдвинувшимися дверьми лифта, а Наташа побрела в палату. «Больше никогда, — твердила она себе, сгорбившись на краешке кровати, — больше никогда я не доверю своего ребенка никому, кроме себя самой. Пусть идет к черту эта работа, пусть идет к черту это кино, пусть идет к черту этот лидер, о жизни которого я должна писать сценарий. Я откажусь от всех контрактов, верну аванс и буду сидеть дома до тех пор, пока Ксюша не вырастет. Прав был Вадим, не нужно мне быть сценаристом, зачем мне слава и известность, которых у меня все равно никогда не будет. Мне нужно сидеть дома и заниматься своими детьми. Больше никогда я не доверю Ксюшу никому, никому, никому!»

Кира Михайловна появилась только около восьми вечера.

— Не волнуйтесь, — снова произнесла она уже ставшие привычными слова, — все будет в порядке, вашей девочкой занимаются очень опытные врачи, они и не таких детишек вытаскивали. Поешьте и постарайтесь поспать, утром девочку вам принесут.

Наташа с отвращением посмотрела на стоящий на тумбочке давно остывший ужин — она даже не заметила, когда его принесли. Как там Ксюша? Не больно ли ей? Не страшно ли? Не холодно ли? Что там с ней делают? Ей уже легче дышать? Она уже не так сильно кашляет? Почему ее так долго не несут? А может быть, все уже давно закончилось благополучно, и Ксюша просто уснула, а врачи боятся ее разбудить, поэтому не несут в отделение?

Она подошла к сестринскому посту и попросила медсестру позвонить в реанимацию. Ничего утешительного ей не сказали, состояние ребенка тяжелое, меры принимаются.

Время потеряло для Наташи свою равномерность. Оно то замедлялось, и оказывалось, что прошло всего десять минут, хотя Наташе казалось, что давно должно было наступить утро, то вдруг совершало огромный скачок, и Наташа, очнувшись от тяжелого черного забытья, в которое погружалась, сидя на стуле рядом с сестринским постом, вдруг обнаруживала, что прошло больше двух часов.

Около пяти утра сестра снова позвонила в реанимацию.

— Нет, — быстро сказала Наташа, увидев ее лицо, когда та еще не положила трубку. — Я не хочу этого слышать. Это не с моим ребенком. Правда же, не с моим? Ксюша Воронова. Вам же не про нее сказали, правда?

Она продолжала еще долго что-то говорить, убеждая медсестру, что произошла ошибка, что этого не может быть, что ее ребенок еще позавчера днем, даже еще позавчера вечером, в восемь часов, был совершенно здоров, и так просто не может быть, так же не бывает, чтобы за одни сутки... Одна часть ее сознания мучительно боролась со страшной правдой, другая же часть приняла ее и медленно умирала.

Наташа не знала, сколько времени прошло до того момента, пока не пришел врач из реанимации. Может быть, несколько часов, может быть, несколько лет. Тяжелый грипп, осложненный отеком мозга. В таких случаях ничего сделать нельзя.

* * *

Ее сознание словно разделилось на несколько частей, почти никак друг с другом не связанных. Одна часть знала, что рядом — Вадим, Бэлла Львовна, Иринка, Инна с Гришей, и всем им так же больно и горько, как и ей, и они так же страдают и плачут по Ксюшеньке, и слезы их — настоящие, искренние. Другая же часть чувствовала, что Наташа — одна во всем мире со своим горем, и никто не разделит с ней его тяжесть, и никто не почувствует его так же остро, как она, и никто не услышит, как исступленно и тоскливо воет ее сердце. Третья часть пыталась вернуть Наташу к жизни, твердя о том, что у нее двое сыновей, которых нужно растить и о которых нужно заботиться, двое сыновей, ради которых нужно через все переступить и продолжать жить, ни в чем не ущемляя мальчиков и не лишая их материнской ласки и любви, не отбирая у них повседневную радость бытия и познания мира. Мальчики ни в чем не виноваты, они не заслуживают того, чтобы в доме повис вечный мрак и траурное молчание. Четвертая же часть сознания пыталась понять...

«Господи, за что ты меня наказал? За что, за какие грехи заставил пережить такое? Разве я была плохой? Я всю жизнь трудилась, работала, училась, делала все честно и в полную силу. Я ни минуты не сидела без дела, я заботилась не только о своих родителях, муже и сыновьях, я заботилась и о Бэллочке, и об Иринке, даже не представляю, как у меня хватило сил и времени на всех, но ведь хватило же! Господи, ты дал мне силы на все это, значит, ты тоже считал, что я поступаю правильно. Так в чем же я провинилась? Неужели это расплата за ТО? Но ведь тогда никто не умер, тогда речь не шла о смерти человека. Неужели ты действительно считаешь, что я совершила страшный грех, за который должна расплатиться? Хорошо, пусть так, но почему Ксюша? Почему ты лишил ее жизни? Если это и был грех, то мой, а не ее. Ты мог бы сделать меня калекой, наслать на меня паралич, слепоту, проказу — я бы все поняла и приняла. Но ребенка ты за что наказал?»

Откуда-то издалека донесся до нее голос Инны:

— Натка, у тебя сегодня день рождения...

Она с трудом повернула голову, долго собиралась с силами, чтобы заставить губы шевелиться. Лицо Инны в обрамлении черного шарфа — они только что вернулись с кладбища, сегодня девять дней, как умерла Ксюша, — показалось ей кукольным и каким-то ненастоящим.

— У меня больше никогда не будет дня рождения, — скорее прошелестела, чем произнесла Наташа.

— Мне нужен человек, имеющий доступ к информации!

— Но у тебя же есть связи в любом ведомстве. Почему я? Зачем тебе нужен именно я?

— Мне нужен свой человек. Такой, которому я могу доверять и который меня не подведет. Тебе все равно давно пора идти на повышение. Это очень хороший вариант!

— Я... не могу.

— Что значит, ты не можешь? Почему?

— Не хочу.

— Разве я спрашиваю тебя, хочешь ли ты? Я ставлю тебя в известность о том, что мне нужно. Оглянись на свою жизнь. Каждый раз, когда ты делал то, что хотел, получалось черт знает что. Твои желания меня больше не интересуют.

— Ты не можешь меня заставить.

— Могу. И заставлю.

Часть 4

РУСЛАН, 1984 — 1991 гг.

Он почти не волновался, подходя к дому, адрес которого узнал всего полчаса назад. А чего волноваться-то? Не убьют его здесь и не съедят. Он же ничего плохого не делает и денег не просит. Он хочет только одного: чтобы Мишин папа заступился за своего сына. Потому что больше некому за него заступиться. И неважно, что Миши уже нет в живых. Память тоже нужно защищать, ее нужно беречь и поддерживать. Его так в школе учили.

Вот и дом 8 по улице Лесной. Покосившийся забор, облупившаяся краска на доме, бестолково бегающие курицы, из полуразвалившегося сарая доносятся повизгивание и хрюканье. Калитка не заперта, но Руслан не посмел войти без разрешения.

— Здравствуйте! — звонко крикнул он. — Хозяин дома?

На крыльце появилась худощавая женщина в накинутом на плечи платке, рядом семенил карапуз лет пяти, которого женщина крепко держала за руку.

— Тебе чего, мальчик?

— Мне нужен Колотырин Степан Иванович. Он здесь живет?

— А зачем он тебе?

— Мне очень нужно. По делу.

— По какому такому делу? Тебя кто прислал? Федосеич небось?

Лицо женщины перекосилось, словно от боли, и она внезапно начала кричать:

— Покоя нет от этих алкашей! Никак не уймется, проклятый! Только-только из ЛТП вернулся, так нет же, опять приваживают, опять к бутылке тянут, совести у них нету, еще и мальцов подсылают! Гниды! Паразиты! Проваливай отсюда и Федосеичу своему передай: еще раз увижу его рядом со Степаном — топором зарублю.

— Я не от Федосеича! — Руслан постарался крикнуть погромче, чтобы женщина, оглушенная собственным голосом, его услышала. — Я сам по себе! Я из Камышова приехал!

Женщина внезапно успокоилась и замолчала, лицо ее приобрело выражение задумчивого любопытства.

— Из Камышова? И зачем тебе Степан Иванович? По какому делу? — спросила она уже совсем ровным голосом.

Руслан к разговору готовился заранее, и все слова, которые он собирался произнести в этом доме, он проговаривал мысленно шепотом неоднократно. Правда, он был уверен, что слушать эти слова будет сам Степан Иванович, а не его жена, но, в конце концов, какая разница? Для Степана Ивановича он их снова повторит.

— В Камышове жил один человек, очень хороший, добрый. Самый лучший на свете. Его убили и сказали, что это была пьяная драка, что тот человек сам первый начал хулиганить и приставать. А я знаю, что этого не может быть, он никогда не хулиганил и ни к кому никогда не приставал. Но мне никто не верит, потому что я маленький. Я хочу попросить Степана Ивановича, чтобы он пошел в милицию и заступился за Мишу. Пусть он им скажет, какой Миша был хороший.

— А что за Миша? — Брови женщины недовольно сдвинулись. — Тоже собутыльник небось?

— Что вы, Миша никогда не пил, даже в рот не брал.

— Откуда ж у Степана такие знакомые, которые в рот не берут? — недоверчиво усмехнулась женщина. — У него все больше алкаши в дружках ходят. Ты не напутал, мальчик? Может, тебе не мой Степан нужен, а другой какой?

— Колотырин Степан Иванович, — твердо произнес

Руслан. — Одна тысяча девятьсот тридцать пятого года рождения. В тысяча девятьсот шестьдесят первом году он учился на курсах механизаторов в Новокузнецке.

— Точно, было такое, — чуть удивленно подтвердила женщина. — Ездил он на курсы в Новокузнецк. А Мишато этот, за которого ты хлопочешь, он кто тебе? Отец?

— Нет, он мой дядя. Степан Иванович должен его помнить, — соврал Руслан. Хоть ему всего четырнадцать, но мозгов-то хватает, чтобы сообразить: не нужно жене Колотырина вот так, с бухты-барахты, объявлять, что у ее мужа есть еще один сын, внебрачный.

— Ладно, — вздохнула женщина, — заходи. Спит он. Будить станешь или подождешь, пока сам прочухается?

— Если можно, я бы разбудил, — вежливо сказал Руслан. — А то мне еще обратно в Камышов возвращаться. Автобус в семь двадцать пойдет, мне надо на него успеть, потому что следующий только в десять, а это очень поздно, мама будет волноваться.

— Ишь ты, заботливый какой, — хмыкнула жена Колотырина, как показалось Руслану, неодобрительно. — Ну иди, буди своего Степана Ивановича, только будет ли толк... В зале он.

Сняв на крыльце старенькие спортивные тапочки, Руслан осторожно вошел в дом. В тесной комнате, высокопарно называемой «залой», на кровати лежал мужчина и оглушительно храпел. Колотырин явно не считал бритье обязательным ежедневным ритуалом, и его заросшее недельной щетиной лицо казалось страшным и черным. Впервые за последние недели Руслан по-настоящему испугался. Надо же, ведь ничего не боялся, когда ездил по поселкам и райцентрам, искал тех, кто учился вместе с его мамой в Новокузнецке и мог знать, с кем она тогда встречалась. Не боялся, когда, получив смутное указание на «парня с курсов механизаторов», отправился искать тех, кто на курсах учился. Не боялся даже еще сегодня утром, когда, дождавшись, пока мама уйдет на работу, побежал на автобусную станцию и отправился сюда, в поселок, пришел в поселковый Совет и узнал адрес Колотырина. А теперь вдруг испугался...

— Степан Иванович, — шепотом робко позвал он.

— Да чего ты шепчешь-то, — в полный голос произнесла Колотырина. — Шибче кричи, а то не дозовешься, у него сон крепкий. Да за плечо потряси как следует.

— Степан Иванович! — заорал Руслан прямо в грязное ухо, из которого торчали темные клочки волос.

Храп прекратился, Колотырин медленно повернулся в кровати, неохотно приоткрыл глаза и непонимающе уставился на Руслана.

— Это еще что? — выдавил он сиплым голосом.

— Я к вам, Степан Иванович, — торопливо заговорил Руслан. — По очень важному делу. Выслушайте меня, пожалуйста.

Колотырин не спеша спустил ноги на пол, потянулся, взял висящую на спинке кровати рубаху в мелкую клеточку и набросил на плечи поверх несвежей голубой майки. Так же неторопливо пошарил ногами по полу, будто нащупывая точку опоры, переместился к стоящему посреди «залы» столу и устроил щуплое тело на стуле.

— Ну? Чего надо?

«Ничего не надо», — едва не сорвалось с языка Руслана. Когда он искал Мишиного отца, он почему-то представлял себе важного начальника, например, председателя поселкового Совета, или секретаря райкома партии, или директора совхоза, в крайнем случае — директора школы.

Нормального дядьку, который поймет Руслана, вспомнит Ольгу Андреевну, Оленьку Нильскую, с которой когда-то встречался, с радостью узнает о том, что у него есть сын Миша, поплачет вместе с Русланом над его гибелью и тут же ринется в бой отстаивать Мишину добрую память. А что оказалось на самом деле? Небритый страшный мужик, алкаш, в ЛТП лечился. Он, наверное, и маму-то не вспомнит. А даже если и вспомнит и захочет заступиться за Мишу, то только хуже выйдет. Как в милиции его увидят, так сразу и скажут, что у такого папаши сын мог получиться только хулиганом и пьяницей. А Мишка не такой, он совсем другой, он действительно не пьяница и не хулиган... Но Руслан Нильский всегда и во всем шел до конца. Раз уж взялся делать — доделает, чего бы это ни стоило.

— Помните, вы в шестьдесят первом году учились в Новокузнецке на курсах? — начал он.

— Ну, — кивнул Колотырин и тут же повернулся к жене: — Чего встала? На стол собери, чаю сделай. Обедать буду.

— А помните Ольгу Нильскую? Вы с ней тогда были знакомы, — продолжал Руслан.

Он внезапно почувствовал, что проголодался, и совсем по-детски вдруг подумал, пригласят его обедать вместе со Степаном Ивановичем или нет. Хорошо бы пригласили, ведь как в девять утра из дому убежал, так и не ел ничего, только два раза газировку за три копейки из автомата покупал. А сейчас уже шестой час.

— Кого? — переспросил Колотырин. — Какую Ольгу?

— Нильскую, — терпеливо повторил Руслан и вытащил из кармана предусмотрительно захваченную из дому мамину фотографию двадцатилетней давности. На фотографии мама была вместе с Мишкой, которому как раз годик исполнился. — Вот ее.

Взяв кургузыми пальцами снимок, Степан Иванович долго всматривался в изображенную на нем женщину. Потом медленно, но как-то неуверенно кивнул:

— Вспоминаю вроде... И чего?

— Слушай, парень, чего-то ты нам тут голову морочишь, — внезапно вмешалась жена Колотырина. — То говорил, что за дядю своего хлопочешь, которого Степан будто бы знает, а то про какую-то Ольгу спрашиваешь. Что за Ольга? Ну-ка отвечай быстро!

Руслан набрал в грудь побольше воздуха и выдохнул:

— Я сказал неправду, чтобы вас не расстраивать. Степан Иванович, моя мама Ольга Андреевна Нильская родила от вас сына Мишу, вот его, — он ткнул пальцем в фотографию.

— А! За алиментами пожаловал! — заорала Колотырина. — И как только у людей совести хватает! Сама шлялась с кем ни попадя, пригуляла ребенка неизвестно от кого, а мой Степан теперь давай карман открывай да за чужие грехи расплачивайся! Не выйдет! А ты, кобель безродный, — она замахнулась половником на мужа, который машинально пригнулся, — опять за свое? Господи, да есть ли хоть одна баба в области, на которую ты еще не залез?

— Ты это... потише! — гаркнул в ответ Колотырин. — Чего несешь, дура? Да еще при мальце. Это все когда было-то? Он про шестьдесят первый год спрашивает, а сейчас восемьдесят четвертый идет, даже если какая девка от меня и родила тогда, так ребенок уж взрослый давно. И вообще, это все еще до тебя было.

— Нам алименты не нужны, Мише в июне как раз двадцать два исполнилось, — успел вставить Руслан. — Он даже в армии отслужил.

— О, вишь? — Корявый палец Колотырина в назидательном жесте взвился над деревянным покрытым клеенкой столом. — Алименты ему не нужны. А чего ж тогда тебе нужно?

— Мне нужно, чтобы вы поехали со мной в милицию и заступились за Мишу.

— Эка! И чего ж он натворил, этот твой Миша?

— В том-то и дело, что он ничего не натворил. Его убили, а теперь говорят, что он пьяный был, приставал и затеял хулиганскую драку. А я знаю, что это неправда, Мишка не такой, он не мог драку затеять, он вообще тихий был всегда, добрый такой, за слабых заступался. И неправда, что он был пьяный, он никогда не пил. Я говорил в милиции, но мне не верят.

— Ишь ты, какой у меня сын, оказывается, — с удовлетворенным видом покачал головой Колотырин. — И добрый-то он, и за слабых заступается. А мамка-то ваша что же? Почему в милицию не пойдет?

— Да она ходила, ее сто раз вызывали.

— И чего?

— И ничего, — вздохнул Руслан. — Твердят одно и то же: напился и устроил хулиганскую драку. Я потому и пришел к вам, Степан Иванович, миленький, дорогой, пожалуйста, поедемте туда к ним, к следователю, к судье, и вы им скажете...

— Да чего он скажет-то? — снова вмешалась жена Колотырина. — Он этого Мишку твоего в глаза не видал. Может, это вообще не его сын. С чего это он должен все бросить и ехать незнамо куда, за какого-то хулигана заступаться?

— А и поеду! — загрохотал Степан Иванович, поднимаясь из-за стола и отшвыривая стул. — И нечего мне указывать! Я тебе не вещь, чтобы ты меня по своей воле из угла в угол переставляла!

— Не поедешь! — завизжала жена. — Не пущу!

— А я сказал — поеду! И все! И точка!

— Не поедешь! Думаешь, я не знаю, чего ты ехать намылился? Тут тебя участковый знает, раз покажешься на улице выпивши — снова в ЛТП загремишь! А там никто тебя не знает, там тебе раздолье водку-то хлебать! Денег нет — украдешь или отнимешь у кого, как в тот раз, когда тебя за грабеж осудили. И опять нажрешься как свинья! Ты ж урод какой-то, ты ж меры не знаешь, или ограбишь кого, или морду набьешь, в вытрезвитель попадешь, а оттуда — прямиком в суд и в тюрьму. Не пущу!!! — истошно вопила Колотырина.

Руслан, вжав голову в плечи, придерживая рукой очки и пытаясь быть как можно менее заметным, потихоньку пробирался к двери, стараясь не попасться под руку размахивающей половником разъяренной женщине. Степан Иванович схватил стул и кинулся на жену, выставив вперед деревянные ножки. Руслану показалось, что сейчас одна из ножек попадет ему прямо в лоб, он зажмурился в ожидании неминуемого удара, но стул просвистел совсем рядом. Одним прыжком мальчик добрался до стола, схватил мамину фотографию и пулей вылетел из дома, на бегу едва успев прихватить свои спортивные тапочки. До конца улицы он бежал босиком, потом сбавил скорость, обулся и поплелся к площади перед поселковым Советом, где останавливался автобус, на котором можно было доехать до Камышова. Столько сил было потрачено на то, чтобы найти этого Колотырина, Мишкиного отца, и все напрасно! Даже если бы жена не возражала и отпустила Степана Ивановича ехать вместе с Русланом, сам Руслан вряд ли взял бы с собой этого пьяницу. Оказывается, он и за грабеж сидел! Ну разве можно такого приводить в милицию, чтобы он заступился за Мишу? Только хуже будет. А он так надеялся... Наверное, мама знает, что из себя представляет Мишкин отец, потому и не хотела говорить ему, Руслану, ни как его зовут, ни где он живет. Ей и в голову не приходило, что для Руслана такие задачки — как семечки, он уже давно взрослый, умный и самостоятельный, и если от него что скрывают, так пусть напрасно не стараются, он все равно правду узнает. Она и про отца Руслана ничего не рассказывает, известно только, что отцы у мальчиков разные. Ну ничего, нужно будет — Руслан и своего папашу найдет, выяснит, кто он такой и чем занимается. Невелика проблема, и не с такими справлялся.

Он твердо решил не говорить маме, что разыскал Колотырина и ездил к нему. Зачем говорить? Только волновать зазря. Август, каникулы, в школу ходить не надо, можно целыми днями пропадать в лесу, на речке, с ребятами гонять в футбол, смотреть кино в клубе. Да мало ли занятий найдется для четырнадцатилетнего пацана? Утром убежал — к ночи прибежал, грязный, голодный — и все нормально. Мама ни за что не догадается, где он был и что видел. И не нужно ей знать. Ругать она Руслана, конечно, не станет, он ведь ничего плохого не сделал, не украл, не обманул, но разве приятно ей будет узнать, что ее сын встречался с Колотыриным и своими глазами увидел, во что превратился человек, которого она когда-то любила? А ведь наверняка любила, потому что иначе разве стала бы от него Мишку рожать?

Руслан Нильский был надежным хранителем чужих тайн. И к своим четырнадцати годам, как ни странно, понимал, что знать правду нужно и интересно, но совсем не обязательно о ней говорить во всеуслышание.

* * *

Сколько он себя помнил, рядом всегда был Мишка, старший брат. Тихий, немногословный, он мог часами сидеть неподвижно в каком-нибудь уединенном месте на берегу речки или бесцельно бродить по лесу. Ни грибов, ни ягод не собирал, рыбу не удил, просто ходил медленно или сидел, думал о чем-то своем. И с Русланом он всегда был ласков, брал его с собой в лес и на речку, рассказывал сказки и всякие страшные истории, читал ему вслух, когда сам Руслан еще в школу не ходил. И мама Мишку хвалила, говорила всем, что у нее не сыновья, а подарки судьбы, один — спокойный и надежный, с ним маленького оставить не страшно, второй же, младший, такой разумный и послушный, что его с кем ни оставь — беды не наделает.

Мальчики были совсем разными, старший — замкнутый и какой-то немножко вялый, весь погруженный в свои мысли, младший — энергичный и любознательный, во все нос сует, обо всем знать хочет, со всеми дружит и обожает большие компании. Старший, Михаил, — темноволосый, с тонкими мелкими чертами лица, высокий и ладный, младший же, Руслан, светленький, конопатенький, невысокого росточка и в очках. Видит-то он неплохо, близорукость у него не очень большая, он даже и без очков может читать и по улице ходить, но вот болезнь глаз у него все-таки есть, и при этой болезни ему противопоказаны серьезные физические нагрузки. Сначала никто об этом не знал, и Руслана на уроках физкультуры заставляли наравне со всеми бегать, прыгать через «козла» и перекладину, взбираться вверх по канату. Получалось у него плохо, и если нормативы ГТО по бегу он еще кое-как выполнял, то прыгнуть через «козла» не мог —

хоть умри. Над ним смеялись одноклассники, учитель физкультуры качал головой и велел приходить на дополнительные занятия после уроков. Руслан приходил, но даже в пустом спортзале, без этого отвратительного улюлюканья и свиста, которым обычно сопровождались его «сольные» выступления на матах, он все равно не мог подпрыгнуть достаточно высоко, чтобы перемахнуть через снаряд. И только два года назад, когда он с мамой ездил отдыхать в Кисловодск, врач-окулист в санатории сказал про эту болезнь и посоветовал отвезти Руслана на консультацию к какому-то профессору в Иркутск. Вот этот-то профессор из Иркутска и поставил диагноз, согласно которому Руслану Нильскому полагается постоянное освобождение от занятий физкультурой. Пожалуй, это был один из самых счастливых дней в его жизни. Конечно же, он продолжал и бегать, и прыгать сколько душе угодно, но ведь одно дело — в компании друзей и на природе, и совсем другое — в школьном спортзале под пристальными взглядами одноклассников и учителя, выставляющего оценки.

И все равно, невзирая на все отличия в характере и на восьмилетнюю разницу в возрасте, братья Нильские были очень близки. Младший чувствовал ласковую заботу и бережное отношение старшего и платил ему преданной и горячей любовью. И теперь, когда какой-то пьяный подонок ни с того ни с сего убил Мишу и прикрывается себе в оправдание тем, что якобы Миша первым начал к нему приставать и затеял драку, душа Руслана не может успокоиться и смириться. Этот убийца, этот негодяй по фамилии Бахтин — какой-то начальник из Кемерова, поэтому ему все верят, начальникам всегда верят, даже если они бессовестно врут. Он-то остался жив, как он скажет, так в милиции и запишут, а про Мишу никто не скажет, потому что он уже умер и не может сам себя защитить и рассказать, как все произошло.

Больше всего Руслана сердила та позиция, которую заняла мама.

— Не нужно ворошить это, сыночек, — говорила она сквозь слезы, — Мишеньку этим не вернешь, только нервы истреплешь. Ведь в милиции есть его характеристики и из армии, и с работы, чего ж больше? Больше мы с тобой ничего сделать не можем.

Да, действительно, в уголовном деле были подшиты характеристики, в которых сказано, что потерпевший

Нильский Михаил Андреевич (обоим сыновьям мама дала отчество по имени собственного отца) был дисциплинированным, аккуратным и исполнительным, политически грамотным и морально устойчивым, взысканий не имел. Но, с точки зрения следователя, это вовсе не означало, что он не мог напиться и начать буянить.

— Это часто случается как раз с теми, кто вообще не пьет, — говорил он Ольге Андреевне. — Выпьют с непривычки слишком много и теряют над собой контроль. Сплошь и рядом бывает.

И хотя судебно-медицинская экспертиза показала наличие алкоголя в крови Михаила Нильского, Руслан не верил. Заключение поддельное, это же очевидно, Мишка не мог быть пьяным. А эксперт так написал, потому что ему велели, позвонили из Кемерова дружки — заступнички убийцы Бахтина, запугали или подкупили медика, он и написал, что ему приказали. Такая мысль, конечно, не могла самостоятельно родиться в голове у четырнадцатилетнего Руслана, это ему подсказал подслушанный разговор между мамой и одним дяденькой из исполкома райсовета, где мама работала в отделе жилищно-коммунального хозяйства. Дяденька как раз и говорил о том, что правды не доищешься, потому что тот убийца, Бахтин, начальник какого-то центра, а раньше был на комсомольской работе, у него связи влиятельные очень, как они следователю скажут — так и будет.

— Наверняка вина Бахтина куда более серьезна, но если отвечать за убийство по полной, как говорится, программе, то можно загреметь на пятнадцать лет, а если еще окажется, что это было убийство из корыстных побуждений, например, деньги хотел отобрать или машину, то вообще высшую меру можно схлопотать. А за обоюдную драку много не дадут, — объяснял маме ее знакомый сотрудник.

До остального Руслан додумался сам, даром, что ли, всю сознательную жизнь ничего, кроме детективов, не читал. И про Шерлока Холмса, и про комиссара Мегрэ, и про Эркюля Пуаро, и про инспекторов Гурова, Лосева и Тихонова.

Спустя два месяца негодяя Бахтина осудили за убийство Михаила Нильского на восемь лет. Руслан вместе с матерью сидел в зале суда и слушал, как говорят неправду про его любимого брата. Нет, не в пьяной драке, затеянной Мишкой, было дело. А в чем? Ничего, он разберется.

Пусть не сейчас, пусть только потом, когда вырастет, но он разберется. Он все расставит по своим местам, и вот тогда сволочь Бахтин получит по заслугам. Сколько бы лет ни прошло, а он, Руслан Нильский, своего добьется.

* * *

Свою первую головоломку Руслан сложил, когда ему было всего десять лет. В тот день он вместе с закадычным дружком, отпетым двоечником и хулиганом Витькой Смелковым, прятался между зданиями, неподалеку от школы, чтобы выследить их общего врага Хорькова и наканифолить ему физиономию. Они выбрали для засады удобное место в кустах и расположились, приготовившись к ожиданию. Внезапно Витька шарахнулся куда-то в сторону.

— Ты чего? — спросил Руслан, с трудом удерживая друга за рукав форменной курточки, чтобы тот не упал.

— Мамка моя идет, — прошептал Витька. — И как раз в сторону школы. Вот черт, неужели опять директриса вызвала? Она вчера грозилась, когда меня со второго урока выгнали.

— А может, она и не в школу идет, — резонно предположил Руслан. — В ту сторону знаешь сколько всего? И универмаг, и поликлиника. Может, она в поликлинику идет.

— Слушай, — взмолился Смелков, — погляди, а? Мне нужно точно знать, потому что, если она в школу пошла, тогда я лучше сразу к бабке пойду ночевать, а то дома под горячую руку как раз и попаду.

— Ладно, — легко согласился Руслан, выскользнул из кустов и на приличном расстоянии двинулся следом за Витькиной мамой Зоей Николаевной.

Он понимал волнение друга, ведь Витькин отец был чрезвычайно скор на расправу и за каждое замечание в дневнике или двойку лупил сына нещадно, а коль дело доходило до вызова родителей к директору, то наказание следовало более чем суровое, включавшее в себя, помимо побоев, лишение денег на кино и мороженое (примерно на неделю) или грустные одинокие посиделки в сарае на все воскресенье. Положение мог спасти только побег к бабке, отцовой матери. Переночевав у нее и явившись домой лишь на следующий день, Витька обычно заставал гневливого отца несколько поостывшим. Наказание при этом, разумеется, не отменялось, однако в руке, наносящей удары, уже не ощущалось истинного энтузиазма. Поэтому Руслан с пониманием отнесся к просьбе друга выяснить, не в школу ли направилась его мать.

Сначала было похоже, что она и впрямь идет в школу, однако в том месте, где нужно было свернуть в проулок, чтобы через несколько шагов оказаться прямо перед школьным зданием, Зоя Николаевна никуда не свернула, миновала поликлинику и зашла в универмаг. Руслан собрался было вернуться назад, в засаду, и доложить перепуганному Ваське, что опасность миновала и «торпеда мимо прошла», однако вспомнил, что обещал брату Мишке заскочить после уроков в этот самый универмаг, чтобы купить ему в отделе канцтоваров клеенчатую обложку для книг. Миша часто брал книги в библиотеке и обращался с ними очень бережно, обязательно оборачивал в газетку, а теперь вот решил купить специальную обложку, потому что, как он объяснил Руслану, во-первых, в таких обложках уголки книг не затрепываются, а во-вторых, там есть такая специальная ленточка, которая используется вместо закладки, и это очень удобно, так как обычная закладка все время куда-то теряется или выпадает.

Отдел канцтоваров находился в самой глубине торгового зала, и Руслан начал торопливо пробираться между прилавками. В отделе посуды он как раз и наткнулся на Витькину маму, которая стояла в очереди за чашками. Чашки были невообразимой красоты, огромные, пузатые, расписанные красными с золотом цветами, и к ним продавались такие же блюдечки. Руслан невольно остановился, чтобы полюбоваться этим пиршеством красок на белоснежном фарфоре.

— Не занимайте очередь! — проплыл над прилавком голос продавщицы. — Осталось всего десять штук.

— По одной давайте! — заволновалась очередь. — Некоторые по две, по три берут, безобразие... Девушка, не продавайте больше одной чашки в одни руки!

Все стоящие в очереди принялись оглядываться, завертела головой и Зоя Николаевна, и Руслан поспешно ретировался, пока она его не заметила. Купив обложку для Миши, он вернулся к дрожащему от страха Витьке.

— Нормалек, — сообщил он, подкрепляя свои слова движением руки, — твоя мамка в магазин пошла, в очереди стоит. Хорек не пробегал?

— Нет пока.

Они благополучно дождались появления ненавистного Хорькова, надавали ему портфелями по спине и по плечам, взяли с него клятвенное обещание, что он больше не будет болеть за «Динамо» и не станет носить футболку с динамовской символикой, потому что все уважающие себя ученики средней школы должны болеть только за «Спартак», и больше ни за кого, и, удовлетворенные, разошлись по домам.

Было это примерно в середине мая, вскоре после Дня Победы. А в конце мая всем ученикам раздали табели с оценками за год. У Витьки Смелкова напротив строчки «поведение» стояла четверка. Это было приятной неожиданностью.

— Забыла, наверное, что с урока меня выгоняла, — шепнул, улыбаясь до ушей, Витька.

После уроков они еще немного поиграли в школьном дворе и собрались расходиться.

— Погоди, я в туалет сбегаю, только не уходи без меня, — попросил Руслан товарища, бегом направляясь в школьное здание.

Через несколько минут он, спокойный и довольный, шел через длинный коридор первого этажа от туалета к выходу, когда распахнулась дверь кабинета химии и оттуда выглянула учительница.

— Мальчик! — позвала она.

Руслан остановился и вопросительно посмотрел на нее.

— Вы мне?

— Тебе, тебе. Сбегай, пожалуйста, в учительскую, возьми журнал восьмого «Б» класса и принеси сюда.

— Сейчас!

Учительская была на втором этаже, Руслан, перескакивая через ступеньку (быстрее, быстрее, там же Витька ждет!), промчался по лестнице и ворвался в комнату, куда ученикам обычно вход был строго запрещен.

— Извините, пожалуйста, учительница химии просила принести журнал восьмого «Б», — выпалил он на одном дыхании.

И только после этого огляделся. В учительской пили чай с тортом, учитель физкультуры, как обычно, из стакана в мельхиоровом подстаканнике, учительница литературы — из коричневой керамической кружки, а классная руководительница третьего «А» класса, того самого, где учились Руслан Нильский и Витька Смелков, — из потрясающей пузатой чашки, расписанной красными с золотом цветами.

— Возьми сам, Нильский, вон на той полке все журналы стоят, — лениво пропела классная руководительница, видно, торт был вкусным, чай горячим, общество приятным, короче, вставать из-за стола ей явно не хотелось.

Руслан отнес журнал и вернулся на улицу, где его терпеливо поджидал Витька.

— Чего так долго? — Он обиженно засопел. — Я что, нанимался тебя тут ждать?

— Извини, — примирительно произнес Руслан, — меня химичка на полдороге поймала, попросила журнал из учительской принести.

О своих наблюдениях, а уж тем более о быстро сложившихся выводах он ничего Витьке не сказал. А через несколько дней случайно встретил свою классную руководительницу на базаре, куда мама послала его за творогом.

— Здравствуй, Нильский, — первой заметила его учительница.

— Здравствуйте, Анна Павловна, — вежливо поздоровался Руслан.

— За покупками пришел?

— Да, мама велела творог купить.

— Справишься?

— Конечно.

— Обязательно попробуй кусочек, прежде чем покупать, — продолжала наставлять его Анна Павловна. — Смотри, чтобы был не кислый и не сухой.

— Спасибо, — поблагодарил он, — я обязательно попробую. Анна Павловна, а можно я вам кое-что скажу?

— Разумеется, Нильский, говори.

Она была такой спокойной и уверенной в себе, она даже не подозревала, что сейчас над ее головой разорвется снаряд. Бомба. Она не знает. А он, Руслан Нильский, знает. И поэтому вот сейчас, в этот самый момент, он сильнее ее. Она старше, она образованная, ей доверили руководить целым классом, ее боятся все тридцать два ученика, но сейчас она — слабая букашка, сидящая на ладони всесильного и всезнающего Руслана. Ощущение оказалось таким сладостным, что мальчик невольно старался насладиться им подольше.

— Ну так что ты хотел сказать, Нильский? — нетерпеливо повторила учительница.

— Я хотел сказать, — медленно начал Руслан, — что я

знаю, почему вы поставили Витьке Смелкову четверку по поведению за год.

— Я тоже это знаю, — снисходительно улыбнулась Анна Павловна. — Витя стал вести себя лучше, он меньше шалит на уроках, меньше нарушает дисциплину.

— Нет, Анна Павловна, — Руслан отрицательно покачал головой, — не поэтому. Вы поставили ему четверку, потому что Зоя Николаевна Смелкова, Витькина мама, подарила вам чашку, красивую такую, большую, с красными и золотыми цветами. У Витьки отец очень строгий, за двойку по поведению он бы его страшно наказал, а Зоя Николаевна Витьку жалеет, поэтому она подарила вам чашку, чтобы вы эту двойку ему не ставили. Я даже могу вам сказать, когда. Сказать?

— Что ты несешь? — возмутилась учительница, но глаза ее тревожно метнулись в сторону, и от внимания Руслана это не укрылось.

— Это было вскоре после Дня Победы, на следующий день после того, как вы выгнали Витьку с урока русского. Вы не бойтесь, я никому не скажу. Об этом никто не узнает, даже Витька. Будут знать только трое: Витькина мама, вы и я. Договорились?

Он не стал дожидаться ответа Анны Павловны, юркнул в толпу и отправился к молочному прилавку. Руслану было совершенно не интересно, что могла бы ответить ему классная руководительница. Он наслаждался победой, первой победой логического мышления над дурацкими уловками и увертками, при помощи которых взрослые пытаются держать в узде детей. Он сам, без посторонней помощи, сложил воедино свои наблюдения и знания и сделал вывод, который объяснил то, что прежде казалось непонятным и удивительным. Ничего удивительного нет, все понятно. И он действительно не собирался ни с кем делиться своим открытием, ни с Витькой, ни с мамой, ни с братом Мишей, ни с другими учениками и приятелями. Он вовсе не стремился опозорить учительницу, для него важным и значимым было только то острое чувство наслаждения, которое он испытывал, когда думал: «А я знаю, как все было на самом деле».

* * *

Тем же летом он начал вести досье на всех, кого знал в этом небольшом городке-райцентре. Купил за 5 копеек маленький блокнотик, который легко умещался в кармане брюк или курточки, и постоянно носил с собой. Стоило ему заметить на улице человека, которого он знал, пусть не лично, но хотя бы по имени, в лицо или по профессии, как в блокнотике тут же появлялась запись:

«6 июня в 13.40 продавщица из булочной выходила из клуба вместе с мужчиной в голубой рубашке».

«7 июня тетя Таня из дома 19 покупала на базаре сметану и мед».

«11 июня отец Витьки Смелкова проехал на чьей-то машине зеленого цвета в сторону совхоза. 16.10».

Блокнотик быстро заполнился неровными, написанными на ходу строчками, пришлось покупать второй. Записи были бессистемными, шли подряд, по мере наступления событий, и никакой полезной информации из них извлечь было невозможно, но Руслану нравился сам процесс наблюдения и внесения в реестр фактов из жизни горожан. Он чувствовал себя настоящим сыщиком, по крупицам собирающим информацию и складывающим ее в надежное хранилище.

Игра увлекла его настолько, что через несколько месяцев, после прочтения очередного взятого в библиотеке зарубежного детектива, Руслан сообразил, что нужно вести досье. Завести отдельную папочку на каждого «фигуранта» и складывать туда всю поступающую информацию. Однако придумать было куда легче, чем сделать. Во-первых, папочки стоят денег. Во-вторых, они большие, занимают много места, и их обязательно увидят или мама, или Мишка. Конечно, они живут не в панельном доме, где все крутятся друг у друга на виду, а в собственном домике с участком, и всегда можно найти укромное местечко в сарае, например, или на чердаке под крышей, но все равно папки — это слишком громоздко. Руслан мучительно думал над решением своей проблемы и через несколько дней нашел вполне приемлемый вариант. Он будет пользоваться все теми же блокнотиками за 5 копеек (такие деньги ему ничего не стоит сэкономить на мороженом), купит коробку обычных канцелярских скрепок и будет подкалывать в отдельные кучки листочки с информацией про одних и тех же людей.

Идея оказалась плодотворной, спрятать малоформатные листочки было проще простого. Особенным вниманием со стороны новоявленного детектива пользовались учителя. Дело в том, что 1 сентября начался новый учебный год, и Руслан почувствовал некоторое изменение в отношении к себе со стороны классной руководительницы Анны Павловны. Она не отчитывала его, как бывало прежде, перед всем классом, если он отвечал у доски, мягко говоря, не совсем удачно. Вызывая его на уроках математики, давала решать самые легкие примеры и задачи и обязательно громко хвалила, если Руслан давал хотя бы малейший повод для одобрения. Нельзя сказать, чтобы Анна Павловна умышленно завышала ученику Нильскому оценки, просто она делала так, что он как будто сам собой стал учиться лучше. И Руслан сумел оценить сложившуюся ситуацию и сделать из нее соответствующие выводы.

Вскоре оказалось, что муж директрисы подрабатывает частным извозом, а женатый военрук школы тайком бегает на свидания с замужней парикмахершей. Про учителя физкультуры Руслан тоже кое-что узнал, но уже после того, как получил освобождение от этого ненавистного урока. Мальчик не рассматривал плоды своих детективных изысканий как средство улучшения и облегчения школьной жизни, поэтому с физкультурником он поступил точно так же, как и с остальными педагогами: улучил момент, когда рядом никого не было, и очень тихо и вежливо поведал о результатах своих наблюдений, привел факты и доказательства и пообещал никому ничего не говорить. И действительно никому не говорил. Руслану достаточно было того острого наслаждения, которое он испытывал, разговаривая с очередной «жертвой». Знание — сила, это всем известно, а знание, добытое собственным трудом, делает его, неказистого и малорослого, особенно сильным перед лицом этих самоуверенных и самовлюбленных взрослых.

Он не делал особого секрета из своего увлечения, про «досье», конечно, молчал, но детективы и разные другие полезные книжки носил с собой и читал совершенно открыто. И о том, что собирается стать сыщиком, тоже всем рассказывал. В шестом классе Руслан решился поговорить с участковым милиционером, сержантом Дыбейко.

— Дядя Петя, а у вас есть какие-нибудь особенные книжки про преступления? — спросил он.

— Особенные? Это какие же?

— Ну, про то, как преступления раскрывать, следы изучать и все такое, — пояснил мальчик.

— А, ты про криминалистику! — догадался участковый. — Есть, конечно, я ж заочно учусь на юридическом, у меня все учебники есть.

— А вы мне можете дать почитать?

— Тебе?! — вытаращил глаза сержант. — Да зачем тебе?

— Нужно.

— Ты там не поймешь ничего. Даже я не все понимаю.

— Ну дайте, а? — заныл Руслан. — Что вам, жалко? Не пойму так не пойму. Все равно интересно.

— Ладно, — пожал плечами милиционер, — заходи ко мне домой вечером, дам тебе почитать. Только через две недели верни обязательно, мне к сессии готовиться надо.

— Я верну, честное слово! — горячо пообещал мальчуган.

Две недели он до поздней ночи корпел над толстым учебником, вчитывался в малопонятные места, радовался, когда текст попадался относительно легкий, и дотошно конспектировал все, что считал достойным внимания и полезным. Даже картинки перерисовывал. Книга буквально заворожила его, и, когда пришел срок возвращать учебник, Руслан его в полном смысле слова отрывал с кровью от сердца.

— Дядя Петя, а вы в каком городе учитесь? — спросил он, отдавая книгу участковому.

— В Иркутске. А что?

— А там есть книжные магазины? То есть я хотел спросить, там есть магазины, где можно купить такую книжку? Я бы вам денег дал...

Дыбейко озадаченно почесал нос, разглядывая любознательного паренька.

— Вообще-то там, где я учусь, есть специальный книжный киоск, где всякие учебники продаются. Надо посмотреть, может, там и криминалистика есть. А ты что ж, всерьез заинтересовался?

— Всерьез, дядя Петя! Для меня в жизни ничего интересней нету!

— Ну надо же... Ладно, поеду на сессию — посмотрю, чем можно тебе помочь.

— Сколько денег нужно? Я у мамы попрошу и завтра же принесу, — обрадовался Руслан.

— Ты с деньгами пока не торопись, если будет что — у меня своих хватит, приеду — тогда и отдашь.

Сессия у Дыбейко была назначена на начало января,

и никогда еще Руслан Нильский не ждал с таким нетерпением окончания зимних школьных каникул. Участковый появился как раз одиннадцатого января, в первый после каникул учебный день. Вечером Руслан примчался к нему.

— Здрасьте, дядя Петя! Ну как? Достали книгу?

Дыбейко, довольно усмехаясь, полез в матерчатую спортивную сумку, с которой ездил в Иркутск. Это было даже больше того, что ожидал Руслан. Два учебника по криминалистике, не один, а целых два, разные! При этом один из них в двух томах! Да это настоящий клад!

— И вот еще я в библиотеке взял для тебя, — участковый продолжал выкладывать книги на стол. — «Руководство для следователей», «Настольная книга судьи», «Следственная практика», тут пять выпусков, больше на руки не дают, но, если заинтересуешься, я тебе в другой раз еще привезу.

— Дядечка Петечка!

Руслан повис на шее рослого участкового и крепко поцеловал в пахнущую одеколоном щеку. Дыбейко смущенно махнул рукой.

— Да ладно, чего там, читай на здоровье, если вправду интересуешься. Лишь бы толк был. Это ж хорошо, когда человек с малолетства к будущей профессии готовится, верно, Руслан?

С книгами Руслан не расставался ни днем ни ночью. Особой любовью его пользовались выпуски «Следственной практики», где рассказывалось о страшных и запутанных преступлениях и о том, на каких уликах и доказательствах следователям удавалось разоблачить злоумышленников. Это было, пожалуй, покруче любых детективных романов.

Отныне в его школьном портфеле вместе с учебниками и тетрадками обязательно лежала какая-нибудь из привезенных участковым книг. Руслан читал их на переменках, а также во время уроков физкультуры. Ребята-одноклассники посмеивались над ним, но девочки, напротив, поглядывали с любопытством. Ведь книги такие толстые, и написано в них про сложное и непонятное... Какой же умный этот Руслан Нильский!

Скрепленные канцелярскими скрепками «досье» становились все толще, и иногда Руслану начинало казаться, что он знает все про каждого жителя городка. Кто когда уходит на работу и когда возвращается, кто обедает в столовой, а кто бегает в перерыв домой, кто в рабочее время ходит по магазинам или сидит в парикмахерской, кто с кем дружит, кто за кем ухаживает, кто кому и с кем изменяет, кто с кем ссорится и мирится. Конечно, в действительности это было совсем не так, и знания мальчика распространялись от силы человек на сто, из которых тридцать были его одноклассниками и еще десятка два — ученики других классов той же школы, но ощущение могущества было таким, словно он ведал тайнами по меньшей мере всей страны, а то и Вселенной.

Однажды учительница химии, та самая, которая когда-то попросила Руслана принести журнал и тем самым положила начало его детективной деятельности, заявила:

— Ребята, вчера вечером кто-то проник в школу, забрался в кабинет химии и украл реактивы. Мы, конечно, можем вызвать милицию, и она быстро найдет вора, но мы решили пожалеть этого мальчика или девочку и не доводить дело до крайних мер. Пусть этот человек признается сам и вернет украденные реактивы, тогда обойдемся без милиции.

Тут же вскочила отличница — староста класса:

— А почему вы думаете, что этот вор — из нашего класса? Может, он из параллельного или вообще из восьмого, девятого или десятого?

Учительница жестом усадила защитницу классной чести на место.

— Мы не знаем, в каком классе учится этот воришка, поэтому сегодня все учителя всех классов обращаются ко всем ученикам нашей школы. Обращаются с просьбой признаться и вернуть реактивы. Если до завтрашнего утра украденное не будет возвращено, придется вызывать милицию.

— Не надо милицию! — зашумели ребята.

Поднялся гвалт, и вдруг среди общего гомона кто-то выкрикнул имя Руслана:

— А пусть Нильский вора найдет! Он же из себя Шерлока Холмса строит, вот пусть и покажет, какой он умный.

— Тише, дети, тише, успокоились и замолчали! — Учительнице пришлось повысить голос, чтобы перекричать три десятка взбудораженных семиклассников. Наконец наступила относительная тишина.

— Не нужно дразнить своих одноклассников, если у них есть какие-то увлечения. Вам должно быть стыдно, что вы сами ничем не увлекаетесь и не думаете о своей будущей профессии, — назидательно произнесла она. — Руслан Нильский, встань.

Руслан послушно поднялся из-за парты.

— Директор школы отложила решение вопроса до завтра. Если завтра вор не будет известен, сюда придет милиция...

— Да что толку от милиции, если она придет завтра? — перебил ее Руслан. — Ее надо было сразу вызывать, как только преступление обнаружили. А теперь уже все следы стерли и затоптали. Эксперты в такой обстановке ничего сделать не смогут, следователю придется работать только со свидетельскими показаниями, а это трудоемко и малоперспективно.

В классе повисла тишина, тридцать пар глаз уставились на светловолосого веснушчатого мальчишку в очках, который легко и свободно произносил такие умные и непонятные слова. Учительница химии смотрела на своего ученика с куда большим интересом, чем пару минут назад.

— Ты рассуждаешь со знанием дела, — наконец кивнула она одобрительно. — А сам бы ты что предложил? Ты сам-то знаешь, как раскрыть кражу и найти вора?

— Я могу попробовать, — спокойно заявил Руслан.

На самом деле в этот момент он почти точно знал, кто спер реактивы из кабинета химии. Память его подводила редко, и он хорошо помнил, как еще вчера вечером вносил в свои «досье» записи о том, что двое парней, лет примерно по пятнадцать-шестнадцать, лиц которых он в темноте не разглядел, в половине десятого вечера бежали куда-то по улице, ведущей от школы к лесополосе, а не далее как сегодня утром по дороге в школу он шел позади двух теток, одна из которых рассказывала другой о том, как ее мужу накануне чуть «Скорую» вызывать не пришлось — так он разволновался и так кричал на сына Юру, дескать, тот мог калекой остаться, без рук, без ног или без глаз. Запись об этом разговоре Руслан собирался сделать перед уроками или, если не успеет, на переменке. Тетку-рассказчицу мальчик знал, это была Симонова, буфетчица из исполкомовской столовой, по поводу которой в «досье» регулярно появлялись записи насчет сумок с продуктами, которые работница общепита таскала с работы домой. Стало быть, Юрка Симонов вчера натворил чего-то такого, за что отец на него страшно кричал. Отчего можно остаться калекой «без рук, без ног или без глаз»? Ясное дело, от баловства со взрывчаткой, типичное мальчишеское развлечение, мало кто из городских пацанов этого не пробовал, но в основном таскали у отцов патроны для охотничьих ружей, до краж реактивов дело прежде не доходило. И учится Юрка Симонов в девятом «А» классе их школы. И дружок его закадычный известен, в ПТУ учится. Чего тут думать-то? Сложить два и два и получить результат.

В девятом «А» в тот день было семь уроков, и Руслану после окончания занятий пришлось еще подождать, пока Симонов выйдет из школы. Расправив плечи и поправив очки, Руслан подошел к нему.

— Отойдем на пару слов, — безапелляционным тоном заявил он.

— С тобой, что ли? — презрительно ухмыльнулся девятиклассник.

— Могу и здесь сказать, только если кто услышит — сам же первый и пожалеешь.

Заинтригованный Симонов отошел вслед за Русланом.

— Ну и чего? — протянул он, останавливаясь за углом школьного здания.

— А того, что ты вместе со своим дружком Шимановым из ПТУ вчера украл реактивы из кабинета химии, а потом в лесополосе вы делали взрывоопасную смесь. И отец твой вчера тебе за это всыпал по первое число.

Мощная лапа девятиклассника мгновенно сомкнулась на воротнике форменной синей курточки Руслана, мальчик почувствовал, что не может сделать вдох.

— Тебя как, сразу прибить или помучить? — прошипел Симонов.

Хватка чуть ослабела. Руслан смог сделать вдох и отважно продолжил:

— Верни реактивы, которые еще не успел использовать. Тогда они милицию вызывать не будут. А я никому не скажу, что это ты сделал. Честное слово.

— Ты не скажешь? — прищурился Юра. — Да ты сперва докажи, что это мы с Шиманом украли! Тоже мне, сыщик доморощенный выискался! Иди отсюда, пока я тебе все мозги не повышибал. А еще раз пасть откроешь, мы с Шиманом тебя в тихом месте поймаем и... Все понял, очкарик?

Руслан понял все. Но он был не из тех, кто отступает, не пройдя весь путь до конца. Поэтому сказал:

— Я все понял. Если ты сегодня же не вернешь реактивы, я скажу твоему папе, что ты их украл. Ему никаких доказательств не надо, он-то точно знает, чем вы с Шиманом в лесополосе занимались. Тебе твой папа мозги вышибет раньше, чем ты — мне. А завтра милиция придет в школу разбираться и узнает то же самое, что узнал я. Ты что, и милиционерам мозги будешь вышибать? Потом весь город узнает, что ты вор. И Нинка твоя узнает из «Б» класса, с которой ты на речку бегаешь целоваться. Подумай своей глупой башкой, я дело предлагаю. Верни реактивы — и все будет шито-крыто. Но имей в виду, я тебя покрываю в первый и в последний раз. Еще раз украдешь — я молчать не стану.

Симонов отпустил его и оттолкнул от себя, при этом на лице его было написано неприкрытое отвращение.

— Такой маленький, а уже такой гаденыш... Иди отсюда.

— Вернешь реактивы? — настырно допытывался Руслан.

— Да хрен с тобой, ладно... Но если кому скажешь, мы с Шиманом тебя враз найдем.

— Насчет этого не волнуйся, мое слово верное, — усмехнулся Руслан.

Теперь нужно было подумать о поддержании собственной репутации. Если пойти к учительнице химии завтра, после того, как Симонов вернет реактивы, то она вполне может сказать, что это обращение учителей к ученикам сыграло свою роль, виновник кражи устыдился и возвратил украденное, а Руслан тут вроде как и не у дел. Нет, надо идти сейчас, пока реактивов еще нет. Дождавшись, пока грозный Юрка Симонов скрылся из виду, Руслан вернулся в школу и направился прямиком в кабинет химии. Учительница была там, проверяла, сидя за столом, контрольные работы.

— Я нашел вора, — заявил Руслан прямо с порога. — Сегодня вечером он вернет украденные реактивы.

Учительница вскинула на него удивленные глаза, даже тетрадку с чьей-то работой отодвинула.

— Что ты говоришь? И кто же это? Кто он?

— Этого я вам не скажу.

— То есть как это не скажешь? — нахмурилась учительница. — Почему? Ты должен назвать его имя, иначе я не поверю, что ты действительно нашел вора.

— Ну и не верьте, — пожал плечами Руслан. — Но я его нашел и поговорил с ним. Он сегодня же вернет то, что взял, и больше так делать не будет. Он дал мне слово.

— Нильский, — в ее голосе появились металлические нотки, — ты должен мне сказать, кто это такой. Это из вашего класса? Или из другого? Или вообще не из нашей школы? Кто он? Немедленно назови его имя!

— Не назову. — Руслан упрямо насупился и уставился на носки своих давно не чищенных ботинок. — Зачем вам его имя? Вы же сами утром говорили, что, если вор добровольно вернет похищенное, вы милицию вызывать не будете. Вот он и вернет. Он обязательно вернет, вот увидите.

— Да, я говорила, что милицию мы вызывать не будем, но я не говорила, что мы вообще не станем разбираться, кто это позволил себе такой отвратительный поступок. Мы должны знать паршивую овцу в своем стаде. Итак, Нильский, я жду. Назови его имя.

— Нет. Я дал ему слово, что никому не скажу, если он добровольно вернет реактивы и больше не будет воровать.

— Значит, не скажешь?

— Не скажу.

— Хорошо. — Учительница решительно поднялась из-за стола и схватила ключ, которым запирала кабинет. — Идем к директору.

Он молча пошел рядом с ней по направлению к кабинету директора школы. Он все равно не скажет, пусть хоть что делают. Не в его правилах выдавать чужие секреты. А вот владеть ими ох как полезно!

— Тамара Афанасьевна, вот Нильский из седьмого «А» знает, кто украл реактивы, но отказывается сообщить фамилию вора! — возмущенно заявила «химичка», вталкивая Руслана в просторный, хорошо обставленный кабинет с висящим на стене огромным портретом Макаренко.

Директор молча смотрела в глаза Руслану. Руслан молча смотрел в глаза директору. Точно так же они совсем недавно, несколько месяцев назад, смотрели друг на друга, когда Руслан явился сюда с сообщением о том, что муж Тамары Афанасьевны занимается частнопредпринимательской деятельностью — «левым» извозом, за что в Уголовном кодексе предусмотрено соответствующее наказание. В тот раз Тамара Афанасьевна выслушала информацию ученика и его заверения в том, что он никому об этом не скажет, и отпустила со словами:

— Хорошо, Нильский, я приму к сведению то, что ты сказал. Можешь идти.

И сейчас она долго смотрела на мальчика — источник постоянной угрозы для любого жителя города, потом перевела глаза на учительницу химии:

— Оставьте нас вдвоем, будьте так любезны.

«Химичка» вышла, скорчив недовольную мину.

— Почему ты не хочешь назвать имя вора, Руслан? — негромко спросила директор. — Это твой товарищ?

— Нет, Тамара Афанасьевна. Просто я дал ему слово, что никому не скажу, если он сегодня же вернет украденное и больше не будет так поступать.

В отличие от учительницы химии, для директора школы Тамары Афанасьевны произнесенная Русланом Нильским фраза «я дал ему слово, что никому не скажу» была хорошо знакома и значила очень многое. Она на собственном опыте знала, что он действительно никому не скажет.

— Хорошо, Нильский, — все так же негромко произнесла она, — ты можешь идти. Я приму к сведению то, что ты сказал.

Утром следующего дня школу облетело известие о том, что украденное частично вернули, подбросили в кабинет химии. И благодаря праведному негодованию учительницы химии, которая громко возмущалась поведением Руслана, всем стало понятно, что, во-первых, Нильский знает все и обо всех и, во-вторых, он умеет держать слово и ни на кого не доносит.

* * *

Вплоть до окончания десятого класса Руслан наповал сразил десятка два своих земляков, среди которых были, кроме директора и учителей из его школы, продавцы продуктовых магазинов и универмага, кассирша в клубе, несколько соседей с той же улицы, на которой он жил, буфетчица Симонова из исполкома и даже двое приезжих. И тайны, которые он раскрывал при помощи элементарного сбора информации, были, как правило, смешными и малосущественными по меркам крупного города, такого, как Москва или даже Новосибирск, но в рамках райцентра, где все друг друга знают, разглашение этих смешных тайн грозило потерей репутации и полной утратой социального статуса.

Вопрос о выборе профессии перед ним не стоял. Он должен стать следователем или оперативником, получить направление в тот район Кемеровской области, где велось дело об убийстве его брата, и там, на месте, во всем разобраться. Он поднимет старые материалы, перероет, если нужно, весь архив, разыщет всех милиционеров, которые в то время там работали, душу из них вытрясет, но узнает, как все было на самом деле и за что подонок Бахтин убил самого лучшего на свете человека, его брата Мишку. А уж потом он решит, как расправиться с самим Бахтиным, если он вообще живым из тюрьмы выйдет. Говорят, многие не доживают до освобождения...

Руслан, человек обстоятельный и предусмотрительный, заранее сходил в местный отдел внутренних дел и выяснил, что поступать ему можно будет в Омскую школу милиции, туда направляют на учебу из района Кузбасса и, кроме того, туда берут мальчишек, не служивших в армии, немного, но берут. Для поступления необходимо предварительно пройти медкомиссию при областном управлении внутренних дел, и если врачи признают его здоровым, то в УВД сформируют его личное дело и пошлют в Омск, а оттуда придет вызов на приемную комиссию для сдачи экзаменов.

— Ты особо-то не надейся, — предупредил его Дыбейко, который к тому времени закончил свое заочное образование, получил звание лейтенанта и повышение в должности. — Тебя же медкомиссия военкомата забраковала, признала негодным к службе в армии из-за зрения. Так что ты и нашу комиссию можешь не пройти. Кроме того, в школу милиции надо сдавать экзамен по физподготовке, а ты спортом не занимаешься, даже на физкультуру не ходил.

— Ерунда, дядя Петя, все будет нормалек! — оптимистично заявил Руслан. — Они же как зрение проверяют? Заставляют таблицу читать. Я в армию не больно-то стремился, поэтому честно сказал, что без очков даже верхнюю строчку, где самые крупные буквы, не вижу. Вот после этого они меня и стали всякими приборами проверять. А если всю таблицу до самой нижней строчки им отбарабанить, так они и проверять больше ничего не станут. Чего проверять, если у человека стопроцентное зрение? А таблицу я уже давно наизусть выучил, с закрытыми глазами любую строчку прочту. А то, что я спортом не занимаюсь, так это только видимость одна. Я и бегаю не хуже других, и подтянуться на перекладине смогу сколько надо. Потренируюсь еще дополнительно, время есть, и будет полный порядок.

Полный радужных надежд, Руслан бодро получил направление на медкомиссию и отправился в областной центр, откуда вернулся совершенно удрученным. Несмотря на то что он уверенно называл буквы в офтальмологической таблице вплоть до самой нижней строчки, его все-таки проверили при помощи специальных приборов и сочувственно покачали головой. Та самая глазная болезнь, благодаря которой он так удачно увернулся от ненавистной физкультуры и из-за которой его даже признали негодным к службе в армии, оказалась непреодолимым препятствием для его службы в милиции. Медкомиссия его не пропустила.

— Что ты так расстраиваешься? — удивлялась Ольга Андреевна, мать Руслана. — Ты же можешь поступить в университет, стать юристом и пойти работать следователем в прокуратуру, раз уж тебе так хочется.

— Мама, я не хочу в прокуратуру, я хочу именно в милицию, понимаешь? Только в милицию. Даже если меня после университета распределят в систему МВД, там снова нужно будет проходить медкомиссию, а я ее не пройду. Мне нужно делать операцию на глазах, иначе все бессмысленно. В Москве, в центре микрохирургии глаза, мне могут помочь, но нужны деньги, которых у меня нет. Я узнавал, они теперь перешли на хозрасчет и дерут бешеные бабки за консультации и лечение, особенно для иногородних, которые в Москве не прописаны. А еще билеты туда и обратно, гостиница, питание. Знаешь, какие в Москве цены? Там все так дорого — никаких денег не хватит. Я пойду работать, буду откладывать деньги, сделаю операцию, а потом снова буду поступать в школу милиции.

— И все-таки я не понимаю, сынок, зачем тебе нужно именно в милицию. Что ты так уперся? Следователь прокуратуры — тоже очень хорошая работа, точно такая же, как следователь милиции.

— Мама, ну как ты не понимаешь! Я должен попасть в милицию, чтобы изнутри все выяснить про Мишку. Я никогда им не прощу того, что они сделали. И я выведу их на чистую воду.

— Сынок!...

— Ну что «сынок», что «сынок»? Почему ты не хочешь, чтобы я узнал правду про Мишку? Это же твой сын, неужели тебе все равно, что его продолжают считать пьяницей и хулиганом?

— Сынок, прошло столько лет, это все уже не имеет никакого значения, а Мишу этим не вернешь. Кроме нас с тобой, никто уже и не помнит Мишу, и тем более не помнит, за что и как он был убит. Я прошу тебя, оставь ты эту затею!

— Достаточно того, что Я помню Мишу. И я хочу не ПОМНИТЬ, за что и как он был убит, а ТОЧНО ЗНАТЬ. Ты понимаешь разницу?

Этот разговор начинался неоднократно и заканчивался каждый раз одинаково. Ольга Андреевна начинала плакать, хлопала дверью и уходила в свою комнату. И каждый раз, видя слезы матери, Руслан Нильский все больше и больше укреплялся во мнении, что он обязательно выяснит, что же произошло с его любимым братом. Обязательно выяснит. Костьми ляжет, но узнает правду.

* * *

Школу Руслан окончил в 1988 году, а к зиме 1989 уже работал в одной из кемеровских областных газет. Конечно, не корреспондентом и тем более не обозревателем, простым курьером, но и это для начала было неплохо. Совет, который Руслан посчитал одним из самых ценных в жизни, дал ему все тот же Дыбейко, который, видя отчаяние парня, лишившегося возможности стать следователем или оперативником, решил поговорить с ним по душам и все-таки вынудил Руслана признаться в том, что для него главное — разобраться в обстоятельствах убийства брата.

— Ну ты чудной, — приговаривал лейтенант, прихлебывая ароматный горячий чай, который он заварил прямо у себя в кабинете, где и состоялся тот разговор с Русланом. — Знания не только приобретать надо, надо еще иметь возможность ими распорядиться. Ты понимаешь, о чем я?

— Нет, — честно признался Руслан, — не понимаю.

— А вот я тебе объясню. Ты хочешь стать офицером МВД, так? То есть человеком в погонах. То есть человеком, над которым стоит служебная дисциплина, куча начальников, который во всем и ото всех зависит, который обязан делать то, что ему прикажут. Ну узнаешь ты, как там все было с Мишкой. А кто тебе позволит рот раскрыть? Никто. Кто тебе позволит предать это огласке? Опять же никто. А будешь ерепениться — в порошок сотрут, поймают тебя на улице или дома с секретными документами, которых ты и в глаза не видел, или вещдок из сейфа сопрут, или наркотики подбросят. Короче, ахнуть не успеешь, как на нарах окажешься. И защищать тебя никто не станет, имей это в виду. Так что ты не по тому пути идти собрался. Я-то думал, ты и впрямь борьбой с преступностью интересуешься, а раз у тебя такой интерес... Не в милицию тебе надо идти.

— А куда?

— Как куда? В журналистику. Средства массовой информации сегодня самое удобное место для всяческих разоблачений. Тут даже особо и доказательства искать не надо, главное — крикнуть погромче, и все поверят. Опять же профессия журналиста почетная, их всюду пускают, все им рассказывают, а если кто не хочет рассказывать, так можно хай поднять, дескать, отказываются давать информацию, значит, есть что скрывать, значит, что-то тут нечисто. Но это я так, в шутку. А если серьезно, то ты обрати внимание, какие интересные факты публикуют в газетах, особенно в рубриках «Журналистское расследование». Журналисты иногда видят дальше и глубже, чем чиновники или та же милиция, поэтому им веры больше. А милиция — она что? Ее сегодня только ленивый грязью не поливает. Что смотришь? Возьми наугад десять любых газет за последний месяц да подсчитай, сколько раз в них написано, что милиция тупая и нерадивая, ничего не умеет и делать не хочет, только укрывательством преступлений и занимается. Никто ж не хочет вникать, как оно на самом деле, у одного квартиру обокрали, вора не поймали, значит, милиция бездействует. А то, что мы сто других квартирных краж раскрыли, их не интересует. Милиции сегодня веры нет, а дальше еще хуже будет. Так что прими мой совет, иди в газету и через нее добивайся своей правды. И зрение твое там не помеха, так что на поездку в Москву и на операцию можешь не тратиться.

Руслан долго обдумывал сказанное лейтенантом Дыбейко, сидел в городской библиотеке, читал подшивки газет за несколько последних месяцев. Прав дядя Петя, вон какая волна разоблачений идет, и про сталинизм открыто пишут, и про ГУЛАГ, и про милицию, и про «дедовщину» в армии, и про неправильную экономику, и про реабилитацию Бухарина, Зиновьева и Каменева, про которых в курсе истории говорилось, что они предатели интересов советского строя. В одном из мартовских номеров «Советской России» Руслан с любопытством прочел статью Нины Андреевой «Не могу поступаться принципами», где автор призывала наказать главных редакторов изданий, злоупотребляющих гласностью. Значит, гласность действительно существует, подумал Руслан, раз кому-то даже показалось, что ее слишком много. Потом, уже в апрельских газетах, он прочитал, что главный идеолог страны Яковлев назвал эту статью антиперестроечной, стало быть, гласности меньше не станет, наоборот, ее будут всячески поддерживать.

Чтение так увлекло его, что Руслан переключился на более ранние издания и взял подшивки «Московских новостей» и «Огонька» за 1987 год. Смелость публикаций превзошла все его ожидания, но главное, что поразило юношу: откуда журналисты все это узнают? Пожалуй, по возможностям сбора информации они не уступают милиции, значит, дядя Петя Дыбейко прав, можно добиться своей цели и через журналистику, и надевать сковывающие тебя по рукам и ногам офицерские погоны для этого совсем не обязательно.

Маме он, конечно, ничего подробно не рассказывал, просто поставил в известность, что передумал работать в милиции и хотел бы устроиться в любую газету на любую должность, хоть сторожем. Надо изнутри понять профессиональную «кухню», попробовать себя в качестве внештатного корреспондента, начать писать коротенькие заметочки, а уж потом, если начнет получаться, думать о дальнейшей карьере и о получении образования. Ольга Андреевна такой подход полностью одобрила, обзвонила своих знакомых по всей области, с которыми встречалась то и дело на разных совещаниях и активах работников исполкомов, и уже к Новому, 1989 году Руслан Нильский был зачислен в штат одной из газет на должность курьера, получил в виде служебной жилплощади крохотную каморку в доме барачного типа, и при этом ему позволили быть внештатным фотографом. Мальчишка энергичный, легкий на подъем, в любое время года и при любой погоде с удовольствием смотается в любой конец области, чтобы «щелкнуть» кого-нибудь или что-нибудь, попавшее под луч «прожектора перестройки». Он умел выбрать неожиданный ракурс или построить композицию кадра так, чтобы «правильно» (с точки зрения редакции или пишущего материал журналиста) расставить акценты. Например, если готовился материал о бюрократизме и злоупотреблениях какого-нибудь чиновника, то Руслан приносил фотографию, на которой и щеки-то у него были особенно толстые и обвислые, и глазки крохотные и заплывшие жиром, и сам герой статьи на снимке или сидел за обильно накрытым столом, или жарил шашлыки на фоне неизвестно на какие деньги построенного загородного особняка, или на худой конец вылезал из дорогого автомобиля. Если же нужно было поехать в далекий и забытый властями детский дом, чтобы сделать фотографии для статьи о том, как государство плохо заботится о тех, кто не в состоянии позаботиться о себе сам, то здание такого детдома выглядело на снимках Руслана совершеннейшими руинами, а дети — такими худенькими и печальными, что ни одно сердце не могло остаться равнодушным.

Иногда во время таких поездок или просто в ходе ежедневной работы Руслану попадалось на глаза что-нибудь любопытное, и он делал снимки, несмотря на то, что их никто не заказывал. Проявлял пленку, печатал и складывал в альбом. Однажды один такой снимок он показал редактору газеты. Тот даже языком зацокал от удовольствия, рассматривая фотографию.

— Хорошая работа, — наконец сказал он, — с настроением, выразительная. Но не в тему.

— В каком смысле? — не понял Руслан.

— Что у тебя на снимке?

— Как что? Бездомные дети, которых загоняют в детский приемник-распределитель.

— Вот именно, — кивнул редактор. — А у нас сейчас никто не готовит материал о детских приемниках. И о детской безнадзорности тоже никто не пишет. И в плане такой темы нет. Но фотография хорошая, ты ее сохрани, когда вопрос встанет — мы ее непременно опубликуем.

— Не обязательно же давать снимок к большому материалу. Можно просто опубликовать его с коротеньким комментарием. Пусть люди задумаются...

— Слушай. — Редактору явно надоело объясняться с белобрысым очкариком-курьером, не того полета эта птица, чтобы такой важный человек, как редактор, тратил на нее больше семи секунд. — Если ты такой умный, так возьми и сам напиши. Нашим журналистам и без этих детей есть чем заняться.

Через два дня Руслан снова принес ту же самую фотографию и листок с десятью строчками текста и молча протянул редактору. Тот, конечно же, давно забыл о состоявшемся между ними разговоре.

— Что это? — недовольно спросил он.

— Вы сказали, чтобы я написал несколько строк комментария к этой фотографии. Я написал.

Редактор быстро пробежал глазами отпечатанные на машинке строчки, потом взял карандаш и снова перечитал, уже медленнее, делая правки.

— Послушай, как тебя...

— Руслан, — быстро подсказал юноша.

— Да, Руслан. А ты, собственно, зачем эту фотографию сделал? С какой целью?

— Ни с какой. Увидел интересную сценку и снял. У меня камера всегда с собой.

— И часто ты вот так... интересные сценки снимаешь?

— Часто. Почти каждый день.

— То есть снимков вроде вот этого у тебя много? — уточнил редактор.

— Три альбома уже.

— Завтра принесешь, — скомандовал редактор. — А пока свободен.

— А с моим комментарием что? Вы его опубликуете?

— Там видно будет.

Руслан вышел, ничего не понимая. Дома он тщательно пересмотрел все собранные в альбомы фотографии, отобрал неудачные, остальные разложил по тематике — природа, производство, люди. На другой день все три альбома лежали на столе редактора. А еще через неделю было объявлено, что в газете вводится новая рубрика под названием «Неслучайный взгляд»: фотографии Руслана Нильского, комментарии его же либо журналистки Елены Винник.

Лена Винник была совсем молоденькой, чуть старше Руслана, но ей уже поручались серьезные материалы вроде интервью со всякими начальниками и политиками местного масштаба. Выслушав новость, Руслан побежал в ближайший магазин за вином и закуской. Сам он почти не пил, но «выставиться» должен был обязательно, таков порядок.

* * *

— Нам повезло, — деловито говорила Лена Винник, аккуратно укладывая в папку разбросанные по столу материалы, — наша газета подсуетилась раньше других, мы первыми позвонили Вороновой, как только стало известно, что она привозит к нам свой фильм. И нам назначено на первый день, как только она прилетит, на семнадцать тридцать. Если мы возьмем у нее интервью тогда, когда договорились, то есть шанс успеть дать материал в следующий номер, то есть мы дня на два опередим все областные издания. Но дама, я тебе скажу...

Журналистка выразительно повела глазами и вытянула вперед накрашенные розовой помадой губы, словно хотела произнести: «У-у-у-у!»

— А что такое? — равнодушно поинтересовался Руслан.

— Ты представляешь, она потребовала, чтобы ей предварительно показали материалы, опубликованные журналистом, то есть мной, и фотографии, сделанные фотографом, то есть тобой. И только после этого она даст согласие. Или откажет. Во замашки, а? Она что о себе мнит? Что она, голливудская суперзвезда?

— А что, — хитро улыбнулся Руслан, — можно представить ей в виде моей визитной карточки снимок того деятеля, которого ты два месяца назад разгромила в пух и прах. Он на фотографии такой страшный получился — только детей пугать. И материальчик о нем заодно покажем. Тогда точно откажется. И головной боли меньше. Если она такая капризная, так пусть другие издания с ней мучаются. А мы в своей газете напишем, что Наталья Воронова отказалась от интервью, потому что испугалась острого пера журналистки Елены Винник и беспристрастной камеры фотокорреспондента Руслана Нильского. И тогда грош цена будет всем остальным материалам, которые появятся в других газетах.

Елена закончила складывать материалы в папку, тщательно, на узелок и бантик, завязала шелковые тесемочки.

— Во-первых, главный нас удавит, если мы не сделаем материал. Он так собой гордится, что своевременно узнал из надежных источников о презентации фильма Вороновой и созвонился с ней аж за две недели до ее приезда, что не простит нам, если все его усилия пойдут прахом. А во-вторых, Русланчик, в тебе погиб мастер интриги. Бросай свой фотоаппарат, иди в политику.

— Мастер интриги во мне не погиб, — с усмешкой

Александра Маринина   315

возразил Руслан. — Я еще молодой, у меня все впереди. Ну так что, гражданка начальник, какие будут указания? Идти визитные карточки подбирать или как?

— Иди-иди. Выбери самые лучшие, чтобы она не боялась, что ты из нее уродину сделаешь. А я пока свои публикации подберу. Самолет прилетает завтра в двенадцать с минутами, поедешь в аэропорт, передашь ей обе подборки и оставишь контактный телефон, чтобы она могла позвонить и сказать, будет давать нам интервью или отказывается. Нет, ну это вообще... Первый раз с таким сталкиваюсь! Постарайся ей понравиться, оденься поприличнее, что ли. И сходи в парикмахерскую, постригись, у тебя уже вихры торчат.

Поприличнее! Легко сказать, да непросто осуществить. Одежда у Руслана в основном практичная, удобная, немаркая, ведь его хлеб — фотографии, а их приходится делать в самых разных условиях и при разной погоде, и ездить приходится много — когда в поездах и автомашинах, а когда и на вертолетах и катерах. При такой жизни костюмы с галстуками не нужны.

Вечер этого дня и утро следующего Руслан посвятил отбору портретных снимков и поискам одежды для встречи в аэропорту известного кинорежиссера-документалиста Натальи Вороновой. У одного приятеля в редакции он одолжил неброский голубой джемпер с треугольным вырезом на груди, у другого — серую рубашку, которая под джемпером смотрелась вполне ничего даже без галстука, оставалось решить проблему брюк. Руслан, не мудрствуя лукаво, постирал свои единственные относительно новые (всего год носил) джинсы и посчитал, что после отглаживания они вполне сгодятся для предстоящего мероприятия. Советом посетить парикмахерскую он решил пренебречь, времени нет, да и вообще, глупости все это.

На следующий день, 18 сентября 1991 года, ровно в полдень Руслан Нильский уже был в аэропорту. Табло прилета извещало, что рейс из Москвы ожидается в 12.25. «Пока нам везет, — подумал он, — самолет прибывает вовремя, как ни странно. Давно уже самолеты в нашей стране не летают строго по расписанию. Если бы рейс задержался часа на три-четыре, как обычно, то все полетело бы к черту. Никакого интервью в семнадцать тридцать не состоялось бы, и материал не успели бы вставить в завтрашний номер, и так далее вплоть до инфаркта у нашего трепетного главного редактора».

Он сразу заметил группу людей, встречающих Воронову, среди которых были завотделом пропаганды и завотделом культуры горкома партии, а также директор кинотеатра «Кузбасс», где предполагалась встреча с творческой группой и просмотр нашумевшего документально-публицистического фильма «Что такое хорошо и что такое плохо». Всего встречающих человек семь, все в строгих костюмах, светлых рубашках и при галстуках. Неподалеку, метрах в двух-трех от них, кучковалась еще одна группка, состоящая из молодых людей с букетами цветов в руках. «Помощники, — догадался Руслан. — Еще бы, куда наши начальники без помощников? Самим цветы подержать — руки оборвутся. Опять же есть кого за сигаретами послать».

Поправив на плече ремень от кофра с аппаратурой, Руслан, прижимая к груди объемистую папку, направился к окошку с надписью «Справочная». За застекленной стойкой сидела Римма, симпатичная девушка, с которой Руслан познакомился еще в прошлом году, когда его послали в аэропорт сделать снимки группы воинов-афганцев, возвращавшихся домой. Рейс тогда задерживался на неопределенное время, и Руслан подходил к заветному окошечку не менее двадцати раз. Римма уже сдавала смену, а точного времени прилета самолета так никто и не знал. Руслан пригласил девушку в кафе в аэропорту, чтобы скоротать время и не умереть от скуки, а в результате завел весьма небесполезное знакомство. По крайней мере, в очереди в «Справочную» ему отныне стоять не приходилось, едва заметив через стекло знакомые светлые вихры и веснушчатое лицо в очках, Римма открывала служебную дверь, впускала Руслана и отвечала на все его вопросы, даже на такие, на какие не отвечала обычным гражданам.

— Я насчет московского рейса, — сказал Руслан, когда Римма открыла ему дверь.

— По расписанию, в 12.25. Даже минут на пять пораньше, — тут же ответила девушка.

— А с какой стороны?

— Сейчас позвоню, погоди минутку. — Она сняла трубку внутреннего телефона: — Алена, московский с какой стороны встречать? С правой? Спасибо, Аленушка.

Пользуясь редакционным удостоверением, Руслан пробрался с правой стороны к тому месту, куда подойдет автобус с пассажирами московского рейса. Он встретит Воронову прямо здесь, тогда у него будет шанс хотя бы на минуту завладеть ее вниманием до того, как налетит эта свора чиновников в костюмах и с букетами цветов.

Среди выходящих из автобуса пассажиров Наталью Воронову он узнал сразу, видел несколько раз ее по телевизору. Худощавая, подтянутая, одетая в черные узкие брюки, черную шерстяную водолазку и терракотового цвета кожаный пиджак, уголки губ скорбно опущены, темно-рыжие, почти каштановые волосы коротко подстрижены, глаза серьезные, а выражение лица, как показалось Руслану, очень усталое и немного сердитое. Внимание его на мгновение оказалось отвлечено от Вороновой: следом за ней из автобуса вышла такая красотка, что у молодого человека дух захватило, он чуть было не зазевался и не пропустил даму-режиссера, но вовремя спохватился.

— Наталья Александровна! Я из газеты, вы согласились дать интервью сегодня в семнадцать тридцать... — начал Руслан.

— Я помню, — бросила Воронова, не замедляя шаг. — Сейчас пока еще не семнадцать тридцать.

— Вы просили предварительно показать вам материалы, подготовленные журналистом и фотографом. Вот, я принес. — Он протянул ей папку.

Воронова остановилась, с любопытством глянула на Руслана. Рядом с ней остановилась и та красотка, и только тут Руслан сообразил, что они вместе.

— Ира, возьми папку, — чуть теплее произнесла Воронова, обращаясь к красотке, которая, мило улыбаясь, приняла у Руслана ценный груз. — Я думала, вы принесете материал в гостиницу. К чему такая спешка?

— Лучше раньше, чем опоздать. Вас там встречают, повезут в гостиницу, потом на обед, потом вы будете отдыхать. Я боялся, что могу к вам не пробиться.

Все пассажиры из автобуса уже прошли мимо, служащая аэропорта закрыла на ключ стеклянную дверь, ведущую на летное поле, и с недовольством поглядывала в их сторону.

— В папке подборка публикаций Елены Винник и мои фотопортреты, — пояснил Руслан. — Там же бумажка с контактными телефонами. Вы можете позвонить по любому из них и сказать о вашем решении. Если оно будет положительным, ровно в семнадцать тридцать Елена Винник и я будем у вас в гостинице или в любом другом месте, какое вы укажете.

— Вы со мной разговариваете так, как будто я премьер-министр. — Тепло в голосе Вороновой исчезло, вместо него снова появились сухость и сдержанность. — Спасибо за материалы, я вам позвоню... — Она посмотрела на часы, потом подняла глаза к потолку, что-то обдумывая. — Я позвоню не позже шестнадцати ноль-ноль.

Из зала прилета к ним уже мчались встречающие чиновники, которые, убедившись, что среди вышедших из автобуса пассажиров Вороновой нет, кинулись ее искать.

— Наталья Александровна! Здравствуйте! Мы вас потеряли! Добро пожаловать на землю Кузбасса! Здравствуйте! Давайте ваши билеты, мы получим ваш багаж! — перебивая друг друга, голосили они, всовывая Вороновой цветы, которые она тут же передавала красотке с папкой в руке.

Руслан заметил, что красивой черноволосой девушке с огромными темными глазами становится все труднее удерживать свою сумочку, его папку и огромные букеты.

— Давайте, я вам помогу, — шепнул он.

Воронова, окруженная встречающими, пошла вперед, а ее спутница вместе с Русланом, нагруженным цветами, немного отстали.

— Вас зовут Ирой? — спросил он.

— Да, а вас?

— Руслан.

— Вы фотограф, я правильно поняла?

— Совершенно верно. А вы?

— А я — никто, — весело улыбнулась красавица.

— Как это? Так не бывает. В качестве кого вы приехали с Вороновой? Секретарь? Помощница? Ассистентка? Член съемочной группы?

— Члены съемочной группы прилетят сегодня вечерним рейсом. И никаких секретарей и помощников у Наташи... то есть у Натальи Александровны, нет. Я действительно никто. Считайте, что младшая сестра.

— Тогда все понятно, — отпарировал Руслан. — Воронова возит вас с собой, потому что такую красавицу, как вы, нельзя ни на минуту оставлять без присмотра. Вас тут же похитят. Хотя, должен заметить, вы с ней совершенно не похожи. Может, вы не родная сестра, а двоюродная?

Девушка внезапно рассердилась, большие глаза ее сузились, губы поджались.

— Слушайте, чего вы привязались ко мне? Кто да кто... Конь в пальто. Какая вам разница, кто я ей?

Эта неожиданная грубость, так резко контрастирующая с красотой девушки, ошарашила Руслана.

— Извините, я не хотел вас обидеть. Просто мне нужно понимать, кого я буду вечером фотографировать, только Наталью Александровну или вас обеих. Мне нужно подготовиться, продумать планы, чтобы не заниматься этим на ходу и не отнимать ваше время.

— Меня фотографировать не нужно, — отрезала Ира. — Я к кино не имею никакого отношения.

Больше они не обменялись ни словом вплоть до того момента, когда Руслан уложил цветы на колени уже сидящей в черной горкомовской «Волге» Ирине.

* * *

Без четверти четыре Воронова позвонила в редакцию и сказала, что согласна на интервью. Ровно в половине шестого Руслан Нильский и Елена Винник постучали в дверь двухкомнатного полулюкса, где остановилась Наталья Воронова. Она встретила их в той же одежде, в которой прилетела, только без куртки. Наметанный глаз Руслана отметил, что Воронова нанесла макияж, не очень, правда, заметный, но сделавший ее лицо мягче и красивее.

— Если вы не возражаете, пусть сначала поработает фотограф, — сказала она и неожиданно улыбнулась немного виноватой и какой-то детской улыбкой. — У меня ужасная привычка во время серьезных разговоров тереть пальцами глаза, после этого их приходится смывать и перекрашивать. Вы сделаете свои снимки, я умоюсь, и после этого начнем интервью, хорошо?

Руслан достал аппаратуру и начал работать. Он хотел было спросить у Вороновой, кем приходится ей красивая девушка по имени Ира и где она сейчас, но отчего-то не посмел. Работал он быстро, Воронова не капризничала, послушно пересаживалась с кресла на диван, подсаживалась к письменному столу, стояла вполоборота на фоне окна, и минут через пятнадцать Руслан закончил свою часть. Он уже собирался уходить, когда дверь, ведущая во вторую комнату, распахнулась и на пороге возникла Ира с подносом, на котором стояли дымящиеся чашки и вазочка с печеньем и конфетами.

— Угощайтесь, пожалуйста, — любезно пригласила она, расставляя чай и сласти на низком журнальном столике. — Тут все так удобно, даже электрический чайник есть и набор посуды. Я думала, придется кипятильником воду греть. Угощайтесь, конфеты вкусные, швейцарские, из «Дьюти фри». И чай оттуда же, очень хороший, настоящий «Липтон».

Руслан швейцарских шоколадных конфет в жизни не ел, да и чая «Липтон» не пил, ему так хотелось попробовать! Но он ведь уже сделал свою работу, и оставаться в номере Вороновой у него нет ни причин, ни поводов. Тем более он имел неосторожность ровно минуту назад заявить, что помчится проявлять и печатать снимки, и, если Наталья Александровна хочет, он может вечером, попозже, привезти их и показать, чтобы она могла быть уверена, что в завтрашнем номере газеты будет выглядеть совершенной красавицей. Наталья Александровна захотела, и теперь у Руслана не было другого выхода, кроме как выполнять обещанное.

— К сожалению, я должен бежать, — сказал он, всем своим видом выражая это самое сожаление, — я обещал Наталье Александровне сделать фотографии и показать, прежде чем отдавать редактору.

— Ну хоть конфетку-то возьмите, — предложила Ира. Она взяла из вазочки три конфеты и протянула Руслану.

— Спасибо, Ира, — с благодарностью ответил он.

— А можно я с вами пойду? — неожиданно спросила девушка.

— Куда? — встрепенулась Воронова, ее только что спокойное лицо стало жестким и напряженным.

— Ну с Русланом же. Ну Наташа, ну что я тут буду сидеть около тебя как привязанная? Ты сейчас будешь интервью давать, а мне что делать? Можно я поеду с Русланом, он будет фотографии печатать, а я буду смотреть. Ну можно, а?

— Руслан, насколько я слышала, тебя с собой не звал.

— Наталья Александровна, я не возражаю, — торопливо встрял Руслан, все еще не веря своей удаче. Он-то всю голову сломал, придумывая, как бы ему половчее пригласить эту потрясающую красотку в кафе или хотя бы погулять по городу и при этом не нарваться на грубый отказ, а она сама, можно сказать, на шею вешается! Неужели действительно причастность к журналистике делает человека неотразимо притягательным? Ведь не красотой же своей он заинтересовал Иру, это очевидно. От девушек у Руслана отбоя не было, но сей факт не заставил его снизить планку критичности по отношению к самому себе: он точно знал, что некрасив. Обаятелен, весел, неглуп, талантливый фотограф и даже подающий некоторые надежды журналист, но уж точно не Ален Делон. И ростом не очень-то... Красавица Ира на полголовы выше его.

— Вот видишь, Натулечка, Руслан не возражает, — радостно подхватила девушка.

Воронова резко встала.

— Елена, я могу вас попросить выйти со мной в другую комнату? Буквально на одну минуту.

Лена Винник, уже устроившаяся за журнальным столиком и настроившая диктофон, послушно поднялась и вышла вслед за Вороновой. Руслан молча стоял в дверях, не понимая, что происходит. Ира тоже стояла, отвернувшись от него, и Руслан мог бы поклясться, что у нее на глазах слезы.

Дверь открылась, вернулись Воронова и Лена.

— Можешь идти с Русланом, — коротко бросила Наталья Александровна. — В девятнадцать тридцать у меня деловой ужин. Руслан, когда фотографии будут готовы, найдете меня в ресторане, я буду там до двадцати двух часов.

— Конечно, Наталья Александровна, — пробормотал Руслан, все еще мало что понимая.

— Натулечка, — прощебетала Ира, — я возьму твой пиджак? А то прохладно.

— Бери.

Ира достала из шкафа кожаный пиджак Вороновой, и они с Русланом вышли из номера.

— Перейдем на «ты»? — предложил он, когда за ними мягко закрылась дверь гостиницы.

— Ага, — кивнула Ира.

— Слушай, а о чем Воронова с Леной шепталась, прежде чем тебя отпустить?

— Выясняла, наверное, надежный ли ты парень, — засмеялась девушка. — Можно ли меня с тобой отпускать.

— В смысле, не пострадает ли твоя девичья честь? — уточнил Руслан.

— Нет, в смысле, не алкоголик ли ты и не начнешь ли меня спаивать. Наташка боится, что я сопьюсь.

— А что, у нее есть основания этого бояться? — удивился Руслан.

— Основания всегда есть, — туманно ответила Ира. — А если их нет, то их можно выдумать. Ты на машине?

— Вон редакционная машина стоит, — он показал рукой на битый «жигуленок», припаркованный возле входа в гостиницу, — на ней Лена уедет. А мы с тобой ножками пойдем, потом на троллейбусе поедем.

— А куда мы поедем?

— Два варианта. Можно проявлять пленки и печатать фотографии в редакции, а можно у меня дома. Ты какой вариант предпочитаешь?

— Я предпочитаю дома, если у тебя там нет жены или подружки.

Прямолинейная девица, ничего не скажешь. Сразу домой просится.

Неужели ей в Москве мужиков не хватает, ведь такая красавица! Или Воронова и впрямь держит ее на коротком поводке и шагу в сторону ступить не дает, вот девчонка и отрывается «на выезде» с такими партнерами, про которых ничего плохого Воронова подумать не может и спокойно отпускает бесшабашную сестричку. Ну ладно, посмотрим...

— Жены пока нет, не обзавелся, а с подружкой вроде на сегодня не договаривался, — сказал он. — Так как, домой или, может, все-таки в редакцию?

— Домой, — твердо ответила Ира. — Терпеть не могу официальную обстановку.

— Тогда нам вот на этот троллейбус. Побежали!

Троллейбус оказался переполнен, час пик, шесть вечера, народ возвращается с работы. Они стояли, тесно прижавшись друг к другу, и Руслан ощущал запах ее духов, сладкий и тяжелый. Пожалуй, для ее возраста слишком тяжелый, хотя к внешности вполне подходит, девица-то и сама не пушинка, рослая, крупная, яркая, с пышной грудью и налитыми бедрами, туго обтянутыми узкими брючками. Хороша, одним словом.

— Кстати, сколько тебе лет? — спросил он, продолжая думать о ее духах.

— Это совсем не «кстати», но двадцать один. А тебе?

— Представь себе, тоже двадцать один.

Троллейбус тряхнуло на очередной колдобине, Ира

не удержала равновесие и толкнула стоящую рядом пожилую женщину.

— Девушка! — недовольно заголосила та, отпихивая Иру двумя руками. — Держаться нужно! Вы меня чуть не раздавили!

— Ну да, вас раздавишь, как же, — вполголоса пробормотала Ира. Руслан укоризненно покачал головой. Она еще и огрызается! Ну и характерец...

— Возьмись за поручень, — посоветовал он, — у нас тут выбоины на каждом метре, все время трясет.

До вертикального поручня ей было не дотянуться, и Ире пришлось поднять руку и уцепиться за верхний горизонтальный поручень. Случайно бросив взгляд на ее запястье, Руслан увидел, что рукав пиджака съехал к локтю и обнажился четкий шрам, довольно старый, но хорошо заметный.

— Что это у тебя? — спросил он, глазами показывая на ее руку.

— А, ерунда, в аварию попала. Сто лет назад, — беспечно ответила Ира, но Руслан увидел, что вопрос ей не понравился.

* * *

— Вот здесь я и живу.

Он пропустил Иру в дверь и дал ей возможность обозреть убогое жилище. Узкий диванчик, стол, одновременно рабочий и обеденный, три стула и одно старое продавленное кресло. Все остальное пространство занимали книги и альбомы, часть — на подвесных полках, часть — стопками на полу вдоль стен.

— Удобства и кухня — общие, в конце коридора. Зато есть кладовка, которую я оборудовал под фотолабораторию. Что молчишь? Не ожидала, что я так бедно живу?

— Ой, да ладно, — протянула Ира, плюхаясь в кресло и вытягивая ноги, — можно подумать, я в Москве в хоромах живу. Между прочим, мы с Наташей живем в коммуналке. У нас там тоже удобства и кухня общие.

Руслан не поверил. Где это видано, чтобы известный кинорежиссер, депутат парламента жил в коммунальной квартире? Вранье.

Вероятно, скепсис был явственно виден на его лице, потому что Ира продолжила:

— Раньше там много народу жило, четыре семьи, потом как-то рассосались. Кто отдельную квартиру получил, кто за границу свалил, кто умер. Теперь остались только я, Бэлла Львовна и Наташка с мужем и детьми. На шесть человек четыре комнаты. Шикарно живем!

— А твои родители?

— Нету, — Ира картинно развела руками. — Папаню посадили, после чего его и след простыл, я тогда совсем маленькая была. Потом мама под машину попала. Одна бабка оставалась, и та в восемьдесят восьмом преставилась. Меня Наташка воспитывала с самого детства, поэтому я и говорю, что я ей как сестра, хотя на самом деле мы просто соседи по коммуналке. Слушай, а эта твоя... как ее... Лена, да?

— Лена, — подтвердил Руслан.

— Она фильм-то Наташкин видела? А то Наташка знаешь какая? Если журналист начинает спрашивать про то, чего не видел, она прямо бешеная делается.

— Не волнуйся, видела она фильм, она как раз в Москве была во время премьеры. А что, Наталья Александровна по жизни такая строгая или просто журналистов не любит?

— Да ты что, если бы ты видел, как она со мной обращается, ты бы спросил, за что она обожает журналистов, — засмеялась Ира. — Урядник в юбке. Жизнь по расписанию, шаг вправо, шаг влево считается побег. Как в тюрьме. А если ты имеешь в виду ее требование предварительно посмотреть публикации и фотографии, так у Наташки есть для этого основания, можешь мне поверить. Когда ее первый фильм вышел, два года назад, тоже журналисты набежали, интервью нахватали, и тексты, между прочим, на согласование привозили, все как надо. А потом в некоторых газетах такое появилось — хоть стой, хоть падай. Ей ведь что важно? Чтобы ее не использовали как декорацию. А то есть такие журналисты, для которых герой материала — это просто декорация, на фоне которой он может всему миру продемонстрировать, какой он умный и язвительный и какое у него замечательное чувство юмора. Наташка этого не любит. Она всегда говорит, что человек должен подниматься за счет собственного труда, а не за счет чужих неудач. А ты чего стоишь, как на выставке?

Руслан действительно стоял напротив сидящей в кресле девушки и с интересом рассматривал ее.

— А что я должен делать?

— Ты же хотел пленку проявлять и фотографии печатать. Вот и займись.

— А ты что будешь делать? Может, поесть приготовишь?

— На общей кухне? Еще чего! Я лучше тебе помогу.

— Да мне, в общем-то, помощники не нужны, я как-то сам привык справляться, — заметил Руслан, вытаскивая из кофра отснятую пленку.

— Ну я рядом постою, поболтаем о чем-нибудь.

— А потом что?

— А потом повезем фотографии в ресторан, где Наташка ужинает.

— А потом?

— Не знаю, — она пожала плечами, — наверное, я с ней останусь, пожрать-то надо. А потом в гостиницу и баиньки.

Руслан окончательно перестал понимать эту бойкую красотку. Для чего она попросилась поехать с ним? Для чего притащилась к нему домой? Чтобы посмотреть, как он будет проявлять пленку? Бред какой-то... Но для чего-то же она затеяла все это. Хорошо бы разобраться.

— Ира, а почему Наталья Александровна разговаривает, как военный? — спросил он, когда процесс проявки пленки завершился и они вдвоем стояли в тесной, освещенной красной лампочкой каморке, где Руслан печатал фотографии.

— Ты имеешь в виду все эти «девятнадцать тридцать» и «десять ноль-ноль»? Это у нее от Вадима, от мужа. Он офицер-подводник, капитан второго ранга.

— Да? И кто он по должности?

— Командир «бэ-че-пять».

— Это что такое?

— Командир боевой части номер пять на подводной лодке. Пока, — почему-то добавила Ира.

— Что значит «пока»? Ожидается повышение?

— Как тебе сказать... Ему предложили преподавать в учебном центре, он согласился, вопрос вот-вот решится.

— Что ж он с подлодки-то бежит? Тяготы службы надоели? Неужели не хочет до командира лодки дослужиться? — ехидно спросил Руслан.

— Много ты понимаешь! — презрительно фыркнула Ира. — Командир БЧ-5 никогда не станет командиром лодки, хоть до самой смерти будет служить. И выше капитана первого ранга никогда не поднимется. Он под Мурманском служит, в Западной Лице, вот сколько они с Наташкой женаты, столько и живут врозь. Это что, по-твоему, нормально? Она сыновей одна растит, нас с Бэлтой Львовной обихаживает, работает как проклятая, а муж ей ничем помочь не может, потому что у него то первая задача, то вторая задача, то третья задача, то автономка. А учебный центр все-таки ближе, всего сто километров от Москвы, в Обнинске. Ой, смотри, как Наташка классно получилась!

Она протянула руку к кювете, в которой проявлялась очередная фотография. Руслан легонько шлепнул ее по руке.

— Не суй пальцы в раствор, это же химия, а не лосьон для рук. А по-моему, снимок не слишком удачный.

Руслан склонил голову набок, следя за проступающим на фотобумаге изображением. Выждав, когда картинка приобретет нужную интенсивность окраски, пинцетом ловко вытащил фотографию и положил в кювету с закрепителем.

— Почему снимок неудачный? — заспорила Ира. — Она здесь такая красивая.

— Не это главное. Выражение лица — вот главное. Ее фильм как называется? «Что такое хорошо и что такое плохо». И на фотографии Наталья Александровна должна быть похожа на человека, который имеет право рассуждать на эту тему. А здесь она какая-то несерьезная, улыбается.

— Ну и что? Зато какая улыбка! Голливуд отдыхает.

— Ира, это фотография не на конкурс красоты. Читатель должен поверить режиссеру Вороновой, а не влюбиться в красавицу Натали. Сечешь разницу? Ты мне лучше вот что объясни... Насчет Мурманска и Обнинска я понял, Обнинск ближе. А почему муж Натальи Александровны не может стать командиром подводной лодки?

— Ой, ну почему-почему... Потому что.

— Это не объяснение, — строго заметил Руслан, закрепляя готовую влажную фотографию на веревке при помощи бельевой прищепки. — Ты же сама хотела поболтать, сама начала про мужа Вороновой рассказывать, а теперь уклоняешься.

— Так я об интересном хотела поболтать, а ты про скучное спрашиваешь. Короче, боевая часть пять отвечает за работу ядерного реактора и вообще за движение лодки и ее живучесть. Вадим только это умеет, он только реактор свой и знает, а лодка же должна выполнять боевые задачи. Командиры всех остальных боевых частей сначала становятся помощниками командира лодки, потом старшими помощниками командира, потом командирами, это обязательный порядок. А командир БЧ-5 даже помощником командира лодки стать не может, потому что не владеет тактикой морского боя. Представляешь, как обидно? Такое образование получить, столько знаний иметь в голове, а с точки зрения карьеры — полный ноль.

— Зачем же он такое образование получал? Учился бы морскому бою, стал бы командиром лодки. Вот смотри, этот кадр намного лучше. Согласна? Здесь во взгляде горечь какая-то и мудрость.

— Да ну, она тут как старуха... Вкус у тебя какой-то неправильный. А насчет Вадима я тебе так скажу: он выбирал то образование, которое ему было по душе, и ему было глубоко плевать, какую карьеру он с ним сделает. Он просто хотел заниматься тем, что ему интересно. Ну любит он эту свою работу, понимаешь? Вот ты фотографию любишь, а он — подводные лодки, которые ходят на ядерном топливе.

— Как ты его защищаешь, — усмехнулся Руслан. — Уж не влюблена ли ты в него?

— Дурак! — вспылила девушка. — Думай головой, прежде чем болтать! Я Вороновых всегда защищаю, и Наташку, и Вадима, и мальчиков, потому что они — моя семья, у меня на всем свете никого нет, кроме них. Я за Наташку горло перегрызу любому, понял?

— Понял, понял, не кипятись. Я ж не думал, что у тебя все так серьезно... А вот насчет того, что у тебя никого на всем свете нет, этого я не понял.

— А что ж тут непонятного? — искренне удивилась Ира. — Отец сбежал, мать погибла, бабка сама померла, вот никого и не осталось.

— А жених? Никогда не поверю, чтобы у такой красивой девушки, как ты, не было жениха или хотя бы сердечного дружка.

— Ах, ты об этом... — разочарованно протянула Ира. — Так бы сразу и спросил, мол, дамочка, не ингейджд ли вы.

— Не понял...

— Это от английского глагола. Его используют, когда хотят выяснить, не вовлечен ли человек в какие-то отношения. Так и спрашивают: «Are you engaged?» Дескать, есть ли у вас сердечная привязанность?

— Я немецкий учил, — бросил Руслан, не отрываясь от фотоувеличителя. — Так что там по части вовлеченности?

— На данный момент ничего. Изучаю новую среду обитания. Пока достойных не нашла.

— А поточнее?

— Да я в институт в этом году поступила, вот тебе и поточнее. Всего две недели проучилась, никого еще толком не разглядела.

— Ах, так ты еще и студентка! А как же занятия?

— Наташка меня отпросила. Она считала, что я должна с ней ехать.

— И где ж ты учишься с такой внешностью?

— Где надо, там и учусь, — внезапно снова вспылила Ира. — При чем тут внешность-то? Тебе что, обязательно хочется меня обидеть?

— Да нет, я просто хочу понять, что ты за птица и зачем приехала сюда.

— Я же говорю, это Наташка так решила.

— Да не вообще сюда, в Кемерово, а конкретно ко мне домой. Ты что, никогда не видела, как фотографии печатают?

— Видела.

— Тогда зачем? Брать меня к себе в любовники ты, по-моему, не собираешься.

— Откуда ты знаешь? Может, и собираюсь.

— Неплохо бы и мое мнение на этот счет спросить.

— Спрошу, когда надо будет.

— А когда будет надо?

Руслан выключил увеличитель и положил последнюю фотографию в раствор для проявки. Ира стояла совсем близко, запах ее духов заполнил всю крошечную каморку, и от этого запаха и от близости красивой девушки голова у Руслана постепенно заполнялась какими-то посторонними мыслями, мало связанными с необходимостью выполнить редакционное задание.

— Я задал вопрос, — едва слышно произнес он. — И хотел бы получить на него ответ.

Ира стояла неподвижно и молчала. Она не отстранилась, но и не придвинулась к нему. При красном свете ее кожа отливала бронзой, и вся она казалась Руслану в этот момент не живой теплой девушкой, а статуей из раскаленного металла. Наконец она подняла руку, и Руслану почудилось, что сейчас Ира коснется его лица или даже обнимет. Но она всего лишь поправила волосы.

— Не сердись, Руслан. Я такая дура... — наконец выдавила Ира.

— Почему?

— Не знаю. Родилась такой, наверное. Даже Наташкино воспитание меня не исправило.

— Я не об этом.

— Я понимаю. Давай выйдем в комнату, здесь душно.

Руслан повесил сушиться последний снимок, включил свет и открыл дверь каморки. Ира вышла понурая, опустив плечи, снова села в кресло, но на этот раз устроилась на самом краешке, подтянув к себе колени. Руслан расположился на диване и молча ждал объяснений. Странная все-таки девица эта воспитанница Вороновой.

— Понимаешь, я всегда сначала делаю, а потом думаю... Наташка ужасно ругается, каждый раз объясняет мне, что сначала нужно думать, а потом делать, а я все равно... Сначала бросаюсь очертя голову, влипаю в дурацкую ситуацию, потом расхлебываю. Вот честное слово, Руслан, я сейчас думаю и не понимаю, зачем напросилась ехать с тобой. Ну зачем, а?

— От скуки, наверное, — предположил Руслан. — Наталья Александровна дает интервью, разговаривает с журналисткой, а тебе заняться нечем. Вот и рванула за первым попавшимся человеком, только чтобы не сидеть одной и не молчать. Годится такое объяснение?

Ира благодарно улыбнулась, ее поза стала менее напряженной.

— Хорошо, что ты меня понимаешь.

— А Наталья Александровна? Разве она этого не понимает? Это же просто.

— Понимает. Но она считает, что это неправильно. Она считает, что интеллектуально развитому человеку никогда не бывает скучно наедине с собой. А мне скучно. Значит, я дура. За тобой увязалась, работать тебе мешаю и вообще... Ты меня осуждаешь?

— Да глупости, Ира, с чего мне тебя осуждать? Просто мне хотелось понять, почему ты поехала ко мне домой. Интересно, а в какие дурацкие ситуации ты попадала из-за своей любви к поспешным решениям?

— И ничего это не интересно, — снова совсем по-детски огрызнулась девушка. — Буду я еще тебе рассказывать!

— А почему бы не рассказать? Все равно нам нужно ждать, пока снимки высохнут. Не сидеть же молча. Хочешь, я чаю сделаю?

— Не хочу.

— А кофе?

— Ничего я не хочу. Мне так стыдно...

— Ой, господи, да чего ты стыдишься-то? Вот дурочка!

— Вот именно, дурочка. Я тебя обнадежила. Думаешь, я не видела, какими глазами ты на меня смотрел еще там, в аэропорту? Я все видела и понимала, что, если напрошусь с тобой уйти, ты подумаешь... А я совсем не собиралась ничего такого... ну, ты понимаешь. В общем, я с самого начала знала, что в постель с тобой не лягу, и видела, что ты этого хочешь, и все равно поехала. Хорошо, что ты нормальный оказался в этом смысле, приставать не стал.

— Да я и во всех смыслах нормальный, — улыбнулся Руслан, в душе кляня себя за недавние глупые, как оказалось, надежды. — Так что, ты именно такие ситуации имела в виду, когда говорила, что постоянно влипаешь?

— И такие тоже.

— И как, обходилось?

— По-разному, когда обходилось, когда нет. Я даже по дури замуж вышла, представляешь?

— Замуж? — Руслан ушам своим не поверил.

— А что такого? Что я, по-твоему, замуж выйти не могу? Правда, развелась через три месяца.

— Ну ты даешь! Про это-то можешь рассказать?

— А чего там рассказывать... Ну, короче, я замуж еще в девятом классе собралась. У меня парень был, клевый такой, из десятого класса, мы с ним вместе с Ксюшкой гуляли, в колясочке ее возили, и так мне это дело понравилось, что я решила: как только школу закончу, так сразу замуж выйду и ребеночка рожу. Наташка мне тогда скандал устроила, мол, куда мне о ребенке думать, я сама о себе позаботиться не могу, но я же упрямая, как не знаю кто. С Володькой я, правда, потом поссорилась, а в девятнадцать лет у меня другой парень был, водитель в каком-то совместном предприятии. Он мне казался таким... ну, я не знаю, как сказать... в общем, у него деньги были, и хата своя, и тачка, и прикид... Наташка тогда очень боялась, говорила, что все эти совместные предприятия ходят под криминалом, делят чего-то там, не то собственность, не то территории, короче, я не поняла толком. Наташка все меня уговаривала его бросить, и в один момент я так на нее рассердилась, что она мне нормально жить не дает! Пошла к этому парню и говорю: замуж предлагал? Пошли. И ведь что интересно, я замуж-то за него совсем не хотела, он со мной обращался как с последней... ну, ты понимаешь, с кем. Хамил, исчезал на несколько недель без предупреждения, потом появлялся как ни в чем не бывало и требовал, чтобы я немедленно ехала с ним на какую-то пьянку или просто приезжала к нему домой, потому что ему приспичило. Даже бил меня. В общем, замуж за него я и не собиралась, мне просто нравилось, что машина, деньги и все прочее, чего не попользоваться-то, пока есть возможность? То есть я в принципе замуж очень хотела, только не за него. А тут, как Наташка на меня наорала в очередной раз, так мне будто шлея под хвост попала, и я сама его в ЗАГС потащила. Наташке, конечно, не сказала, просто потом перед фактом поставила, паспорт со штампом под нос сунула. Переехала к нему, а через три месяца вернулась домой. Вот и вся история.

— Забавно, — протянул Руслан. — А кто такая Ксюша?

Ира вздрогнула, как от удара. Глаза ее сделались испуганными, щеки мгновенно покрылись пунцовым румянцем.

— К-какая Ксюша? — чуть запинаясь, спросила она.

— Ксюша, с которой ты гуляла в девятом классе, когда встречалась с мальчиком из десятого. Кто она?

— Она? Она.. ну, это... Наташина дочка.

Дочка Вороновой? Но ведь Ира все время говорила о мальчиках. Даже имена их называла, Саша и Алеша, одному сейчас одиннадцать лет, другому — десять. Ире двадцать один год, если не врет, конечно, значит, в девятом классе она должна была учиться в восемьдесят пятом— восемьдесят шестом. Колясочку возила... Значит, девочка была тогда совсем маленькой. Что-то она ни разу не упоминала, чтобы у Вороновой была еще девочка лет шести.

— И что с ней случилось? — осторожно спросил Руслан.

— Она... она умерла.

По лицу Иры потекли слезы, красивое лицо одновременно как будто сморщилось и опухло. Руслан почувствовал себя виноватым. Ну чего он в самом деле к девчонке прицепился со своими вопросами. Вынудил вспоминать о горе, теперь вот Ира плачет. Наверное, она очень любила эту маленькую Ксюшу.

— Извини, я не хотел тебя расстраивать. Если бы я знал, что тебе так тяжело об этом вспоминать, я бы не расспрашивал. Но ты же сама сказала о ней...

— Да иди ты к черту!

Ира сорвалась с места, схватила лежащую на столе сумочку, судорожно вытащила платок и вытерла глаза.

— Что ты ко мне привязался? Что ты все выспрашиваешь? Хочешь материал на Наташку собрать за ее спиной? Про мужа тебе расскажи да про детей, даже про тех, которых уже нет, про соседей, даже про мою личную жизнь. Как же, личная жизнь воспитанницы Натальи Вороновой! Пикантные подробности из жизни московской коммуналки! Может, тебе еще про нижнее белье рассказать?

Заплаканное лицо перекосилось от злобы, сейчас Ира была вовсе не красавицей, и слова, которые она бросала в лицо Руслану, были несправедливыми, ведь она сама обо всем рассказывала, потому что хотела поболтать, а если он и задавал какие-то вопросы, то лишь в порядке уточнения услышанного. И все равно ему хотелось обнять ее, прижать к себе, погладить по голове, как обиженного плачущего ребенка. Она ведь действительно как ребенок, легкомысленная, импульсивная, прямолинейная, несмотря на то что ей уже двадцать один год. Однако осуществлять свое желание Руслан не стал, побоялся выглядеть смешным, ведь ростом он на полголовы ниже девушки, которую собрался по-отечески утешать.

— Ты напрасно так говоришь, — мягко произнес он. — Во-первых, я не журналист, а фотокорреспондент, я статьи не пишу. А во-вторых, я никогда никому не рассказываю о чужих секретах. Хочешь умыться? Проводить тебя к умывальнику?

— Не нужно, — буркнула Ира. Она достала из сумки пудреницу, привела в порядок лицо, глядя в маленькое зеркальце. — Прости, я сорвалась, наговорила глупостей. Дурацкий характер...

— Это я уже знаю, ты сначала говоришь и только потом думаешь, — примирительно улыбнулся Руслан. — Снимки уже высохли, пора ехать.

Александра Маринина

* * *

Фотографии Воронова одобрила, особенно ей понравился как раз тот портрет, который отметил для себя Руслан и который вызвал у Иры негативную реакцию, мол, Наталья на нем выглядит старухой. Воронова ужинала в ресторане в обществе директора кинотеатра, где будет проходить просмотр фильма, и какого-то администратора, ответственного за организацию пресс-конференции и последующего фуршета. Увидев появившихся в зале Руслана и Ирину, она тут же встала из-за стола и вышла вместе с ними в холл.

— Ты голодна? — спросила она Иру, просматривая снимки и не поднимая головы.

— Кушать, конечно, хочется, весь день ничего не ела, — жалобно проныла девушка. — А чем тут у вас кормят?

— Ничего интересного.

Воронова подняла глаза, увидела напряженное лицо Руслана и улыбнулась.

— Не вздрагивайте, я не про фотографии, а про местную кухню. Руслан, где можно быстренько покормить Иру ужином?

— Как это где? Разве я не с тобой ужинаю? — возмутилась Ира.

— У меня деловые разговоры, тебе это неинтересно. Мне кажется, все портреты неплохие, особенно вот этот, — она показала снимок Руслану. — Пусть ваш редактор сам выбирает, у меня возражений нет.

— Спасибо, Наталья Александровна.

Руслан спрятал фотографии в папку и встал.

— А поужинать можно здесь же, в кафе. Вход за углом. У кафе и ресторана кухня общая, только меню поскромнее и обслуживание попроще. Если хотите, я провожу Ирину.

— Я буду вам признательна, если вы не только проводите ее, но и покормите. У вас на все — тридцать минут. Через тридцать минут Ира должна быть здесь, в холле, мы поедем в гостиницу. Ира, у тебя есть деньги, Руслан твой гость. Ты меня поняла?

— Да поняла я, — раздраженно откликнулась Ира. — Вечно ты меня отсылаешь. Ну почему я не могу поужинать в ресторане, как ты?

— Я повторяю, у нас осталось тридцать минут. В ресторане тебя за это время не обслужат, а задерживаться я

334

не могу, у меня еще много дел. И веди себя прилично, будь так добра. До свидания, Руслан, и заранее спасибо.

Он хотел было сказать, что у него есть деньги, и он с удовольствием угостит Иру ужином, и не нужно за него платить, но не успел вставить ни слова. Воронова поднялась и исчезла в зале ресторана.

Руслан привел Иру в кафе и удивился той скорости, с какой она, глядя в меню, сделала свой выбор.

— Я буду салат из капусты и бифштекс с макаронами.

— Выпьешь что-нибудь? — предложил он. — Вина, например, или коньячку пятьдесят граммов, а?

— Ты что, Наташка убьет.

— А если бы не убила, выпила бы? — коварно спросил Руслан.

— Отстань! Опять ты начинаешь... Не буду я пить.

— Ладно, не злись, нет так нет.

Себе Руслан заказал пельмени и в ожидании блюд принялся снова просматривать фотопортреты Вороновой. Краем глаза он видел, что Ира полезла в сумку, и отчего-то решил, что она сейчас достанет кошелек и начнет проверять, сколько у нее денег. Кафе было частным, и, несмотря на простоту указанных в меню блюд, цены тут довольно существенные. Однако вместо кошелька Ира достала пачку сигарет, зажигалку и закурила. «Надо же, я совсем ее не чувствую, — чуть удивленно подумал Руслан. — Не могу предугадать ни одного ее слова, ни одного жеста, ни одного поступка. Абсолютно непредсказуемая особа. Курит дорогие американские сигареты, а заказывает бифштекс с макаронами, хотя в меню есть и шашлык, и котлета по-киевски».

Иры выглядела расстроенной и за ужином почти не разговаривала. Они быстро поели, и ровно через тридцать минут Руслан сдал ее с рук на руки Вороновой. Попрощались они прохладно, словно не провели вместе несколько часов, словно не ему она рассказывала о своей жизни и не у него просила прощения за безобразную сцену со слезами и оскорблениями. Расстались как чужие.

* * *

На презентацию фильма Вороновой Руслан решил пойти. Ему было интересно посмотреть фильм, кроме того, на это мероприятие наверняка соберется весь цвет города и области, и можно будет сделать любопытные снимки. О возможной встрече с Ирой он особо не думал, девчонка капризная и своенравная, может в любой момент выкинуть какой-нибудь фортель, а неожиданностей Руслан Нильский не любил. Если встретятся случайно — хорошо, а искать он ее не станет.

Он приехал к кинотеатру заранее и занял удобную позицию на широком просторном крыльце, откуда хорошо просматриваются подъезжающие машины и поднимающиеся по ступенькам зрители. Возле служебного входа стояла черная «Волга» с горкомовскими номерами, значит, Воронова уже здесь. Минут за сорок до начала стали подъезжать приглашенные, ведь такое мероприятие — это не только возможность посмотреть нашумевший фильм и послушать рассказы творческой группы, это еще и возможность пообщаться, или, как нынче модно говорить, потусоваться. Среди приехавших Руслан увидел нескольких ведущих актеров драмтеатра, известных журналистов и даже одного писателя, приехавшего аж из Новокузнецка. Городское руководство в полном составе. Партийное руководство. Ректоры и деканы учебных заведений. А вот и элита бизнеса стала подтягиваться, у них и машины получше, и одеты они подороже, и охрана рядом, в затылок дышит. А это...

Руслан почувствовал, что его бросило в жар. Неужели это он? Или просто похож? Да нет, не мог он ошибиться, ведь видел его в зале суда, на скамье подсудимых, за решеткой. Правда, это было семь лет назад, он мог измениться. Семь лет... А по приговору ему дали восемь. Раньше выпустили? А почему бы нет? Закон позволяет. Роскошный, сильно поседевший, с гордо поднятой головой, в дорогом элегантном костюме, мимо Руслана прошел не кто иной, как Бахтин, убийца его брата. С молодой красавицей под ручку. А еще говорят, что из тюрьмы люди выходят сломленными, больными, потеряв зубы и волосы! Да эту ненавистную рожу надо снять для плаката и подпись сделать: «Все в тюрьму за здоровьем и благополучием!» Очередь выстроится. Именно в этот момент Руслан вдруг остро ощутил всю убогость и своей старенькой дешевой одежонки, и своего служебного малогабаритного жилья, и своей зарплаты, и всей своей жизни.

В тот день он больше не снимал.

Но фильм смотреть он все-таки пошел. И на пресс-конференцию остался. Справедливости ради надо сказать, что Руслану не очень интересен был нашумевший публицистический фильм Натальи Вороновой, его гораздо больше интересовала сама Наталья Александровна, вернее, ее взаимоотношения с Ириной. Он ведь не дурак и не глухой, явные несостыковки сразу бросились ему в глаза. С одной стороны, Воронова держит девушку в ежовых рукавицах, запрещает употреблять спиртное («Наташка убьет!»), строго следит за ее поведением и времяпрепровождением («Шаг вправо, шаг влево считается побег, как в тюрьме») и так порой досаждает своим надзором юной соседке, что та даже акции протеста устраивает, вон замуж выскочила не по любви, а исключительно из желания досадить своей наставнице и избавиться от назойливой опеки. Но с другой стороны, сама Ира заявила, что за Наталью и ее мужа горло перегрызет любому. Что же это за странные отношения такие? На чем они держатся? Из того, что рассказывала и даже выкрикивала в запале неуравновешенная красотка, ничего вразумительного Руслан «вытащить» не смог, сколько ни вспоминал их разговоры. Может быть, личность Вороновой, ее характер и манеры ему что-нибудь подскажут? И дело тут вовсе не в Ирине с ее броской и волнующей внешностью, а в самом Руслане. Он всегда хотел понимать, как все происходит на самом деле.

Фильм, против ожидания, ему понравился, хотя Руслан никогда не думал, что может заинтересоваться документальным кино. Художественный фильм — это же совсем другое дело, там действие, интрига, погони, шутки, а документалка — это такая скукотища! Он, как и большинство жителей страны, вынужден был всю жизнь смотреть документальные фильмы «из-под палки», когда их в обязательном порядке показывали в кинотеатрах перед художественными фильмами, и они казались ему нудными и серыми. Но тут все было по-другому. Совсем по-другому. Фильм Натальи Вороновой «Что такое хорошо и что такое плохо» рассказывал о разных ситуациях и разных судьбах, заставляя зрителя каждый раз мучительно думать над тем, какую оценку выставить в каждом конкретном случае. Особенно поразил Руслана сюжет об очень пожилом человеке, который в конце тридцатых годов работал следователем и «оформлял» дела на врагов народа. У него была больная жена и трое несовершеннолетних детей, и он понимал, что если не «оформит» человека, на которого ему указали, то сам окажется на его месте на скамье подсудимых и пострадают его жена и дети, точно так же, как пострадают члены семьи врага народа. «На одной чаше весов была моя семья, на другой чаше — чужая семья. И дело не в том, что по-разному весит свое и чужое, — говорил этот человек в камеру. — Весили-то они одинаково, в этом и была вся беда. Ни одна чаша не перевешивала. Погубить чужую семью означало спасти свою, спасти чужую — свою погубить. Невозможно сделать кому-то благо, чтобы другому это не принесло несчастья. Вот и вся арифметика».

На пресс-конференции Воронову спрашивали не только о фильме, который только что был показан, но и о ее первом принесшем известность фильме «Законы стаи» о неформальных молодежных движениях. После «Законов стаи», триумфально прошедших по экранам еще в 1988 году, ее и избрали народным депутатом, и многие видели и помнили ее пламенные выступления на Первом съезде, транслировавшемся по телевидению на всю страну. На вопрос о творческих планах Воронова ответила, что случившийся месяц назад августовский путч натолкнул ее на идею следующего фильма, у которого уже есть и рабочее название, но об этом она пока говорить не хочет. Скажет только, что фильм этот будет не о путчистах и не о политике, а о людях, о самых обычных людях, которые в новых условиях пытаются заново выстроить свою жизнь.

— А о февральских событиях в Вильнюсе и Риге вы не хотите снять фильм?

— Я не снимаю фильмов о фактах и событиях, я снимаю фильмы об этических или психологических проблемах, — ответила Наталья Александровна. — Если я задумаю фильм о проблемах допустимости и соразмерности насилия, то, разумеется, не смогу обойти вниманием и кровавые события в Прибалтике. Но пока таких планов у меня нет.

Ей пытались задавать вопросы и о политике, ведь Воронова не только сценарист и режиссер, но и народный депутат. Особенно интересовало журналистов ее мнение о Джохаре Дудаеве, который совсем недавно, 3 сентября, объявил, что Верховный Совет Чечни во главе с Доку Завгаевым является пособником ГКЧП, а всего несколько дней назад, 15 сентября, возглавил Временный Высший Совет — новый орган власти в Чечне.

— Я не обладаю всей полнотой информации, чтобы квалифицированно судить о Дудаеве, а заниматься пустыми сплетнями не стану, — ответила Воронова. — Когда я вернусь в Москву, то ознакомлюсь со всеми материалами и только тогда смогу обсуждать этот вопрос.

Следующий вопрос разрядил обстановку, заставив зал рассмеяться:

— Скажите, а вы лично пострадали от обмена купюр в январе?

Руслан хмыкнул. Было бы странно, если бы нашелся человек, который не пострадал. Да и рассчитано все было именно на то, чтобы обдурить как можно большее количество людей. Люди радостно встретили Новый, 1991 год, потом некоторые справили Рождество, потом, 13 января, отметили Старый Новый год. 19 января православная Россия еще и Крещенье отпраздновала. Не месяц, а сплошной праздник. И вдруг как гром среди ясного неба: в девять вечера объявили, что через три часа, то есть в полночь, все купюры достоинством 50 и 100 рублей прекращают хождение на территории страны. Все вышеозначенные купюры надлежит сдавать в кассу по месту работы, и комиссии в трудовых коллективах либо, если сумма достаточно большая, комиссии в исполкомах будут решать, можно обменять тебе эти бумажки на новые купюры или нельзя. Руслан хорошо помнил отчаяние своего соседа, жившего в том же барачном доме. У мужика семья, двое детишек, квартира сырая и плохо отапливаемая, и он в течение нескольких лет вкалывал, не зная ни отдыха, ни праздников, ни выходных, подрабатывал где только мог, и коровники строил в колхозах, и ремонтом занимался, и даже ночным сторожем был. Каждую заработанную копейку складывал аккуратненько и по мере накопления обменивал на купюры более крупного достоинства, чтобы хранить было легче и чтобы не было соблазна истратить. На строительство дома собирал. Ему в наследство от деда развалюха с участком осталась, жить там все равно нельзя, но если перестроить, то можно решить жилищную проблему на долгие годы. Сумма у соседа собралась к тому моменту приличная, по месту работы ему в обмене отказали и направили на комиссию исполкома. А там и началось: откуда деньги? Украл? Нет, говорит сосед, заработал. Где заработал? Это на каком же таком предприятии платят такие зарплаты? Ах, частным образом? А разрешение где? А лицензия? А бумажка об уплате налогов? Ах, нету ничего этого? Ну тогда и до свидания, дорогой товарищ. Нашелся там один ушлый тип, который быстренько с карандашом в руке подсчитал, сколько сосед Руслана мог скопить денег при бережном к ним отношении за 10 лет с учетом зарплаты по месту работы и наличия двоих детей. Получилось у него 834 рубля. Вот столько ему и обменяли. Остальные три с лишним тысячи рублей как в воду канули. Да и сам Руслан помнил, как сдавал свои деньги в кассу и при этом писал заявление с просьбой обменять ему 350 рублей, «накопленных с целью покупки телевизора». На самом деле ни на какой телевизор он не копил, просто откладывал потихоньку, делал заначки, да и мама периодически присылала понемногу, а тратил он мало. Но ему объяснили, что в заявлении обязательно должно быть указано, с какой целью человек скопил у себя сумму, даже такую незначительную. Впрочем, для кого как, а для него, Руслана Нильского, это были очень даже существенные деньги. Материально сам Руслан не пострадал, ему обменяли всю сумму, но сколько нервов было истрачено на то, чтобы пережить сначала удивление, потом недоумение, потом шок от рассказов знакомых и очевидцев, которым отказали в обмене купюр. Сколько рабочего времени было потрачено на разговоры об этом! А сколько неприятных минут пережили люди, которые зарабатывали свои деньги и копили их честным путем, но вовсе не стремились предавать огласке уровень своего благосостояния! Ведь отныне, после сдачи купюр и написания заявления, огромное количество людей получало доступ к информации о том, у кого сколько денег. И кто может дать гарантию, что среди этих осведомленных личностей нет тех, кто, в свою очередь, проинформирует воров и грабителей о том, что по такому-то адресу у такого-то человека есть приличная сумма, которую ему завтра выдадут в порядке обмена и которую он вряд ли понесет в сберкассу, потому что тем же указом правительства еще и вклады заморозили. Ох, сколько людей тогда покой и сон потеряли! Интересно, а как Воронова справилась с этой ситуацией?

Воронова улыбнулась, подождала, пока уляжется смех в зале.

— Мне повезло, у меня в тот момент не оказалось таких купюр. Дело в том, что я привыкла четко планировать бюджет и все траты на предстоящий месяц. И делаю я это сначала на бумаге, а потом беру конвертики, надписываю их и раскладываю деньги. На мясо, на молочные продукты, на хлеб, на овощи, на одежду для детей, на транспорт, на подарки, на книги, на билеты в театры и кино и так далее. У меня очень много таких конвертиков. Поэтому, даже когда мне зарплату или гонорар выдают в крупных купюрах, я вынуждена их сразу же менять на мелкие.

— А когда со второго апреля подняли цены на сырокопченую колбасу, вы начали учитывать это в своем бюджете? — тут же отреагировала какая-то журналистка.

— Нет. Если я теперь могу за полтора рубля купить сто граммов сырокопченой колбасы, то мне такая колбаса не нужна. Лучше я куплю детям килограмм яблок.

После этих вопросов пишущий народ расслабился, стало понятно, что теперь можно поспрашивать и о личном.

— Как вы провели утро девятнадцатого августа, когда случился путч?

— У меня радиоточка, и я всегда оставляю приемник на ночь включенным, вместо будильника. Это очень удобно, знаете ли. Будильник может сломаться, или я спросонок прихлопну его и просплю. Радио не ломается, и его невозможно прихлопнуть, чтобы выключить, нужно встать с постели и пройти через всю комнату, а это гарантия того, что я наверняка проснусь. Утром девятнадцатого августа, как обычно, в шесть утра сыграли гимн, а потом я услышала сообщение о том, что Геннадий Янаев подписал указ о принятии руководства страной на себя. Якобы Горбачев серьезно болен и не может выполнять функции главы государства. Впрочем, вы этот текст наизусть знаете, не буду повторяться. Меня охватил ступор. Я лежала в постели и думала: ну вот, все и кончилось, только-только я начала радоваться за своих сыновей, за то, что они вырастут свободными и самостоятельно мыслящими людьми, но, видно, рано пташечка запела. Это был понедельник, сыновья на даче у моей подруги, и я все пыталась сообразить, нужно ли мне срочно ехать за ними или, наоборот, лучше оставить их за городом. Честно говоря, я плохо помню, что было дальше, потому что в стрессовой ситуации я в первую очередь думаю только о детях. Единственное, что я помню, это то, что позвонила подруге и убедила ее в необходимости срочно ехать за город и там ждать, как развернутся события, чтобы в случае необходимости своевременно позаботиться о безопасности детей. За городом находились мои сыновья и ее дочка.

Руслан внимательно всматривался в Наталью Александровну, пытаясь уловить в ней какие-то признаки того, что она обладает невероятной силой, или притягательностью, или способностью влиять на людей помимо их воли, парализуя их сопротивление, — одним словом, хоть что-нибудь, что объясняло бы отношение к ней Ирины. И ничего не находил. На сцене за длинным столом рядом с ведущим и двумя членами съемочной группы сидела красивая строгая женщина тридцати шести лет (Руслан специально поинтересовался ее возрастом) в болотного цвета костюме, с модно постриженными темно-рыжими волосами. Мягкая, но немного скуповатая улыбка, которой она непременно сопровождает каждый свой ответ журналистам. Чуть глуховатый голос, спокойная манера говорить, сдержанная жестикуляция. Безупречная вежливость и абсолютная грамотность речи, ни одной оборванной на середине фразы, ни одного потерянного по дороге члена предложения. Перед Русланом и журналистами сидела умная и трудолюбивая женщина, но ничего неординарного в ней не было. Самая обычная женщина. Но должно же в ней быть что-то такое, что заставляет взбалмошную Иру беспрекословно ее слушаться? И не только слушаться, но и бояться.

Руслан знал, что некоторые приглашенные на премьеру получили и второе, дополнительное приглашение на фуршет. Сейчас, пока идет пресс-конференция, эти избранные уже толкутся в просторном фойе, жадно пожирая бутерброды и всякие маленькие вкусности и запивая все это спиртным. После пресс-конференции в эту толпу вольются и журналисты и, разумеется, авторы фильма во главе с Вороновой. Интересно, а где Ирина? Можно было бы потусоваться на фуршете, найти девушку, поболтать с ней и попытаться прояснить то, что так и осталось непонятным Руслану. Мысль, конечно, хорошая, но... Там может оказаться Бахтин. Возможно, он и не получил дополнительного приглашения. А если получил?

«Ну и ладно, — решил Руслан. — Что мне Бахтин? Бахтин — цель и смысл всей моей деятельности, и никуда он от меня не убежит. Он же не знает ни меня лично, ни моих планов. Только мне знакомиться с ним никак нельзя, услышит мою фамилию и сразу вспомнит Мишу. Если не дурак, то может и догадаться, что я — родственник убитого. А он, по идее, не должен быть совсем уж дураком, если после отсидки сумел так подняться. Ну что ж, придется быть внимательным и осторожным, чтобы не сложилась ситуация, при которой мне придется с ним знакомиться. А может, его и вообще там нет...»

Пресс-конференция закончилась, и люди из зрительного зала повалили в фойе. Руслан минут за десять тщательно «прошерстил» всю толпу. Бахтин со своей длинноногой фотомоделью был здесь. А вот Иры нигде не оказалось. Странно. Почему ее нет?

— Руслан, — услышал он за спиной голос Вороновой.

— Добрый вечер, Наталья Александровна, — обернулся он.

Воронова стояла с бокалом шампанского в одной руке и с крошечным пирожным в другой, подтянутая, широкоплечая, в туфлях на небольшом каблуке.

— Вы видели наш материал? Курьер должен был вчера доставить вам экземпляр газеты.

— Да, спасибо, — как-то рассеянно ответила она, и Руслан вдруг увидел, даже не увидел, а скорее почувствовал, что она страшно устала. Нет, лицо не было осунувшимся, и морщины вокруг глаз не стали резче, и уголки губ не опустились еще ниже, но от женщины повеяло такой усталостью, что ему показалось: еще мгновение, и она упадет. Вот так просто упадет и больше не встанет. Ему стало страшно.

— Вы ищете Иру? — неожиданно спросила она.

Руслан смутился:

— Как вы догадались? Я вообще-то собрался сказать, что я здесь по работе...

— Бессмысленно, — равнодушно прервала его Воронова. — Я видела вас в зале во время пресс-конференции, вы не сделали ни одного снимка. Значит, вы здесь с другой целью. Может быть, вы и не Ирку ищете, но и не работаете, это уж точно.

— Вы правы, я действительно искал Иру. Но что-то я ее не вижу.

— А ее здесь нет, она в гостинице, — бросила Воронова уже на ходу, устремляясь к кому-то, кто издалека махал ей рукой.

В гостинице? Очень интересно. Почему же ее нет рядом с Вороновой на таком важном мероприятии? Провинилась, что ли? Наверное, провинилась, решил Руслан, и за это была отлучена от праздника.

Ему удалось поймать частника, и уже через десять минут Руслан Нильский входил в гостиницу, где остановились Воронова и ее юная подопечная. Спроси его в этот момент кто-нибудь, а зачем, собственно, он идет сюда, он не смог бы ответить. Поймав себя на этой мысли, он усмехнулся. Наверное, Ира точно так же не могла ответить на вопрос, зачем поехала к нему домой, просто поехала — и все.

Он постучал в дверь знакомого «полулюкса», но ответа не услышал. Осторожно повернул ручку и толкнул дверь — не заперто. В прихожей темно, дверь в первую комнату, гостиную, открыта, и видно, что там тоже света нет. Может быть, Ира сидит в другой комнате, в спальне? Но почему не отвечает? Заснула? В семь вечера? Мало похоже на активную девушку двадцати одного года от роду. Что бы это все значило?

— Ира? — негромко позвал он.

Никакого ответа. Руслан вошел, прикрыв за собой дверь, включил свет сначала в прихожей, потом в гостиной и обнаружил девушку скрючившейся на мягком диванчике. Когда вспыхнул свет, Ира подняла голову и уставилась на фотографа малоосмысленным взглядом. Руслану показалось, что она пьяна.

— Ты чего притащился? — зло спросила она. — Я тебя звала? Давай вали отсюда.

Он огляделся в поисках бутылки и рюмки, но на журнальном столике увидел только пачку сигарет, зажигалку и пепельницу с тремя окурками. На фильтрах четко видны следы малиновой губной помады.

— А где выпивка? — как можно беспечнее спросил Руслан.

— Ты что, приперся сюда, чтобы напиться? Здесь тебе не бар. Сказала же: вали отсюда, — грубо отрезала Ира.

— Извини, подруга, но мне показалось, что в таком состоянии люди обычно выпивают. А бутылки я не вижу. Вот и спрашиваю: где она? От Натальи Александровны спрятала?

— Ни в каком я не в состоянии. И ничего не прятала. Я бы выпила, конечно, да Наташка, сука, все деньги отняла, только пять копеек на троллейбус оставила.

— Ира, как не стыдно! Такие слова про Наталью Александровну... Нехорошо.

Он сел рядом с Ирой, заглянул ей в лицо. Нет, пожалуй, она не пьяна. Расстроена, озлоблена — это есть, но не пьяна. Что же стряслось? Воронова отняла у нее деньги, значит, боялась, что девчонка сорвется и выпьет. Оставила только мелочь на троллейбус... Так-так-так, очень интересная картинка вырисовывается! Во-первых, какие у Вороновой основания бояться, что ее воспитанница сорвется? Ответ: были прецеденты. Девица злоупотребляла алкоголем, отсюда и запреты на спиртное, и строгий контроль. С этим ясно. Во-вторых, зачем Воронова, уходя из гостиницы, оставила Ире пятачок на троллейбус? Ира должна была куда-то съездить? Может быть. А обратно как добираться? На один пятачок два раза не проедешь. На такси — денег нет, Наталья Александровна отняла. Вывод: Ира должна была ехать не из гостиницы, а в гостиницу. Только в один конец. И откуда же она ехала? Да проще простого! Из кинотеатра «Кузбасс», оттуда троллейбус идет прямо до гостиницы, минут двадцать дорога занимает. В пользу этого предположения говорят и следы помады на окурках, Ира накрасила губы, собираясь на торжественное мероприятие. А ее оттуда безжалостно выпроводили. Почему? Что там произошло? Не иначе, девчонка затеяла ссору со своей опекуншей. Ну и характер! В такой день — и скандал устраивать. Но скандал должен был быть весьма и весьма серьезным, если у Вороновой появились опасения, что Ира может с горя кинуться к рюмке. Да черт побери, что ж такое могло случиться? Руслан чувствовал: его фантазии не хватает на то, чтобы придумать повод для ситуации с таким финалом.

— Ну, и что у нас случилось? — тоном доброго дедушки спросил он. — С чего эта всемирная скорбь?

— Не твое дело, — огрызнулась Ира, протягивая руку к сигаретам и зажигалке. — Чего пристал?

— Тебя жалко. Там такое веселье, народу тьма, закуски всякие, выпивка, а ты тут одна как сыч сидишь, надулась и обиду жуешь. Хочешь, вместе вернемся? Машину поймаем, десять минут — и мы там.

— Не поеду, — буркнула Ира, с силой выдыхая дым.

— Да брось ты, в самом деле! Ну подойдешь к Наталье Александровне, извинишься за то, что нахамила ей, покаешься, прощения попросишь. Корона не свалится. Зато удовольствие получишь. Там много интересных людей, познакомишься, почирикаешь с ними.

Ира отодвинулась к самому краю диванчика, подальше от Руслана. Он был уверен, что угадал причину ее плохого настроения и удачно сблефовал, делая вид, что знает о ссоре между ней и Вороновой. Сейчас Ира начнет говорить, что просить прощения ей не за что, потому что Наталья сама виновата... и слово за слово расскажет о конфликте. Но девушка молчала. Она курила, глядя в сторону, и через некоторое время Руслан потерял терпение:

— Ну так как, поедем?

— Нет, — коротко ответила она.

К своему удивлению, Руслан не услышал в ее голосе ни агрессивности, ни грубости. Обычное «нет», произнесенное обычным тоном. Он решил проявить настойчивость, любопытство снедало:

— Ира, что произошло? Ты можешь мне рассказать?

— Нет.

— Почему?

— Это не твое дело.

И снова кроткий спокойный тон, ни малейшей враждебности. Чудеса какие-то творятся с этой девицей! Но он не отступится, он все равно выяснит, из-за чего Воронова выгнала Иру из кинотеатра. Не мытьем — так катаньем, но он заставит ее разговориться.

— Хочешь я угадаю, как все получилось?

— Не хочу.

— После просмотра, когда перед пресс-конференцией объявили перерыв на двадцать минут, чтобы подготовить сцену и микрофоны, ты вышла в фойе вместе с теми зрителями, которые получили приглашение на фуршет. И тут же кинулась к бармену, разливающему напитки. И может быть, даже успела что-то выпить. За этим занятием тебя и застукала Воронова. Правильно?

— Не знаю.

— А кто же знает, если не ты?

— Не знаю. Уйди, пожалуйста, — тихонько попросила она, и Руслану показалось, что она сейчас заплачет.

— Я не могу оставить тебя в таком состоянии. Расстроенная, обиженная, одинокая, да к тому же без денег. Что ж я, по-твоему, совсем бессердечный? — шутливо сказал он.

— Тебе меня жалко?

— Конечно. Ужасно жалко.

— Тогда уходи. Сделай доброе дело.

Он бился еще минут двадцать, задавая вопросы и пытаясь вытянуть из девушки хоть какие-нибудь ответы кроме «нет», «не знаю» и «уходи», но безрезультатно. Она больше не злилась и не огрызалась, только монотонно произносила свои короткие невыразительные реплики. Руслан понял, что на этот раз проиграл. Ему не удалось ничего узнать и ни в чем разобраться.

— Я ухожу, если ты так на этом настаиваешь, — наконец произнес он, вставая с дивана.

Она не пошевелилась, даже голову не повернула.

— Спасибо. Свет выключи, пожалуйста.

Руслан медленно дошел до порога, щелкнул выключателем и тихо прикрыл за собой дверь гостиничного номера. Неудача не охладила его сыщицкого азарта. Завтра Воронова уедет, она будет представлять свой фильм в Новокузнецке, потом в Анжеро-Судженске. Ира уедет вместе с ней. Но это не означает, что Руслан больше не увидит девушку и не будет иметь возможности разобраться в тайне их отношений. В декабре у него отпуск. Почему бы ему не съездить в Москву?

* * *

Но сначала можно попытаться выяснить кое-что о самой Вороновой. Наталья Александровна человек известный, о ней много писали, у нее брали интервью, и часть этих материалов, если не все, должны быть у Лены Винник, ведь она очень тщательно готовится к каждой встрече со знаменитостью. Да и, помнится, как раз в тот день, когда она с возмущением говорила Руслану о голливудских замашках Вороновой и ее требовании непременно предварительно показать публикации журналиста и снимки фотографа, перед ней на столе лежала целая куча каких-то материалов, которые она собирала в папочку. Наверняка это были материалы по Вороновой.

— Гражданка начальник, расскажи мне про Воронову, — попросил он при удобном случае.

Лена как раз отнесла очередную свою работу редактору и собиралась домой, но Руслан знал, что она не особо торопится, ее муж уехал в командировку, и дома молодую журналистку никто не ждет.

— С чего вдруг? — удивилась Лена.

— Так просто, интересно. Снимал человека, фильм смотрел, а толком ничего о ней не знаю, кроме возраста и имени.

— Так уж и ничего, — недоверчиво покачала головой

Винник. — Ты же с ее родственницей ушел, или кем там она ей приходится. Небось расспрашивал про Воронову.

— Ее не особо расспросишь, — усмехнулся в ответ Руслан. — Поболтать она, конечно, мастерица, да все не о том. Кстати, Ира ей не родственница, а соседка по коммунальной квартире.

— Вот видишь, ты знаешь даже больше меня. Ладно, слушай, — смилостивилась журналистка.

В биографии Вороновой Руслан не усмотрел ничего особенного. Родилась в Москве в 1955 году, в 1972-м закончила школу, год проработала в райкоме комсомола, потом с 1973-го по 1978 год училась на сценарном отделении ВГИКа, специальность по диплому — «литературный работник кино и телевидения, кинодраматург». После института устроилась редактором на телевидение с зарплатой 110 рублей, по ее сценариям сняли две короткометражки, за которые она получила в общей сложности две с половиной тысячи рублей, так что в те времена Наталья Александровна не бедствовала. Еще была премия МВД за какой-то фильм о борьбе с пожарами. Первый громкий успех пришел в 1984 году, когда по телевидению показали цикл документальных фильмов о молодежи и подростках. С того момента Воронова прочно села на документалистику, сценариев художественных фильмов она больше не писала. В 1986 году участвовала в создании фильма о генсеке, в 1987-м написала сценарий для фильма о следователях Гдляне и Иванове, раскручивавших узбекское хлопковое дело. В эти же годы закончила Высшие режиссерские курсы. В 1988 году сняла в качестве режиссера и сценариста свой первый полнометражный документальный фильм «Законы стаи», вся страна бегала в кинотеатры его смотреть. Деньги на съемки дал какой-то спонсор. Весной 1989 года избрана народным депутатом, активно участвовала в работе Первого съезда. В 1990 году снимала «Что такое хорошо и что такое плохо», финансирование частично от Госкино, частично от того же спонсора. Замужем, имеет двоих детей, одиннадцати и десяти лет. Вот, собственно, и все.

Да, гладкая биография, без смены взлетов и падений. Глазу зацепиться не за что. Вот разве что спонсор...

— А что за спонсор у нашей Натальи Александровны? — с безразличным видом поинтересовался Руслан.

— Какая-то фирма, торгующая медицинским оборудованием.

— Поточнее можно?

— Долго искать. В каком-то интервью она эту фирму называла, но я не помню. Тебе-то какая разница?

— Интересно. Может, поищешь?

— Все-то тебе интересно. — Лена со вздохом достала с полки папку и принялась перебирать собранные в ней материалы. — Тебе, Русланчик, давно пора самому писать, а не фотографии к чужим текстам делать. Здоровое любопытство — стержень профессии журналиста. И перо у тебя легкое, и стиль хороший. Чего ты за свою камеру спрятался?

— Ну вот, опять начинается! — Руслан трагическим жестом воздел руки к потолку. — Это же не от меня зависит. Я не могу сам себя назначить корреспондентом. Внештатником держат — и на том спасибо.

— Да ты в качестве внештатника уже целое собрание сочинений написал! Тебе давно пора идти к руководству и ставить вопрос о том, чтобы тебя взяли на ставку. Чего ты сидишь-то, как бабка на завалинке, милостей дожидаешься? Милости сами не упадут, дерево трясти надо.

— Ставок свободных все равно нет, сама знаешь.

— Господи, Руслан, ну ты прямо неземной какой-то! Черт, где же это интервью, в котором Воронова фирму называла... Ведь я же его видела, я точно помню... Ставки, Русланчик, имеют приятное обыкновение периодически освобождаться, люди уходят на пенсию или на другую работу. А на освободившиеся вакансии тут же находится куча претендентов, имеющих связи и протекции.

— У меня нет связей.

— Вот и я к тому веду, что связей у тебя нет, хлопотать за тебя никто не будет, поэтому, пока ты тихо сидишь, исправно приносишь хорошие фотографии как фотокор и пишешь свои материалы как внештатник, руководство имеет полное моральное право считать, что ты всем доволен и тебя все устраивает. Наберись уже наконец храбрости, пойди к главному и скажи ему.

— Что сказать?

— Что ты хочешь сменить должность фотокорреспондента на должность корреспондента. Ничего сложного. Вот оно, нашла! Фирма, оказавшая Вороновой спонсорскую помощь, называется «Центромедтехника». Ну?

— Что — ну? — не понял Руслан.

— Пойдешь к главному?

— Подумаю.

— Подумай, подумай. Только не очень долго, а то дождешься, что я вместо тебя пойду. Неужели тебе не будет стыдно, что слабая женщина пойдет к руководству просить за тебя, здорового мужика?

— Я не здоровый мужик, — рассмеялся Руслан, — я маленький смешной очкарик, за меня и попросить не зазорно. Ленка, я тебя люблю, ты — настоящий друг.

* * *

Но просить никого не пришлось. Накануне Октябрьских праздников Президент России Борис Ельцин подписал указ: деятельность КПСС и Компартии РСФСР прекратить, их организационные структуры распустить, имущество партии переходит под контроль государства. Главный редактор вечерней газеты, в которой работал Руслан, был ставленником партийных органов, и его под шумок быстренько сняли, прислав нового руководителя, «не скомпрометировавшего себя ориентацией на коммунистическую идеологию». Новый главный редактор, молодой и энергичный, с энтузиазмом взялся за кадровые перестановки, безжалостно увольняя старых и опытных, но привыкших работать под партийную диктовку сотрудников. На их места назначали молодежь, не имеющую солидного опыта, но зато и ничего не боявшуюся. К концу ноября, как раз перед отпуском, Руслан Нильский получил наконец долгожданное назначение и 2 декабря отбыл в столицу. Первым делом он разыщет эту странную фирму «Центромедтехника» и выяснит, из каких таких благотворительных соображений она дала деньги Вороновой на съемку фильма. А дальше видно будет.

* * *

Чтобы устроиться в хорошую гостиницу, нужно было иметь связи, которых у Руслана не было, или солидные деньги на взятку администратору, а жить в плохой, где селят по четыре или даже по шесть человек в комнате, он не хотел. Поэтому он заранее договорился с одним знакомым, у которого в Москве жили родственники, и те подыскали Руслану возможность пожить во временно пустующей квартире. Денег хозяева с него не взяли, зато просили поливать цветы, гулять с собакой, ухаживать за кошкой и отвечать на телефонные звонки, пока они будут кататься на горных лыжах где-то на Домбае. Такой вариант Руслана вполне устроил. Собака — молодой ротвейлер женского пола по кличке Дельта — его сперва страшно напугала свирепым видом и отнюдь не девичьим рыком, но хозяева успокоили, сказав, что она выдрессирована на охрану и защиту, а вообще-то Деличка ласковая и очень послушная, особенно с теми, кто ее кормит и выводит на прогулки. Руслан, правда, засомневался, может ли так быть, ведь если собака выдрессирована на охрану и защиту, она ни за что не возьмет пищу из чужих рук, стало быть, и слушаться чужака не станет, но хозяева убедили его, что все будет в порядке.

— Это свой, Дельта, это свой, — несколько раз повторили они, подведя собаку вплотную к Руслану и давая ей возможность его тщательно обнюхать.

Потом последовал длительный и подробный инструктаж по кошке, цветам и телефонным звонкам. Руслан старательно записывал в блокнот, кому что отвечать, какие цветы поливать через день, а какие — реже, чем кормить пушистую персидскую кошку Дусю и какими щетками и расческами ее каждый день вычесывать. Делать это нужно было, как выяснилось, по пятнадцать минут и против шерсти, сначала специальной расческой, потом пуходеркой.

— А мне всегда говорили, что против шерсти животных гладить нельзя, — удивился Руслан.

Хозяйка принесла расческу, прижала жалобно заверещавшее животное к полу и показала, как это нужно делать.

— Гладить, может, и нельзя, — сказала она, не обращая внимания на страдальческие подмяукивания, — а чесать — только против шерсти. Иначе ничего не вычешешь. Вот так, тихонечко, ласково, шерстку на проборчик разбираете и чешете. Понятно? В итоге у вас должна получиться примерно вот такая кучка вычесанной шерсти.

Женщина развела ладони и обозначила объем, поразивший воображение Руслана. Он всю жизнь имел дело только с обычными короткошерстными котами и даже представить себе не мог, что с одной кошечки можно вычесать столько шерсти. Да из этого количества можно трех нормальных котов сделать!

— И что, столько шерсти я должен выдирать из нее каждый день? — с ужасом спросил он, уже начиная жалеть о своей просьбе подыскать в столице временное жилье.

— Каждый день, — подтвердила хозяйка.

— По-моему, ей это не очень нравится, — заметил Руслан, с сочувствием глядя на красивое пушистое создание, недовольно машущее хвостом из стороны в сторону.

— Я еще буду думать, нравится ей или нет! — фыркнула хозяйка. — За шерстью надо ухаживать, иначе будут колтуны. Если Дуська этого не понимает, то это исключительно ее личное горе.

— Но она так жалобно мяукает... Сердце разрывается. Неужели вам ее не жалко?

— Да не обращайте вы внимания, — рассмеялась хозяйка. — Она будет еще жалостнее вопить, как только почувствует, что вы добрый. Думаете, Дуська совсем дурная? Ничего подобного. Она всегда точно знает, как себя вести. Если я одна ее вычесываю, она молчит и терпит, потому что знает, что от меня жалости не дождется. Как только появляется муж или кто-то посторонний, сразу начинается концерт в расчете на выбивание слезы. Так что вы с ней построже. Никаких мер предосторожности с ней не нужно, Дуська со стола еду не ворует и провода не грызет. Единственное, что вам следует помнить: все двери в квартире, кроме входной, должны быть постоянно открыты. Дуся не терпит, когда у нее нет доступа в какое-нибудь помещение, начинает орать и царапать дверь до тех пор, пока ей не откроют. Ну вот, кажется, и все. Телефон нашего ветеринара я вам написала и приклеила бумажку на холодильник, если что — немедленно звоните ему, он приедет на дом.

Хозяева подхватили собранные сумки и чехлы с лыжами и умчались в аэропорт. Руслан остался в чужой квартире наедине со свирепым ротвейлером Дельтой, капризной длинношерстной кошкой Дусей, экзотическими цветами и собственными планами «информационного захвата» отношений Натальи Вороновой и ее соседки Ирины.

* * *

Узнать адрес Вороновой оказалось несложно, она жила там, где была прописана, никогда никуда не переезжала, и в платной справочной ему дали все сведения, даже объяснили, где находится переулок Воеводина и как туда добраться. С фирмой «Центромедтехника» получилось не так просто, и Руслану пришлось потратить четыре дня, чтобы ее найти, потому что никакой «Центромедтехники» в Москве не оказалось, вместо нее теперь была зарегистрирована контора под названием «Центромедпрепарат». Начать он решил именно с нее.

Фирма, торгующая медицинскими препаратами, располагалась в районе Садового кольца, занимая часть первого этажа полуразвалившегося двухэтажного домика. Сам-то домик был, прямо скажем, не ахти, но вывеска выглядела нарядно, и внутри все было красиво и чисто. Однако дальше входной двери Руслану пройти не удалось, его остановил здоровенный, с накачанными плечами и бычьей шеей охранник.

— Вы к кому?

— Не знаю, — обезоруживающе улыбнулся Руслан, доставая новенькое редакционное удостоверение. — Я журналист из Кемерова, собираю материал для статьи о режиссере Наталье Вороновой. В одном интервью она сказала, что ваша фирма спонсировала два ее фильма. С кем бы я мог поговорить об этом?

Охранник внимательно изучил удостоверение, снял трубку телефона и после коротких переговоров направил Руслана к секретарю. Секретарь — милая девушка с обесцвеченными до снежной белизны локонами — предложила ему подождать в обитом черной кожей кресле.

— Андрей Константинович скоро освободится и примет вас.

— А кто это? — простодушно спросил Руслан.

— Андрей Константинович? Генеральный директор. Разве вы не знаете? Вы же к нему пришли.

— Честно признаться, я не очень себе представляю, к кому пришел, — признался он. — Мне важно найти человека, с которым я могу поговорить о спонсорской помощи Наталье Вороновой...

— Наталья Александровна — личный друг Андрея Константиновича, — строго произнесла Снегурочка. — И по этому вопросу вы должны говорить только с ним.

Очень славно! У нашей безупречной жены и матери Натальи Вороновой, оказывается, есть личный задушевный дружок, проще говоря — любовник, который отваливает ей денежки в порядке благотворительности, на кино, так сказать. Одни спонсоры дают своим дамам деньги «на шпильки», а этот — «на кино». А если учесть, что весь частный бизнес сегодня в России носит криминальный характер, то получается, что честный и неподкупный народный депутат Воронова не только изменяет мужу с каким-то мафиози, но еще и пытается учить народ морали и нравственности на грязные мафиозные деньги. Вот это материал! Новый главный редактор не пожалеет, что перевел Руслана Нильского на должность корреспондента. Это будет такая бомба! Нет, все-таки есть у него чутье, настоящее сыщицкое чутье, недаром он почуял в Вороновой что-то неладное. Правда, неладное ему почудилось не в самой Наталье Александровне, а в ее отношениях с молодой соседкой Ирой, но сути дела это не меняет. Главное — есть тайна, есть некий секрет, который от него, Руслана, да и от всех скрывают. Но он докопается. Конечно, если там все дело в сугубо личных отношениях между Вороновой и Ириной, то он промолчит, лезть не станет, некрасиво это — трясти чужим бельем у всех на виду. Но если там криминальные деньги замешаны — тут уж будьте любезны, общественность должна знать правду о своих героях, в первую очередь о тех, кого доверчиво избрала народными депутатами.

Дверь с табличкой «Генеральный директор А.К.Ганелин» открылась, в приемную вышли двое мужчин, один сухощавый и немолодой, в хорошо сидящем костюме и с выражением осознания собственной значимости на холеном лице, другой же — помоложе, невысокий, кругленький, с веселой симпатичной физиономией.

«Вот каков он, любовник Вороновой. — Руслан оценивающим взглядом окинул мужчину постарше. — Хорош, ничего не скажешь. Только такой любовник у нее и может быть».

— Вы ко мне? — обратился к нему невысокий толстяк. — Проходите, пожалуйста.

«Ошибся, — с досадой подумал Руслан, идя вслед за ним из приемной в кабинет. — Ну и парочка эти Наталья и Ирина. Ничего с ними угадать невозможно».

— Я вас слушаю. Мне сказали, что вы из Кемерова и собираетесь писать о Вороновой. Правильно?

Руслан представился, снова показал удостоверение и в двух словах повторил то, что говорил чуть раньше охраннику.

— Мне хотелось бы написать о Вороновой так, как никто до меня не писал о ней. И хотя Наталья Александровна сама упоминала в ряде интервью о спонсорской помощи, которую ваша фирма ей оказала, почему-то никто из журналистов эту тему не развил. Мы можем об этом поговорить?

Руслан почти не кривил душой. Да, у него не было редакционного задания, но многие журналисты сначала делают материал, который им интересен, и только потом предлагают его изданию, причем совсем не обязательно тому, в котором этот журналист работает. Да, он действительно хочет написать о Вороновой так, как раньше никто не писал. Не восторженные «похвальбушки» ее таланту и гражданскому мужеству, а жесткое и подкрепленное фактами разоблачение с показом ее истинного лица. Единственным отклонением от истины было то, что Воронова упоминала о деньгах фирмы-спонсора в нескольких интервью. Не в нескольких, а всего в одном. Но разве это существенно? Ведь упоминала же, значит, никакой тайны в этом нет.

— Пожалуйста, — легко согласился Андрей Константинович, — задавайте вопросы.

— Как давно вы знакомы с Вороновой?

— С 1984 года. Семь лет получается.

— А как вы познакомились?

— Я лечил ее соседку, Ирочку. Видите ли, Ирочка рано осталась сиротой, и Наталья Александровна по-соседски ее опекала. Фактически вырастила и воспитала девочку. Поэтому на прием в больницу Ирочка приходила с Наташей. Я тогда был практикующим хирургом в городской больнице.

— А что, девочка болела чем-то серьезным?

— Она попала в автомобильную аварию, множественные порезы стеклом... Наталья очень заботилась о ней, выходила ее сама, госпитализировать не позволила. Вот так мы и познакомились. Что еще вас интересует?

Значит, Ира не наврала, тот шрам, который он случайно увидел в троллейбусе, действительно следствие аварии. Странно. Почему-то Руслан готов был каждую минуту убеждаться в том, что все, что ему наговорила непредсказуемая красавица-брюнетка с темными большими глазами и длинными ресницами, — ложь от первого до последнего слова. И раннее сиротство Иры, и соседская забота со стороны Натальи Александровны — все это правда. Ладно, поглядим, что нам дальше расскажут.

— Андрей Константинович, да мы только начали! — улыбнулся Руслан. — Я еще ничего толком и не спросил.

Расскажите мне о том, какой была Воронова в те годы. Все знают ее сегодняшнюю, строгую, знаменитую, принципиальную. А тогда, семь лет назад, какой она была?

— Да точно такой же. Только что не знаменитой. За две недели до нашего знакомства она похоронила отца, так что особого веселья я в ней не наблюдал. А через полтора года у нее скоропостижно умерла девятимесячная дочь. С тех пор Наталья стала еще строже, даже суше, я бы сказал.

Так, и смерть маленькой дочери — тоже правда. Но где-то же должна быть ложь! Ее просто не может не быть! Раз есть попытки не отвечать на вопросы и что-то скрыть, значит, есть тайна, а если есть тайна, то вокруг нее обязательно нарастает ложь, иначе не бывает. Ничего, еще не вечер, Руслан эту ложь обязательно нащупает и вытащит на свет божий.

— Скажите, отчего умерла дочь Вороновой?

— Ксюша? Грипп, осложненный отеком мозга. Это было в январе, самый разгар эпидемии. Девочка ушла практически за одни сутки.

— Наталья Александровна очень переживала?

Андрей Константинович посмотрел на Руслана как-то странно, потом снял очки, потер пальцами глаза. Руслану стало неловко, им овладело чувство, будто он сделал что-то дурное или по крайней мере неправильное.

— Молодой человек, когда вы станете старше, вы поймете, что задавать такие вопросы глупо и неприлично. Покажите мне мать, которая будет НЕ ОЧЕНЬ, — он голосом подчеркнул эти слова, — переживать, когда погибнет ее ребенок. И вообще, я бы не употреблял здесь глагол «переживать». Это горе, молодой человек, такое огромное горе, что его невозможно ни передать словами, ни даже просто представить себе, если ты сам через это не проходил. Прошу прощения, напомните мне свое имя...

— Руслан.

— Да-да, Руслан. Так вот, на Наталью тогда было страшно смотреть. Мы боялись, что она руки на себя наложит.

— Мы? — переспросил Руслан.

— Мы, ее муж, ее друзья. К тому времени мы стали друзьями. Ее только работа спасла. В тот момент как раз началась работа над документальным фильмом о Горбачеве, Наталью пригласили написать сценарий. Когда случилось несчастье, она хотела отказаться от этой работы, она вообще ничего больше не хотела, ни работать, ни жить. Потом как-то взяла себя в руки, собралась, втянулась. Знаете, Наталья очень ответственный человек, я в данном случае имею в виду не работу, а ответственность перед детьми. Она, как бы ни была раздавлена горем, все-таки понимала, что не имеет права опускать руки, потому что надо растить двух мальчиков, они тогда были еще совсем маленькими, а муж служит далеко от Москвы, бабушек-нянюшек рядом нет, и кто же тогда позаботится о сыновьях, если не она. Вот это понимание и вывело ее из депрессии. Прошу прощения, — спохватился Андрей Константинович, — мне нужно позвонить.

Он нажал кнопку интеркома, и тут же в кабинете зазвучал голосок Снегурочки:

— Слушаю, Андрей Константинович.

— Любочка, пока меня ни с кем не соединяй. Будет звонить, — он заглянул в лежащую перед ним бумажку и медленно произнес: — Мащенко Вера Алексеевна, да, Ма-щен-ко, пусть она подъезжает завтра с одиннадцати до двенадцати.

Дав указания, Андрей Константинович еще несколько секунд листал органайзер, нашел нужную страницу и что-то записал.

— Вот ведь как бывает, — произнес он не то задумчиво, не то недоумевающе, — бывший свекор устраивает на работу бывшую невестку. Сын жену бросил и знать о ней ничего не хочет, а папаша этого сынка, видите ли, беспокоится, заботу проявляет. Простите, я отвлекся. У вас еще есть вопросы?

— Множество, Андрей Константинович. Но теперь уже не только о Вороновой, но и о вас. Вы сказали, что были практикующим хирургом. Почему вы решили заняться бизнесом?

— Это неправильный вопрос, молодой человек. Неправильный и бестактный.

— Почему?

— Да потому, что в нашей стране легальный частный бизнес существует всего три года, а еще четыре года назад никому и в голову не могло бы прийти, что всю эту деятельность разрешат. К жизни в бизнесе никто себя не готовил, нигде не учили премудростям этого дела. Все, кто сегодня делает бизнес, пришли в него не со школьной скамьи, твердо решив еще с детства стать бизнесменом, а откуда-то. Из самых разных сфер. Из науки, из медицины, из искусства, из сферы обслуживания — отовсюду. И мотивов тут всего два: попробовать себя в новом виде деятельности, потому что старая работа надоела, и заработать деньги. Других мотивов просто не бывает. Поэтому глупо спрашивать человека о причинах его перехода в бизнес. Ответ же очевиден.

— Извините. А как Наталья Александровна отнеслась к тому, что вы оставили лечебную работу?

— Наталья? — Андрей Константинович задумался, потом пожал пухлыми плечами. — Да никак, пожалуй. Предостерегала, что это может быть опасно, на каждую фирму обязательно наезжают рэкетиры и прочие вымогатели.

— Но вы к этим предостережениям не прислушались?

Руслан внутренне напрягся, почуяв, что разговор наконец начал выруливать на нужную дорогу.

— Почему же, прислушался.

— И все-таки решили начать свой бизнес, несмотря на опасность?

— Я люблю риск. И потом, я предварительно проконсультировался у знающих людей, которые объяснили, что и как нужно делать, чтобы снизить опасность возникновения подобного рода неприятностей.

Ох, какие эвфемизмы! Сказал бы прямо: обратился к криминальным структурам, которые приняли его в свое сообщество.

— Не поделитесь? — осторожно спросил Руслан.

— Ни за что, — рассмеялся генеральный директор фирмы «Центромедпрепарат». — Это коммерческая тайна. Но если вы подозреваете, что я связан с криминалом, то выбросьте эти глупости из головы.

Значит, точно связан. Нужно будет подумать, как это проверить. Теперь осталось прояснить вопрос о его любовных отношениях с Вороновой.

— Хорошо, не будем больше о бизнесе. Расскажите мне, пожалуйста, о муже Натальи Александровны. Вы с ним знакомы?

— С Вадимом-то? Конечно, знаком. Что вы хотите о нем узнать?

— Все, что вы можете рассказать. Кто он, чем занимается, каков по характеру, как относится к тому, что его жена стала такой знаменитой.

В ответ Андрей Константинович принялся излагать все то, что Руслан уже слышал от Иры. Ничего нового.

И тут девчонка ни на грамм не солгала. Но где-то же должна вылезти хоть крошечная несостыковочка! Попробуем подойти к проблеме с другой стороны. Тем более этот гендиректор видел редакционное удостоверение Руслана, и обязательно нужно подстраховаться на тот случай, если у него с Вороновой действительно близкие отношения.

— Андрей Константинович, в сентябре Наталья Александровна была у нас в Кемерове со своим фильмом.

— Да, я знаю.

— Я тогда работал фотокорреспондентом и делал ее портрет для нашей газеты. Я хочу сказать, что мы с Натальей Александровной знакомы, но весьма поверхностно. С ней была такая красивая девушка, темноволосая...

— Да, — перебил его Андрей Константинович, — я знаю. Это и есть Ирочка, ее соседка, та самая, которую я когда-то лечил.

— Вы не могли бы рассказать о ней подробнее?

— Зачем? — удивился гендиректор. — Вы же готовите материал о Вороновой, а не о ее соседке.

— Но вы сами сказали, что Наталья Александровна фактически вырастила и воспитала эту девушку. Это было бы очень интересным и важным штрихом к ее портрету.

— Я вряд ли смогу вам рассказать что-то интересное про Иру. Обыкновенная девочка, неглупая, красивая, как вы сами имели возможность заметить. Характер, конечно, непростой, но в юности у всех нас характеры не сахар, все за самостоятельность и независимость от родителей боремся. И только с возрастом понимаем, какими были идиотами в двадцать лет.

— Чем она занимается? Учится или работает?

— Сейчас учится, поступила во ВГИК на актерское отделение. До этого работала на телевидении каким-то ассистентом, не то звукорежиссера, не то звукооператора. Что-то в этом роде.

Оп-па! Выходит, наша девочка в артистки собралась! Ловко она тогда увернулась от ответа на вопрос, в каком институте учится. Интересно, почему ей так не хотелось говорить об этом? Любая другая девчонка на ее месте через слово упоминала бы о том, что учится во ВГИКе, а эта — нет. Неужели Воронова впихнула ее в вуз, пользуясь своим влиянием? Вполне возможно, что актерского таланта у Иры — ноль целых ноль десятых. Нет, все равно как-то рыхло получается. Пусть у нее нет таланта, но об этом может знать сама Воронова и педагоги института, а Ира-то наверняка должна считать, что перед ней большое артистическое будущее, она в своем таланте не сомневается, иначе не поступала бы во ВГИК.

— Надо же, — притворно восхитился Руслан, — в одной квартире выросли две такие одаренные натуры! Сначала Наталья Александровна заканчивает ВГИК, потом ее юная соседка туда поступает. Неужели это простое совпадение?

На лице Андрея Константиновича не дрогнул ни одни мускул. То ли он сам актер каких поискать, то ли не почувствовал подвоха в вопросе, то ли тут и в самом деле скрывать нечего.

— Полагаю, что да. В жизни и не такие совпадения бывают. Кроме того, у Натальи и Ирочки разные весовые категории. У девочки, я бы так сказал, есть определенные способности к тому, чтобы стать актрисой, не более того. Она вообще разносторонне развитая девушка и могла бы с успехом учиться в любом гуманитарном вузе, но выбрала именно ВГИК просто потому, что там училась Наталья, а все, что связано с Натальей, для нее имеет колоссальное значение. Наталья же, в свою очередь, не просто способная, она по-настоящему талантлива и вуз выбирала в свое время по призванию, она с раннего детства хотела заниматься только кино, и ничем другим, причем хотела не играть в фильмах, а создавать их. Так что, я полагаю, речь вообще идет в данном случае не о совпадении, а о закономерности.

Ну что ж, неплохое объяснение, не хуже других. Правда, Руслан не заметил, чтобы взбалмошная Ира проявляла признаки разностороннего развития, она казалась ему скорее глуповатой. Но как знать, может быть, это и есть проявление ее актерского мастерства. Если так, то следует признать, что она действительно великая актриса.

Они проговорили еще полчаса, после чего Руслан начал прощаться и напоследок разыграл последнюю припасенную в рукаве карту.

— Андрей Константинович, у меня к вам последний вопрос, может быть, несколько странный. Это не для материала о Вороновой.

— Слушаю вас.

— У вас есть знакомые собачники и кошатники?

— Есть. А в чем дело?

— Видите ли, я приехал в Москву на месяц, пробуду

здесь до Нового года, поэтому живу не в гостинице, а в квартире, куда меня пустили пожить, пока хозяева в отпуске. И оставили на меня ротвейлера и персидскую кошку. Сами понимаете, я больше всего боюсь, как бы с животными чего-нибудь не случилось, они породистые, дорогие, а я не очень-то хорошо представляю, как с ними обращаться. Вы не могли бы меня связать со своими знакомыми, чтобы я мог в случае чего с ними проконсультироваться?

— Да ради бога, Руслан. Никаких проблем. Вот, — он быстро написал несколько номеров телефонов и имен на белом квадратном листочке и протянул Руслану. — Я сегодня же позвоню им и предупрежу, что вы можете к ним обратиться. Будете им звонить — сошлитесь на меня, скажите, что вы Руслан от Андрея Константиновича. Они вам все расскажут и, если нужно будет, порекомендуют своего ветеринара.

Из офиса фирмы «Центромедпрепарат» Руслан вышел почти довольным. Он так и не приблизился к тайне отношений Вороновой и ее воспитанницы, но зато он почти на сто процентов уверен, что деньги в этой фирме криминальные, а теперь у него есть и целых три телефона, принадлежащих людям, знающим генерального директора этой фирмы. Уж один-то из троих наверняка расскажет что-нибудь интересное.

Вернувшись вечером в свое временное жилище, расположенное на Каланчевской улице, в десяти минутах ходьбы от Комсомольской площади, Руслан первым делом включил телевизор и занялся животными. Вычистил кошачий туалет, разложил по мискам приготовленную с утра тушеную индейку с овощами, это было одно из немногих блюд, которые ели и Дельта, и Дуся. Вообще готовка для породистых питомцев оказалась делом муторным и занимающим много времени, хозяйка набила холодильник продуктами и оставила деньги и подробнейшие письменные рецепты приготовления еды, особенно разнообразные и затейливые для кормления Дуськи. Руслан про себя чертыхался, но добросовестно стоял у плиты, потому что понимал: лучше так, чем вшестером в одном номере на окраине города.

Он уже покормил животных, принес из ванной Дуськины расчесочки и приготовился к ежевечерней экзекуции, когда началась программа «Время». Руслан машинально водил расческой по длинной густой кошачьей шерсти, не обращая внимания на попытки Дуськи вырваться из его цепких рук, и слушал диктора, не веря своим ушам. Той страны, в которой он родился, вырос и собирался умереть, больше нет. Нет больше великого и могучего СССР, а есть Содружество Независимых Государств, какое-то непонятное СНГ. Как же так? Как это могло получиться? Конечно, накануне его отъезда в отпуск, 1 декабря, стало известно, что на Украине избрали президентом Леонида Кравчука и более 90% жителей одновременно проголосовали за независимость, но Руслану тогда и в голову прийти не могло, к чему это приведет, да еще так скоро. И потом, когда та же Украина приняла обращение к парламентам и народам мира о признании недействительным соглашения 1922 года об образовании СССР, все это казалось чем-то смешным и несерьезным. Ну какое дело мировой общественности до соглашения, принятого семьдесят лет назад? Никто не будет обращать внимания на эти украинские инициативы. И вдруг... Вдруг оказывается, что президенты РСФСР, Украины и Белоруссии собрались в Беловежской Пуще и втроем подписали договор о создании СНГ. И все. И нет больше огромной державы.

В голове это не укладывалось, и Руслан от всей души подосадовал на то, что находится сейчас в столице, а не дома, где можно было бы сразу созвониться с друзьями и сотрудниками газеты, обсудить невероятную новость, порассуждать о политической подоплеке случившегося и погадать о грядущих переменах. Звонить с чужого телефона по междугородней связи ему не хотелось, придется тогда деньги хозяевам оставлять, а то потом счета придут. А деньги следовало экономить.

Дослушав информационную программу до конца и вычесав с кошки изрядную кучку шерсти, Руслан надел на Дельту намордник и пристегнул поводок со «строгим» ошейником. Гулять Дельта любила больше всего на свете, пожалуй, даже больше, чем кушать, поэтому весь процесс сборов сопровождался радостным повизгиванием и лизанием рук Руслана.

Они не спеша, с периодическими остановками для решения собачьих проблем дошли до Комсомольской площади, где на любом из трех вокзалов — Ленинградском, Ярославском или Казанском — можно было найти междугородние телефоны-автоматы. В Кемерове уже за полночь, там другой часовой пояс, но после таких новостей ни один порядочный газетчик не позволит себе лечь спать. Он оказался прав, в редакции трубку сняли сразу же, и Руслан узнал голос завотделом новостей — своего нового начальника.

— Хорошо, что ты позвонил, — радостно заверещал завотделом, — раз уж ты все равно в Москве, будешь выполнять редакционные задания. Тут у нас такое творится!

Руслан примерно представлял, что происходит сейчас в редакции. Он продиктовал номер своего телефона — пусть сами звонят, а задания он с удовольствием будет выполнять. Ему пообещали позвонить в несколько московских редакций и дать Руслану контактные телефоны людей, которые могут помочь со сбором информации, разными хитрыми пропусками и транспортом.

Животные давно уже видели сны, Дельта — на своей подстилке в просторной прихожей, Дуська — на диване, в ногах у Руслана, а сам он все лежал с открытыми глазами и пытался представить себе, что же будет дальше. Он был еще слишком молод и неискушен в управленческих схемах и аппаратных играх, поэтому думал не о том, что будет с государственными структурами союзного значения или подчинения, не о том, как будут делиться полномочиями, людьми, ресурсами и имуществом министерства, ведомства и даже средства массовой информации, и даже не о том, кто из бывших союзных республик присоединится к договору, подписанному в Беловежской Пуще. Он просто пытался охватить своим воображением сам факт того, что с сегодняшнего дня живет в другой стране. У этой страны другое название, другая географическая карта и другие законы. Руслан пытался это понять и принять. И не мог.

* * *

Утром ему позвонили из редакции и попросили найти возможность взять короткие интервью у каких-нибудь известных людей по поводу того, что они думают о подписанном в Беловежской Пуще соглашении и о возможном развитии событий.

— Найди человек пять, поговори с ними, вечером мы позвоним, продиктуешь текст.

Легко сказать: найди человек пять! Руслан в Москве всего неделю, знакомых у него здесь нет, кроме вчерашнего гендиректора. Правда, есть еще Воронова... Не хотелось ему раньше времени ставить ее в известность о своем пребывании в столице, да ничего не поделаешь, задание редакции важнее, ведь это его работа, а готовить разоблачительный материал о депутате-кинорежиссере ему никто не поручал.

Номера телефона Вороновой у него не было, в справочной дали только адрес, но и этого достаточно. Руслан сверился с картой города и схемой метрополитена и бодро направился в сторону станции «Комсомольская». Около одиннадцати утра он уже звонил в дверь квартиры в переулке Воеводина. Ему открыли почти сразу, но на пороге стояла пожилая седая женщина.

— Здравствуйте. Наталья Александровна Воронова здесь живет?

— Здесь, — кивнула женщина. — Но ее нет сейчас, она будет только вечером.

— А... Ирина? Она тоже здесь живет?

— Да, здесь, но она в институте. Вы по какому вопросу?

— Я журналист, моя фамилия Нильский. Мне очень нужно поговорить с Натальей Александровной, у меня задание взять у нее интервью по поводу вчерашних событий...

— Ах, вы об этом, — понимающе протянула женщина. — Что ж вы с ней заранее не договорились? Обычно журналисты заранее звонят, договариваются на определенное время. А вы вот так явились, как снег на голову.

— Понимаете, я из Кемерова, я в Москве по совершенно другому заданию работаю, и вот сегодня утром мне позвонили из редакции и требуют материал как можно быстрее, уже к вечеру... А у меня даже телефона вашего нет, только адрес. Вот я и примчался наудачу. Что же мне делать? Может, посоветуете что-нибудь?

— Из Кемерова, из Кемерова... — задумчиво пробормотала пожилая соседка. — А не тот ли вы молодой человек, который делал фотографии?

— Тот самый, — улыбнулся Руслан. — Наталья Александровна обо мне рассказывала?

— Нет, ну что вы, это Ира, она о вас говорила. Если я не ошибаюсь, Руслан? Однако постойте, вы же фотограф, а не журналист.

— Меня за это время повысили в должности, — снова улыбнулся Руслан. — Могу показать редакционное удостоверение. А вас как величать?

— Бэлла Львовна.

Точно! Ира упоминала это имя, когда перечисляла всех живущих в квартире. Интересно, долго она собирается держать Руслана в прихожей?

— Бэлла Львовна, я попал в трудное положение. Мне дали задание срочно найти и опросить несколько известных личностей, а я в Москве всего неделю и никого из известных людей не знаю, кроме Натальи Александровны. Я очень надеялся, что она и сама даст мне короткое интервью, и поможет связаться еще с кем-нибудь. Я без ее помощи просто пропаду. А она будет только вечером... Бэлла Львовна, если вы мне не поможете, меня уволят. Выгонят из газеты. Меня только-только сделали корреспондентом, это мое первое серьезное задание, я не имею права его провалить.

Он смотрел на Бэллу Львовну такими умоляющими глазами и говорил таким страдальческим голосом, что та сжалилась.

— Сейчас мне некуда ей позвонить, она на собрании депутатской группы. Приходите, — она посмотрела на часы, потом задумалась, что-то подсчитывая, — после половины второго. Я с ней созвонюсь и попробую что-нибудь сделать для вас. Но ничего не обещаю. Кстати, запишите наш телефон и позвоните предварительно, чтобы вам зря не ездить.

— Ничего-ничего, — поспешно ответил Руслан, — мне не трудно и приехать, тем более я и не собираюсь далеко уходить отсюда. Пойду прогуляюсь до половины второго.

Он рассчитывал, что старуха пригласит его остаться в квартире и подождать. Это было бы кстати, пожилые одинокие соседки обычно болтливы и с удовольствием сплетничают даже с незнакомыми людьми. Из разговоров с ней Руслан мог бы почерпнуть массу полезной и интересной информации. Но Бэлла Львовна, против ожидания, пройти и подождать ему не предложила. Наоборот, начала советовать, что посмотреть на Арбате:

— Если идти отсюда к ресторану «Прага», то по Спасопесковскому переулку вы выйдете к дому 45. Вернитесь немножко назад, к дому 51. Вы знаете, что это за дом?

— Да нет, — Руслан пожал плечами, — откуда мне знать? Я же не москвич.

— В этом доме жил Анатолий Рыбаков, он описал его в романе «Дети Арбата». Вы роман читали?

— Читал, — соврал Руслан.

Книгу он не читал, хотя много слышал о ней.

— В этом доме и Александр Блок останавливался. А дом 43 — это дом Окуджавы, он там родился и вырос. Обязательно обратите внимание на дом 37, это единственный на Арбате памятник архитектуры восемнадцатого-девятнадцатого веков. Дом 35 тоже любопытный, семь этажей, а ведь построен в 1912 году, представляете? Строили как доходный дом, но для состоятельных людей, поэтому квартиры там были большие, многокомнатные. А снаружи — башни и рыцари. Посмотрите непременно. Сверните там же рядом в Калошин переулок, там в доме 4 жил академик Обручев, тот, что написал «Землю Санникова».

В этом месте Руслан понимающе закивал, фильм «Земля Санникова» он смотрел несколько раз, хотя до чтения первоисточника дело тоже не дошло.

— Про Театр имени Вахтангова я уж не говорю, это само собой разумеется, а вот в доме 25 одно время квартировал Денис Давыдов, герой Отечественной войны 1812 года. Кстати, когда Пушкин вернулся из михайловской ссылки, Давыдов принимал его в этом доме. И конечно же, обязательно пройдитесь по Сивцеву Вражку, это «Театральный роман» Булгакова...

Руслан терпеливо, не выказывая откровенной скуки, выслушал подробное наставление Бэллы Львовны о порядке осмотра арбатских достопримечательностей, поблагодарил и ушел. Он и в самом деле не собирался никуда уезжать из этого района, но предстоящая прогулка по Арбату вовсе не связывалась в его планах с экскурсами в историю. Ему был интересен сегодняшний Арбат с бесчисленными уличными торговцами, живописцами и музыкантами. Здесь можно было увидеть не только полный набор «русских» сувениров, но и значки, и ордена, и военную форму самых разных образцов, и картины, и множество других любопытных и забавных вещей. Можно было даже сфотографироваться с обезьянкой. Проходя мимо того или иного дома, Руслан то и дело вспоминал рассказы Бэллы Львовны о том, кто из знаменитостей в нем жил, но никакого душевного трепета не испытывал. История всегда оставалась для него закрытой книгой, он и в школе-то этот предмет не любил, ему было неинтересно. Самым любопытным фактом из всего сказанного пожилой женщиной оказалось то, что под пешеходным Арбатом находятся широкопрофильные транспортные артерии, ведущие к зданию Штаба Министерства обороны.

Идя по улице, Руслан все время ловил себя на мысли о том, что внизу, прямо под ногами, находится еще одна улица. Какая она? Ездит ли по ней транспорт сейчас, вот в эту самую минуту? Или все это построили только на случай войны?

До назначенного времени он успел не только прогуляться по Арбату, но основательно изучить Дом книги на проспекте Калинина и даже дойти до здания Верховного суда СССР на улице Воровского. Здесь вершится высшая справедливость, здесь выносятся окончательные судебные решения, которые уже никуда обжаловать нельзя. Здесь сидят самые умные и самые грамотные судьи, которые могут разобраться в самом сложном и запутанном деле. Может быть, когда-нибудь здесь вынесут решение о том, что Михаила Нильского убили не из хулиганских побуждений, все было куда серьезнее, и убийца получил слишком мягкое наказание. Будет новый суд и новый приговор, и подонок Бахтин снова окажется за решеткой. Интересно, что будет с Верховным судом СССР после вчерашнего договора? Его вообще ликвидируют? Или только вывеску сменят? И где тогда будет находиться то место, где восседают самые справедливые судьи страны?

Ровно в половине второго Руслан снова звонил в дверь знакомой квартиры. На этот раз ему долго не открывали, и он забеспокоился, уж не ушла ли Бэлла Львовна, забыв о его приходе. Старая она небось, память уже не та, сказала — и забыла через пять минут. Он уже собрался еще раз нажать кнопку звонка, когда щелкнул замок.

— Вы все-таки не позвонили, — с упреком произнесла Бэлла Львовна. — Вы что, не умеете пользоваться телефоном?

— Простите, — пробормотал Руслан, — я думал, если мы договорились...

— Молодой человек, я еще не в маразме и прекрасно помню, как мы договорились. Я сказала вам, чтобы вы пришли после половины второго и предварительно позвонили. Не ровно в половине второго, а после этого часа. Мальчики только что пришли из школы, я кормлю их обедом. Вам придется подождать.

— Конечно, я подожду, — покорно согласился Руслан.

Бэлла Львовна проводила его в свою комнату, где Руслан минут двадцать убивал время при помощи пролистывания журналов «Огонек», кипа которых лежала на тяжелом дубовом столе, покрытом красивой темной скатертью. Он слышал доносящиеся из-за стены звонкие мальчишеские голоса сыновей Натальи Вороновой, потом откуда-то из прихожей зазвучал неторопливый говорок старухи. Наконец Бэлла Львовна вернулась, держа в руках раскрытый блокнот.

— Я дозвонилась до Наташи, она обещала дать вам интервью, но по телефону. Минут через пять вы можете ей перезвонить вот по этому номеру, — она выдернула из блокнота листок и протянула Руслану, — она ответит на ваши вопросы. Кроме того, она попробует договориться с другими людьми. Если сумеет, конечно.

Через несколько минут Руслан набирал номер телефона, по которому в настоящий момент можно было поговорить с Вороновой.

— Наталья Александровна, это Руслан Нильский из Кемерова, — бодро начал он. — Вы меня помните?

— Я вас слушаю, Руслан.

Ни удивления, ни радости в голосе Вороновой он не услышал. Одно только равнодушие и легкое раздражение замотанного и издерганного человека, которого отвлекают на какую-то ерунду. Впрочем, удивляться Вороновой нечего, ведь Бэлла Львовна ей уже сказала, что приехал журналист из Кемерова, который раньше был фотографом. Да и радоваться его звонку нет причин. Кто он ей?

Воронова несколькими внятными фразами ответила на его вопрос, делая паузы, чтобы он успел записать, и Руслан понял, что интервью по телефону ей приходилось давать не один раз. Потом она назвала несколько громких имен политиков и деятелей кино и продиктовала их телефоны и время, когда им удобно было бы поговорить с журналистом. Весь разговор занял не больше десяти минут.

Спускаясь по лестнице, Руслан одновременно радовался и недоумевал. С одной стороны, здорово, что так получилось с редакционным заданием! Если он сумеет дозвониться до всех этих деятелей, которых назвала ему Воронова, то такой материал подавать не стыдно, одни имена чего стоят. Но с другой стороны, где же хваленое московское гостеприимство? Мало того, что Воронова не пригласила его зайти как-нибудь вечерком, когда Ира будет дома. Так эта старая грымза соседка даже чаю выпить не предложила. У них в Сибири люди так себя не ведут. В его родном городе Камышове, например, даже и представить себе невозможно, чтобы человек пришел в дом, пусть и в первый раз, и его не позвали к столу и не налили стакан чаю. А уж если тебя с человеком познакомили, если ты был у него дома, то просто-таки долг чести пригласить его к себе. Ира не постеснялась напроситься к Руслану в гости, когда ей было скучно в чужом городе, что ж, вполне понятно. Но теперь и сам Руслан находится в чужом городе, где у него нет знакомых, и он определенно рассчитывал на приглашение в дом Вороновой, коль уж пришлось объявиться. А приглашения не последовало. Руслан Нильский и прежде не очень-то жаловал жителей столицы, хотя лично знал очень немногих, а уж теперь-то и вовсе решил, что москвичи — народ высокомерный и недружелюбный.

* * *

К восьми вечера телефонный обзвон знаменитостей был закончен, Руслан быстро переписал текст, приглаживая корявые фразы и готовя материал к подаче. Из редакции должны позвонить между половиной девятого и девятью, а потом он поведет ротвейлера на вечернюю часовую прогулку.

Он достал бумажку, которую дал ему накануне Андрей Константинович. Редакционное задание он выполнил, пора и своими делами заняться. Итак, с кого начнем?

Судя по номерам телефонов, один из знакомых Андрея Константиновича жил где-то неподалеку, первые три цифры были такими же, как и в номере телефона квартиры, где находился Руслан. Напротив номера четким почерком гендиректора было написано: Анна Моисеевна.

— Алло, — пропел в трубке нежный голосок, и сердце Руслана радостно забилось. Обладательница такого восхитительного голоса должна быть юной и прелестной. Как романтично было бы встречаться с ней каждое утро и каждый вечер и подолгу не спеша прогуливаться. Вместе с собаками, конечно.

— Анна Моисеевна?

— Минутку.

Голосок куда-то отстранился и крикнул в невидимое пространство:

— Тетя Аня, это тебя!

Через несколько секунд Руслан услышал:

— Слушаю!

Этот голос был совсем другим, тоже звонким и уверенным, но явно принадлежащим женщине постарше. Руслан приуныл.

— Анна Моисеевна, я от Андрея Константиновича, — начал он.

— Да-да, Андрюша мне говорил о вас. Какие проблемы?

— Знаете, меня что-то собака беспокоит, — Руслан приготовился выдавать заранее придуманную легенду. — По-моему, у нее что-то с желудком.

— Отказывается от еды?

— Ну... так... Аппетит не очень хороший.

— Понос есть?

— Кажется, нет, но вообще мне не очень нравится...

— Что вам конкретно не нравится? — деловито спрашивала Анна Моисеевна. — Собака странно себя ведет?

— Нет, ведет она себя хорошо. Мне не нравится... ну, что она делает по-большому.

— Ах, стул! — догадалась собеседница.

— Вот-вот, стул. Он какого-то не такого цвета и вообще... Знаете, я в собаках ничего не понимаю, у меня их никогда не было, а собака чужая, породистая, я волнуюсь. И ветеринаров я в Москве никаких не знаю, — солгал Руслан, глядя на приклеенную к дверце холодильника бумажку с номером телефона ветеринара.

— Понятно. Какая порода?

— Ротвейлер.

— Молодая?

— Три года.

— Воспитанная?

— А какое это имеет значение? — удивился Руслан.

— Дорогой мой, не хотите же вы, чтобы я приехала к вам смотреть, чем какает ваша собака. Привозите ее, вместе погуляем, я посмотрю. Поэтому я и спрашиваю, воспитанная у вас собака или нет. Она вас слушается?

— Вроде да.

— На чужих собак бросается?

— Пока не замечал. Я ее на «строгом» ошейнике вожу.

— Хорошо, приезжайте. Я живу на Новобасманной, буду гулять с десяти до одиннадцати. Найдете меня.

— А как я вас узнаю?

— Дорогой мой, на Новобасманной улице вечером гуляет только одна старуха с двумя большими овчарками. Не ошибетесь.

И здесь старуха! Вместо Ирины или хотя бы Вороновой — сердитая и негостеприимная соседка, вместо девушки с чудесным мелодичным голоском — какая-то старая перечница. Правда, по голосу этого не скажешь. Впрочем, долой романтические устремления, с девушками он и дома нагуляется, слава богу, недостатка в подружках у него нет. Здесь Руслан занят делом, а для этого дела старушки вполне подходят, они любят посудачить о чужих делах.

Дождавшись звонка из редакции и продиктовав тексты взятых интервью, Руслан взял Дельту и отправился на встречу с Анной Моисеевной. За время длительных утренних и вечерних прогулок он неплохо изучил окрестности Комсомольской площади и уже знал, что Новобасманная улица находится совсем недалеко, за Казанским вокзалом. Анну Моисеевну он увидел почти сразу, вернее, сначала он увидел двух мощных овчарок, а уже потом невысокую полную женщину лет шестидесяти с лишним в куртке-пуховике, делавшей ее похожей на надувной мячик. Руслана поразило, что оба поводка немолодая женщина держала в одной руке.

— Как вы их удерживаете? — с восхищением спросил он. — Они у вас такие здоровенные.

— Они у меня воспитанные, — с достоинством ответила Анна Моисеевна. — И умеют гулять так, чтобы не создавать мне проблем. Я могла бы их спустить с поводка, они никуда не убегут, но народ, знаете ли, боится. Начинают шарахаться, жаться к стенам, собак это нервирует. А вы свою, я смотрю, даже в наморднике водите. Что, были неприятности?

— Не знаю, хозяева велели надевать намордник — я и надеваю.

Они обсудили проблемы собачьего воспитания, кормления и лечения, пока, наконец, Дельта не соизволила присесть для осуществления своих интимных серьезных дел.

— Ничего особенного, — Анна Моисеевна взглянула на результаты собачьей деятельности, — цвет нормальный. Напрасно вы переполошились.

— Мне показалось, что оно должно быть темнее...

— Глупости, — решительно отрезала женщина, — цвет в пределах нормы, бывает темнее, бывает светлее, в зависимости от того, чем вы ее кормите. Как же вас угораздило остаться один на один с незнакомой собакой, да еще без всякого опыта?

Руслан поведал ей историю о том, как редакция кемеровской вечерней газеты поручила ему написать развернутый материал о Наталье Вороновой, и как он искал себе пристанище в Москве, и чем все это кончилось.

— А как вы с Андрюшей познакомились? — спросила Анна Моисеевна, выслушав эту полуложь-полуправду.

— С Андреем Константиновичем? Воронова говорила в своих интервью, что фирма Андрея Константиновича спонсировала два ее фильма. Вот я и решил побеседовать с ним, спросить, почему они давали деньги на съемки. Это же интересно читателям.

— Действительно интересно, — почему-то усмехнулась Анна Моисеевна. — И что Андрюша вам ответил?

А в самом деле, что он ответил? Да ничего. Он сказал, что семья Вороновых — его близкие друзья, и все. Но это же не объяснение! У гендиректора «Центромедпрепарата» наверняка есть еще друзья, и немало, так что же, он им всем безвозмездно дает деньги на всякие проекты? Быть того не может. Руслан не особенно нажимал на Андрея Константиновича, потому что понимал: Воронова — его любовница, поэтому он и дал ей деньги, но сам гендиректор ни за что в этом не признается.

— Он сказал, что Наталья Александровна и ее муж — его близкие друзья.

— И вы считаете, что это достаточное основание для того, чтобы доставать из собственного кармана и отдавать безвозвратно такие огромные деньги?

Ах, Анна Моисеевна, да вы ясновидящая, что ли? Не успел Руслан подумать об этом, а она уже вслух произносит.

— Честно говоря, мне это тоже не показалось убедительным, — признался Руслан. — Но Андрей Константинович больше никаких объяснений не привел.

— Да какие уж тут объяснения, — вздохнула женщина. — Любит он ее. Вот уже сколько лет любит, но безответно.

То есть как это безответно? Выходит, он так и не стал любовником Вороновой? Не может быть. Сейчас не девятнадцатый век, чтобы вздыхать и утешаться зрелищем чужого счастья. Современный мужчина так себя не ведет, в этом Руслан Нильский был уверен на двести процентов. Что-то тут не так.

— А Наталья Александровна что же? — затаив дыхание, спросил он. — Не отвечает ему взаимностью?

— Увы, мой дорогой, увы... Она любит мужа и на других мужчин даже не смотрит. Можете мне поверить, я точно знаю. Я ведь Наташу знаю с детства, она училась в одном классе с моей племянницей Инной. И на даче у нас летом жили, и вообще всегда вместе, с первого класса. И до сих пор Инночка — Наташина лучшая подруга. А Андрюша, в свою очередь, учился в мединституте с Инночкиным мужем Гришей. Поэтому и Наташа, и Андрюша у меня все время на глазах, и я вам совершенно ответственно заявляю: Андрюша до сих пор ее любит, а она никогда его не поощряла. Он для нее готов на все. Вы не поверите... Ладно, я вам скажу, но это не для печати, хорошо?

— Конечно, — быстро ответил Руслан.

— Андрюша был прекрасным хирургом-полостником, он очень любил свою работу, и его ценили, хвалили, к нему больные в очередь выстраивались. А он вбил себе в голову, что должен помочь Наташе. Как только разрешили частный бизнес, тут же ринулся деньги зарабатывать, чтобы она могла снимать свое кино. Как мы его отговаривали! Ведь он хирург от бога, пусть бы лечил людей, возвращал им здоровье, ведь у него образование медицинское, а не экономическое и не финансовое, прогорит он в этом своем бизнесе, до беды дело дойдет. А он уперся — и ни в какую. Наташа, говорит, человек творческий, к финансовому делу не приспособленный, она сама себе помочь не может, так и пропадет талант, никем не замеченный и не оцененный. В общем, она для Андрюши — единственный свет в окошке, никаких радостей ему в жизни не надо, лишь бы Наташе было хорошо. Совсем помешался. Скажу вам откровенно, мой дорогой, я этого не одобряла никогда. Он ведь даже жениться не может из-за этой любви! Так и живет до сих пор с родителями, а ведь ему уже сорок один, считай, пятый десяток пошел.

Вот это поворот! То-то Андрей Константинович так разозлился, когда Руслан задал ему вполне невинный вопрос о том, почему он ушел из практической медицины в бизнес. Начал нести какую-то нравоучительную белиберду о том, что существуют всего две причины и что спрашивать об этом бессмысленно и бестактно... Прямо в краску Руслана вогнал. А дело, оказывается, вон в чем!

— А как сама Наталья Александровна к этому отнеслась?

— К чему? К тому, что Андрюша ради нее кинулся головой рисковать и деньги зарабатывать? Она и не знала ничего. Ну что вы хотите, — Анна Моисеевна снова усмехнулась, — это же Андрюша. Это надо понимать. Он ей не сказал ни слова и Инночке с Гришей запретил рассказывать. Сначала, говорит, попробую, если получится — тогда скажу, а если не получится — зачем раньше времени человека обнадеживать? Знаете, есть множество историй о том, как человек собирался поступать в институт, а с ним за компанию пришел товарищ или подруга, которому было все равно, где учиться. Так вот, первый человек на экзаменах проваливался, а второй, случайный, которому все равно, с блеском поступает. Особенно много таких историй про театральные вузы рассказывают. Так вот с Андрюшей получилось в точности то же самое. Он рванул в бизнес не потому, что хотел ездить на «Мерседесе» и иметь виллу на Канарах, и не потому, что ему это хоть капельку интересно, а из-за любви к Наташе. Наверное, бог все-таки есть, он все видит, он Андрюшин порыв оценил и дал ему встать на ноги и развернуться. Ведь сколько этих новоявленных бизнесменов прогорело — не перечесть! А Андрюше хоть бы что, процветает вовсю.

— И все-таки я не понимаю, — Руслан упрямо возвращал разговор в нужное ему русло, — как же Наталья Александровна могла взять у него деньги, если она его совсем не любит? Андрея Константиновича я понимаю, но ее — нет, не могу.

— Дорогой мой, вы еще многого не понимаете. Сколько вам лет?

— Двадцать один, а что?

— Подумать только! Вы ровесник Ирочки, а если вас сравнить, то кажется, что она лет на десять моложе вас. Впрочем, это неважно, вы не знаете, кто такая Ирочка.

— Вы говорите о соседке Вороновой? — догадался Руслан.

— А вы с ней знакомы? — удивилась Анна Моисеевна. — Ах да, я забыла, вы же мне рассказывали, как Наташа приезжала в Кемерово и как ваша газета делала с ней интервью. И Ирочка там была. Да, поразительно, просто поразительно! Вы такой взрослый, самостоятельный, вас посылают в командировку в другой город... А Иринка у нас — сущее дитя, ни на минуту нельзя ее без присмотра оставить, непременно что-нибудь выкинет. Так вот, дорогой мой, по поводу того, почему Наташа приняла эти деньги... Есть такое понятие: напрасная жертва. Задумывались над этим когда-нибудь?

— Пока не приходилось.

— Ничего, все впереди, — оптимистично обнадежила его Анна Моисеевна. — А теперь представьте себе: приходит Андрюша к Наташе и говорит ей, что бросил свою любимую хирургию и своих любимых больных и пошел заниматься делом, к которому у него душа не лежит, которое ему глубоко противно и совсем неинтересно, но которое дало ему возможность заработать деньги, на которые Наташа может снимать свое собственное кино. И если Наташа этих денег не возьмет, получится, что он напрасно приносил эту жертву, напрасно отказывался от любимой работы и напрасно мучился, истязал себя, боялся, ночами не спал, занимаясь постылым делом. Может человек, имеющий сердце, на это не откликнуться?

— Не может, — согласился Руслан. — А как муж Натальи Александровны ко всему этому отнесся?

— Плохо, дорогой мой. Плохо он к этому отнесся. Он же прекрасно знает об Андрюшиных чувствах, Андрюша не актер, у него все на лице написано, он скрыть своей любви не может. Конечно, Вадику это не может нравиться, а уж когда Андрюша деньги дал... Хорошо, что Вадик не в Москве живет. Пока время отпуска подошло, он уже подостыл немножко. Но скандал все равно был. Я надеюсь, вы не собираетесь обо всем этом писать в своей статье? — вдруг спохватилась Анна Моисеевна. — Я вас очень прошу, не нужно. Я по-старчески разболталась с вами, наговорила лишнего. Имейте в виду, если вы меня обманете и напечатаете, я скажу, что ничего подобного не говорила, что вы все это сами выдумали. До суда дойду, но неприятности я вам гарантирую.

О, спохватилась! Раньше надо было думать. Вообще-то Руслан и не собирался обо всем этом писать, интимные подробности жизни Вороновой его как журналиста мало интересовали. Для яркой статьи ему нужно, чтобы Воронова оказалась замешана в чем-нибудь криминальном или хотя бы просто неблаговидном, а тут сплошные слюни и розовые сопли, безответная любовь, напрасные жертвы, короче, дамский роман, а не политический детектив. А ему для газеты нужен именно политический детектив, а еще лучше — триллер. А вот для понимания тайны отношений между Вороновой и ее соседкой любая информация может пригодиться, а уж такая — тем более, ведь именно «розовые сопли» и сопутствующие им переживания обычно и становятся камнем преткновения в отношениях двух женщин, особенно если обе они красивы — каждая по-своему, живут рядом и знают друг о друге все или почти все.

— Ну что вы, Анна Моисеевна, — мягко произнес Руслан, — зачем же сразу судом угрожать? Я дал вам слово, что не буду об этом писать, а слово свое я всегда держу. Кстати, об Ирине. Вы сказали, что за ней глаз да глаз нужен. А мне она показалась вполне спокойной и разумной девушкой.

— Показалась — и слава богу, — неожиданно холодно ответила Анна Моисеевна. — Мне пора домой. Всего хорошего, дорогой мой. Если будут проблемы с собакой — звоните, я к вашим услугам.

Она скрылась в арке, ведущей во двор дома, с такой прытью, какой Руслан никак не ожидал от дамы ее возраста.

* * *

В течение нескольких следующих дней Руслан проделал тот же фокус с двумя другими знакомыми Андрея Константиновича, делая вид, что беспокоится о здоровье кошки Дуси, но дальше телефонных разговоров дело не пошло. Ему предлагали телефоны хороших ветеринаров и адреса ветлечебниц, советовали домашние способы лечения и рецепты приготовления «щадящих» блюд для кошачьего стола, но никто не предложил личной встречи для того, чтобы своими глазами взглянуть на проблемное животное. Но Руслан не стал огорчаться, рассудив, что вряд ли среди этих людей найдется человек столь же осведомленный и столь же разговорчивый, как Анна Моисеевна.

В рамках поддержания собственной легенды он решил позвонить Вороновой. В самом деле, глупо как-то получается: он якобы пишет о ней статью, обращается к ее знакомым за информацией, а к ней и глаз не кажет. Ведь наверняка тот же преданный друг Андрей Константинович или общительная Анна Моисеевна ей позвонят и скажут, что в Москве находится журналист из Кемерова, который собирает материал для статьи. И тут уж Вороновой станет совсем непонятно: Руслан приходил к ней домой, разговаривал с ней по телефону и при этом ни словом не обмолвился о статье. Если Наталья Александровна умный человек, а она, несомненно, умный человек, то сразу же почует неладное. Того и гляди, в редакцию позвонит, телефон у нее есть (если не выбросила, но нужно готовиться к худшему), Руслан сам оставлял ей номер, когда приносил в аэропорт папку с публикациями Лены Винник и своими снимками. А в редакции ей скажут, что Нильский находится действительно в Москве, но не в служебной командировке, а в отпуске и никакого задания делать статью о Вороновой ему никто не давал. Не катастрофа, конечно, но неприятно. Придется либо каяться и оправдываться, либо сочинять крутое вранье, в котором хорошо бы самому не запутаться.

Из редакции ему звонили каждый вечер, давали маленькие задания, но при этом велели готовить развернутый материал о том, как Москва, столица страны (хоть это осталось без изменений!), живет после распада СССР. О чем говорят люди на улицах, как меняется жизнь организаций и учреждений, как относятся к Ельцину и Горбачеву. Руслану был дан обширный перечень вопросов, по точно такому же перечню готовит свой материал Лена Винник, но в Кузбассе, а потом они сделают большой общий материал, основанный на сравнении жизни в столице и в Сибири. Руслан целыми днями мотался по городу, обзаводился знакомыми, задавал вопросы, записывал ответы, наблюдал, слушал... К вечеру он возвращался домой без сил, особенно выматывали его поездки в метро: оказалось, что пребывание под землей сильно давит на его психику. Дома нужно было заниматься животными, вычесывать кошку, гулять с собакой, а утром становиться к плите и готовить им еду на вечер и следующее утро. Руслан искренне не понимал, почему нельзя кормить Дуську кошачьими консервами, которые усиленно рекламируют по телевизору. Ведь как просто: открыл банку, положил еду в миску — и никакой головной боли. Зачем нужно заниматься этой изнурительной готовкой, как для людей? Он решил рискнуть, купил в ближайшем магазине баночку с розово-сиреневой этикеткой и выложил содержимое в миску. Дуська, до этого гнувшая спину дугой и тершаяся о ноги, что означало требование покормить, понюхала кошачий паштет, несколько секунд подумала и ушла в другую комнату. К кошачьим консервам она даже не притронулась. «Избалованная какая!» — недовольно подумал Руслан, решив позвонить приятелю Андрея Константиновича, владельцу породистой кошки, и спросить насчет еды. Может, подержать Дуську денек на голодном пайке, тогда съест все, что дадут?

— Ни в коем случае! — чуть ли не кричал в трубку владелец кошки. — Только не это! Консервы очень плохие, ни один уважающий себя хозяин не будет кормить ими кошку, особенно породистую. У нее будет расстройство желудка. Давать можно только те консервы, которые сделаны действительно за границей. А то, что продают у нас в магазинах, это отвратительная подделка, фальсификат, там полно консервантов и прочей химии. Животное может погибнуть, если станет это есть.

За всеми этими заботами он все никак не мог дозвониться до Вороновой. Пару раз позвонил вечером — неудачно, ее не было дома, а перезванивать позже стеснялся: уходил гулять с Дельтой, а возвращался только к полуночи. Зато узнал много интересного, наблюдая за ночной жизнью на площади трех вокзалов. Проститутки, наркоманы, бомжи, глухонемые... С некоторыми Руслан вступал в разговор, болтал о том о сем, по крупицам собирая сведения для будущей статьи о столичной жизни. Ему не было страшно, ведь ласковая и игривая Дельта была по-настоящему хорошей охранницей. Она его в обиду не даст.

Наконец в один из вечеров ему повезло. Воронова была дома и подошла к телефону.

— Я не совсем понимаю, — прервала она объяснения Руслана, — зачем нужна эта статья. Ведь в сентябре ваша газета опубликовала большое интервью со мной.

— Наталья Александровна, я бы хотел сделать материал, который показал бы всю неординарность вашей жизни и вашего творчества, — вдохновенно врал Руслан. — Мне кажется, что о вас пишут как-то однобоко. А вы в своих интервью о себе почти ничего не рассказываете, все больше о политике рассуждаете или о киноискусстве. Мы все знаем, какой режиссер Наталья Воронова и какой она депутат, но читатели совсем не представляют себе, какой вы человек. Я хочу сделать красочный портрет...

— Не нужно. Все, что я хотела бы сказать читателям вашей газеты, я сказала в интервью. Больше мне добавить нечего.

— Но им интересно узнать больше о вашей жизни, о вашей семье, — продолжал напирать Руслан.

— Мне тоже интересно знать, есть ли жизнь на Марсе, — абсолютно серьезно ответила Воронова. — Но оттого, что мне это интересно, к сожалению, мало что меняется. Я не могу запретить вам писать статью, тем более вам редакция дала такое задание. Но о себе я вам не расскажу ничего, кроме того, что обычно говорю в интервью. Возьмите публикацию, которая была в сентябре, и перепишите все сведения оттуда. Добавить мне к этому нечего.

Черт возьми, непробиваемая баба! Никак не удается напроситься на встречу с ней в домашней обстановке, а ведь это многое могло бы прояснить. Какая у нее мебель, какие книги на полках, какие дети, в конце концов! Как она держится дома, как подает чай, как общается с Ирой и этой второй соседкой, Бэллой Львовной. Как разговаривает по телефону с друзьями. И даже во что одевается.

— Но вы не будете возражать, если я поговорю о вас с теми, кто вас знает? — спросил он.

— Попробуйте. — Теперь в ее голосе послышалась скрытая насмешка. — Хотя вряд ли они вам расскажут что-нибудь интересное. У меня нет тайн, о которых я должна волноваться.

— А можно мне поговорить о вас с Ирой?

— Попробуйте, — снова повторила Воронова. — Если она согласится. Насколько я понимаю, вы уже пытались расспрашивать ее обо мне, и закончилось это слезами и истерикой.

— Но вы не возражаете? — уточнил Руслан.

— Нет, не возражаю. Позвать ее к телефону?

— Если не трудно.

Разговор с Ирой оказался неожиданно коротким.

— Не буду я ничего рассказывать, — резко ответила девушка.

— Почему? Ты не хочешь встречаться со мной? Я тебя чем-то обидел?

— Ничем ты меня не обидел. Ты хороший парень, но про Наташу я ничего рассказывать не буду. И нечего за ее спиной сплетни собирать. Раз она сама сказала, что ничего не может добавить к тому, что уже напечатано, то и я не стану добавлять. Все, привет Кузбассу.

И бросила трубку. Имея некоторый опыт общения с Ирой, Руслан, конечно, не ожидал, что девушка начнет бурно радоваться его предложению встретиться и поговорить о Вороновой, но и такого грубого отпора не ожидал. Воронова хотя бы потрудилась быть вежливой, а эта...

Через три дня вернулись хозяева квартиры, Руслан сдал им веселых и здоровых животных, аккуратно прибранное жилище и остатки денег, которые не успел потратить на продукты для Дуськи и Дельты, и отбыл домой, в Кемерово, увозя с собой кучу исписанных блокнотов с материалами для статьи и некоторую досаду на самого себя за то, что так и не понял сути отношений Натальи Вороновой с ее воспитанницей. Может быть, у него разыгралось воображение, и он напридумывал бог знает что на пустом месте? Может быть, и нет никакой тайны, а есть просто отношения двух женщин, помоложе и постарше, самые обычные отношения, нечто среднее между отношениями матери с дочерью и старшей сестры с младшей.

Или тайна все-таки есть, но ее тщательно охраняют?

СОДЕРЖАНИЕ

Литературно-художественное издание

Маринина Александра Борисовна

ТОТ, КТО ЗНАЕТ

Книга первая

ОПАСНЫЕ ВОПРОСЫ

Издано в авторской редакции
Ответственный редактор О. Рубис
Художественный редактор С. Курбатов
Художник В. Кривенко
Технический редактор Н. Носова
Компьютерная верстка Л. Панина
Корректор Л. Квашук

Подписано в печать с оригинал-макета 11.02.2002.
Формат 84×108 $^1/_{32}$. Гарнитура «Таймс».
Печать офсетная. Бум. газ. Усл. печ. л. 20,16. Уч.-изд. л. 20,66.
Тираж 45 000 экз. Заказ № 0202300.

ЗАО «Издательство «ЭКСМО-Пресс». Изд. лиц. № 065377 от 22.08.97.
125190, Москва, Ленинградский проспект, д. 80, корп. 16, подъезд 3.
Интернет/Home page — www.eksmo.ru
Электронная почта (E-mail) — info@ eksmo.ru
*По вопросам размещения рекламы в книгах издательства «ЭКСМО»
обращаться в рекламное агентство «ЭКСМО». Тел. 234-38-00*
Книга — почтой: Книжный клуб «ЭКСМО»
101000, Москва, а/я 333. E-mail: bookclub@ eksmo.ru
Оптовая торговля:
109472, Москва, ул. Академика Скрябина, д. 21, этаж 2
Тел./факс: (095) 378-84-74, 378-82-61, 745-89-16
E-mail: reception@eksmo-sale.ru
Мелкооптовая торговля:
117192, Москва, Мичуринский пр-т, д. 12/1
Тел./факс: (095) 932-74-71
ООО «Медиа группа «ЛОГОС». 103051, Москва, Цветной бульвар, 30, стр. 2
Единая справочная служба: (095) 974-21-31. E-mail: mgl@logosgroup.ru
contact@logosgroup.ru
ООО «КИФ «ДАКС». Губернская книжная ярмарка.
М. о. г. Люберцы, ул. Волковская, 67.
т. 554-51-51 доб. 126, 554-30-02 доб. 126.
Книжный магазин издательства «ЭКСМО»
Москва, ул. Маршала Бирюзова, 17 (рядом с м. «Октябрьское Поле»)
Сеть магазинов «Книжный Клуб СНАРК» представляет
самый широкий ассортимент книг издательства «ЭКСМО».
Информация в Санкт-Петербурге по тел. 050.
Всегда в ассортименте новинки издательства «ЭКСМО-Пресс»:
ТД «Библио-Глобус», ТД «Москва», ТД «Молодая гвардия»,
«Московский дом книги», «Дом книги на ВДНХ»
ТОО «Дом книги в Медведково». Тел.: 476-16-90
Москва, Заревый пр-д, д. 12 (рядом с м. «Медведково»)

Отпечатано на MBS в полном соответствии
с качеством предоставленного оригинал-макета
в ОАО «Ярославский полиграфкомбинат»
150049, Ярославль, ул. Свободы, 97.